光明社科文库
GUANGMING DAILY PRESS:
A SOCIAL SCIENCE SERIES

·教育与语言书系·

求解新诗的音律密码

许 霆｜著

光明日报出版社

图书在版编目（CIP）数据

求解新诗的音律密码 / 许霆著. -- 北京：光明日报出版社，2021.7

ISBN 978 - 7 - 5194 - 6214 - 7

Ⅰ.①求… Ⅱ.①许… Ⅲ.①诗歌研究—中国 Ⅳ.①I207.2

中国版本图书馆 CIP 数据核字（2021）第 157416 号

求解新诗的音律密码

QIUJIE XINSHI DE YINLÜ MIMA

著　者：许　霆			
责任编辑：曹美娜		责任校对：刘浩平	
封面设计：中联华文		责任印制：曹　净	

出版发行：光明日报出版社

地　　址：北京市西城区永安路 106 号，100050

电　　话：010 - 63169890（咨询），010 - 63131930（邮购）

传　　真：010 - 63131930

网　　址：http://book.gmw.cn

E - mail：caomeina@gmw.cn

法律顾问：北京德恒律师事务所龚柳方律师

印　　刷：三河市华东印刷有限公司

装　　订：三河市华东印刷有限公司

本书如有破损、缺页、装订错误，请与本社联系调换，电话：010 - 63131930

开　本：170mm×240mm			
字　数：296 千字		印　张：17	
版　次：2021 年 7 月第 1 版		印　次：2021 年 7 月第 1 次印刷	
书　号：ISBN 978 - 7 - 5194 - 6214 - 7			
定　价：95.00 元			

内容提要

从 20 世纪 80 年代开始，我即致力于新诗音律研究，先后出版 10 多部理论著作，本著作是我数十年间求解新诗音律密码的主要成果。我把诗律分为节奏律和音质律两大体系，用 18 个专题论述新诗音律探索的过程及收获。

一是关于新诗节奏律的探索。我从新诗节奏的基本单元入手，提出的结论是：汉诗节奏属于音顿而非音步节奏体系。在此基础上，提出了新诗的三种节奏体系，即音顿等时连续排列节奏体系、意顿诗行对称排列节奏体系和行顿对等重复排列节奏体系，并由此概括了新诗的韵律节奏系统。在此过程中，强调汉语的古今诗律、自由体和格律体诗律都具有共同的家族基因特性，它们是具有相同血脉关系的同一家族的不同成员。

二是关于新诗体形式的探索。在论述新诗韵律节奏系统的基础上，我把韵律节奏系统提升到诗体层面，揭示新诗体的形式特征。新诗韵律节奏的探索，同时也是新诗体的探索。我根据韵律节奏体系，把新诗体主要分成连续形的自由体、诗节形的格律体和固定形的格律体三大类，并具体叙述了新诗自由体的韵律节奏特征。在此过程中，强调我国新诗诗体与世界现代诗诗体的基本特征是相通的。

三是关于新诗音质律的探索。我肯定新诗对于我国韵传统的继承，也肯定新诗受世界现代诗的影响，在此基础上叙述新诗凸显音质律的四个问题：诗韵与新诗节奏运动的关系；新诗传统式和现代式的基本用韵格式；新诗音质律的基本实践及理论概括；新诗复杂多变的语调问题。

四是关于新诗音律特征的探索。我从四个关系探索新诗音律特征：新音律与新诗现代性的关系，强调新诗音律的现代性特征；新诗音律与意义表达的关系，强调新诗的音义结合性特征；新诗音律与诗行排列的关系，强调新诗的音形感性美特征；音律语与新诗语的关系，强调新诗的诗性语言特征。

目　录
CONTENTS

引　言

　　我的第一篇诗学研究论文，是发表在《淮阴师专学报》（1985 年第 2 期）上的《论闻一多对新诗格律诗形式的探索》，第一本诗学专著是与鲁德俊教授合作的《新格律诗研究》（宁夏人民出版社 1991 年），在那以后的 30 余年间，我的研究始终没有间断关于中国新诗的诗体和诗律的思考。先后主持了国家社科基金后期资助项目"中国新诗发生论稿""中国新诗韵律节奏论""中国十四行诗史稿"，以及江苏省哲学社会科学规划重点项目"百年中国现代诗体流变研究"等。先后出版了 10 多部关于新诗诗律、新诗诗体的著作，在各种报刊发表相关论文 200 多篇。这些研究著作和论文，始终都是在求解新诗音律之密码。

　　音律是诗之所以为诗的诗体基本特征。诗体如同符号系统，具有一定的稳定性，而这种稳定性是由诗歌语言建构的独特话语属性制度化决定的。音律化是语言诗化的结果，其功能是使诗获得明确固定的语言结构框架。这就是：语言的感性声响在配合结构方面本来没有拘束，因此诗人的任务就是在这种规律之中显出一种秩序，一种感性的界限，因而替他的构思及其结构和感性美界定出一种较固定的轮廓和声音的框架。这种功能不仅使日常语言成为诗的语言，给予诗歌一个固定秩序和声音框架，而且能用一种不太显著的方式去使思想的时而朦胧时而明确的发展方向和性质在声音中获得反映。由语音诗化获得的音律，黑格尔主张把它划分为两大体系：第一个体系是由时间段落建构的节奏的音律；第二个体系是由突出单纯的音质来形成的音律，以上两个体系也可以结合在一起。① 黑格尔把音律的内涵说得极其概括而准确。黑格尔的概括为我们分析汉语新诗音律提供了思路。

　　中国新诗是在冲破传统诗体的束缚中兴起的，新诗最引人注目的，就是对传统诗体音律的破坏。在打破传统诗体格律以后，新诗还是应该在新的探索中

_____

　　① 　黑格尔．美学：第三卷下册［M］．朱光潜，译．北京：商务印书馆，1991：70 – 71.

建立自身的韵律体系。林以亮认为："形式仿佛是诗人与读者之间的一架共同的桥梁，拆去之后，一切传达的责任都落在作者身上。究其实际，自由诗并没有替诗人争得自由，反而加重了诗人的负担，使他在用字的词序上、句法的结构上、语言的运用上，更直接、更明显地对读者有所交代。"① 传统形式不再成为可能后，并不意味着诗从此不再需要形式，而是把寻找新形式的重担放在了诗人肩上。"没有形式背景的诗歌是文类模糊、缺少本体精神的诗歌，偶然的、权宜的诗歌，是无法被普遍认同和被传统分享的诗歌，正如未被形式化的内容是粗糙的素材或灵感的火花一样。"② 这从诗歌理论来说，是完全正确而无须加以论证的。

但是，我们面对的事实是：新诗所使用的现代汉语不是自然的音律语言。正如学者所说的："一方面，作为新诗语言的现代汉语尽管以口语作为基础，但它不像声音特征非常突出的西方语言那样，各种语音变化对表达的定位起着主导作用，它的语音只是辅助性的，因此新诗要想完全靠语言外在的音响效果来促成诗意的产生已不大可能；另一方面，以音义结合的语词和句子为单位的现代汉语，趋于繁复的多音节词增加和长句出现对新诗的行句、结构提出了新的挑战，使得格律所要求的匀称感在很多新诗里不易实现；而且，现代汉语句法的散漫性也在一定程度上导致了严格音韵意味的流失。"③ 同时，我们面对的另一事实是：新诗人并不需要严格的音律制约。刘延陵考察了西方现代诗的精神品质，认为："近代与现代的精神是自由精神。它表现于政治，表现于道德，表现于文艺。表现于政治，就生出 18 世纪以来一切政治的波涛；表现于道德，就生出现代名位、阶级、礼教、先训的败坏；表现于文艺，就生出派别的繁兴与格律的解放。"④ 这就是说，由于时代的变迁，诗人对于音律有着新的要求。黑格尔就明确地把音律现代性概括为：一是意义节奏变得更加突出。"意义节奏"一是指思想情绪的起伏变化；一是指语法语气的自然停顿。黑格尔认为，根据古代的节奏音律规则，要凭文字音节的自然长音和短音的反复进展，其自身就已经有了固定的尺度，字义的力量对这个尺度不能加以制约、改变或动摇；而

---

① 林以亮. 论新诗的形式［M］//林以亮. 林以亮诗话. 台北：洪范书店有限公司，1976：56.

② 王光明. 现代汉诗的百年演变［M］. 石家庄：河北人民出版社，2003：143.

③ 张桃洲. 从外部音响到内在节奏［M］//张桃洲. 现代汉语的诗性空间. 北京：北京大学出版社，2005：41.

④ 刘延陵. 法国诗之象征主义与自由诗［J］. 诗，1922，1（4）.

"对近代语言来说，这种自然的长短尺度是不适合的，因为在近代语言里，只有意义决定的重音才使一个音节比另一个音节长"①。这就是说，新诗在精神方面的情感自由不容许语言的时间尺度独立地以它的客观自然状态而发生作用。二是音质音律作用更加凸显。黑格尔认为现代诗一般重感情的"心声"，在构思和表达方面都表现为精神凝聚于它本身，"要求突出一种单根据音质独立形成的韵律，是因为主体内心活动要从这种声音媒介中听出自己的运动。"② "从精神方面来说，主体就用这种音质复现的办法组成韵律，把有关的意味突出和联系起来"。它"使语言本身变成一种感情的音乐和谐和对称的音律"③。以上两大新变体现着诗的音律发展的现代性倾向。

新诗的现代汉语和诗律的现代变迁，都要求人们探索新诗的新音律体系。自从新诗发生以来，人们就开始了新音律的探索之路，也就是开始了破解新音律密码之路。百年以来，这种探索积累了丰富的成果，但也留下了诸多需要深入探讨的课题，其显著的现象就是：至今人们对于新诗音律的诸多基本问题尚未形成共识，新诗创作基本处于形式无序状态。而提升新诗的审美品质，就需要继续进行新音律的探索，尤其是新音律体系的建构。这就是我的学术研究面临的挑战和机遇。30多年来，我在求解新诗音律之密码方面投入了极大的精力，也形成了一些初步的理论成果，但总体来说，仍然处在求解的过程中。以下，我把求解新诗音律的初步结论，尤其是把求解新诗音律密码的思维过程，如实而具体地加以叙述呈现，算是对自身研究的反思剖白，或许也能对他人研究有所启发和帮助。

---

① 黑格尔．美学：第三卷下册［M］．朱光潜，译．北京：商务印书馆，1991：93.
② 黑格尔．美学：第三卷下册［M］．朱光潜，译．北京：商务印书馆，1991：84.
③ 黑格尔．美学：第三卷下册［M］．朱光潜，译．北京：商务印书馆，1991：83、92.

从闻一多研究到新格律诗研究

一

历史进入 20 世纪后期，经过拨乱反正，诗歌界又重新审视新诗的现状和出路，新诗格律议题又重新被人提起。最先是臧克家于 1977 年 12 月 24 日在《光明日报》发表了《新诗形式管见》，提出了这样的方案："新诗形式，我们是不是可以做这样的试验：一首诗，八行或十六行。再多，扩展到三十二行，每节四句，每行四顿。间行或连行押大致相同的韵。节与节之间大致相称。这样可以做到大体整齐。与七言民歌和古典诗歌相近而又不同。"历来主张现代格律诗的卞之琳，在 1979 年《社会科学辑刊》第 1 期上发表了《对于白话新体诗格律的看法》，引起人们关注。到了 1979 年下半年，全国就开展了关于新诗形式的讨论。如中国社会科学院、中国当代文学研究会、北京大学中文系等在南宁联合召开了当代诗歌讨论会。如《社会科学战线》《花城》《星星》等刊发表了不少新诗发展问题的争鸣文章。这场讨论涉及新诗发展诸多问题，其中一个重要话题就是如何看待新诗"散文化"问题，如何加强新诗形式建设以提升新诗的艺术质量。

当时，我和鲁德俊老师同在苏州师范专科学校执教现代文学，办公桌面对面。鲁德俊老师"才高德俊"，对中国古代诗词、现代新诗和京昆戏剧等都有造诣。他精于古典诗词音韵格律，不仅讲授古典诗词，且能按着音律唱咏诗词。他在建国初期就开始新格律诗创作，后来出版了新格律诗集《不是散文分行的诗》。我们都是诗歌爱好者，就自然地共同关注着当时报刊关于新诗形式的争鸣，并在相互交流过程中形成了关于新诗形式建设的共识。其间，我们读到《社会科学战线》1979 年第 3 期刘再复、楼肇明的《关于新诗艺术形式问题的质疑》，文章认为新诗讲究格律是"削足适履""空中楼阁""缘木求鱼"；又读到了陈丙滢的《论闻一多的思想发展》（载《文学评论丛刊》第二辑，中国社会科学出版社 1979 年版），文章认为闻一多的新诗格律主张是从唯美观点出发的，他"对于新诗格律的尝试和追求到底是失败了"。我们深感两文持论殊欠公正。新诗的形式问题至今尚悬而未决，作为新诗的两种基本体式（自由体与格律体），何由如此厚此薄彼？新诗格律探索成果，缘何如此轻率否定？新诗应该有怎样的格律形式？这些就成为我们常常讨论的问题。随后，在一次会议上我们遇到了镇江师专的周仲器老师和淮阴师专的钱仓水老师，两人正在合作研究新格律诗。其初步成果有两个，一是编辑了《中国新格律诗选》，即将由江苏人民出版社出版；二是正在编辑《中国新格律诗论选》，也准备交由出版社出版。当时江苏人民出版社文艺编辑室主任丁芒先生，力倡新格律诗。他在 1980 年第6 期《东海》发表《提倡写新格律诗》，在 1982 年第 4 期《诗探索》发表《从新诗散文化到建立新诗体》，在 1983 年第 2 期《社会科学》上发表《建立新诗体刍议》，一再提出建立一种或数种固定的新诗体，并认为这是"六十年新诗探索过程的经验所指，是新诗发展的必需，也是新诗从目前困境中的振拔"。通过周仲器和钱仓水的介绍，我们同丁芒有了联系。我们觉得过去人们对格律体新诗的研究薄弱，尤其是系统地研究新格律诗的著作完全是个空白，于是决计携手并肩，写作格律新诗探索的历史。这一想法得到了丁芒的充分肯定，并计划放在江苏人民出版社出版。在此鼓励之下，我俩就开始合作撰写《新格律诗研究》著作。著作出版后记中记述了这段美好的写作经历："那时，我们都在中文系执教'现代文学'，对面而坐，新诗的过去、现状和未来，是我们经常谈论的话题。共同的志趣把我们结成了事业上的挚友。""春去秋来，寒来暑往，多少个不眠之夜，灯下窗前，我们促膝抵掌，切磋琢磨，几易其稿。从提纲到文字，从观点到材料，无不是我们两人共同研讨、亲密合作的结晶。"

现在回头来看，我在写作此书稿前连篇像样的论文都没发表过，确实也够张狂的了。但当时属于初生牛犊，确实没有任何胆怯。而且自认由于年轻缺乏理论准备和资料积累，写作这种叙事与议论结合的稿子更加适合，自认写作这种纵向跨度和诗人众多的稿子能够积累资料。事实证明，这样起步的科研并非毫不靠谱，也有其自身的合理之处。

进入《新格律诗研究》写作以后，首先遇到的是资料收集的困难。在 20 世纪 80 年代初，我国的科研文献检索条件极其艰苦，尤其是我们所进入的课题，多数诗人的作品讲究格律形式，属于精致或纯粹的艺术，所以往往被湮灭在历史的尘埃之中。就新格律诗人来说，除了闻一多、何其芳、卞之琳等数位以外，其他诗人的作品和诗论大多没有出版。如李惟建的十四行集《祈祷》（封面标明"一千行长诗"）于1933年由新月书店出版，我们通过上海社会科学院文学研究所的潘颂德先生介绍，多次到上海图书馆，硬是在那里把整本诗集抄录下来，才得以著文将此"出土文物"奉献在读者面前。到了20世纪80年代中期，原来封存的不少资料开始公开，新诗史上著名诗人的诗集或诗论出版或影印。这时，钱仓水、周仲器的《中国新格律诗选》和邹绛的《中国现代格律诗选》正式出版，为我们的写作提供了方便。我在当时为此写作了两篇书评，分别发表在《淮阴师专学报》和《读书》杂志。

在资料准备阶段，我写了《论闻一多对新诗格律形式的探索》，这是我的首篇论文。因为钱仓水当时正好在学校负责学报工作，我们在诗律研究上又是知音，所以我的论文就发表在《淮阴师专学报》1985年第2期。

这篇论文既是我们写作书稿的成果，更是参与当时的新诗形式讨论。文章在导语中提出："长期以来，人们在评论闻一多新诗时却存在这样的现象：欣赏着闻一多《死水》集中脍炙人口的新格律诗，同时认为新诗格律形式是'空中楼阁'；肯定闻一多在新诗发展中的崇高而独特的地位，又认为他的诗歌理论是完全错误的；完善着他的新格律诗体形式，又用'不会被艺术实践批准'的语言来一笔抹杀。"这是极具针对性的。文章分成三部分：

第一部分针对有人所持观点，即认为闻一多讲究诗的格律，是建筑在一种并不正确的理论基础之上的，是"为艺术而艺术"的唯美主义。我们认为，闻一多早期创作中，确曾接受过"为艺术而艺术"的思想，说过要做一个"极端的唯美主义者"这样的话，但笼统地把他提倡新格律诗的理论主张说成唯美主义而加以全盘否定，是不公正的。我们认为，闻一多在新诗渡过发生期而进入到建设期后，正面提出新诗的审美问题，提倡新诗的格律形式，具有进步意义，其目标是为新诗开辟"第二纪元"。

第二部分针对当时流行的观点，即认为现代复杂的生活使得诗人写不出现代格律诗，因此闻一多提倡的新诗形式是"空中楼阁"，其理论是不会被实践批准的。我们认为，闻一多的新格律诗集《死水》，代表着早期新诗的最高艺术水准。闻一多和新月诗人以自己的丰富创作证明，创作新格律诗不仅主观愿望是好的，而且会被艺术实践批准。尤其是闻一多提出新诗格式"量体裁衣"的原则，表明新诗形式并非是闭门造车式的"空中楼阁"，并非不能反映"现代沸腾的社会生活和多变的日趋复杂的现代语言"。

第三部分肯定部分诗人看法，即肯定闻一多在新诗格律形式方面的探索，同时也指出一些不足，主张从理论和实践方面去加以完善。我们认为，新诗格律虽然已经有了大量的探索成果，但还存在诸多理论的和实践的问题需要解决，包括闻一多的探索实践同样存在着需要完善的地方，这正是我们今天讨论和探索新诗形式的意义。

以上论文针对的三个观点，正是研究新诗格律需要解决的三个基本问题：如何看待新诗格律形式，如何评价格律探索成果，如何推进新诗格律研究。正因为这些问题还没有形成共识，因此也就肯定了此一课题的研究价值，明确了此一课题的研究目标。此文的思想观点影响着《新格律诗研究》的写作过程。因此在此意义上说，我们是用写作《新格律诗研究》来参与当时的新诗形式讨论，是带着问题意识去研究新诗格律话题的，其目的是总结新诗格律探索成果，推进新诗格律探索进程。

二

《新格律诗研究》大致在 1988 年完成写作，因为丁芒已经离开原来的岗位，我们就另找出版社寻求出版。经多方联系终于在 1991 年 6 月由宁夏人民出版社出版，责任编辑是何光汉先生。他是新格律诗的推崇者，那时担任总编室主任，推动宁夏人民出版社出版了多本新诗集。如 1984 年 8 月出版了唐湜的《幻美之旅（十四行诗集）》，我们在《新格律诗研究》的后记中说："感谢最终使本书得以出版的何光汉先生和宁夏人民出版社的其他同志。何光汉先生对我们的诗论给予很高的评价，并多方张罗，使之尽快出版。"

对"新格律诗"予以界定，这是研究新格律诗的前提。在五四新诗发生期，新诗与白话诗与自由诗的概念是相通的。因此，这时的新诗创作尽管以自由体为主，但也有如刘半农《教我如何不想她》式的新体格律诗。只是到了 1923 年以后，由于初期新诗创作中的非诗化倾向导致了发展中落，从而一批诗人集合起来提倡新韵律运动，尤其是当新月诗人登上诗坛，对新诗的格律形式进行多方探索，形成了较为系统的新诗格律理论体系，创作出较为成熟的新格律诗，这才奠定了新诗格律体在新诗创作中的重要地位。"新格律诗"的概念，历来含混不清，没有统一定论。在 20 世纪 50 年代末，王力曾给格律诗与自由诗下过一个定义："只要是按照一定的规则写出来的诗，不管是什么诗体，都是格律诗。""凡不依照诗的传统格律的，就是自由诗。"① 这种定义是以是否"依据一定的规则"来区分格律诗和自由诗的，这"一定的规则"甚至包括了韵脚。显然，王力这种定义，把格律诗的范围划得很大，似乎无助于从形式上区分两种诗体。何其芳在 20 世纪 50 年代认为，格律诗与自由诗的"主要区别就在于格律诗的节奏是以很有规律的音节上的单位来造成的，自由诗则不然"。现代格律诗的要求是，"按照现代口语写的每行顿数有规律，每顿所占时间大致相等，而且有规律的押韵。"② 无疑，何其芳以"有规律的组织"来界定新格律诗的思路是正确的，但若进一步考察其理论，就发现他所要求的"每行的顿数有规律"就是在一首诗中每行顿数完全或大体一致。这样就在无意中把新格律诗的范围划得很小。以上两种界定，都不利于研究新格律诗。我们在《新格律诗研究》中依据了艾青的界定。艾青在《诗的形式问题》中说："格律诗总的解释是无论分行、分段、音节和押韵，都必须统一；假如有变化，也必须在一定的定格里进行。"③ 由此可见，凡是全诗在分行、分段、音节和押韵方面统一或有规则变化的诗，都可以称为新格律诗，反之则不是。根据这一理解，《新格律诗研究》所要讨论的格律内容，包括了在分行、分段、音节和押韵方面的格式规则，主要是节奏构成、建行原则和用韵规律等。

　　根据我们对新格律诗的界定，《新格律诗研究》从多角度对新格律诗进行研究。

　　一是划分了新格律诗发展阶段。新格律诗发展分为四个时期，从新诗发生到 20 世纪 20 年代末为初创期，从 30 年代初到新中国成立为多元期，新中国成立至"文化大革命"前的十七年为繁荣期，"文化大革命"后开始了新诗格律探索的新时期。我们试图通过这样的分期结构和逻辑框架，对五四新诗发生以来创作过有特色的新格律诗，以及有影响的诗人及诗论进行较为系统的分析和研究。

　　二是概括了新格律诗探索浪潮。在初创期，我们重点研究了新月诗人的探索，并把它概括为"新韵律运动"；在多元期，我们重点研究了现代诗人的探索，并把它概括为"歧路口的纷争"；在繁荣期，我们重点研究了 20 世纪 50 年代诗人的探索，并把它概括为"新诗形式的讨论"；在新时期，我们重点研究了

---

① 王力. 中国格律诗的传统和现代格律诗的问题 [J]. 文学评论, 1959 (3).
② 何其芳. 关于现代格律诗 [J]. 中国青年, 1954 (10).
③ 艾青. 诗的形式问题 [J]. 人民文学, 1954 (3).

80年代新诗人的新开拓。

三是研究了新格律诗重要诗人。我们列出了闻一多专章和何其芳专章，进行较为细致的分析研究。如闻一多章包括"为新诗开辟第二纪元""听觉：音乐的美""视觉：建筑的美""若干问题的论辩"四节；如何其芳章包括"探索的历程""顿诗的主张""执着的追求"三节。同时也列出一组诗人以专节的方式加以论述。如初创期的陆志韦、徐志摩、朱湘等，繁荣期的卞之琳、林庚、田间、闻捷、李季、郭小川等，新时期的胡乔木、艾青、臧克家、丁芒、严阵、纪宇等。更多诗人的探索则综合起来论述。如第二章的"新旧过渡期的矛盾现象"节，就论述了初期诗人包括胡适、郭沫若等人的探索；第三章的"新诗史上第一格律诗派"节，就论述了新月诗人孙大雨、刘梦苇等人的探索；第五章的"十四行体的移植"节，就论述了梁宗岱、冯至等人的探索；第五章的"走民族化的道路"节，就论述了阮章竞、李季等人的探索；第九章中"默默的辛勤耕耘者"节，介绍了浪波、流沙河、唐湜、瘳公弦等人的创作，介绍了新时期诗人在格律体长篇叙事诗、政治抒情长诗等方面的探索成果。

四是重视新格律诗理论研究。我们努力呈现新格律诗发展中的理论探索。如在初创期，重点概括初期诗人探索新诗形式的三方面，即"解放诗体""重造新韵"和"自然音节"，也概述新月诗人的格律理论主张。在多元期，论述20世纪30年代中期在新诗分歧路口的纷争，介绍了罗念生的"节律与拍子"说、周煦良的"时间节奏和呼吸节奏"说、梁宗代的"节拍""均行"说、朱光潜的"诗顿"说和林庚的"新音组"说。在繁荣期，则论述了"继承诗词歌赋传统的争论"，论述了"新民歌运动中的讨论"，充分呈现新格律诗的理论成果。

五是概括新格律诗节奏体系。在按时间线索论述新格律诗探索历程以后，我们写作了第十章，即"我们的节奏观"，正面提出了新格律诗的两种节奏体系，即音组等时停顿节奏和意群对称停顿节奏，并对两种节奏的基本理论和主要格式做了初步的梳理。这既是对历史上诗人探索新诗格律的理论概括，更是对未来新诗格律探索的理论指导。

《新格律诗研究》有个结束语，题为"格律体和自由体新诗美学特征比较"。这是我们研究新格律诗的一种姿态，即提倡新诗格律，但并不排斥新诗自由体，我们主张新诗体"百花齐放"。我们在全书的引论中就强调："提倡新格律诗，绝不是把它'当作新诗改革的方向'。一种诗论和诗体不会成为方向，诗论的'百家争鸣'和诗体的'百花齐放'，才是方向。"我们明确地说："我们讨论新格律诗的目的，是想从历史的回顾中，为最终建立既具民族特色又有时代精神的中国新格律诗体做出努力，同时也促进新格律诗同其他诗体的相互交融，繁荣祖国的新诗坛。"因此，结束语根据艾青关于两种诗体"是出于两种不同要求的不同形式""是从两种美学观点出发，因而也只能达到两种不同的境界"的理论，尝试着从"散文美与节制美""参差美与均衡美""情调美与声韵美"三方面，论述新格律诗和新自由诗的美学特征。不管这种论述是否完全准确，但却表明了我们研究新格律诗的一种新姿态。

三

《新格律诗研究》从起意动笔到付梓出版，整整十年时间。其间，得到了诸多朋友的关心和帮助。镇江师专的周仲器和淮阴师专的钱仓水老师，给我们提供了不少珍贵的资料，为我们的成果多次提供发表机会。著名诗人卞之琳先生最先看过部分书稿，并于1983年4月初亲临苏州，在下榻的东吴宾馆，亲招我们当面教诲，提出宝贵意见。著名诗人丁芒先生多次写信鼓励，在看过书稿以后，从南京来到鲁德俊的住处，提出修改意见，又欣然亲自作序。著名诗人屠岸先生，对中外诗律有精深的研究，他也积极热情地鼓励我们完成课题。著名诗学专家吕进先生给我们写信说："新格律诗，是一个诗学发展已经提出的课题。大著对这个课题进行了系统的研究，这是中国新诗理论史上的第一次，有拓荒之功。"在写作过程中，多位诗人来信给予热情鼓励，如严阵、唐湜、纪宇等寄来相关资料。正是在这些学者、朋友的关心和鼓励下，我们才能如期完成写作。

在《新格律诗研究》的写作过程中，我们有意识地把部分章节扩展补充，写成专题论文，投寄刊物发表。在1991年6月书稿出版之前，在刊物上发表的论文有：《新文学头十年的"新韵律运动"》《新诗形式活动中一个活跃的人：朱湘》《新格律诗的美学特征》《纪宇朗诵诗的艺术魅力》《论徐志摩格律诗的艺术形式》《何其芳格律理论的探索和评价》《论闻捷的新九言体》《李季探索新诗形式的道路及其意义》《初期诗人对新诗形式发展的贡献》《闻一多、胡适诗论的艺术思维比较》《胡乔木躬身实践新诗格律》《闻一多脚镣说新论》《新诗诗行排列的审美意义》《新诗"新韵律运动"始末》《试论卞之琳的"两种调式"理论》等。这些论文的发表，扩大了人们对中国新格律诗认识的视野，更多诗人的格律探索引起人们关注。它使得人们认识到，新诗发生以来的新格律诗创作并非空中楼阁，探索新诗格律理论并非不被实践批准。尤其有的论文触及新诗形式讨论中的敏感问题，如初期白话诗人的诗体解放说、闻一多的格律脚镣说、闻一多的建筑美理论等，还有些历来评价颇有争议的话题，如新韵律运动的评价问题、新诗继承诗词歌赋传统问题、中国十四行诗的评价问题、20世纪 30 年代的"歧路口"纷争问题、新民歌运动中的纷争问题、何其芳的现代格律诗评价问题等。我们试图对这些敏感的或争鸣的话题，充分地阐述自己的观点，力图做出公正的评价。正如丁芒所概括的那样："他们既尊重客观历史，又不被历史所束缚，既承认历史的局限，充分论证其时代的价值，又从今天的高度和新的观点，加以辨析。因此，立论的方法是科学的。"①

这期间有篇论文需要特别予以说明，即《新诗格律探索七十年》，发表在《黄淮学刊》1990 年第 1 期。该文包括两个板块。前一板块按照"开创期的尝试""多元期的发展""繁荣期的成果""新时期的开拓"四部分，结合新诗发展历程，从诗律视角梳理了新诗发生后七十年间的新诗格律探索，强调这种探索的前继后承，线索清晰，而且强调方向一致，成果丰硕。具体就是：一是沿着新韵律运动中诗人的探索道路走，主要通过对西律的改造使之切合汉诗特点；二是沿着民歌和古典诗歌的道路探索，主要是通过对传统诗律的改造使之切合新诗要求，这成为我国新诗音律探索的基本特征。该文的后一板块是总结七十年间探索的经验，立足未来趋向，总结了四个规律性的话题。一是情调内容和格律形式的关系，强调了新诗体探索应该提倡固定形式和诗节形式并重，这同后来学界讨论的自律体和共律体直接呼应；二是节奏声调和自然语调的关系，强调了新诗格律探索应该提倡音组排列节奏和诗行对称节奏并重，即提倡两种节奏的理论；三是格律因素和非格律成分的关系，强调了非格律因素进入格律诗的合理性，其美学基础是"一致和变化"；四是新格律诗与自由诗的关系，期待两种诗体在发展途中互相学习、各臻完善。这些问题既是七十年间探索的经验所指，更是新的探索趋向所指，体现了新诗格律开放的现代性。该文代表着我们对于新诗格律探索的历史经验和发展趋势的思考结论，其基本思想指导着我们对于新诗格律课题的研究。该文发表以后，学界颇有影响的《高校文科学报文摘》即予摘要发表。

以上论文的发表，也为我们著作出版做了学术铺垫。丁芒在为我们写的序言中对此书出版的现实价值做了充分的肯定。丁芒指出："当代中国新诗所呈现的总态势、总趋势，是更多地倾向于西化、自由化（乃至散文化），而较少注意

---

① 丁芒. 新格律诗研究·序［M］. 银川：宁夏人民出版社，1991：2.

民族化、格律化。……中国数千年的诗歌优良传统，必然会发生更大的威力，促使中国新诗更加健康发展。而格律化恰恰是中国诗歌优良传统在新诗形式艺术上的体现。因此，《新格律诗研究》向诗人、诗论家和广大诗歌爱好者、研究者，提出这个问题，提供了充分的研究成果，以利于中国新诗向民族化方向大步迈进，是非常重要的，十分及时的。"

《新格律诗研究》出版以后，在学界也产生了积极的反响。丁芒的《新格律诗研究》序言在《新闻出版报》1992 年 12 月 9 日发表，后又刊登在《现代格律诗坛》第 1 期。钱仓水、魏家骏的书评《独特视角下的中国新诗艺术的发展》，发表在《江海学刊》1992 年第 5 期；钱伟明的书评《拓荒之功》，发表在《中国现代文学研究丛刊》1992 年第 3 期；潘颂德的书评《一本填补空白的创新著作》发表在《书讯报》1991 年 12 月 23 日；水怀珠的书评《一本填补空白的新著作》发表在《写作》1992 年第 4 期；曹培根的简介发表在《高校社科情报》1991 年第 4 期。钱仓水、魏家骏的文章认为："这本著作就中国新诗的一种特殊样式来做研究，在一个独特的理论视角下对中国新诗艺术的发展史进行回顾，在中国现代诗歌的研究中可以称得上是别开生面的。"[①] 文章肯定了我们的研究思路："《研究》不是新格律诗发展历史的一般描述，而是主要着眼于新格律诗这一特殊诗体形式形成和发展的理论总结与研究。著者认为，探求一种能够继承传统并能融汇新机的新格律体的诗歌样式，不只属于形式问题，也是诗歌民族化、群众化的新课题。"这样的评论，是完全契合我们写作《新格律诗研究》的初衷和追求的。

《新格律诗研究》的写作和出版，是我们的学术研究起步。它使我们接触到大量的新诗格律理论和创作，建立起了自己的学术积累和资料积累。它使我们思考了新诗格律的诸多问题，基本思路直接影响着以后的新诗研究。它使我们确立了终身学术研究的方向，以后开展的新诗理论研究都与新诗音律问题有关。写完《新格律诗研究》，我们把研究兴趣转移到中国十四行诗，转移到 20 世纪诗体流变，转移到中国新诗韵律节奏系统，转移到现代诗学理论发展史，转移到新诗自由体的音律，其实都是原有研究的拓展和深化。

---

① 钱仓水，魏家骏. 独特视角下的中国新诗艺术的发展 ［J］. 江海学刊，1992（5）.

从一种节奏体系到两种节奏体系

一

我关于新诗音律的研究，受到了朱光潜的重要著作《诗论》的影响。讨论新诗的节奏问题，首先就要讨论节奏基本单位问题。按照瑞士文论家沃尔夫冈·凯塞尔的理论，就是"作为诗的一个普遍的规定，我们可以说，诗是从一批最小的发音单位构成的一个有秩序的统一体。这个统一体从自身向外发展，那就是说，它要求一个相应的继续"。这里的"发音单位"不是单个的语言音节，而是一个最为基本（最小）的节奏单元，"一个法国读者习惯认为秩序是由一个固定的音节数目构成一些重音是固定的。"① 它是构成诗体节奏秩序统一体的基础。正是这种节奏单元有秩序地向外发展，建行构节成篇，最终建构起新诗的韵律节奏体系。因此，讨论诗的韵律节奏问题，必须要理解基本节奏单元，把握基本节奏单元的特征。

构成诗的语言节奏的基础或本质，是诗歌语言在朗读中的"声音的段落"。朱光潜对这种"声音的段落"有这样的表述：

> 声音是在时间上纵直地绵延着，要它生节奏，有一个基本条件，就是时间上的段落（time-intervals）。有段落才可以有起伏，有起伏才可以见节奏。如果一个混整的音所占的时间平直地绵延不断，比如用同样的力量持续按钢琴上某一个键于，按到很久无变化，就不能有节奏，如果要产生节

---

① ［瑞士］沃尔夫冈·凯塞尔. 语言的艺术作品［M］. 陈铨，译. 上海：上海译文出版社，1984：92.

奏，时间的绵延直线必须分为断续线，造成段落起伏。这种段落起伏也要有若干规律，有几分固定的单位，前后相差不能过远。比如五个相承续的音成 1：5：4：3：9 的比例，起伏杂乱无章，也不能产生节奏。节奏是声音大致相等的时间段落里所生的起伏。①

朱光潜强调了语言的声音节奏产生的条件：一是有时间段落来打破时间绵延的直线，"时间的绵延直线必须分为断续线"；二是时间段落间的差异不能过大，"有几分固定的单位"；三是时间段落组合后要形成有规律起伏。以上三者结合就是："节奏是声音大致相等的时间段落里所生的起伏"。换个说法就是：节奏是基本相同的声音段落在时间中的反复回旋。这种理论通俗深刻，是能够普遍为人所接受的，也容易得到实践和理论的印证。我始终坚持的观点是：诗的材料是语言，诗学的基本问题是"话语如何能成为艺术作品"，诗律的起点是语言声音的时间段落。在诗中，声音的时间段落在形成节奏中具有基础性，首先是这种"时间的段落"具有客观性，任何节奏都是建立在语言实体之上，人们读诗的主观节奏感是基于"时间的段落"的安排，即声音的"时间的段落"的复现，造成读者的心理预期和满足。

诗的节奏体系是由基础的节奏单元向外发展而成，基础的节奏单元是诗的节奏中最小的"声音的段落"。因为语言的性质不同，各国诗的节奏基本单元同样存在差异。朱光潜在《诗论》中具体地概括了欧洲诗的三个重要类型：

第一种是以很固定的时间段落或音步为单位，以长短相间见节奏，字音的数与量都是固定的，如希腊拉丁诗。第二种虽有音步单位，每音步只规定字音数目（仍有伸缩），不拘字音的长短份量；在音步之内，轻音与重音相间成节奏，如英文诗。第三种的时间段落更不固定，每段落中的字音的数与量都有伸缩的余地，所以这种段落不是音步而是顿，每段的字音以先抑后扬见节奏，所谓抑扬是兼指长短、高低、轻重而言，如法文诗。英诗可代表日耳曼语系诗，法诗可代表拉丁语系诗。②

以上是欧诗的基本节奏单元特征，而按照王力的观点，"诗的格律不是诗人

---

① 朱光潜．诗论［M］．北京：生活·读书·新知三联书店，1984：157.
② 朱光潜．诗论［M］．北京：生活·读书·新知三联书店，1984：161.

任意'创造'出来的，而是根据语言的语音体系的特点，加以规范。"① 因此探究诗的节奏单元，就需要立足于现代汉语的语音特征，即如梁宗岱所说："彻底认识中国文字和白话的音乐性。"从新诗诞生以后，诗人们就开始探索新诗的基本节奏单元。主要路径包括，一是重音节奏的探索。如陆志韦在《我的诗的躯壳》中提出重音音步的概念，基本主张是讲究重音数量，位置不拘，轻音数量不拘，音步数量不拘。② 二是平仄节奏的探索。吴宓在《诗学总论》中认为中国诗的音律是平声字与仄声字的相重相间。刘大白在《中国诗的声调问题》中，主张新诗采用新的抑扬律，"保存平仄的旧躯壳，而另用一种新灵魂注入其中"，即"弃去平实和曲折的标准，而改用轻重的标准。以平为重音，以仄为轻音，相间相重而构成抑杨律"③。三是长音节奏的探索。王光祈在《中国诗词曲之轻重律》中，认为中国的平声字较重较长，仄声字较轻较短；王力在《汉语诗律学》中认为："汉语近体诗中的'仄仄平平'乃是一种短长律，'平平仄仄'乃是一种长短律。汉语诗律和西洋诗律当然不能尽同，但是它们的节奏原则是一样的。"④ 周煦良在《论民歌、自由诗和格律诗》中，认为"仄仄、平仄算短音组，平平、仄平算长音组"，把平仄与音组结合起来。以上种种探索均以失败告终。这是因为，汉语的音节无轻重读之别，只有轻读非轻读的区别。古代汉语中轻音为数不多，律诗字字调平仄难以容忍轻音。五四后的现代汉语轻音增多，但文学语言中轻读音约在六分之一，且在语流中发生变化，所以中诗无法像英诗那样取轻重构成节奏单元。汉语是方块字，一个字只有一个音节，没有显著的、明确规定的重音。要完全借用英语的轻重格来建立中国的现代格律诗，这是不可能的。汉语的音节长短相对，据测定，阴平字 0.436 秒，阳平字 0.455 秒，上声字 0.483 秒，去声字 0.452 秒，相差很小，无法在语流中形成鲜明的对比，也就无法像希腊拉丁诗那样以长短格构成起伏节奏。尤其是新诗采用自然的文法结构，句子结构极为繁复，行数增加，字数增多，如果依然实行字字调平仄必然让人望而生畏，诗人完全无法创作。综上所述，由汉语语音特性所决定，重音节奏、平仄节奏、长音节奏的探索都无法取得普遍认同。

那么在这种情况下，寻求新诗节奏单元，还有条路可走，即从法诗节奏中

---

① 王力. 中国格律诗的传统和现代格律诗问题［J］. 文学评论，1959（3）.
② 陆志韦. 我的诗的躯壳［M］//陆志韦. 渡河. 上海：上海亚东图书馆，1923.
③ 刘大白. 中国旧诗篇中的声调问题［M］//郑振铎，编. 中国文学研究：上册. 影印本. 上海：上海书店，1981：34.
④ 王力. 汉语诗律学［M］. 上海：上海教育出版社，2005：6.

获得启示，通过音节存在与不存在的变化来形成节奏，即走音组节奏的道路。音组节奏的理论特征是：

> 第一，不管是古体诗、近体诗，还是现代格律诗，节奏单元是以几个音节结合的音组或音顿，实际上，常常是两个音节和三个音节的音组或音顿；第二，这些音组或音顿没有音节上的限制，即不讲平仄和轻重长短；第三，音组或音顿的划分，主要以语法和语意为主，以稳定的节奏模式为辅，即可以根据上下文的格律设置，分出一些没有语法和语意关系的音组或音顿；第四，这些音组或音顿后面有停顿或者延音，停顿和延音也构成了节奏。①

音组节奏理论在新诗史上有诸多概括，我们认为对新格律诗的节奏进行分析，必要前提是明确我们所说的"音组"内涵。因此，我们考察了新诗史上种种音组理论，写成《新格律诗音组面面观》，发表在《淮阴师专学报》1986 年第 2 期。文章具体考察了如下"音组"：

（1）胡适、孙大雨的"音节"说。最早使用"音节"来分析新诗形式的是胡适。他把"音节"分解为"音"和"节"，其"音"是诗的声调，认为新诗声调要求平仄自然和用韵自然；"节"指"诗句里面的顿挫段落"，认为"新体诗句子的长短，是无定的；就是句里的节奏，也是依着意义的自然区分与文法的自然区分来分析的"②。这种区分，其实质是"意群"的完整，否定了形式化节奏单元的划分。

（2）闻一多、孙大雨的"音组"说。孙大雨也使用"音节"概念，但他的解释是："我们所习以为常但不太自觉的、基本上被意义或文法关系所形成的、时长相同或相似的语言组合单位。"③ 孙大雨要求音组的时长相同或相似，这是形式划分。闻一多用"音尺"概念，他在《律诗的研究》中说："大概音尺在诗中当为逗，'春水''船如''天上坐'实为三逗。合逗而成句，犹合尺而成行也。"④ "音尺"摒弃了轻重、长短、高低的区别，只强调音节的组合，"尺

---

① 李国辉. 比较视野下中国诗律观念的变迁［M］. 北京：中国社会科学出版社，2011：141.

② 胡适. 谈新诗［J］. 星期评论（纪念号），1919 – 10 – 10.

③ 孙大雨. 诗歌的格律［J］. 复旦学报，1957（1）.

④ 闻一多. 律诗的研究［M］//神话与诗. 上海：华东师范大学出版社，1997.

度"即音尺的音数。因此孙、闻的"音节"和"音尺"后来被称为"音组"。

（3）林庚的"新音组"说。林庚探求新诗格律，首先是"寻求掌握生活语言发展中含有的新音组"。结果他发现"凡是念得上口的诗行，其中多含有以五个字为基础的节奏单位"，而"口语中有许多时候是比白话更要简短些"。因此，他的新音组所指："以四字五字等音组来取代原先五七言中的三字音组。"① 由此他主张采用半逗律写作三五、四五、五五等诗行。

（4）赵毅衡的"新音组"说。赵毅衡对音组的理解是："它是一个语法上紧密联系的意义单位"，长度主要是三言、四言和五言。它比古诗音逗长，是因为"基本词组变长""朗诵的语流速度加快，使意群划分变长"②。新音组的特征是语法意义上的语言单位即意群。

（5）罗念生、胡乔木的"节拍"说。两人借用音乐节拍来概括新诗节奏单位。罗念生要求每拍占时大体相等③；胡乔木则要求每拍占时完全相等，每拍固定为两字或三字。④

（6）朱光潜、何其芳的"诗顿"说。朱光潜所说的"顿"是读诗时的"稍顿"，他提出诗中"每顿长短有伸缩"，主张新诗抛弃旧诗纯粹形式化的顿，改用语言的自然节奏划分。后来又说：新诗"每章的句数，每句的顿数以及每顿的字数在大体上总要有些规律"⑤。何其芳则要求新格律诗"每顿所占的时间大致相等"。

（7）骆寒超的"音组"说。骆寒超对音组的定义是："在诗行中能显示出停逗顿挫的一个个语言拼合单位，或者说相亲的语音群。"⑥ 在此基础上，他对新诗各种音组做了定量和定性分析，要求音组有机组合起来建立诗行。

在进行这种考察以后，我和鲁德俊在写作《新格律诗研究》时，主要采用了闻一多和孙大雨的音组理论。认为这种节奏理论并不关注时间段落内部语音的轻重长短结构，而是把时间段落作为一个整体的"时长"，然后同其后的顿歇结合构成"节"和"奏"的有序反复。这是基于汉语语音自然性质的汉诗格律的重要特征。

---

① 林庚. 问路集·自序［M］. 北京：北京大学出版社，1984：4.
② 赵毅衡. 汉语诗歌节奏结构初探［J］. 徐州师院学报，1979（1）.
③ 罗念生. 节律与节拍［N］. 大公报，1936 - 01 - 10.
④ 胡乔木.《随想》读后［J］. 诗探索，1982（4）.
⑤ 朱光潜. 谈新诗格律［J］. 文学评论，1959（3）.
⑥ 骆寒超. 论中国现代诗歌的声韵节奏系统［J］. 当代创作艺术，1986（2）.

在此基础上，我们解剖了诗的基本节奏单元，认为有三个问题：一是节奏单元的结构问题；二是节奏单元的排列方式；三是节奏单元的行间对比。我们明确了基本节奏单元安排的理想模式，从而提出了"我们的音组"说。具体是如下三个问题：首先是自由组合和限字组合的问题。每个音组由若干音节组合而成。这种组织要不要限字有三种意见：不限音组的音节而自由组合；大体限定音组字数；完全限定音组字数。我们赞成完全限定音组字数。其次是任意组合和规律组合的问题。这是音组排列成诗行的问题。有人主张任意地排列音组数，但多数诗人主张规律地排列。所谓规律排列，或是音节数量一致，或做有规律变化。我们主张做规律的排列。关于行内音组的排列位置，即传统所说何处安排两字组，何处安排三字组等。多数诗人主张做无规则的排列，闻一多也要求"音尺排列的次序是不规则的"。我们也主张不做规则排列的要求，同时又认为能够规则排列更好。最后是行的均齐和行的变异的问题。这是关于诗行组合成行组的格式问题。我们肯定新格律诗行的完全均齐或对称均齐，但并不反对诗行的变异。基于以上认识概括地说就是："对诗歌节奏应该做形式化的音组划分，每个音组的长度应该基本一致，音组的排列要大致有规律可循。"以上是我们通过考察新诗种种音组理论，概括出的"我们的'音组'说"，也就是我们最初所确认的"一种节奏体系"的基本内涵。应该说明的是：我们构建并确认这种理想的基本节奏模式，同时又允许在此基础上的种种变异形式。理想模式突出的是典范性，变异形式体现的是操作性。

我们就是带着这种节奏模式的理论，进入我国新格律诗研究领域的。我们试图依据我们对新诗节奏模式的理解，去论述新诗史上种种新诗格律探索的理论和实践。

二

运用一种节奏理论进入新格律诗研究后，我们发现，有时的研究是非常有效的。如闻一多在《诗的格律》中明确地说，《死水》从第一行"这是/一沟/绝望的/死水"起，"以后每一行都是用三个'两字尺'和一个'三字尺'构成的，所以每行的字数也是一样多。结果，我觉得这首诗是我第一次在音节上最满意的试验。"①《死水》是闻一多新格律诗的典范，而他的其他诗则为变异形式。孙大雨说："所谓'音组'，那是以两或三个汉字为常数而相应不同变化的结构来体现的，这样的命名也是为了有别于英文格律诗中的'音步'。"② 他从1926年开始写作新格律诗，基本格式是用两三字构成一个音组，积五个音组成为一个诗行。他最初的《爱》确立了自己的典型格式，以后无论是翻译或创作，大多采用如此的格律形式。20世纪50年代，李季采用新鼓词体写作格律体长诗《杨高传》，吸收了鼓词善叙事的句式，形成了自己的规律。即每节四行中，一、三行为七言三个音组（二二三），二、四行为十言四个音组（三三四），在音组结构和组合中都体现着规律性。如胡乔木的新格律诗明确每行四个音组，每个音组固定为两、三字，他认为："诗的分拍或顿并不必与词义或语言规律完全一致，因为诗的吟哦究竟不同于说话，但仍然要容易上口"③。此外，如卞之琳、田间、闻捷、何其芳、臧克家等人的新格律诗，依据我们的音组进行论述，显得非常奏效。

但是我们发现，有时的研究则完全失效。如对徐志摩、朱湘、郭小川、严阵、纪宇等人的新格律诗，就完全无法用音组理论加以分析研究。若硬要用音组理论去分析，则不仅会造成音律成分的丢失，而且会把诗意的表达弄得滑稽可笑。我们的研究陷入困境。

这种困境促使我们去进行新的思考。我们首先想知道的是，这类新格律诗是如何安排声音的时间段落的，即在朗读中应该如何停顿，如何划分节奏基本单元。鲁德俊借来了中央人民广播电台播音员方明的朗读唱片来听，结果发现其朗读是完全按照意义或语法的停顿来划分节奏单元的。如郭小川的《青纱帐—甘蔗林》一节的朗读停顿如下：

> 哦，／我的青春，／我的信念，／我的梦想……
> 无不在北方的青纱帐里／染上战斗的火光！
> 哦，／我的战友，／我的亲人，／我的兄长……
> 无不在北方的青纱帐里／浴过壮丽的朝阳！

---

① 闻一多. 诗的格律［N］. 晨报副刊·诗镌，1926 - 05 - 13.

② 孙近仁，孙桂始. 耿介清正：孙大雨传［M］. 西安：陕西人民出版社，1999：17.

③ 胡乔木.《随想》读后［J］诗探索，1982（4）.

　　方明是按照语法意义来划分意群的，符合自然语流的停顿。"哦"是叹词，位于句首，一顿；"我的青春"等是主语，各一顿；"无不在北方的青纱帐里"是状语，一顿；"染上战斗的火光"是谓语带宾语，一顿。这里划分出的节奏基本单元，其音数并不完全等量，也就是说声音的时间段落并不相同或相似。按照传统的音组理论，这样的音组排列并不能形成节奏形象。但这却是大家公认的新格律诗，它的停顿必然具有自身规律性。经过仔细的分析，我们发现这种规律就是行内或行间音组的对称排列。我们从第一行中可以发现，它的节奏主要是由前后三个偏正词组的对称排列形成的。但是我们无法在前两行间把握其节奏单元的组织规律，当然不会得到外形的节奏美感。当我们接着再读两行之后，就会发现：一、三行是同一语法结构的交叉对称，二、四行也是同一语法结构的交叉对称。在这种对比的条件下，诗的匀整规律马上见出，诗的节奏图案立刻显现。再看宗白华《晨兴》短诗的两行：

> 太阳的光
> 洗着我早起的灵魂

　　节奏单元排列杂乱，音节存在时间并不一致，缺乏声音节奏美感。但接着来的两行是：

> 天边的月
> 犹如我昨夜的残梦

　　全诗四行，一、三行和二、四行分别对称，在对比的条件下，诗的节奏图案形式立刻呈现。

　　在做了这样的研究之后，我们提出了这样的问题：除了一般所确认的音组理论外，新格律诗是否另有一种节奏体系？这使我们想到了新月诗人饶孟侃在《新诗的音节》中说过的一段话："节奏又可以分开两方面来讲：一方面是由全诗的音节当中流露出的一种自然的节奏；一方面是作者依着格调用相当的拍子（Beats）组合成一种混成的节奏。第一种节奏是作家自己在创作的时候无意中从情绪里得到一种暗示，因此全诗的节奏也和情绪刚刚弄得吻合而产生的，这种节奏纯粹是自己理会出来的，所以简直没有规律可言；而第二种则又是纯粹磨炼出来的，只要你肯一步步地去尝试，也是可以做得到的。在根本上这两种节奏就没有优劣的分别。""在我们现在所谓的好诗里面，象《志摩的诗》里面的《盖上几张油纸》和闻一多的《大鼓师》《渔阳曲》都是用第一种方法产出来的作品，这几首诗的音节里都自然流露出一种特殊的情绪，但是里面没有一定的拍子；虽然《渔阳曲》是一首近似两种方法兼用诗。至于纯粹用第二种方法产生的诗，象本刊上期登的《死水》和那两个曲子都可以拿来当作参考。"① 这段话的内涵是丰富的，首先，提出诗的节奏有两种，即自然语调的节奏和磨炼形式的节奏；其次，认为两种节奏不分优劣，各有其优势；再次，认为新月诗人创作包括两类节奏，分别可以以徐志摩《盖上几张油纸》等和闻一多《死水》等诗为例；最后，认为两种节奏体系也可以相互融合兼用，形成一种混成节奏。虽然饶孟侃对两种节奏尚未清晰地界定，但其基本思想还是使得我们深受鼓舞。

　　我们在此基础上，重新审视新诗格律理论的探索，发现除形式化音组理论外，确实存在着另一路的探索。其基本路向就是倾向自然的口语节奏，具体来说就是始终在寻求着符合自然语调和内在情调的节奏体系。如胡适的"自然音节"说，就强调"语气的自然节奏"，认为诗里的节奏"是依着意义的自然区分与文法的自然区分来分析的"。新月诗人中的徐志摩强调新诗音节的"匀整与流动"，他说："行数的长短，字句的整齐或不整齐的决定，全得凭你体会得到音节的波动性。"② 20 世纪 30 年代朱光潜在《论中国诗的顿》中认为，旧诗语言节奏与音乐节奏冲突，新诗"须承认读诗者与作诗者都不应完全信任形式化的节奏，应该设法使它和自然的语言节奏愈近愈好"。林庚把自己探索的节奏单元称为"新音组"，力求新诗节奏"合乎自然的语吻"。赵毅衡把自己探索的节奏单元称为"新音组"，反对传统的音组说或音顿说，认为"现代各国诗歌发展的总趋势是力求向自然语调节奏靠拢而舍弃生硬的音步格律"，他的节奏单元划分举例如下："战斗的/诗情武装/千筐万箩，而我的/笔墨呢？/能有几何？那一天/大清早/狂风飞卷，把家家/户户的/门窗摇撼。"以上从胡适到赵毅衡诸人，都在寻求一种符合现代汉语特点的自然语调节奏，但遗憾的是，他们往往兜了一圈后仍旧回到音组说。究其原因，是由于闻一多、何其芳等在理论和实践上的倡导已经产生了重要影响，而且容易从现成的旧诗音律和西诗音步中获得印证，从而限制了人们的思维空间。

---

① 饶孟侃. 新诗的音节 [N]. 晨报副刊·诗镌，1926 - 04 - 22.

② 徐志摩. 诗刊放假 [N]. 晨找副刊·诗镌，1926 - 06 - 10.

这样思考以后，我们就提出了新诗两种节奏体系的理论，并分别给予了新的命名，即一种是倾向于形式化的音组等时停顿节奏，另一种是倾向口语化的意群对称停顿节奏。当我们用两种节奏理论去研究新格律诗，就获得了极大的自由。我们把徐志摩的格律概括为"通过行的规律排列来追求音节匀整与流动"，主要从"行的对称和行的变化""诗行连续重叠与诗行间隔反复""诗行的韵脚和诗行的声韵"三方面去分析。我们把《草莽集》时期朱湘的探索概括为"从歌曲意义中显出完美"，着重从"行的独立""行的匀配""韵的和谐"去分析其格律特征。我们肯定郭小川的"新辞赋体"探索，把其特征概括为：诗行加长，按意群顿而不按音顿停顿，切合口语节奏；行间对比，两个或数个诗行节奏相应；以行为基础，在行间和节间造成回环反复的音乐节奏。我们肯定纪宇的朗诵诗探索，通过"长以取妍，长而舒气""化长为短，集短为长""诗行对称，整散结合""韵脚密集，双音收尾"四方面去分析。这样，我们在《新格律诗研究》出版时，就专设一章"我们的节奏观"，明确地提出了"新格律诗的两种节奏体系"。

著作出版以后，诸篇书评普遍肯定我们提出的两种节奏体系。丁芒在序言中明确地说："我认为《新格律诗研究》一书的最大成就和贡献，就是能在前人经验的基础上，突破前人和流行的观点，独辟蹊径，在我国第一个提出了新诗格律的两大节奏体系论。"潘颂德在书评中认为："作者在深入研究之后，揭示了新格律诗的两种节奏体系，并从理论上深入地做了比较分析，这是该书的突出贡献。"钱仓水、魏家骏在书评中说："《研究》的又一贡献在于著者通过界定概念、厘清线索、分析成因，总结概括出新格律诗的两个节奏体系：音组等时停顿节奏和意群对称停顿节奏，它们分别表现为音乐性形式节奏（音顿节奏）和口语化自然节奏（意顿节奏），从而形成了韵律的诗和旋律的诗，而在读者审美接受方式上则分别为'吟哦式'和'朗读式'两大类型。这一概括是符合新格律诗的倡导者和试验者的创作实际的。"这都是对我们提出两大节奏体系的肯定和鼓励。

三

我们在《新格律诗研究》的"我们的节奏观"中，已经对两种节奏体系的基本特征做了初步的论述。我们认为，两种节奏体系的基本节奏单元，就其本质来说都是"音组",即数个声音的组合单位,都是声音的时间段落,它体现了汉语区别于西语的自然特征。但是,两种节奏体系的区别同样明确,主要表现为前者是形式化的,后者是口语化的,前者是吟哦的节奏,后者是诵读的节奏。为了区分两种节奏,我们在命名上把前者称为"音组等时停顿节奏",简称"音顿节奏",把后者称为"意群对称停顿节奏",简称"意顿节奏"。构成音顿节奏的要件是:第一,节奏单元是"音组";第二,节奏单元的"等时";第三,其节奏构成是等时停顿。构成意顿节奏的要件是:第一,节奏单元是"意群";第二,意群的排列原则是对称;第三,有规律地停顿。这是我们对两种节奏体系的最初思考和概括。

我们肯定音顿节奏体系,更肯定意顿节奏体系。我们概括了意顿节奏体系的优越性。首先,把传统的音乐性节奏改成口语化自然节奏,容易同情调和语调相配合;其次,创作方便,构行构节容易,利于"量体裁衣";最后,用自然语调朗读即能显示诗的节奏形象。当然,这种节奏体系也有弱点,因为许多诗的情思并非适宜写成对称诗行,硬要那样去写也会陷入困境。基于这样的认识,我们在完成《新格律诗研究》以后,撰写了《新格律诗创作的发展趋势》,发表在《语文导报》1987 年第 6 期。文章立足新时期十年的创作实践,正面提出了新格律诗创作的发展趋势。在诗体方面,诗人更注重诗节形式,努力改造固定形式,使之有着较大自由度;诗人虽沿用前人旧格式,但更注重量体裁衣,并在实践中创造了许多新格式;节奏的基本倾向是采用自然的朗读式,意群对称成为主要节奏方式;诗人注意到重复和变化结合的审美价值,有的在新格律诗中穿插散句,有的创作半格律诗。新格律诗创作的总趋势是内容与形式的统一,就格律而言,自然之中有人为,束缚之中有自由,整齐之中有变化,沿袭之中有创新。在这段概括中,充分肯定了新时期以来,诗人们在两种节奏体系尤其是在意群节奏体系探索方面的最新成果。

在《新格律诗研究》出版以后,我们重在推进两种节奏体系的研究。我们在骆寒超研究的基础上,正面提出我国古代存在着两种节奏体系的理论。从本质上说,《诗经》是一种形式化的节拍节奏,而《楚辞》则是一种口语化的自然节奏,这两种节奏系统作为我国诗歌节奏的两个传统,在以后诗歌发展中相互融合,形成了清晰线索的两种节奏体系。大致说来,古诗体以及后来定型的五七言近体主要继承的是《诗经》的形式化节奏体系,而词曲则继承了《楚辞》的口语化节奏体系。前者主要特征,是设限音顿的型号(两字音顿三字音顿)、设限诗行的音顿(齐言的二顿三顿)、设限诗行的组合(绝体律体)、规定严格的声调韵式；后者主要特征，是不限顿的字数（顿的音节容量增多加大）、不限诗行的音数（大量采用是参差诗行）、不限诗行组合（词曲的篇章结构呈现多样化）、不限诗节结构（对称方式多样化）。从基本节奏单元来说，前者是形式化的，每顿固定为两三言；后者是口语化的，更多采用词组的四五言。骆寒超说："词曲语言是趋向口语化的。所谓口语化指人际交流中所采用的语言，是一种陈述性语言，它要求适应特定语境而对成分做适度增删、语序做酌量变动，但总体又不违反语法规范，使信息传递简洁明晰，语调表达生动自然。"① "以齐言为标志的近体诗所展示的是音组停逗均衡的复沓型节奏，以长短句为标志的词曲所展示的则是音组停逗参差的流转节奏"②。我国两种传统的节奏类型，为我们提出新诗两种节奏体系提供了更加坚实的历史依据。其实，新诗也始终在探索着两种节奏体系。在新诗运动初期，最初的白话诗主要是白话古体诗和白话词调诗。新格律诗接续传统并探索形式化（规则）和口语化（自然）两种节奏体系，完全是建立在传统汉语诗歌声韵节奏体系基础之上的，具体来说就是《诗经》和《楚辞》分别开创的诗律传统基础之上，都有其存在的合理性。

　　进入 20 世纪 90 年代以后，我们继续推进两种节奏体系研究。写作了《闻一多、徐志摩诗律论比较》，试图运用两种节奏理论去具体解剖两个创作文本，并进行比较研究。文章从文本审美出发提出一个重要现象：闻、徐同为新月诗人，都在诗的形式开拓和表现内容掘进方面，为新诗做出重要贡献。但是两人的诗体风格不同：读闻诗，我们常听到行进的节奏，是格式的匀整与整齐；读徐诗，我们常感到荡漾的旋律，是音节的匀整和流动。如朱自清就认为，闻一多"作诗有点像李贺的雕镂而出，是靠理智的控制比感情的驱遣多些"。徐志摩的诗"是跳着溅着不舍昼夜的一道生命水"③。卞之琳认为《志摩的诗》《死水》"风格不同，一则轻快，一则凝重"④。陈梦家也说志摩的诗"是温柔的、多情的、自由奔放的"，而一多的诗"是敦厚的、热情的、严谨的"。我们的文章认为，这种风格差异是同两人采用不同的声韵节奏方式有关。具体就是："闻一多的新诗体现的是音组连续排列的韵律节奏，而徐志摩的新诗体现的则是意

① 骆寒超．汉语诗体论 形式篇 [M]．北京：人民文学出版社，2009：68.
② 骆寒超．汉语诗体论 形式篇 [M]．北京：人民文学出版社，2009：67.
③ 朱自清．《中国新文学大系·诗集》导言 [M] //杨匡汉，刘福春，编．中国现代诗论：上编．广州：花城出版社，1985：245.
④ 卞之琳．徐志摩诗重读志感 [M] //人与诗：忆旧说新．北京：三联书店，1984：26.

顿对应排列旋律节奏。前者为闻一多自觉地有意为之，也为后人广泛论证和实践；而后者却并未为徐志摩所意识到，也未为后人总结拈出。"文章分为四部分加以论述，即"对闻一多诗律论的考察""对徐志摩诗律论的考察""闻、徐诗律论的考察比较""韵律的诗和旋律的诗评价比较"。文章考察两种节奏模式的差异性：闻一多的诗律论强调音尺的长度大致固定，每行的音尺数量大致固定，由此而来的是每个音尺间的停顿大致固定，因此他的诗就形成一种调和的韵律节奏；而徐志摩的诗律论主张意顿长短自由，每行诗的意顿数量安排自由，由此而来的是每个意顿间的停顿变化，因此他的诗就形成一种抑扬的旋律节奏。我们充分肯定两种节奏体系，肯定韵律节奏的诗和旋律节奏的诗，结论是：我们愿以闻一多等人的诗律论为指导的音顿连续排列韵律节奏的诗，和以徐志摩等人的诗律论为指导的意顿对应排列旋律节奏的诗，继续争相吐艳，并深入进行理论的探索，在互相吸收、扬长避短的基础上，各自争取更好的发展前景。应该说，这是一次成功的文本研究实践，它从语言节奏即声音段落的建构组合去探讨新诗节奏体系，具有极大的理论价值和实践价值。它真正奠定了新诗两种节奏体系的理论基础。该文后来发表在《江苏社会科学》2006 年第 1 期。

当我们发现中国古代存在着两种节奏体系的传统后，就开始了古今节奏体系的沟通工作。因为在我们看来，古今诗歌的语言都是汉语，格律又是古今汉诗共同特征，那么就能把两者沟通起来，建构一个共同的韵律节奏系统。其结果就是修改完成了《在继承传统诗律中建构新诗格律体系》论文，发表在《中国韵文学刊》2009 年第 1 期。文章包括四部分：

第一部分"关于新诗语言节奏的基本单元"。认为：汉诗无论古今都是以音的组合来建构基本节奏单元的。形成节奏的依据是：声音的存在，即每个音组包含若干音节，在语流中占着一定的时间；音节的延迟，即相邻音组之间的哨顿或音的延迟；尾音的作用，即音组收尾音在朗读中自然会读得较长、较高、较重，然后形成先抑后扬的听觉效果。

第二部分"关于新诗律体建行的基本方式"。认为：基本节奏单元向外发展，首先是建立诗行，然后建节建篇。音顿连续排列建行和意顿对称排列建行是两种基本建行方式。前者是匀整调和的形式节奏，后者是流动抑扬的自然节奏。前者节奏构成规律是：基本等时的音组排列成诗行，形成第一层次的节奏；等量音组的诗行建立行组，形成第二层次的节奏；等量诗行的行组排列成诗节，构成第三层次的节奏；节奏形式类似的诗节排列成诗篇，形成第四层次的节奏。后者节奏构成规律是：意顿间的停顿，即口语的自然停顿；意顿规律排列，数个长短的意顿在诗行层次上对应排列，使得"时间的段落"有规律运动形成节奏；诗行强化节奏的作用，两个或数个相同结构的诗行连续或间隔反复，诗就会在更高层次上形成节奏。

第三部分"关于新格律诗格式的无限多样"。由音顿连续排列建行向外发展可以建构形式化节奏体系，由意顿对称排列建行向外发展可以建构口语化节奏体系。两种新诗格律体的格式，都遵循"节的匀称和句的均齐"原则，在创作中可以构造出丰富的具体样式，呈现无限可操作性。在构节构篇中，系统地接受了等差律、反复律和对偶律等旧诗外形韵律。

第四部分"关于新诗格律体系的审美品格"。认为：新诗格律体系建构虽然接受了英美诗律的启示，但主要还是在继承中国传统诗律基础上的创造，不仅在外形的韵律方面，而且在内在的审美品格方面都深烙上传统的印记。就其审美品格来说，包括秩序美、均齐美、浑括美和音乐美等，这些美是中国哲学、伦理思想和艺术审美的重要内涵。

经过二十年的理论探索，我们终于建立起了新诗两种节奏体系的理论框架。

从两种节奏体系到三种节奏体系

一

出版《新格律诗研究》以后，我和鲁德俊的学术兴趣转移到中国十四行诗的研究，合作完成了《十四行体在中国》（苏州大学出版社 1995 年）、《中国十四行体诗选》（人民文学出版社 1996 年）和《中国十四行体名诗欣赏》（江苏教育出版社 1995 年），较系统地探讨了中国诗人创作十四行诗的课题，得到学界的普遍肯定。从 20 世纪 90 年代中期开始，鲁德俊调离学校，我的兴趣发生转移，较多地关注新诗的理论批评和文体演进等问题，出版了《新诗理论发展史（1917 – 1927）》（甘肃文化出版社 1994 年）、《中国新诗的现代品格》（延边大学出版社 2001 年）、《中国现代诗学史论》（苏州大学出版社 2003 年）、《中国现代主义诗学论稿》（上海文化出版社 2005 年）。完成了数个省级哲学社会科学研究课题，包括重点课题"20 世纪中国现代诗体流变研究"。其间，大约有十年时间没有研究新诗格律问题，偶有相关文章发表，也是积稿修改而成。如重要文章《闻一多、徐志摩诗律论比较》和《在继承传统诗律中建构新诗格律体系》也不例外，前者就收入 1994 年出版的《新诗理论发展史（1917 – 1927）》著作，后者则是应一个相关学术会议需要在旧稿基础上修改而成的。

尽管如此，我始终没有割断同新格律诗的情缘。在 2005 年 10 月，我有机会到重庆同老友万龙生先生相聚，晚上在宾馆谈的都是诗，都是新诗格律。万先生是个豪爽侠义的人，自号"诗酒自娱"，一生以力倡格律体新诗为己任，理论与创作同时出击。退休后准备归隐，却遇网络诗歌鹊起，遂与同道建立"东方诗风论坛"网站，出版《东方诗风》诗刊，以诗会友，联合起来探讨新诗格律与格律体新诗，风生水起。在此基础上，他精心编撰出版了《新世纪格律体新诗选》，在朋友中传阅。说到这些，万先生兴致勃发。但是，说到目前学界和诗界状况，他对新诗格律和格律体新诗的探索始终被边缘化却是耿耿于怀，溢于言表的是渴望被聆听、被理解之情。因此，他鼓动我重新"入道"，参与他们的联合行动，为中国新诗格律和格律体新诗的发展做些事情。这使我受到很大的震动。首先，由于自己学术兴趣转移后同新诗格律研究的朋友相对疏远，所以不知目前竟有那么多的同人集合着真诚严肃地进行着这被冷落的探索；其次，由于知道新诗格律探索始终被冷落所以采取了逃避的态度，想来真不应该。由此，我即向万龙生先生表示，把我20世纪90年代中期以来关于新诗格律研究的成果汇编起来，出版一本新的理论著作。

其努力的结果，就是《新诗格律与格律体新诗》的出版（雅园出版公司2007年9月）。其中多数文章是我从其他研究课题中抽出来的，且在杂志公开发表过。需要说明的是，尽管是汇编而成，却是有着较为系统的理论体系，表达了我关于新诗格律的整体思考，而且特别注意创作实证分析。"导论"带有总论性质。基本观点是："新诗"概念的提出和内涵界定，把旧诗推向对立面，诗体解放把传统汉诗格律推向对立面，造成新诗与旧诗的关系排斥，造成百年诗体建设的偏狭；新诗发生期诗体特征是"自由"，"自由"也成为新诗价值论的核心，造成百年新诗发展中自由诗体的强势地位，压抑了其他诗体的健康发展；新诗发生的核心观念是诗体解放，诞生了趋向自然音节的胡适体白话诗和趋向情绪内律的郭沫若体自由诗，两者都忽视新诗格律，它成为一种思维定式，制约着新诗格律的探索，百年新诗走过了一条自由化与格律化对抗多和解少的诗体建构道路。百年新诗格律和格律诗诗体探索集中表现在节奏、格式和音韵方面。在节奏方面，形成了三种节奏体系，即自由诗的旋律化节奏，格律诗的节拍式节奏和对称式节奏。在格式方面，主要是均行式和长短句，原则是"节的匀称和句的均齐"。在音韵方面，主要是传统式和现代式两种类型。"导论"包含的这些基本观点，体现在整部著作中。全书包括三大部分：一是史论，有"百年中国格律诗体探索史论""中国诗人移植十四行体格律论""中国诗人新九言诗体探索论"等。二是专论，包括"'脚镣说'新论""格律范畴论""新诗节奏论""新诗音组论""新诗建筑美""声韵技巧论""新诗格式论"等。三是诗人论，论述了闻一多、孙大雨、徐志摩、朱湘、卞之琳、艾青、李季、纪宇、马安信、唐湜等人的理论探索或创作实践，展示了新诗格律探索的丰富性。

著作出版以后，还是获得了一定的社会反响的。吕进先生撰写序言说：

"《新诗格律与格律体新诗研究》的视野比较开阔。""新诗格律是个复杂的问题，如何打造简明、丰富、富有个性的格律标准，是一大难题。"格律体新诗研究"已经超过半个多世纪。需要清理既有，创造未来。这部著作在这两大领域都有作者独具的心得。许霆是一位严肃、严格、严谨的学者。他的几本书给我的印象都是追求新意而又不肯滥用新潮术语，探寻新路而又不割断历史，这就给他的书赋予了求实的素质和学术的品位。这本书也如此。它是格律体新诗研究的长跑中的一个值得注意的足迹，我相信它会有自己的知音的"。随后，我与同人一起筹备举行"新诗格律与格律体新诗研讨会"。2007 年 10 月 20 至 21 日，20 余位专家学者相聚研讨新诗格律问题，后来学者认为："这是新时期新诗格律史上一次承前启后的重要会议。"

在《新诗格律与格律体新诗》著作中，我呈现的仍是依据两种节奏理论研究新格律诗的成果。其中实践音顿节奏体系的代表性诗人是闻一多、孙大雨、唐湜、卞之琳、李季等，而实践意顿节奏体系的代表性诗人是徐志摩、朱湘、纪宇、马安信等。我明确地说明："就格律而言，新月诗人的探索大致分成两路，一路是音尺连续排列形式，包括闻一多、孙大雨、饶孟侃等，另一路是诗行对称排列形式，包括徐志摩、朱湘、陈梦家等。每一路内部个人的探索同样存在差别，这就形成了新月诗人丰富多彩的新诗格律探索格局，为中国新格律诗的发展奠定了基础。"这是我对新格律诗发展史的一种新的认识。我向上述研讨会提交的学术论文，还是《论新格律诗的两种节奏体系》。

但值得注意的是，我在该书的"导论"中，提到了三种节奏体系：格律诗的节拍式节奏、格律诗的对称式节奏和自由诗的旋律式节奏。这里说得极其明确，就新格律诗来说，还是两种节奏体系，第三种节奏体系是属于自由诗的。提出第三种节奏体系的缘故，是因为我在进入新世纪后研究新诗体流变，写完了《旋转飞升的陀螺：百年中国现代诗体流变史论》（人民文学出版社 2006 年版）和《趋向现代的步履：百年中国现代诗体流变综论》（南京师范大学出版社 2008 年版），对于自由诗的节奏有了一定的理解。我当时对于自由诗体的节奏理解，主要接受了骆寒超的相关理论。骆寒超认为新诗中声音节奏的核心是音组，把握音组要注意它的定量和定性问题。由于各音组（顿）字音含量不同，给人的节奏感也不同：多音的音组（顿）是重而急，属于扬；相对而言，字音少的音组（顿）则是轻而缓，属于抑。抑扬或扬抑相间，顺势而下，节奏自有和谐之感、顿挫之趣。音组（顿）定量得与定性结合：单字音组（顿）最轻缓，两字音组（顿）次轻缓，三字音组（顿）次重急，四字音组（顿）最重急。不同型号的音组（顿）组合建行，就能形成诗行的轻缓、次轻缓、次重急、重急型的抑扬节奏。诗行也有定量和定性的问题，不同长度的诗行，从外现内在情绪的角度看，节奏性能也是不同的：大凡顿数愈少的短诗行，愈有一种短促、轻快、属于扬的节奏感，能显示出一种急骤昂奋的情调；顿数愈多的长诗行，愈与一种悠远、沉滞、属于抑的节奏感，能显示出一种徐缓沉郁的情调。①依据音组和诗行的定量定性理论，骆寒超认为，经过诗人的长期实践探索，新诗自由体形成了若干旋律化规则：

（1）落实在诗行群的组合上，即当情绪的内在律动特强的那一段外化为旋律时，对应的诗行群用对称或排比能增强旋律强度。

（2）落实在诗行组合上，即组合中诗行长短做有机的搭配，对增强旋律表现有某种决定意义。一般来说，诗行长的能反映出情绪内在律动的沉滞悠远感；诗行短的能反映出急迫短促感。当诗人情绪的内在律动还是比较舒缓、平静时，外化为旋律的表现，则总是从一个节奏极端逐步过渡到另一个节奏极端；假如情绪波动很大又很强烈时，外化的旋律需要一种大起大伏的表现，则就呈现为两种极端节奏的直接交替。

（3）落实在押韵上，即把无韵改为有韵，能起到一种辅助性的效果。

（4）落实到音组收尾上，即凡表现一种激越、壮烈或深沉情调的诗，应以双音结构的音组煞尾为主，这能使全诗有一种嘶喊、论辩或诉说味；凡表现一种轻快、飘忽或欣喜情调的诗，应以三言结构的音组煞尾为主，这能使全诗有一种朗吟，轻哦或咏叹味。②

在我对自由诗节奏研究的初期，接受了骆寒超的这种旋律化节奏理论。因为骆寒超是通过创作经验而拈出的节奏规则，带有经验性特征，因此不是新诗节奏体系的理论表述。但我明确地把旋律化节奏同音顿节奏体系、意顿节奏体系并列起来，则表明我已经意识到新诗存在第三种节奏体系，这种体系能够描述新诗自由体的节奏实践。这种认识，就推动着我在接下来的新诗格律研究中，在原有基础上推进自己对于新诗节奏体系的研究。

---

① 骆寒超. 论中国现代诗歌的声韵节奏系统［J］. 当代创作艺术，1986（2）.
② 骆寒超. 论现代自由诗［M］//中国现代诗歌论. 南京：江苏人民出版社，1984：387−400.

二

骆寒超论自由诗节奏规则涉及诗句、音组、尾音等节奏因素，但其中最为重要的是诗行及诗行组合的问题。这使我们想起了朱自清在谈新诗节奏时说的话："我们读一句文，看一行字时，所真正经验的是先后相承的，繁复异常的，许多视觉的或其他感觉的影像（Image），许多观念、情感、伦理的关系——这些——涌现于意识流中。……文字以它的轻重疾徐、长短高下，调解这张'人生之网'，使它紧张，使它弛弛，使它起伏或平静。"① 这说的又是诗行的前后相承、繁复呈现，形成了诗的或起伏或平静的节奏。

如果我们继续深入下去思考，就会发现更多的相关论述。如胡适认为："若要做真正的白话诗，若要充分采用白话的字，白话的文法，和白话的自然音节，非做长短不一的白话诗不可。这种主张，可叫作'诗体的大解放'。"② 这里的"长短不一"是指"诗句"或"诗行"，它也是一种"时间上的段落"。胡适对新诗语言节奏做了最初探索。值得注意的是，胡适不再从"逗"而从"句"的角度去探讨新诗节奏问题。我国最初的新诗就采用长短诗行形成节奏。如沈尹默的《月夜》如下："霜风呼呼的吹着，／月光明明的照着，／我和一棵顶高的树并排着，／却没有靠着。"新诗语言不同于传统韵语，完全采用的是现代散文语言，但沈尹默通过分行和组行，建构了诗所独具的韵律结构，显示了建行在新诗体中的特殊作用。稍后的梁实秋在 1923 年发表《〈繁星〉与〈春水〉》，从"诗分行是有道理的"角度，论及"一行便是一节有神韵的文字，有起有讫，节奏入律"③。明确了"行"在新诗神韵和节奏中的独立地位。徐志摩认为"不论思想怎样高尚，情绪怎样热烈，你得拿来彻底的'音节化'（那就是诗化）才可以取得诗的认识，要不然思想自思想，情绪自情绪，却不能说是诗"。新诗在韵律节奏上的特点是："行数的长短，字句的整齐与不整齐的决定，全得凭你体会到音节的波动性。""一首诗的秘密也就是它的内含音节的匀整与流动。"④ 这里又提出新诗的节奏是在"行数的长短"上，在"字句的整齐与不整齐"上。

---

① 朱自清．美的文学［N］．文学，1925 – 03 – 30［第 166 期］．
② 胡适．尝试集自序［M］合肥：安徽教育出版社，1999：29.
③ 梁实秋．〈繁星〉与〈春水〉［N］．创造周报，1923 – 07 – 29［第 1 卷第 12 号］.
④ 徐志摩．诗刊放假［N］．晨报副刊·诗镌：第 11 号，1926 – 06 – 11.

朱湘在《评徐君志摩的诗》中要求人们注意散文与诗体的区别，说："散文诗是拿段作单位，'诗'却是拿行作单位的。散文诗既然是拿段来做单位，容量就比较大得多，所以它这一方面的可能性是比较大的。不过我们要是作'诗'，以行为单位的'诗'，则我们便不得不顾到行的独立同行的匀配。"① 以上种种探索开始突破"逗"而进入"句"的节奏层次，即从句（行）的内在"音节的匀整与流动"来思考新诗的语言节奏，要求新诗能在诗句（行）的层次上表现诗人情绪的自然消长。

诗行或诗句作为声音的时间段落，确实能够在组合中形成节奏。但是，诗行能否成为新诗的基本节奏单元，则是另一个问题。正因为如此，虽然我肯定着诗行的节奏意义，但在较长时间里没有提出行顿节奏的概念。直到 2010 年前后，读到《现代西方文学批评术语词典》中的话，我才豁然开朗。这是对"自由诗"名词的界定，也是对自由音律特征的说明：

> 惠特曼和意象派诗人在诗歌创作中特别强调句法和节奏，并形成了一股摒弃韵律和重视节奏的创作潮流。他们的目的在于充分发挥节奏的传情达意功能并对韵律的阐释和作用加以贬抑。他们弃而不用现成的韵律，这对读者的已经成为习惯的感受方式无异于釜底抽薪，并迫使他们形成新的阅读速度、语调和重读方式，其结果使得读者能更充分地体会诗歌产生的心理效果和激情。这种诗歌的韵律并没有同语言材料分离开来；在这种诗歌中，诗节的作用取代了诗行的作用，诗行（句法单位）本身变成了韵律的组成部分，而且诗行的长短变化形成了一定的节奏。②

这一概括揭示出西方自由诗体的基本特征是：冲破传统的韵律，用诗行在诗节意义上的旋律和诗的内在韵律节奏代替传统的语言节拍节奏，即"诗节的作用取代了诗行的作用，诗行（句法单位）本身变成了韵律的组成部分"。美国诗学教授劳·坡林在《怎样欣赏英美诗歌》中也说过："自由诗与有节奏的散文之间的唯一区别在于自由诗引进一种外在的节奏单位——诗行。语言分成行数便形成有节奏的结构或声音的抑扬。除诗行以外，自由诗和有节奏的散文间没

---

① 朱湘. 评徐君志摩的诗［M］//中书集. 北京：中国文联出版公司，1993：164.
② 罗吉·福勒. 现代西方文学批评术语词典［M］. 袁德成，译. 成都：四川人民出版社，1987：114.

有明确的差异。"① 其实，我国的朱光潜在谈到自由诗节奏时也与类似的论述：

> 它的节奏好比风吹水面生浪，每阵风所生的浪自成一单位，相当于一章。风可久可暂，浪也有长有短，两行三行四行五行都可以成章。就每一章说，字行排列也根据波动节奏（cadence）的道理，一个节奏占一行，长短轻重无一定规律，可以随意变化。照这样看，它似毫无规律可言，但是它尚非散文，因为它究竟还是分章分节，章与章，行与行，仍有起伏呼应。它不像散文那样流水式地一泻直下，仍有低回往复的趋势。它还有一种内在的音律，不过不如普通诗那样整齐明显罢了。②

这是谈英国自由诗节奏的。它同样认为诗行成为节奏单元，而诗节（章）成了节奏段落，诗行、诗节非列呼应往复形成波动节奏。就是说自由诗是以诗行而非诗顿作为节奏单元的。

在做了这样的研究之后，我豁然明白：诗行在现代诗中是可以成为基本节奏单元的，在这种情形下，诗行本身成为韵律的组成部分，而诗节的作用取代了诗行的作用。联系中国新诗的节奏体系来说，音顿节奏是在行的层次上确立自身节奏形象的，意顿节奏是在行组层次上确立自身节奏形象的，那么，自由诗是在诗节层次上确立自身形象的。正如沃尔夫冈·凯塞尔所说："诗这个词原来的意义是耕地的农夫所发现的一对对的犁沟，一行行的轮换。""代替行列的不断重复，行列可能作为一个部分进入一个更高级的组合。""更明显的是诗的行列上升到诗的章节方面的一个更高的单位，这个单位通过习惯的印刷排列方式可以认识出来。"③ 这就是说，在新的组合中行列可能成为节奏基本单位。既然如此，诗行就如音顿或意顿一样，也就可以成为基本节奏单元。那么，我们完全应该在音顿、意顿基础上，明确地提出"行顿"概念，在此基础上建立起行顿节奏体系。

这样的结论是否具有普遍性呢？我认真地阅读了李国辉给我提供的英美自由诗理论资料。李国辉是研究西方自由诗理论的专家，他正在为西方自由诗理

---

① ［美］劳·坡林. 怎样欣赏英美诗歌［M］. 殷宝书，译. 北京：北京出版社，1985：149.

② 朱光潜. 诗论［M］. 北京：三联书店，1984：113 – 114.

③ ［瑞士］沃尔夫冈·凯塞尔. 语言的艺术作品［M］. 上海：上海译文出版社，1984：105.

论建立一个完整的谱系。阅读使我获得重要发现，那就是：英美自由诗理论中有着丰富的诗行节奏论述。如美国自由诗理论家弗莱彻认为："自由诗像格律诗一样，要倚重节奏的一致性和相等性；但是这种一致性并不能视为节拍的等量持续，而应视为节拍价值相等的诗行，在收缩状态中的并置，它出自不同的格律源泉。"① 既强调了自由诗体同样有着格律追求，又强调了自由体的格律不同于格律体，而其不同之处正在于它是以诗行作为自身的节奏单元，且这是出于不同的格律源泉。由眼光向外的借鉴，我们获得的诗行理论是否符合我国新诗的形式探索实践呢？结论应该是极其明确的。因为我国的自由诗体，直接受到了惠特曼和意象派诗歌的影响，也是弃而不用传统的现成韵律，特别强调句法或诗行节奏，推动新的阅读方式形成，使得读者更充分地体会诗所产生的心理效果。这是根据现代汉语的特点做出的选择。现代汉语强调言文一致，以双音节、多音节为主从而导致古代汉语单音节为主的语言结构瓦解；同时，现代汉语受西方语法影响，趋向语义逻辑的支配和表达思维的严密，就使句子结构变得复杂而紧密，句式必然拉长；其结果就难以再用整齐的形式音逗来作为诗的节奏单元，因而自觉地选择长短不一、参差错落的自由句式，并使诗语呈现出口语化、散文化趋势。这是诗体革新的重要成果。从胡适到梁实秋，再到新月诗派的徐志摩、朱湘，再到朱自清等，其实他们都在探索着诗行节奏体系，虽然这种探索还是朦胧的，但其方向却是完全一致的。

　　要确立一种节奏体系，应该考虑其更大的普适性。这使我想到在研究中国十四行诗时，曾经遇到的一个困惑，即如何理解诗行的计音现象。20世纪20年代末，朱湘在写完《草莽集》后，写作了《石门集》，其中包括借鉴西律写的汉语十四行诗，采用每首诗行音数相同的均行，全诗切成规则的方块，被人讥为"豆腐干"诗。有人认为其"未曾顾及汉语言与英语和意大利语的本质不同，单纯追求字数一致""字数与格律成了窒息诗思的紧身衣"②。认为汉语是以音组不是以音为基本节奏单元的，以音数建行就落入计音误区。我在写作《新格律诗研究》时，也认为"只把每行字数整齐作为诗律规则，诗自然就失却了音乐声韵的美感"。但随着研究汉语十四行诗的深入，我发现不仅朱湘，包括李唯建、饶孟侃、柳无忌、吴兴华，甚至冯至的十四行诗也用均行节奏。这些学者不约而同采用均行写作，肯定有其存在的理由。后来，我读到了柳无忌在《为

---

① ［美］约翰·古尔德·弗莱彻. 自由诗释义［J］. 李国辉，译. 世界文学，2015（6）.
② 方李珍. 朱湘十四行诗：体式的迷误［J］. 福建论坛，1996（6）.

新诗辩护》中的话："这类诗并不像一般人所想象的那样拘束与单调，因为作者可以自由地界定每行的字数，依照诗中的情感或思想而变化着。同时，作者不一定一行内写着一句，他可以在一行内写着几短句，或者可把一长句带到另一行内结束。在这里面有很多的自由，可以免去拘束，有很多的变化，可以免去单调与生硬。"柳无忌举出朱湘的《女鬼》为例，认为"十四行诗是很容易束缚而变成单调与生硬的体例，但是这诗却一点儿也没有那些弊病，它是新诗中最可诵读的一首好的作品"。结论是："倘使新诗要有格律，或者被讥为'豆腐干'式的诗是个妥当的试验。这种做法是相当地吸收了西洋文学的影响；它似乎比整个吞下英诗的构造法，要在中文诗中用轻重音而忘却了中英文字根本不相同的一般论调为高明一些。"① 这就指明了以等音建行的节奏体系，是在借鉴西方现代诗律基础上结合汉诗特点进行创格的结果，指明了诗行节奏体系与传统的音组节奏之间的区别。这种建行和节奏方式，后来不仅在大量汉语十四行诗且在相当数量的新诗中被广泛采用。读到这些基于创作而提出的精彩论述，我们理解了朱湘等人写作等音均行诗即被称为"豆腐干"诗的用心良苦，他们是在借鉴中有意探索一种新的节奏方式，任何轻易的指责都是轻率的。对于朱湘等人诗行节奏的思考和研究，我加深了对新诗"行顿"的理解和认同。

既然新诗自由体和汉语格律诗大量采用诗行作为基本的节奏单元，那么"行顿节奏"也就自然能够被我们概括为新诗的第三种基本节奏单元了。

三

"行顿"就其本质来说，也是声音的时间段落，要在它的基础上建构一种节奏体系，就必须使行顿向外发展，即在语流中形成声音段落前行的节奏运动。诗的节奏运动方式普遍认同钓是"复现"，即古希腊关于"有规律的重现的运动"的思想。世界各国的音律方式差异很大，但共同之处就是"复现（重复）"。"复现（重复）"本身包含着对立的两面，一面是存在，一面是不存在，交替出现的矛盾运动推动着诗的节奏运动。《企鹅文学术语和文学理论词典》这样定义重复："重复可以以各种形式体现，如声音、某些特定的音节（Syl-labkes）、词语、短语、诗节、格律模式、思想的观念、典故或暗指（Allusior）、

---

① 柳无忌. 为新诗辩护［J］. 文艺杂志，1932，1（4）.

诗形。因此，迭句（Refrain）、谐元音（Assonance）、尾韵、内韵、头韵（Alliteration）、拟声法（Onimatopeia）都是一些复现频率较高的重复形式。"① 这表述强调了诗的重复因素的形式多样性，种种因素的重复都能成为节奏运动方式的表相因素。而这种表相在本质上是由情感的运动形式所决定，也就是说，诗中音律呈现为复现（重复），其实是诗人情感、情绪节奏的表现。

根据这样的理论，就需要思考行顿的复现方式。音顿节奏是通过"连续排列"来复现"音顿"的，复现呈现着连续重复的节奏运动，而意顿节奏是通过"对称排列"来复现"意顿"的，复现呈现着交叉重复的节奏运动。因为行顿长短差异，无法通过连续排列或对称排列来形成复现运动的节奏，同时，诗行节奏涉及的不是诗行，而是规模更大的诗节、诗篇问题，它的复现方式也会变得更加复杂。那么应该用怎样的概念去加以概括呢？为了研究自由诗的音律问题，我不仅阅读英美自由诗理论，而且阅读俄国结构主义诗学理论，做了大量的札记。其中黄玫的《韵律与意义：20世纪俄罗斯诗学理论研究》给我不少启示。黄玫肯定诗行的节奏意义，他说："诗行是诗歌各个层次上能够经常形成平行结构的基本条件和诗歌的形式标志，不遵从格律也不押韵的自由体诗也受诗行的制约。"他介绍了洛特曼的结构理论："文学篇章是建立在两种类型的关系的基础上，对等成分重复形式的平行对照以及相邻成分之间的平行对照。""平行对照"是洛特曼使用的重要术语，可看作诗篇建构的基本原则。他把诗篇结构铺展在聚合和组合两个坐标轴，重点揭示篇章内各个层次上的重复现象，包括从语音、韵律、语法、词汇到诗行乃至诗行以上单位的各种重复现象。他认为，诗篇中存在着两种聚合类型：一是非完全重复，部分相同部分相异。这种类型的聚合恰好是富有信息量的。相同部分提示我们这两个（或多个）单位之间的关系，使它们处于"平行"的地位，相异部分因此被凸显出来，让我们从细微差别中捕捉信息。二是完全重复。诗篇中不存在完全意义上的重复，那种看似完全重复的单位其实已因所处位置的改变而改变了信息含量。结论是：无论是哪种重复，都在聚合轴上形成平行对照的关系。这里的"平行对照"使我豁然开朗。自由诗中的诗行，是以"平行对照"的方式存在的，既有完全重复的，也有非完全重复的，而且构成诗行平行对照的语言现象更多更复杂，但它们都在聚合轴上通过重复来推进诗的节奏运动，它比连续重复、对称重复更加

---

① CUDDEN J A. The Peguin Dictionary of Literary Terms and Literary Theory ［M］. 4th edition. London：Penguin Books，1999：742.

具有弹性，更加符合自由诗格律自由宽松的特征。

在明确了诗行具有"平行对照"的基本特征后，我就接受了雅各布森的"对等"概念，并把行顿节奏称为"行顿对等节奏体系"。雅各布森诗学理论的核心是对等原则。他借用索绪尔关于语言的聚合、组合两轴理论，提出在语言运作机制中存在着隐喻与借代两极。隐喻的建立依靠的是本体和喻体之间的相似性，即在具有聚合关系的词群中择一而用（选择关系）；而借代所依靠的是本体与喻体之间部分与全体、具体与抽象等关系，相当于组合词语（组合关系）。雅各布森提出，对等原则成为诗歌结构的基本特征：（1）表现在组合关系中的对等。首先是"语音的对等"。表现在诗歌"音响"领域，包括格律、韵律和语音的技法等。这些手段增强了一种反复出现的同义感或格调感，它构成了诗歌存在的理由。其次是"语义的对等"。"声音相似的词，意义也相近。""诗歌中任何语音的明显相似都被看作意义的相似或分歧。"（2）表现在选择关系中的对等。这就是"隐喻"功能，即根据一个词或概念和另外的词或概念的相似而进行新的选择，这从本质上讲是"联想式"的。以上对等原则在散文中也存在，但在诗中成为支配原则，且由选择轴发展到组合轴，成为诗语结构的基本特征。① 综上所述，雅各布森的诗功能思想是："既汲取选择的方式也汲取组合的方式，以此来发展等值原则；'诗歌功能把等值原则从选择轴弹向组合轴'。这成了语言'诗歌'用法的鲜明'商标'，与其他用法适成对比。② "对等"这个诗学概念，对于解释诗语言结构的本质特征意义重大，它是意义表达和韵律表现的基本模式。

移用"对等"概念来描述行顿复现的价值在于：第一，诗的语音是在等值基础上进行对等组合。等值的语音重复或回旋，就是诗律形成的本质，或者说，诗律赖以存在的基础，正是重复同类单位。我国新诗韵律节奏是通过顿挫段落的有规律有比例反复出现形成的。各种词法、句法结构重复，自然带来语音重复，而语音的秩序性重复正是韵律节奏存在的基础。第二，对等原则在诗语各个层次都有体现。对等的语言因素包括，所有有形态变化和没有形态变化的词类，各种抽象的和具体的词类，还有各种句法单位和句法结构。这是符合新诗尤其是自由诗对于对等语料多样性要求的。第三，对等的含义是宽泛的，它不

---

① 以上关于雅各布森理论的叙述参见：特伦斯·霍克斯. 结构主义与符号学［M］. 上海：上海译文出版社，1987；黄玫. 韵律与意义：20 世纪俄罗斯诗学理论研究［M］. 北京：人民出版社，2005.

② ［英］特伦斯·霍克斯. 结构主义与符号学［M］. 上海：上海译文出版社，1987：78.

仅指完全相等，且包含了各种相似和相异、同义和反义、对比和对称等；不仅包括语言因素完全对等关系，还包括宽式平衡关系；不仅包括常规意义上相似性对等，且包括相反对比关系性对等。这样界定使得对等原则具有可操作性，符合新诗在规律中变化的诗行组合要求。第四，音响对等是持续进展的。对等把组合过程确认为一种思维的历时性模式，它是"序列的，相继的，线性发展的关系"。这对于理解新诗音律的本质具有指导意义。因为新诗节奏是由具有时长特征的时间段落构成的，它的进展、循环、发展形成语音节奏流程，始终体现的是时间段落的对等重复。第五，对等原则关注诗的语义表达功能。雅各布森重视语音结构和语义结构的相互关系，强调语音对语义结构的影响。因此需要将语义结构放在与韵律结构、句法结构等其他诗篇层次平等的地位上来考察它们之间的关系。

西方以隐喻为主的修辞体系和在声音模式基础上建构起来的诸多诗体，都体现了对等原则。我国古代诗歌的声、韵、节奏、语法、语义等，也非常重视对等。具有现代特质的新诗自由体，在创作中大量地运用了对等原则。王光明在《现代汉诗的百年演变》中，提出"考虑诗人运用对等原则的主体立场，自由诗的可能与限度就浮现出来了"：

> 第一，由于诗歌的媒介是语言而不是音乐，声韵的地位不是独立的，既受到语言变化的影响（如中国诗歌从四言到五言、七言，均可从语言发展中寻找原因），也受到意义的规约，因此不可能有永远不变的诗歌语言模式，不可能有绝对的诗歌语言与日常语言的界限。第二，对等的功能和意义并不是要服从一个限定的框架，而是对应心灵与感情的内在节奏的，即是说，诗的思维是情绪思维，不是对等原则决定情感的节拍，而是感情律动借助对等原则发出个人的声音。诗歌无法回避的是节奏，而不是格律。第三，由于诗歌的灵魂是节奏，而语言的表现即使没有严格的韵律也仍然可能获得节奏（比如语句的重复和诗段的对称等），对等原则的运用可以说是相当宽松的。①

这里概括的自由诗体语言的几个要点，其实都是从雅各布森关于诗功能理论中引申出来的，它着重强调的是对等原则如何具体在自由诗（其实也能扩展

---

① 王光明. 现代汉诗的百年演变［M］. 石家庄：河北人民出版社，2003：120.

到新诗）中运用的问题。

英美自由诗理论家对自由诗律有个表述："就像格律诗一样，自由诗体的诗篇依赖节奏的一致和均等；但是这种一致不是拍子的平均连续，像节拍器那样，而是音律来源不同的等值诗行的对待。"① 这是一个精彩的结论。它在肯定自由诗体同样遵循节奏一致和均等的基础上，重在指明自由诗体节奏的两个重要概念，一是诗行，二是等值。这也就是我们在研究自由诗体时着重解决的两大问题。当我们明确了"行顿"概念，又明确了"对等"概念，就能够在这两个概念基础上建立新诗的第三种节奏体系，即"行顿对等节奏体系"。因此，我把"行顿节奏体系"与"音顿节奏体系""意顿节奏体系"结合，初步建构了新诗韵律节奏系统，并于 2013 年以《中国新诗韵律节奏论》为题，成功申报了国家社科基金后期资助项目。

---

① 转引自李国辉．自由诗的形式与理念［M］．北京：知识产权出版社，2016：33.

从音组节奏理论到音顿节奏理论

一

　　这里想谈谈三种基本节奏单元的命名问题，因为这种命名不仅是使用概念来表达的问题，更为重要的是对于新诗基本节奏单元本质的认知问题，也是关涉对于现代汉语的中国新诗韵律节奏特质的认知问题。

　　世界各种语言节奏理论，都强调节奏是由同一类基本单位的不断重复而形成的。其"基本单位"即诗的基本节奏单元。我对基本节奏单元的理解，接受的是朱光潜的理论，认为基本节奏单元是"声音的时间段落""节奏是声音大致相等的时间段落里所生的起伏。"① 其实，类似论述在新诗理论中是普遍存在的。如郭沫若做过相似的分析："简单的一种声音或一种运动，是不能成为节奏的。但加上时间的关系，他便可以成为节奏了。譬如到晚来的一种寺钟声，那假如一声一声地分开来，那是再单调没有的。但他中间经过一次间歇，同样的声音继续又来，我们便生出一种怎么也不能说出的悠然的，或者超凡的情趣。"② 这种间歇所形成的声音即时间的段落。除"时的关系"外，郭沫若认为还有"力的关系"，即"力的节奏不能离去时间的关系，而时的节奏在客观上虽只一个因子，并没有强弱之分，但在我们的主观上是分别了强弱的"。这是"因为与我们注意点相当或不相当的缘故，不怕就是同样的声音也可以生出强弱来"③。朱光潜和郭沫若关于节奏生成的论述，为我们解决新诗节奏问题提供了

---

① 朱光潜．诗论［M］．北京：生活·读书·新知三联书店，1984：157.
② 郭沫若．论节奏［J］．创造月刊，1926，1（1）.
③ 郭沫若．论节奏［J］．创造月刊，1926，1（1）.

总体思路。其理论基础是现代语言学和心理学；基本原理是基于时和力的关系的时间段落因断续所生的起伏；格律要求是"段落起伏也要有若干规律，有几分固定的单位"。

某种语言的诗歌节奏，是由该种语言的自然语音特性决定的。"现代实验语音学的发展使许多诗律研究者更倾向于从语音学角度分析诗律。诗歌节奏只是强化了语音本身固有的节奏，因此，对一种语言最适合的诗律，想移植到语音特征不同的别的语言中去，往往归于失败。"① 如古希腊和拉丁语诗歌采用长短音节奏，是因为其语音具有明显的长音和短音的特性，英语、德语和俄语诗歌采用轻重音节奏，是因为其语音具有明显的重音和轻音的特性。讨论汉诗的基本节奏单元应该站立于汉语的语音基础之上。在我进入新诗节奏研究的20世纪80年代初，我国诗人、学者对于汉语新诗基本节奏单元的探索，已经积累了丰富的探索成果。普遍的共识就是：解决我国新诗的节奏问题，要从汉语特点出发。而中国语言文字最大的特点是"独体单音"，不似西方的拼音语言，可因字母的拼合而有音节多少和轻重音的变化。汉语是音节文字，字与字之间音的高低、长短、轻重的差异并不明显，因此汉语古诗以音节组合为基本节奏段落，即以"时"来建构自身韵律节奏基础；同时，汉诗节奏形成"力的关系"是靠停顿，古诗常常使用朗读中的停顿即"逗"来指称基本节奏单元。这样，汉诗节奏形成的特殊规律就是：时的存在——音节组合成顿；时的不存在——顿间停顿；力的作用——停顿在朗读中的抑扬。丁鲁说："在古代，我们的先人曾经分开解释'节''奏'两字. 把'奏'理解为发音，而把'节'理解为不发音，即停顿。滴水的声音可以体现这种意思：水珠落在水潭里的声音是'奏'，而'奏'与'奏'之间的有规律的静默是'节'，因此滴水可以形成一种最单纯的节奏；而节奏的特点，就是节奏因素在时间上有规律的出现。"② 这揭示了汉诗节奏的本质特征：声音"时间段落"的"奏"和"节"有规律地组合所产生的节奏感。

以上探索表明，人们对于新诗基本节奏单元的理解大致相同，即包括时的存在、时的不存在和停顿的抑扬。那么，如何去称呼汉语新诗的基本节奏单元呢？若偏重在"时的存在"（或"时的关系"），就可以使用"音组"概念，因为音组强调的是声音的长度；若偏重在"时的不存在"（或"力的关系"），那

---

① 中国大百科全书·外国文学册 [M]. 北京：中国大百科全书出版社，1982：920.

② 丁鲁. 中国新诗格律问题 [M]. 北京：昆仑出版社，2010：99 – 100.

么就可以使用"音顿"概念，因为顿歇强调的是声音的停逗。我在进入新格律诗研究时，从众地选择了前者，即把新诗的基本节奏单元称为"音组"。这里所说的"从众"，是指新诗史上多数诗人或学者使用的概念。如胡适在《谈新诗》中用"音节"概括新诗基本节奏单元，他所说的"音"和"节"包括音的段落和音的顿歇，但他实际上是把它作为"音组"概念使用的，即指由数个音组成的音组。闻一多在《律诗的研究》中，认为西诗的"音尺"相当于汉诗的"逗"，"合逗而成句，犹合尺而成行"，这里也注意到汉诗节奏单元是"逗"即顿歇，但在具体分析时使用了"音尺"，如"两字尺""三字尺"，即偏重音的存在而使用"音组"概念。孙大雨探讨新诗的顿歇，肯定"顿歇"即停逗在诗的节奏中的重要性，但又认为节奏仅仅同"时长"有关，"占据时间，有时积"是汉诗节奏的核心，所以也把基本节奏单元称为"音组"。这种种实例说明，虽然大家注意到节奏单元有着"停逗"和"时长"两面性，但都采用规定"时长"的音组概念。音组概念成了新诗史上通用的节奏概念，甚至写入语文教科书。因此，我当时没加以认真辨析，采用"音组"概念来称新诗基本节奏单元。我在 20 世纪 80 年代发表的《新格律诗"音组"面面观》中明确地说："我们主张用'音组'来称呼诗歌节奏单位。十分明显，这是把诗歌看作时间艺术，是从诗歌的音乐性和诗歌的语言形式着眼的。我们对音组的定义是：诗歌中时长相同或相近、能够自行构成节奏的最小单元，同意义和文法有一定关系的音节组合单位。"无疑，这是个偏于"音的存在"或"节的时长"的概念。

当我和鲁德俊提出新诗两种节奏体系时，为了加以区分，在《新格律诗研究》中使用了"音组等时停顿节奏体系"和"意群对称停顿节奏体系"，"音组"和"意群"对举，"等时"和"对称"对举，建立了两种节奏体系的理论。我们对两个概念的解释是："音组是从形式上划分出来的时间段落，包含大体相等的音节，朗读时占据一定的时间。""意群是根据意义相对独立和语调自然停顿划分出来的'时间段落'，一般是一个短语，甚至是一个诗行。"十分明显，这时使用"音组"和"意群"概念，偏重仍在"时的存在"方面。

写完《新格律诗研究》以后，我们觉得"意群"的概念有点别扭，内涵不够明确。因此开始分别改用"音顿"和"意顿"称呼，把两种节奏体系分别称为"音顿连续排列节奏"和"意顿间隔对称节奏"。虽然名称换了，但并非对汉诗节奏本质的看法发生变化，纯粹是因为认为新的称呼更加明确好记。当时我们同意周煦良的如下表述：

其实，"顿"和"音组"虽则一般用来形容格律时没有多大区别，但事实上应当有所区别。音组是指几个字作为一组时发出的声音，"顿"是指"音组"后面的停顿，或者间歇；换句话说，"顿"是指一种不发声的状态。这种区别当然是相对的，因为没有顿就辨别不出音组，没有音组也就显不出顿，所以有时候毫无必要加以区别……①

周煦良认为，从理论上说，区别"顿"和"音组"是必要的，因为单用"音组"或"音顿"来指称汉诗节奏单元都是不全面的，但在论述新诗节奏时不能同时使用两个概念，所以使用任何一个概念都是可以的。这也就是当时我们使用"音顿""意顿"时所抱有的观点。我们对此的表述是："我国诗的节奏同两个概念密切相关，一是时间段落的音节组，人们把它称为'音组''音尺''意群''拍子'等；二是时间段落的停顿（或延迟），人们把它称为'顿''逗'等。应该说，两者的区别十分明显，因此朱光潜反对混淆。这样的分别，从理论上说很有必要，但在实践中又没有多大的价值，我们想把两者合起来，姑且用'顿'来称呼。因为顿既可以指它本身的停顿（或延迟），又可以表示前一个顿和后一个顿的时间段落，如果当数个时间段落排列，那么前后两个顿的相距正好是时间段落的长度。"

以上就是我在 2010 年以前对汉诗基本节奏单元的基本认识，其本质上反映的是当时我对汉语新诗节奏体系的认识。这种认识随着研究的深入发生了变化，从而形成新的节奏理论。

二

大约在 2012 年，我开始写作《中国新诗韵律节奏论》，首先思考的一个问题是：音顿节奏、意顿节奏和行顿节奏的共同点是什么？我思考后获得的结论是：汉诗是音顿而非音步节奏。我在《中国新诗韵律节奏论》的项目申报书中这样表述："朱光潜在《诗论》中认为欧诗节奏有两大体系，即音步节奏和音顿节奏，'英诗可代表日耳曼语系诗，法诗可代表拉丁语系诗'。那么，汉语诗歌更接近哪一体系呢？中国新诗发生，在诗体形式方面更多接受的是英诗影响，

---

① 周煦良. 论民歌、自由诗和格律诗［J］. 文学评论，1959（3）.

因此也自然地接受了音步说，用英诗音步节律去比附汉诗节奏，结果始终无法自圆其说。同时我们看到，在具体的对比分析中，很多人却又认为汉语更加接近法语。既然这样，那么我们能否换个思路，从音步说跳出来，明确汉诗总体上属于音顿节奏体系呢？这样一来，我们的注意力从音步转向了顿歇，可能许多复杂问题也就迎刃而解了。"这是我研究新诗音律理论中的一次重大观念更新。

我的论证还是倚重朱光潜《诗论》的理论。朱光潜认为欧诗节奏分成两大类型。以英美诗歌为代表的音步节奏，突出的是音步内部的轻重或长短或高低的时间段落；以法语诗歌为代表的音顿节奏，因为顿内音节的轻重、长短、高低不够明显，主要是通过顿的安排来突出抑扬的时间段落。这里的重要观点是：音步和顿歇有规律的组织都可以形成节奏。"音步"是一个时间段落，它由长短或轻重或高低的语音组成基本单位，类似的语音基本单位重复就是同类时间段落的复现，可以在诗中形成有序的音律，英美诗的音步节奏由此形成。"顿歇"同样也是一个时间段落，因为一个顿歇与另一个顿歇之间就是语音存在的时间，顿歇有规律排列同样可以在语流中呈现音律，法诗的音顿节奏就是这样形成的。再进一步说，音步节奏和音顿节奏共同点都是时间段落存在和时间段落不存在的规律结合，只是音步节奏强调的是时间段落的存在，音顿节奏强调的是时间段落的顿歇。那么，汉诗偏向哪一种类型呢？对此，我对新诗史上多位诗人使用的"音顿"概念进行了分析。

朱光潜认为，汉诗的顿"同时在长短、高低、轻重三方面现出。每顿中第二字都比第一字读得较长、较高、较重。就这一点说，汉诗顿所产生的节奏近于法诗顿。"[1] 汉语是音节文字，其字音没有明显的轻重、长短区别，实际上类似法语的音顿节奏。梁宗岱说自己只知道汉诗一句中有若干个"停顿"，只知道中国文字有平仄清浊之别，却分辨不出白话文中哪个轻哪个重来。他认为中国文字作为单音字，差不多每个字都有独立的、同样重要的音的价值。他凭着直觉感觉汉诗节奏在停顿，而法诗也是用顿与韵造成节奏，因此中国文字的音乐性与法文诗较为接近。由此他主张新诗应放弃英诗的轻重律而学习法诗的顿及韵。[2] 叶公超认为，我国现代汉语语音的长短轻重高低的分别都不显著，勉强模仿希腊式或英德式，必然费力不讨好。他说："音步的观念不容易实行于新诗

---

① 朱光潜. 诗论［M］. 北京：生活·读书·新知三联书店，1984：180.
② 梁宗岱. 论诗［M］//诗与真 诗与真二集. 北京：外国文学出版社，1984：37、43.

里。我们只有大致相等的音组和音组上下的停逗做我们新诗的节奏基础。停逗在新诗里占有很重要的地位。它本身的长短变化已然是够重要的，因为它往往不只代表语气的顿挫而还有情绪的蕴含，但是更有趣味的是，停逗常常可以影响到它上下接连的字音的变化。"① 徐迟认为把汉诗基本节奏单元称为"音组"或"音步"都不好，"觉得称呼为'顿'最好"，他对"顿"的解释是：顿，不是停顿，是相等、整齐的意思，即一些东西的重复，是均衡的次数。② 何其芳在《关于现代格律诗》中说：'中国古代格律诗的节奏主要是以很有规律的顿造成的，这已经是许多研究诗歌的人所共有的看法。""五七言诗的句子可以用字数的整齐来构成顿数的整齐。"他指明了：字数整齐是构成顿数整齐的条件，顿数整齐才是汉诗的节奏基础。因此，朱光潜、林庚、徐迟、何其芳、卞之琳等人坚持把新诗节奏单元称为"顿"（或"逗"），这是大有深意的。

在新诗史上，音顿节奏理论有诸多表述，其共同的理论内涵是：第一，节奏单元是以几个音节结合的音组或音顿；第二，这些音组或音顿没有音节上的限制，即不讲平仄或轻重或长短；第三，音组或音顿的划分主要以语法和语意为主，以稳定的节奏模式为辅；第四，这些音组或音顿后面有停顿或者延音，停顿和延音构成节奏的核心。

这样看来，汉诗的音顿节奏体系其实是包括相互联系着的两个要素，一是音组（音节的组合），一是顿歇（音组间的顿歇）。基本节奏单位包含着构成节奏的基本条件及本质特征两方面因素，具体来说，构成诗歌节奏的基本条件是一定的时间间隔，构成诗歌节奏的本质特征则是某种反复性的语音特征。陈本益由此揭示了汉诗节奏类型，基本解决了汉诗节奏的特性问题。其论述包括：(1) 诗的节奏单位构成有两个因素，在汉诗基本节奏单元的两个因素中，"音顿中表示节奏基本条件的是占一定时间的音组（有时是单个音节），表示节奏本质特征的是音组后的顿歇。所以可以给音顿下一个定义，音顿是其后有顿歇的音组"；(2) "在音顿所包含的音组及其后的顿歇这两个因素中，顿歇是划分音组的标志。在西语诗节奏单元音步中，音的长短或轻重是划分音步的标志。"（3）"顿歇也是一种对立性语音特征，只是它的对立面就是音组本身。正如音的长、短和轻、重都是相比较而存在的，顿歇与音组也是相比较而存在，两者不可分离，没有音组，便没有其后的顿歇；没有顿歇，那音组在语音上也标志不出来。

---

①　叶公超. 论新诗 [J]. 文学杂志, 1937, 1 (1).

②　徐迟. 谈格律诗 [J]. 诗刊, 1959 (6).

因此，音顿在诗句中的反复，便是音组及其后的顿歇的反复，而不可能是单纯的顿歇的反复，也不可能是单纯的音组的反复。这是汉诗节奏的本质。"（4）结论是，"在上述音组及其后的顿歇的反复中，我们把顿歇看作节奏点。所以汉诗'音节·顿歇'节奏可以简称为'顿歇'节奏，这正如西诗'音节·长短'节奏可以因长短特征是节奏点而简称为'长短'节奏，'音节·重轻'节奏可以因轻重特征是节奏点而简称为'重轻'节奏。"（5）"所谓把顿歇当作节奏点，实际上是把音组末一音及其后的顿歇当作节奏点。顿歇不可能单独存在，它必须附着在音组的末一音上；它实际上是音的一种变化过程，是声音消失，或者变弱成为一点尾音，由此而与下一音组显出界线。在这个意义上它成了诗的节奏点。"① 这就是汉诗音顿节奏的基本特征。

我认为确立汉诗是音顿而非音步节奏的观念，其好处在于：第一，可以摆脱传统的音步（音组）理论束缚。重在以顿歇视角研究新诗节奏，就划清了汉诗节奏与英美诗律的界限，不再纠缠于百年来争论不休的汉诗是重音节奏或长音节奏或平仄节奏等问题。第二，可以解释汉诗节奏单元的多样化。顿歇是多种节奏单元的存在基础，不同的"顿"可以形成不同的节奏体系。突出顿歇的节奏本质，就允许音组内部音数的差异。正如欧诗中属于音步体系的诗固定时间段落，而属于音顿节奏的诗则"时间段落更不固定，每段落中字音的数与量都有伸缩的余地"。第三，可以更好地体现音义结合。"顿"不纯粹属于节奏形式范畴，主要属于音义结合的范畴。第四，可以充分体现新诗音律的现代性。"顿"的存在和运动方式更具多样性，诗的节奏运动更加自由变化，更加符合现代人对意义节奏的追求。第五，可以反映现代语言学的研究成果。汉诗音律是建立在汉语基础之上的，它是汉语自然语音和语法规则的反映。汉诗是音顿而非音步节奏，构成汉诗节奏的基础是声音时间段落存续与声音时间段顿挫的二元对立。在我国古诗中，常用"读"或"逗"来指称汉诗的基本节奏单元，在新诗中以"顿"或"音顿"来指称基本节奏单元。通过概念的正名，能够揭示古今汉语音律的本质特征，从而打通古今汉诗音律的传承关系，从新诗发生以来始终纠缠我们的混乱思想中解放出来。

在以上认识基础上，我阅读了一些现代语言学研究成果，读到了吴为善在《汉语韵律句法探索》（上海学林出版社 2006 年版）中对于汉语节律的自然特征的概括：

---

① 陈本益. 中外诗歌与诗学论集［M］. 重庆：西南师范大学出版社，2002：18.

（一）构成音步的音节是一个完整的形式。在整个节律格式中，所有音节都是"等价"的，格律中的每个音节虽然不一定重读，但肯定不轻读，音节形式是完整的。

（二）节律单位组合之后产生间隔。既然节律单元可以排列组合构成各种节律形式，那么这些间隔的大小、松紧就必然有规律，其具有的共性就是"相对性"，节律特征的价值在于它的相对值，而不是绝对值。

（三）从超音段特征来看，除了部分轻声现象之外，汉语的词没有固定的轻重和长短，因此无法像英语那样利用现成的语音轻重和长短特征来构成律动要素。汉语的特点是有声调，属于音高特征，但就声调本身来说，具有辨义功能，不能随意改变，因此也不能直接成为韵律要素。

（四）汉语格律诗音步内的抑扬构成，关键在于诗句吟诵时的"顿"。从实际情况来看，这个"顿"并不是真的停顿，只是每个双音节之后有个间隙，形成语音的延宕。语音的延宕使得双音节的后一个音节相对长些，与前一音节形成长短的对比；同时后一音节在延长过程中又必然加重念成一个重音，与前一音节形成轻重的对比。

（五）汉语声律结构中声"扬"的音节与其说是"重音"，还不如说是"重读"，汉语节律的特点是"后重原则"，这与诗的朗读有关。①

这些关于汉语节律的基本结论是富有学理性的。因为第一点结论，新诗的节奏不能走入音音步节奏的误区，而应该坚持音顿节奏的体系。在节律中汉语音节都是"等价"的。第二点揭示了节律单位之间间隔的"顿"（语音学称为"音联"）的存在，许毅曾对普通话的声学特征进行分析，认为语流中存在不同等级的"音联"：闭音联，即音节内部各音位之间的音联；音节音联，即音节之间的音联；节奏音联，即节奏单元之间的音联；停顿音联，即语流中的正常停顿。② 正因为这不同的"音联"存在，才为诗句吟诵时的"顿"提供了条件。由于第三点，就形成了汉语构成节奏的特殊性，即"汉语格律诗的基本单元（音步）中不构成抑扬"，需要通过外部力量来建构韵律节奏。第四、第五点揭示了汉诗节律结构，就是在音节存在和间隔的基础上的"读"和"顿"，这种

---

① 吴为善. 汉语韵律句法探索［M］. 上海：学林出版社，2006：6-21.
② 许毅. 普通话音联的声学语音学特征［J］. 中国语文，1986（5）.

现象称为"节奏音变",由此造成的对比称为"相对轻重律"。古人吟诵诗有着诗律的依据。更进一步说,汉诗朗读的正常重音分析是后重原则,更是建立顿诗节奏体系的语言学基础。这对于新诗节奏的形成意义重大。

以上就是我在写作《中国新诗韵律节奏论》时,所获得的汉语诗歌不是音步节奏而是音顿节奏的一些认识。这时,虽然我仍在使用着"音顿""意顿""行顿"的概念,但对其内涵已经有了全新的认识,这种认识本质上也是对汉语新诗节奏体系的全新认识。在这种认识的基础上,我利用每年为《常熟理工学院学报》编辑"中国新诗格律研究"专栏的机会,在 2017 年第 1 期组织了三篇谈论新诗"音顿"的文章发表,分别是陈本益的《论汉语诗歌的"音顿"节奏》、孙则鸣的《汉语音节诗节奏论》和我的《基于音顿理论的中国新诗节奏系统论》。"专栏"文章发表以后,被《新华文摘》列入"篇目辑览",我的论文被《新华文摘》列入"论点摘编"发表。这是对我们所持的新诗节奏音顿论的肯定。

三

写完《中国新诗韵律节奏论》以后,我把汉诗属于音顿而非音步节奏体系的思想,用来写作《中国新诗自由体音律论》,新诗自由体音律研究获得诸多新的结论。但限于结构,当时没有对"顿诗"理论进行专题论述。写完此书以后,我专门梳理自己在此问题上的思想,形成了"汉诗音顿节奏的基本特征"的概括,现在把这些新的概括陈列于下。

第一,汉诗音顿节奏的节奏点是音组间顿歇。

在欧诗长短节奏或重轻节奏的音步中,我们说音组占一定的时间,实际上是就音组的音质而言,而标志出音组从而构成节奏单位音步的,则是音组语音本身所表现出的特征,如音组语音本身的长短或重轻或高低特征;而汉诗音顿节奏的音顿同样占一定的时间,但其本身语音并不标志出节奏特征,它是以顿歇来标志出音组,也由音组间顿歇来标志节奏特征。在汉诗节奏中,顿歇如重轻、长短、高低一样,是语音的一种特性。因此,音步节奏的节奏点在音组内,而音顿节奏的节奏点在音组间。

无论是音步节奏还是音顿节奏,其节奏单元在朗读中形成有规律的起伏节奏,都是依靠两个因素:一是"量的诗律",即注重于规定用字音的时间量去填满节奏单位的时间片段；二是"质的诗律"，即注重于规定附着于音长量的音质的因素，主要是音长、音强和音重。这就是郭沫若在《论节奏》中所说的"时的关系"和"力的关系"。郭沫若说："这两种分法也是互为表里的。力的节奏不能离去时间的关系，而时的节奏在客观上虽只一个因子，并没有强弱之分，但在我们的主观上是分别了强弱的。"① 虽然任何节奏单元都包含着时的和力的两个因素，但音步与音顿两类不同的节奏单元，其"量的诗律"和"力的诗律"的情形不同。就"量的诗律"来说，音步节奏的诗是以固定时间段落或规定音数音步为基本节奏单位，而音顿节奏的诗每个时间段落中的字音数和量都有伸缩的余地。相对于音步节奏单元字音数量固定，音顿节奏单元字音数量呈现变化，因此法诗节奏与英诗节奏相比只是相对的等时性。因而马乍雷哈（Jean Mazaleyrat）说，"建立在变化单位关系上的法诗系统，在错觉上得以创立。"② 这就是说，法诗基本节奏单位并非固定而是可伸缩变化的，整个法诗节奏系统就建立在这种"变化单位关系上"，其节奏效果只是在"错觉"（即主观感觉）上得以确立的。我国朱光潜认为同固定时间段落的拉丁语诗的音步不同，也同规定字音数目的英诗的音步不同，音顿的时间段落"更不固定，每段落中字音的数与量都有伸缩的余地"，"法诗顿的长短往往悬殊更大"，而这正是汉诗音顿节奏的特征。汉诗"读时长短有伸缩"，朱光潜明确地说："近来论诗者往往不明白每顿长短有伸缩的道理，发生许多误会。有人把顿看成拍子，不知道音乐中一个拍子有定量的长短，诗中的顿没有定量的长短，不能相提并论。"③ 就"力的诗律"来说，它指的是"有两种以上的声音或运动的时候，因为有弱强关系的缘故，彼此一组合起来，加以反复，我们便觉生出一种节奏来"。④ 汉语是音节文字，其字音没有明显的轻重、长短、高低区别，差不多每字都有它独立的、同等重要的音的价值，因此诗律中的"力的关系"无法通过音组内字音的轻重、高低或长短来体现，而只能在音组末的"停顿"上体现出来，"汉诗顿绝对不能先扬后抑，必须先抑后扬，而这种抑扬不完全在轻重上现出，是同时在长短、高低、轻重三方面现出。"⑤

---

① 郭沫若. 论节奏 [J]. 创造月刊，1926，1（1）.
② 转引自李国辉. 比较视野下中国诗律观念的变迁 [M]. 北京：中国社会科学出版社，2011：48.
③ 朱光潜. 诗论 [M]. 北京：生活·读书·新知三联书店，1984：181.
④ 郭沫若. 论节奏 [J]. 创造月刊，1926，1（1）.
⑤ 朱光潜. 诗论 [M]. 北京：生活·读书·新知三联书店，1984：180.

以上汉诗节奏在"量的诗律"和"力的诗律"方面的特点，揭示了汉诗节奏形成规律：时的存在——音节组合成顿；时的不存在（或延宕）——音顿间的顿挫；力的作用——停逗在朗读中的抑扬。不仅如此，汉诗节奏在"量"和"力"方面的特征，还具体地造成了汉诗基本节奏单元的特征，即其节奏单元构成的字数可以伸缩变化，音组建构可以字数有别。如我国《楚辞》的节奏单元字数可以变化，我国词曲的大量衬字并不影响节奏效果，我国诗人倡导新诗格律也并不主张节奏单元字数一致。叶公超在《论新诗》中，举出这样两行诗："太阳下的流泉也是温暖的／你看，终于默默地，"认为"你看，"所占的时间，和"太阳下的"听起来仿佛差不多 。他的结论是："所以，有时音组字数不必相等，而其影响或效力仍可以相同。""音组的字数不必相等，而其影响仍然可以大致相同，而且我们说话的语词和段落多半不出从两个至五个字内的差别，所以我觉得音组的字数无须十分规定。"① 这为汉语新诗节奏体系建设指明了清晰的道路，开拓了广阔的空间。

第二，汉诗音顿节奏的顿歇具有形式多样性。

陈本益认为，把顿歇视为节奏点，实际上是把音组末一音及其后的顿歇当作节奏点，而这种顿歇是广义的，它既指音组后的停顿，也指音组后拖长的一点尾音。用拖音表示顿歇是汉语诗律的特色。② 朱光潜对汉诗的顿歇特征做了精彩概括，认为汉诗顿所产生的节奏近于法诗顿，即节奏单元末字读得较长、较高、较重；但"实际上声音到'顿'的位置时并不必停顿。只略延长、提高、加重。就这一点说，它和法文诗的顿似微有不同，因为法文诗到'顿'（尤其是'中顿'）的位置时往往实在是要略微停顿的。"③ 叶公超认为"停逗在新诗里占有很重要的地位。它本身的长短变化已然是够重要的，因为它往往不只是代表语气的顿挫而还有情绪的蕴含，但是更有趣味的是，停逗常常可以影响到它上下接连的字音的变化。"④ 这就揭示了汉诗顿歇的意义，即语气的顿挫作用，情绪的蕴含作用，接连字音的变化。这就肯定了顿歇的节奏意义，明确了顿歇的基本特征。

在肯定汉诗顿歇的多重节奏意义后，我国诗人还探讨了汉诗顿歇的样态问题，朱光潜在《中国诗的节奏与声韵的分析（中）：论顿》中有这样的论述：

---

① 叶公超．论新诗［J］．文学杂志，1937，1（1）．
② 陈本益．中外诗歌与诗学论集［M］．重庆：西南师范大学出版社，2002：19．
③ 朱光潜．诗论［M］．北京：生活·读书·新知三联书店，1984：189．
④ 叶公超．论新诗［J］．文学杂志，1937，1（1）．

"顿"是怎样起来的呢？就大体说，每句话都要表现一个完成的意义，意义完成，声音也自然停顿。一个完全句的停顿通常用终止符号"。"表示。比如说："我来。我到这边来。我到这边来，听听这些人们在讨论什么。"这三句话长短不同，却都要到最后一字才停得住，否则意义就没有完成。第三句为复合句，包含两个可独立的意义。通常说话到某独立意义完成时，可以略顿一顿，虽然不能完全停止住。这种辅句的顿通常用逗点符号"，"表示。论理，我们说话或念书，在未到逗点或终止时都不应停顿。但在实际上我们常把一句话中的字分成几组，某相邻数字天然地属于某一组，不容随意上下移动。每组自成一小单位，有稍顿的可能。比如上例第三句可以用"–"为顿号分为下式："我到–这边来，–听听–这些–人们–在讨论–什么。"这种每小单位稍顿的可能性，在通常说话中，说慢些就觉得出，说快些一掠就过去了。但在读诗时，我们如果拉一点调子，顿就很容易见出。①

这里以自然话语为据，指明通过形式化诵读可以区分出"顿"的层级：分句单位的顿，全句单位的顿，句内音组的顿。在诗语中，作为节奏支点的顿歇是多层级的，构成诗节奏的多个层级。最小的"时间的段落顿挫"有秩序地组织成稍大的"时间的段落顿挫"，再扩展成更大的"时间的段落顿挫"，最终形成全篇节奏统一体。一般认为，新诗包括四个层级的声音段落：音顿、诗行、节落和诗篇。人们根据顿歇时值或形态提出小顿、中顿和大顿的表述，小顿是指行内音组（顿）之间的顿歇，中顿是指行内使用半逗律的半逗顿歇，大顿是指行末的顿歇。一般来说，小顿或中顿只是虚拟的可能的顿歇，读时用拖音表示顿歇，类似《楚辞》诗句中的"兮"，有声无义，大顿才是真实的完全的顿歇。超越诗行进入行组（节落）以后，虽然仍然依靠顿歇来呈现新诗节奏运动，但其顿歇就不应该认为是基本的节奏单元了。

我国古代诗歌就存在着小顿、中顿和大顿的分别，如七言律诗句的二二三划分就是小顿，而四三划分就是半逗中顿，七言末尾则就是大顿了。新诗在普遍采用半逗律的诗中也存在着小顿、中顿和大顿的分别，但一般的诗句就是行内的小顿和行末的大顿，叶公超把新诗节奏单元的顿歇称为顿逗，包括"顿挫"

---

①　朱光潜. 诗论［M］. 北京：生活·读书·新知三联书店，1984：175 – 176.

和"停逗"两种顿歇,其"顿挫"是指停顿较短的时间,"停逗"是指停顿较长的时间。我们认为,诗行层次上的顿歇都有可能成为新诗的基本节奏单元。我国古典诗歌就有行内顿歇两种基本节奏单元,即形式化的音顿节奏单元和口语化的意顿节奏单元,它们仍被保存在部分新诗里。同时,新诗又把诗行作为基本节奏单元从而建立行顿节奏体系,诗节的作用取代了诗行的作用,诗行本身变成了韵律的组成部分,且诗行长短变化形成了一定的节奏。行顿同音顿、意顿相比,具有层次更高、包容更大的特征。作为行顿的基本单位"行",可以是一个音顿,可以是一个意顿,也可以是一个短语,还可以是较长的诗句,构行的多样性使得音顿或意顿的节奏效力会同时在行顿中体现,从这一意义上说,行顿包含着音顿和意顿的节奏因素。

第三,汉诗音顿节奏的顿歇具有音义双重性。

音步节奏的音步特征是声音长短或高低或轻重的结构单位,而音顿节奏中的音组则是时长相同或相似的语音组合单位。音组(音顿)作为划分声音的时间段落,其主要特征:既是节奏单元的划分,常常也是意义和文法的划分。汉诗的音顿节奏通过分解、组合节拍群而成,是基于自然节奏的,而自然节奏是与意义节奏相统一的,因为意义节奏单位的意群就是自然节奏单位的节拍群,在这种意义上,意义节奏与自然节奏实际是一个东西,所不同的是意义节奏是就语义而言的,是诗的内在节奏;自然节奏是就语音而言的,是诗的外在节奏。与自然节奏相统一的意义节奏是自然的意义节奏。"汉语诗歌的音顿主要是以顿歇来划分和标志出音组,从而构成节奏的,它就必然是与诗歌的意义节奏相统一的。因为顿歇一般只能出现在一个意义单元后面。"① 陈本益分析说:"英语以重音辨词义,只要词语的重音读得明确,词语之间的分别便明确了,而不必在词语之间都要读出明确的间歇来,有许多词语还可以连读在一起。而汉语的词语之间的分别,则主要靠读出一定的间歇来表示。"② 就构成汉语诗歌的顿歇节奏而言,汉语主要是以一个音节整体而不是单个音素来构词的,这种整体性音节单位大多是和一定意义相结合的。这相异于英语等欧洲语言。因为汉诗的音顿主要是以词或词组构成的,顿末容许有语音上的顿歇,这就构成了顿歇节奏。从这个意义上说,正是汉语构词的音节是整体性的且多数都与一定意义结合的特点,才给汉诗的顿歇节奏建立提供了语言学的可能性。

---

① 陈本益. 汉语诗歌的节奏［M］. 重庆:重庆大学出版社,2013:57.
② 陈本益. 中外诗歌与诗学论集［M］. 重庆:西南师范大学出版社,2002:19.

音乐家杨荫浏在《语言音乐学初探》中，从音乐和歌词角度，对西洋的"音步"和中国的"顿""逗"区别做了剖析：

（一）从性质而言：我国的逗代表着一个概念，属于思想内容的范畴；西洋的音步代表着一个周期出现的强弱音节的组合单位，纯粹属于节奏形式的范畴。

（二）从包含的内容而言：逗所包含的意义必须是相当完整的，音步所包含的意义则不求完整。

（三）从对于诗歌节奏形式在发展中的影响而言：用逗，则节奏形式的发展可以比较自由……用音步，则除了索性写绝对自由的散体诗之外，就只能是写节奏严格的一些诗体，并没有中间途径可走……

（四）从衬字或外加音节的应用情形而言：西洋诗歌虽然也用一些外加的音节……但这种情形，并不很多，而且，它们只会加进弱音节，不大会加进强音节……我们的诗歌，特别是长短句的诗歌，却不是如此。衬字可以比较自由地应用……①

可见在继承传统"逗"的前提下使用"顿"的意义重大。第一，"顿"不是纯粹属于节奏形式范畴的，主要是属于音义结合的，同我们所要构建的新的韵律节奏系统更为契合；第二，"顿"不仅指音节组合成的形式化音组，而且包括由意义或语法相对完整所构成的"意顿"或"行顿"，从而为"顿"的类型增加提供了可能和依据；第三，"顿"的节奏发展较为自由，变化更多，它同汉诗的情调、语调和内律复杂变化契合，更能适应新诗创作的需要；第四，"顿"由于主要依靠顿逗来形成节奏，所以顿间字数略有变化不会影响节奏效果，有利于新诗体宽式或变化用律，可以为新诗节奏单元多样化提供广阔的理论空间和操作可能。以上数点结论归结起来，就是音顿节奏相比音步节奏来说，其优势是更加倾向于意义节奏的呈现。它体现了黑格尔所概括的诗律特征："在音乐里，声音是一直响下去的，流动不定的，所以绝对需要拍子所带来固定性。语言却不需要这样固定点，因为语言本身在思想内容上就可找到停顿点，语言并不完全等于外在的声响，它基本的艺术因素在于内在的思想或意义。事实上诗

---

① 杨荫浏. 语言音乐学初探［M］//语言与音乐. 北京：人民音乐出版社，1983：68 - 70.

在用语言所明白表达出的思想和情感里就已可以直接找到实质性的界定方式，作为停止，继续，徘徊，犹疑等运动形式的依据。"① 现代诗重视思想情感的自由表达，更加突出思想意义的节奏，充分理解汉诗音顿节奏的音义双重性优势，有利于新诗的健康发展。

第四，汉语音顿节奏顿歇建构的语音学基础。

诗歌的音律是建立在语言的自然语音基础上的，各国诗的音律是建立在各国语言的自然语音基础上的，诗律不是诗人任意"创造"出来的，而是根据语言的语音特点加以规范的结果。汉诗音律是具体地建立在汉语的语音特征之上的，这是一个无法抗拒的艺术规律。我国诗人认为音步的观念不能实行于新诗，是因为汉语的语音没有明显的轻重长短高低区别，因此说话的节奏比较平坦，所以不得不倚仗顿逗（顿挫，停逗）的变化来产生一种类乎板眼的节奏，因此认为汉诗属于音顿节奏体系。这就是根据汉语的自然语音所得出的结论，其理论建立在汉语的语音学基础之上。在此前提下，我们还要分析汉语音顿节奏顿歇建构的语音条件。

关于汉语语音的主要特征，黄伯荣、廖序东编《现代汉语》概括了四点：（1）没有复辅音，无论在音节的开头或末尾，都没有两三个辅音联结在一起的现象。因此，音节结构形式比较整齐，音节界线比较分明；（2）元音占优势，由复元音构成的音节很多，乐音成分比例大；（3）元音收尾的音节较多，辅音出现在音节开头，除了－n 和－ng 以外，都不能出现在音节末尾；（4）每个音节都有声调。② 这些特征对于形成汉诗顿歇节奏意义重大。由于第 1 个特征，所以语音中各个顿歇就显得比较鲜明整齐；由于第 2、3 个特征，就使汉语的音节显得更为响亮、圆满，从而在语流中增强了顿歇的鲜明性；由于第 4 个特征，音的高低有规律繁复出现也可以加强节奏感，平仄规律本身也是建立在顿歇基础上的，即依据一定的顿歇规律才能产生作用。汉语语音的另一特性，即基本是以一个音节整体而不是单个音素来构词的，因此音节组合体往往具备词或词组的价值。"既然汉语诗歌的顿主要是以词或词组构成的，顿末就容许有语音上的顿歇（因为语意上的顿歇决定语音上的顿歇），这就构成了顿歇节奏。从这个意义上看，正是上述这种构词的音节是整体性的并且大多数都与一定意义相结

---

① 黑格尔. 美学：第三卷下册［M］. 朱光潜，译. 北京：商务印书馆，1991：75－76.
② 黄伯荣，廖序东，编. 现代汉语：上册［M］. 兰州：甘肃人民出版社，1983：6－8.

合的特点，才给汉语诗歌的顿歇节奏提供了可能性。"① 陈本益在考察了汉语语音自然特性后指出："语言中顿歇的产生，主要是由于句子结构和语意表达的需要，同时也是人说话时生理上换气的需要。以上两者是统一的，后者服从前者。任何语言中都有这种顿歇节奏因素，而汉语由于前述语音上的一些特点，它所具有的顿歇节奏却特别突出。"② 这是汉语的语音提供给音顿节奏的优越条件，它使得音顿节奏建立在坚实的语音学基础之上。

---

① 陈本益. 中外诗歌与诗学论集［M］. 重庆：西南师范大学出版社，2002：7.
② 陈本益. 中外诗歌与诗学论集［M］. 重庆：西南师范大学出版社，2002：5.

从基本节奏单元到新诗节奏段落

一

"韵律"在古希腊语中的基本含义就是"有规律的重现的运动"。据此，我们把基于基本节奏单元向外发展建构诗的秩序整体的过程，称为诗的节奏运动。节奏是声音段落在时间中的起伏，声音又在空间中传播，离开了时空中的运动，就无法说明诗的音律问题。此外，诗的节奏运动还要有动力因素的推动。这种"动力"来自内部和外部，从外部说，就是各种社会因素对于诗创作的触动和推动作用，从内部说，就是诗的内在律动即情感的生命运动。在节奏运动中，音律作为停止、继续、流连、徘徊等情感运动的外在表象，在时空中呈现出持续性和秩序性，即在形式上成为"一个有统一性有持续性的时空间的律动"。闻一多在《律诗的研究》中引用英国诗人斯宾塞的观点，即"复现 Repetition 的原理是节奏的基础"。"重复为我们所读到的东西建立结构。意象、词语、概念、形象的重复可以造成时间和空间上的节奏"。[1] 这就是我们所理解的诗歌节奏运动。

诗的节奏运动依赖于节奏基本单位的向外发展，而基本节奏单位只有进入节奏运动才能显示自身价值。我在写作《中国新诗韵律节奏论》时，试图建立新诗的韵律节奏系统，首先论证的是节奏基本单位建立诗行形成诗行节奏的意义。

在中国古典诗歌中，诗行既是语音的一个基本结构单位，又是语义的一个基本结构单位，因此它被称为"诗句"，不必分行书写，其重要性突出表现在古

---

① 闻一多. 律诗的研究［M］//神话与诗. 上海：华东师范大学出版社，1997：305.

诗往往以句的言数作为诗体名称，如七言律诗、五言绝句等。因此诗论家认为诗的言数，是一个前提性的问题，是一个预设的存在，它在声律中的地位是基本的。在西洋诗中，这种结构单位同文句不必一致，行只是音的阶段而非义的阶段，因此必须分行书写。西方根据最常用的音数形成相应行列从而赋予诗体名称，如罗马语的十二音诗行诗叫作亚历山大体。新诗采用分行书写，是在发生期学习欧诗中确立的，此后成为新诗外形和内质的显著特征。从诗学上讲，"句"是古典诗学的理论术语，而"行"则是现代诗学的理论术语。从"诗句"到"诗行"的术语转换，关涉的诗学意义非同小可。我国新诗发生初期，虽有分行的创作存在，但缺乏自觉意识。到了新月诗人那儿，"行"的概念才真正确立起来。梁实秋在 1923 年发表《〈繁星〉与〈春水〉》，从"诗分行是有道理的"角度，论及"一行便是一节有神韵的文字，有起有讫，节奏入律"①，明确了"行"在新诗中的独立地位。闻一多在《诗的格律》中注意"行""句"区分，提出新诗分行排列形成新诗建筑美的理论。朱湘论新诗形式提出了"行的独立"和"行的匀配"的诗学理论。新月诗人把"建行"纳入诗体建构之中，确立了诗行在新诗体建设中的特殊地位，这是新月诗人对新诗格律形式建设的重要贡献。

诗行对于新诗形成诉诸听觉和视觉的节奏效果意义重大，因为"诗行"本身是诗的一个节奏单位（层次），诗行在朗读中是一个比音顿更显意义的音节停顿单位；同时，诗行又处在行内节奏和行间组织的节点，建行方式决定了行内节奏形象，诗行排列决定着节内节奏形象。林庚认为"诗歌的形式问题或格律问题，首先是建立诗行的问题"。诗行是基本的，"西洋诗如果没有一定的 Metre 的诗行，如何能有十四行诗呢？中国诗如果没有五七言的诗行，如何能有五七律呢？建立诗行的基本工作没有做好，所以行与行的组合排列就都架了空。"②我国诗歌史上的四言诗时代、楚辞体时代、五七言时代，所指的正是诗行的划时代变化。就新诗体而言，建立何种诗行，直接关系到是采用音顿或意顿或行顿节奏模式的问题，关系到写作新诗格律体或新诗自由体或新诗民歌体的诗体问题，还关系到采用诗之语言或文之语言或歌之语言的语体问题。从外形结构看，诗分行书写，每行占一完整的空间；每行结束有较长的停顿，所以又占独特的时间。从内部结构看，诗行的特点决定了音和顿的数量和排列方式。从总

① 梁实秋. 〈繁星〉与〈春水〉[N]. 创造周报，1923－07－29［第 1 卷第 12 号］.

② 林庚. 新诗的"建行"问题 [M]//问路集. 北京：北京大学出版社，1984：213.

体结构看，统一的诗行组合才构成整节、整首诗的完美和谐结构，杂样的诗行组合不可能有真正意义上审美结构。从朗读停顿看，句（行）末的停顿才是充分的停顿，它是"必然停顿"，诗行停顿是诗有规律停顿的关键。从排列结构看，通过分行排列有机调节诗行长短，就能形成独特的节奏形象。因此，诗行结构方式直接同诗的意蕴表达和诗体风格紧密地联系在一起。

诗的节奏与分行相关，"诗是一种节奏的语言，假如诗可以没有节奏，我们将没有理由以为诗还有分行的必要，它也就变为与散文一样。而且仅仅分行的诗也还是诗的过渡形式；诗不但要分行，而且行的自身也要有节奏的作用。①"诗行在诗中的节奏作用源自以下要素：一是组合语音的音节形成时间的段落。诗行节奏形成的原理是：分行形成了时间段落的连续和断续，它在朗读中形成节奏所需要的"节"与"奏"的结合，亦即理论上所说的声音的存在与不存在的对立统一，它诉诸读者的节奏效果不仅是外在声音的，而且是心理预期的。"它有规律的均匀起伏，仿佛大海的波浪，人身的脉搏，第一个节拍出现之后就会预期着第二个节拍的出现，这预期之感具有一种极为自然的魅力，这预期之感使得下一个诗行的出现，仿佛是在跳板上，欲罢不能，自然也有利于语言的飞跃。"② 二是成为新诗节奏流程的节奏结构单元。新诗的基本节奏单元有音顿、意顿和行顿。新诗自由体的诗行本身成为韵律的组成部分，即使在新诗格律体诗中，也有人把诗行作为基本节奏单元。三是诗行声音的时间段落后面的停顿。沈亚丹认为汉诗的节奏是通过句读来实现的，"由于句读同时是声音与语义的统一体，音节延续与停顿方式的变化，同时也给诗歌语义的延续与停顿带来变化空间。"句读"也引起了诗歌形式本身的变化。汉语诗歌从四言到五言到七言的变化，最先并非发生在语言之所指，而是能指音节的分化，简言之，就是句读的音节数量以及句读的联系和中断方式的变化"③。这就揭示了行末句读在形成节奏中的特殊价值。句读就是停顿，它是诗节奏的重要手段，不管行内有多少顿，但行末的顿最为重要。四是行末的诗韵强化诗的节奏效果。简短的行列还要通过韵来有力地强调。韵脚是隔着一定距离而一次一次出现的，诗行的长短正是韵脚之间的距离，行末顿与行末韵结合强化诗的节奏。朱光潜在我国最早提出"韵节奏"概念，认为"诵读中文诗时到每句最末一字都需略加停

① 林庚. 诗的语言 [J]. 文学杂志，1948，3（3）.

② 林庚. 关于新诗形式的问题和建议 [J]. 新建设，1957（5）.

③ 沈亚丹. 寂静之音——汉语诗歌的音乐形式及其历史变迁 [M]. 上海：上海三联书店，2007：69.

顿，甚至于略加延长，每句最末一字都需停顿延长，所以它是全诗音乐最着重的地方"。① 诗行和诗韵结合，强化着诗行节奏效果，这是汉语诗歌节奏建构的重要特征。

中国古典诗词有着诗行节奏的传统。《楚辞》的诗行突破四言体的两顿而转向三顿、四顿甚至五顿，虚词、语助词和修饰成分大量入诗，不同诗顿的组合和关联词语的进入强化了诗行节奏。到古体诗阶段就提出了建立典型诗行的问题，开始规范诗行组合，直到近体诗成形才发展到成熟境地。由于词调适应着调的节拍而采用长短句，节奏意义的重点就由诗顿转移到行（句）上面，所以词曲节奏的基本表达是从诗行开始的。我国新诗继承了古典诗词传统，同样重视诗行的节奏意义。朱湘在《评徐君志摩的诗》中要求人们注意散文与诗的文体区别，说："散文诗是拿段做单位，'诗'却是拿行做单位的。散文诗既然是拿段来做单位，容量就比较大得多，所以它这一方面的可能性是比较大的。不过我们要是作'诗'，以行为单位的'诗'，则我们便不得不顾到行的独立同行的匀配。"② 从新诗创作来说，诗人首先要解决的形式核心问题就是"建行"。新诗"建行"主要解决两大问题：

一是确定诗的节奏模式。新诗的基本节奏单元分成音顿、意顿和行顿三种，由此发展形成了音顿节奏、意顿节奏和行顿节奏体系。三种节奏模式的特质有所区别，音顿节奏倾向形式化，意顿节奏倾向口语化，行顿节奏倾向自由化。诗人在创作时，建行采用何种节奏模式，直接关系到诗作的体制特征和审美风格。因为这是从不同的美学观出发，因而也只能达到不同的审美境界。确定诗行的节奏模式，也就确定了全诗的节奏模式和风格倾向。如闻一多在《诗的格律》中说《死水》建立了一个诗行结构，即每行九音的节奏结构是三个"两字尺"和一个"三字尺"，采用形式化的音顿节奏，"以后每一行都是用三个'两字尺'和一个'三字尺'构成的，所以每行的字数也是一样多。结果，我觉得这首诗是我第一次在音节上最满意的试验。"并断言发现这种音律方式以后，"新诗不久定要走进一个新的建设时期了。"这时期就是新诗音顿格律体建设的时期。③ 可见建行在新诗体建设中的重要意义。

二是确定诗行的诗性特征。诗行就其本质来说是诗的语言的一个结构单位，

① 朱光潜. 替诗的音律辩护 [J]. 东方杂志，1933（1）：109.
② 朱湘. 评徐君志摩的诗 [M]//中书集. 北京：中国文联出版公司，1993：164.
③ 闻一多. 诗的格律 [N]. 晨报副刊·诗镌：第 7 号，1926 – 05 – 13.

而"诗的语言"是指诗性特征的语言，是借助诗功能确立的语言。林庚认为，"诗歌是典型的语言艺术，这就是诗歌的本质①，"穆木天强调现代诗语"直接用诗的思考法去思想，直接用诗的旋律的文字写出来"②，要求诗行语言结构具有诗性特征，超越日常的散文语言结构。诗行语言诗性建设包括诸多内容。艾青按照"诗功能"原则分行和建行，把散文语言转换成诗性语言。主要实践是：凡强调哪一个成分，就让那个成分另起一行；当主语带有附加成分时，谓语部分就和它分家，另起一行；配合对动态美的强调，往往把介词短语的状语成分另起一行；根据情绪内在节奏的需要，运用叠词、叠语或排句，以造成强烈的旋律效果。③ 这种建行实践，铸就了艾青式自由诗语言的诗性品格。

二

建行固然重要，但我在新诗自由体节奏研究中发现，行顿节奏单位进入节奏运动的起点不是诗行而是诗节，也就是说"诗节的作用取代了诗行的作用，诗行（句法单位）本身变成了韵律的组成部分"。音顿节奏以两三字为主的固定音顿建行，在诗行层级上现出节奏；意顿节奏以行组的意顿对称组行，在行组层级上现出节奏，这是新诗格律体的两种体式。新诗自由体以行顿作为自身的基本节奏单元，无疑单个诗行本身不能形成节奏运动，只有在诗行按照对等律排列组合以后，才能在行群即诗节层级上形成节奏运动。一般意义上的诗节内诗行容量正是自由诗体构建自身节奏段落的最佳选择。这样，诗节的地位就在新诗自由诗体中凸显出来，这是自由诗体的重要形式特征。在法国，自由诗理论家如卡恩、迪雅尔丹、雷泰，他们共同的结论是："唯一合理的单元是诗节，而诗人唯一的指南是节奏，不是学来的节奏，受制于其他人创造的千百种规则，而是一种个人的节奏。"美国自由诗理论家埃米·洛厄尔接受了这种影响，提出的观点是："自由诗的单元是诗节，而非格律诗中的诗行或音步。诗节是一组词语，对听觉来说悦耳地流转。"④ 这里说诗节是自由诗的节奏单元，其实指的是

---

① 林庚. 关于新诗形式的问题和建议［J］. 新建设，1957（5）.
② 穆木天. 谭诗［J］. 创造月刊，1926，1（1）.
③ 骆寒超. 艾青论［M］. 北京：人民文学出版社，2009：380–384.
④ ［法］马蒂兰·东多. 最初的英语自由诗诗人［J］.《法国评论》杂志（1934年12月）. 这里引文根据李国辉翻译文本.

诗节在自由诗中已经成为一个相对独立的节奏运动单位，它是具有相对独立性的节奏段落，突出了自由体与格律体不同的节奏结构体系。

组合行顿形成的"诗行群落"，在新诗自由体中可以单独成为一首诗，更多的情形则是成为诗篇节奏运动的一个节奏段落。在诗行的排列形式上，或者表现为多个诗节分别以章节方式排列，或者诗行连续排列但可以在朗读或分析时加以划分。另有一种节奏段落是由紧连着的两节诗结合而成的，从形式看是两节，但从节奏运动看是一个段落。因此，我们将这种"段落"和"节落"统一称为诗节段落，其含义就是诗节段落或节式节奏段落（简称为"节落"），它是自由诗体最基本的节奏结构或重要的音律层级。如果说格律诗体的诗行，要有第二行紧随其后，并在很短的间歇后与之相和时自身才能存在，那么自由诗体的诗行，则往往不能单靠第二行相和取得节奏效果，它需要依靠诗节的逻辑结构，即依靠构成诗节段落的行群才能确立节奏效果。如果说格律诗体的诗节划分往往是对传统经验的强迫接受（如十四行体分段等），那么自由诗体的诗节段落则是自由创造的，绝对无法把诗节固定起来。这是一种新诗的音律技巧。法国象征诗人古斯塔尔·卡恩就说："这种新技巧的重要性，除了发扬被迫忽略的音调和谐外，将会允许任何一位诗人构思他自己的诗歌，或者说，去构思他原创性的诗节，去创造他自己的、个人的节奏，而非令它们披上早经剪裁的制服，只能沦为辉煌前辈的学徒。"这对自由诗体来说，既是其创作优势所在，又是其创作难度所在。西方自由诗人纷纷致力于诗节构建，自愿靠向一种更大的观念上的自由。他们普遍认为，成功的诗节仅仅是暂时有效的安排，是仅仅针对这次情景的精确安排，诗人绝不能抄袭他们自己的诗节模式；"正是情绪冲动的重音，以及它与回忆中的情绪或者想要传达的感觉的持续时间数值上的相称，成为诗节的决定性要素。"①

其实，把以上认识扩大到新格律诗体的节奏运动，我们会有新的发现：在新格律诗中，同样存在诗节段落或节式节奏段落。美国诗学教授劳·坡林在《怎样欣赏英美诗歌》中，非常突出诗节在诗中的特殊地位，在他看来，现代诗中相当数量是以诗节为单位来考虑韵律节奏模式的，换句话说，每节诗都是依靠特有的音律节奏模式而存在的。而每个诗节的韵律节奏模式包括：韵脚计划（有时诗中无韵）；重复句的位置（还有方式）；主导的节奏计划；每行音步的

---

① ［法］古斯塔尔·卡恩. 论自由诗序［M］//自由诗的形式和理念. 北京：知识产权出版社，2015：121.

数量。在一个诗节段落内，诗人让我们沉浸在出神的状态中，而当诗节结束出现一个空行停顿后，我们就会从这一过程中醒来，开始进入另一个新的审美过程。因此，他把"诗节形式"作为现代诗体的一个重要特征，并在此基础上提出了现代诗的"诗节形式"。这种"诗节形式"在我国已经成为新格律诗的基本形式，由新月诗人探索创立，并在以后发展成为新格律诗的主导样式。这就是说，在我国新格律诗中，诗节同样成为一个基本的语言结构单位，一个基本的节奏运动段落。如果以上述的认识再向前推进，我们认为，即使是固定形式的新格律诗，如汉语十四行诗，其内部的进展段落或外部的乐段划分，也是以诗节段落或节式节奏段落方式呈现的。如十四行诗就分成四个段落，意体十四行分为四四三三共四段，英体十四行分为四四四二共四段，呈现起承转合结构，它既是诗意的进展结构，也是节奏的进展结构。这样看来，新诗节奏运动中普遍存在着一个重要现象，即诗节段落。这是我研究新诗节奏的一个新的发现。我在申报国家社科基金项目《中国新诗韵律节奏论》的申报书中写道："在提出意顿、行顿以后，怎么才能保持诗歌自身的韵律节奏效果？我们认为，其关键是过去谈新诗韵律，往往局限在基本节奏单元，至多扩大到诗行层次，其实这是不够的。我国旧诗韵律节奏的呈现，更多是在诗行间或行组间着眼的，旧诗外形韵律体现在诗语组织的多个层次。"这就是说，要研究新诗的节奏运动，还需要进入行组、诗节等层次。

诗节段落在诗的节奏运动中如此重要，因此，我具体分析了新诗诗节段落的基本特征。

首先，诗节段落是一个相对独立的节奏单位。从音形义方面说，其独立性可从三个方面理解。一是相对独立的音乐段落。如果说整首诗是一曲组织结构精美的音乐篇章，那么节落就是整个音乐流程的一个音乐段落，或者叫作"乐段"。二是相对独立的建筑形体。节落在纸上一般是上下左右留白的形体，具有相对独立性和具象性。建筑内部和建筑之间的空间关系，总是以一种统一连贯的逻辑展开，构成一个序列流程，所以建筑虽是空间艺术，但由于其序列特征和流动特性，就可能同持续流动的时间艺术音乐发生联系。三是相对独立的意义单位。节落的音律和形体，都不仅是能指，又同时是所指，所以作为节落的语言结构单位，当然是一个相对独立的意义单位。它在诗节复沓的诗中是一个可以重复的单位，通过重复层层渲染造成反复咏唱、层层加深的效果；它在直线推进式节奏的诗中是一个行进中的阶段，通过一个个诗节的连续发展形成思想或情绪的发展过程；它在诗节对称节奏的诗中，是构成思想或感情对比、矛盾、回环、反复的重要组成部分。

其次，诗节段落是一个相对独立的立体结构。"相对独立"突出强调了节落具有相对闭锁的特性，它的音律节奏、建筑形体和意义单元都在自身边界内构建，从而成为可以独立分析和欣赏的结构体。它不是要素单一的，而是诸要素的集合，在立体结构的意义上显示着自身的独特价值。沃尔夫冈·凯塞尔在《语言的艺术作品》中以魏尔伦的诗为例加以分析，明确指明了诗节段落一般包括四个紧密结合着的层次：首先是外形结构，表现为诗行的数量、印刷排列和空间结构等；其次是节奏层次，表现为"每一个诗节事实上是一个固定的节奏的统一体"；再次是声音层次，表现为声音之间的呼应、循环、复沓等感性结构；最后是意义层次，表现为"存在着一个统一的意义组合"。以上四个层次，"没有一个层次是完全孤立地存在"①。这一分析，揭示出诗节段落立体而丰富的内涵。

最后，诗节段落是一个相对独立的句群单元。节落是一个相对独立的节奏单元，同时又是一个相对独立的句群单元，两者相互之间有着关联关系。而句群在新诗里，往往使用"复合长句的结构"，"它把其他语言因素都包括在内，它用或简或繁的衔接，动荡的回旋曲折，或是静静地流动，忽而一泻直下，波澜壮阔，所以最宜于描述各种情境，表现各种情感和情欲。在这一切方面，内在的（心灵方面的）东西都须通过外在的语言表现反映出来，而且决定着各种语言表现的性质。"② 复杂句群对韵律节奏构建具有制约作用，而韵律节奏又要按诗功能改造句群，这就形成了句群和节落之间的矛盾运动。音律和语义的关系是双向而不是单向的，它们相互纠结相互影响是基本常态。我们的观点是：句群进入诗篇，总要受到诗的特殊语法和韵律方式制约，当然句群的句子结构也会对韵律产生影响，作为韵律节奏的诗行诗节同作为意义单位的词语句子，相互之间呈现着谐调和斗争的关系，这种关系不仅造成了节奏具体方式的丰富性，而且对诗歌意义组织产生重要影响。句群和节落的辩证运动，需要用辩证思维加以把握。

---

① ［瑞士］沃尔夫冈·凯塞尔. 语言的艺术作品［M］. 陈铨，译. 上海：上海译文出版社，1984：207 - 215.

② 黑格尔. 美学：第三卷下册［M］. 朱光潜，译. 北京：商务印书馆，1991：65.

三

我在研究新诗节奏运动时发现，音顿节奏以音顿建行，在诗行层级上现出节奏；意顿节奏以意顿对称组行，在行组层级上现出节奏；行顿节奏以行顿对等组行，在诗行组成的诗节中现出节奏。这是从诗的节奏运动着眼获得的结果。在此基础上，我又提出了节奏形象和节奏结构两个概念。"节奏形象"指诗顿进展中所呈现的图案形象，若以此观察，我们觉得音顿节奏单元在行内其实无法呈现节奏形象。因为任何诗的节奏形式解剖开来是三个方面：节奏单元的结构、节奏单元在行内的排列方式，以及节奏单元在行间的对比方式。音顿进入诗行，能够体现前两个方面，而无法体现后个一方面，因此，古诗就通过两行成组（联）来体现节奏形象。意顿节奏单元能够在行组层次形成节奏形象，但这里的"行组"有时可以上下两行，即形成意顿的上下行间对称，但更多的时候应该是数个诗行，在交叉诗行或诗节之间形成对照，从而形成诗的节奏形象。这样，音顿节奏和意顿节奏就开始倾向节奏段落，倾向自由诗的诗节段落。如果在此基础上提出"节奏结构"的概念，情况又会发生变化。"节奏结构"其实所指就是以上所说的节奏段落。这种节奏段落可以与诗节一致，也可以与诗节不一致。根据上面论述，节落是行顿节奏的基本节奏结构单位，但是若认真分析，其实节落也是音顿节奏和意顿节奏的基本节奏结构单位。试举例来说，闻一多的《死水》共五节，每节都是四行，每行都是九言四顿，每顿都是二三音。在《死水》诗中，相同节奏的诗节在篇的层次上相对独立排列，其中首尾诗节呼应，中间三节平行，始终体现着平行对照的诗节关系。在此关系中，不是行组而是诗节结构才是形成对照的基本单位，才是具有相对独立的节奏结构、立体结构和句群单元。同样，我们来看意顿节奏的诗：

> 这片土地哟，头枕边山、面向国门，
> 风急路又远啊，连古代的旅行家都难以问津；
> 这片土地哟，背靠林海、脚踏湖心，
> 水深雪又厚啊，连驿站的千里马都不便扬尘。（郭小川《刻在北大荒的
> 土地上》）

　　这里四行结束才是句号。第一、三行意顿对称，第二、四行意顿对称，四行组合起来又形成了两个前两行与后两行的节奏对称结构。只有把四行组合起来，才能成为一个相对独立的节奏单位，一个音形义具有相对独立的节奏段落。

　　以上研究是具有重要价值的，那就是在节奏结构意义上把音顿节奏、意顿节奏和行顿节奏组成一个统一整体，强调它们具有共同的节奏运动规律，即数个诗行组成节式节奏段落（节落）。这一段落（节落）相对独立的节奏意义在于：在诗的节奏运动中，节落是一个相对独立的节奏单位。它在听觉上是相对独立的声音段落，在视觉上是相对独立的建筑形体。具体来说，它在节奏复沓式的诗中是一个可以重复的单位，通过重复形成反复咏唱、层层加深的效果；它在直线推进式的诗中是一个行进中的阶段，通过一个个诗节的连续进展呈现思想或情绪的发展过程；它在诗节对称式节奏的诗中是构成思想或感情对比、矛盾、回环、反复的重要组成部分。总之，节落在诗的节奏运动中具有进展阶段性特征，具有相对独立性特征，具有稳定的结构性特征。借助节落，我们可以从音律方面把握诗的节奏运动规律，即从基本节奏单位到基本节奏结构，再到整个诗篇的节奏流程。

　　在肯定三种节奏体系具有相似的节奏结构以后，还要具体分析它们不同的建构方式。这里对三类节奏的行组节落的结构特征做些归类分析。

　　第一，等时性的音顿节奏行组节落。

　　音顿排列节奏体系是形式化的节拍节奏，它要求音顿等时或基本等时，顿数排列成的诗行也要等时或基本等时，那么由诗行组合成的行组也要呈现出形式化的节奏形象。因此，音顿节奏的行组一般就取整齐（均齐）的诗行组合。参与组合的诗行要有（基本）相同的顿数和相同的音节。如闻一多《"你指着太阳起誓"》头三行：

　　　　你指着太阳起誓，叫天边的兔雁
　　　　说你的忠贞。好了，我完全相信你，
　　　　甚至热情开出泪花，我也不诧异。

　　诗人为了让每行有相同的音顿数和相同的诗行长度，在这里就打碎了诗句的自然结构，通过化句为行的方式来体现行组内诗行的等时性和形式化。除了完全均行以外，有些诗人也采用有规律变化的方式，如陈明远的译诗《普希金像前——攸苏坡夫博物馆》的一节：

　　　　　壁画的美人还在哭泣
　　　　　　为你胸口的铅弹；
　　　　　一群群白鸽的，降临草地
　　　　　　是你脑中的梦幻——

　　这里两个行组构成一个节落，每组两行都是上行四顿顶格，下行三顿低格排列，虽然上下两行并不均齐，但多个行组排列起来仍有形式化节奏效果。

　　第二，对称性的意顿节奏行组节落。

　　意顿节奏的诗，由于各个意顿并不等时，所以一般在行内是无法形成节奏的，只能在行组的层次上通过对称方式，使等时或基本等时的意顿重复再现，从而形成韵律节奏。其对称方式是丰富多彩的，有行内前后对称，有上下两行对称，也有隔行交叉对称，还有首尾诗行对称。从行组的组织说有相随、相交和相抱三类方式，新诗在继承传统辞赋行组结构的基础上有了变化。如郭小川《刻在北大荒的土地上》一节：

　　　　　这片土地哟，一直如大梦沉沉！
　　　　　几百里没有人声，但听狼嚎、熊吼、猛虎长吟；
　　　　　这片土地哟，一直是荒草森森！
　　　　　几十天没有人影，但见蓝天、绿水、红日如轮。

　　这里第一、三行两个意顿，二、四行四个意顿，交叉对称，再用标点标示停顿，组成一个对称反复的诗组结构，成为全诗节奏进展中的一个段落。在意顿节奏的诗里，只有当两行或数行的意顿构成对称关系，在诗中发挥节奏作用时才可确定为节奏结构。建构意顿对称节落需要明确的：一是新诗需要的不是类似旧诗词那样的音义均对，而是进入节奏的对称，因此声音段落和韵律词语的"对偶""反复""重复""变格反复""复沓"等，都可归入对称范畴。二是新诗需要的不是类似旧诗词那样的严格对偶，而是允许多种对称的方式。从徐志摩和朱湘的实践看，诗行对称大致有三种类型：严对式，音节、词性和词义相对；音对式，主要是节奏最小单元语音的对称排列；宽对式，主要是句式结构相似，甚至允许散句诗行的进入。

　　第三，主动性的诗行节奏行组节落。

　　自由诗的诗行成为节奏的基本单元,当诗行进入行组也就开始形成旋律化的节奏形象。不同节奏性质的诗行组合,就形成不同的节奏形象。而自由诗的组行采取的是主动组合法,如艾青《当黎明穿上了白衣》中的一个行组节落:

> 啊,当黎明穿上了白衣的时候
> 田野是多么新鲜
> 看
> 微黄的灯光
> 正在电杆上颤栗它的最后的时间
> 看

　　骆寒超具体分析过这个行组节落的审美特点:"人对审美节奏总有个本能要求:或者从扬到抑再返回扬,或者从抑再返回抑,如此不断地更迭。这一节诗六行,第一至第三行是从五顿体的抑渐降到'看'——这个一顿体的扬,此后又要立即调节,渐次向抑发展,于是第四行是二顿体,第五行又进而达到了六顿体,由极致的扬发展到极致的抑,而随即又再度出现一个一顿体诗行'看'——大幅度地转向了扬。这种不同长度的诗行如此地交替更迭,的确有声韵调性的辩证关系在起作用。"① 这一节落成为全诗情绪进展中的一个韵律段落。

　　那么,自由诗的诗行真是完全自由地构造并组合的吗?不是的。诗行的不同长度,具有不同的节奏性质,一般来说,诗行长的,能反映出情绪内在律动的沉滞悠远感,诗行短的,能反映出急迫短促感。因此,自由体诗行绝非随意写下的,也非随意组合的,它体现的是韵律结构和语义结构的需要,诗行因此脱离了自然词语特性而具备韵律节奏特性。从某种意义上说,自由体的建行是自由的,但它对诗人把握语言节奏能力的考验比写作格律诗更为严峻,因为他无法按照现成的格式去建行,必须进行独特的创造。

---

① 骆寒超. 汉语诗体论 形式篇 [M]. 北京:人民文学出版社,2009:252-253.

从三种节奏体系到韵律节奏系统

一

当我们明确了汉诗的"音顿"性质，并提出了三种节奏体系及其运动规律以后，我们就有条件建立新诗的韵律节奏系统。这时，我就开始写作并申报国家社科基金课题《中国新诗韵律节奏论》，试图构建一个新诗韵律节奏系统。在我有了系统思考以后，我写成了《基于音顿理论的中国新诗节奏系统论》，发表在《常熟理工学院学报》2017 年第 1 期，随后，《新华文摘》的"论点摘编"做了摘编，"篇目辑览"做了辑目介绍，肯定了论文提出的基本观点。

为了使"基于音顿理论的中国新诗节奏系统"的概括更加具有理论性和合理性，我努力寻找建立这一系统的理论借鉴。我的理论借鉴就是瑞士诗学专家沃尔夫冈·凯塞尔在《语言的艺术作品》中的"综合的概念"，即"韵律"。他指出：

> 韵律和节奏因此必须分开。谁肯定了一首诗的韵律，但还没有肯定它的节奏。两种现象的确有关系的：无论勃伦塔诺和金斯莱诗中的节奏怎样不同，它却依赖于作为基础的韵律的图案。韵律的图案就像一块帷布在完成刺绣之后就看不见了，但是它曾经影响了方向、结构和绣线的粗细程度。
>
> 节奏是诗的一个完全特别的品质；它包含一个特殊的力量，一种特殊的魔术。有许多诗在韵律上完全正确，那就是说，它们的高音、低音和停顿都在适当的地方。可是它们起的效果很差：他们缺少一种统一的、能产生效果的节奏。创造的过程通常不以一种韵律的选择来开始，然后把这种韵律加以拙劣地和适当的苦心锤炼。我们有无数的诗人的证明，首先是节

奏，甚至还在一切思想和一切意义之前。①

这里的思想是深刻的。其"韵律"指的是理念图案的格律，而"节奏"则指具体现实的格律。我们从这段话中引出三个重要结论：

一是节奏依赖于作为基础的韵律。韵律是节奏的基础，节奏是韵律的应用；韵律是理性的格律，而节奏是实践的格律；韵律是固定的统一的，而节奏是多样的个体的。在具体分析百年新诗丰富的节奏实践以后，还要概括出新诗的韵律节奏系统，使之更好地为新诗的创作实践提供基础，切实解决好新诗的格律建设问题。

二是韵律应该是最基本的格律。作为创作依赖基础的韵律，应该简明扼要，给新诗创作提供自由运用的空间，其图案应该潜在地影响诗人诗作节奏的方向和结构。新诗并不需要传统定型诗歌所有的繁复格律，这是新诗发生期就确定的取向。胡乔木对新诗格律的总要求是"非常简明"，"让大家都容易领会和接受"②。这符合诗歌发展规律。

三是节奏应该有诗人自己的创造。节奏具有"特别的品质"和"特殊的魔术"，完全准确地死板地运用韵律不会取得创作成功，诗人应该依照自身的独特个性和作品表达需要进行"创造"。这种"创造的过程通常不以一种韵律的选择开始，然后把这种韵律拙劣地和适当地苦心锤炼"。但这种创造又是应该同韵律的简明要求联系着的。

以上三个结论，为我思考建立中国新诗韵律节奏系统提供了基本思路。根据韵律与节奏的关系，我把新诗韵律节奏系统分成两方面，一是"韵律系统"，二是"节奏格式"。前者是作为基础的韵律系统，后者是韵律运用的节奏样态。

建构汉语新诗韵律包括三要点，即声音的时间段落、组织的顿歇秩序和有规律地使用韵脚。前两者其实互为表里：前者涉及的是声音在时间中的存在，后者涉及的是声音在时间中的停顿；前者长度决定了顿间的距离，后者顿法决定了时段的组织。而韵的主要作用是组织诗行、强化节奏。以上要点的具体内容前面做了分析，这里仅对其理论根据做点说明。

首先，依据的是汉语构成韵律节奏的基本原理。汉诗节奏构成类似于西方

---

① ［瑞士］沃尔夫冈·凯塞尔. 语言的艺术作品［M］. 陈铨，译. 上海：上海译文出版社，1984：315.

② 胡乔木.《随想》读后［J］. 诗探索，1982（4）.

的音顿节奏。最早提出这种观点的是朱光潜，他强调汉诗的节奏形成与声音的时间段落规律地组织有关，其规律涉及两个重要问题，即时间段落长度和停顿方式采用。孙则鸣认为法语诗采用音顿节奏，"无明显的长短音和轻重音对比，只能依靠'无声间歇'的周期性复沓来形成节奏，可称之为'顿歇律'；停顿的无声间歇可以看成是轻音的极致，与之对比的有声音流就是重音了；由于节奏支点是'轻音的极致'，故可以看成是轻重律的反相形式。"① 这是基于汉语特点的概括，我的结论是：汉诗不是音步节奏而是音顿节奏系统，其中的"顿"具有特殊重要的意义。汉语是音节文字，主要是通过有规律的声音段落和顿歇组织来呈现节奏。

其次，依据的是诗韵律节奏形成的基本原理。诗的韵律节奏形成原理，一是规则性的重复，二是对比性的元素。我们把它概括为"复现"，其基本特征：第一，复现的等值性。"有规律的重现"，首先指诗的语音是在等值基础上进行的对等组合。霍普金斯说诗句是"同一音型完全或部分地反复出现的言语"②。等值的语音重复或回旋，是诗音律形成的本质，我国新诗韵律节奏是通过等值顿挫段落的有规律复现形成的。第二，复现的对象性。诗韵律节奏复现的对象是"语音的时间声音段落"。按照对等原则复现的语音对象是宽泛的，对等原则在诗歌语音的各个层次都能体现，但基本对象还是音顿、意顿和行顿，是诗的基本节奏单元，是诗行和诗的节落。第三，复现的规则性。诗的节奏使人"感觉一种秩序"。在新诗中，这种秩序是多样的，包括连续反复、间隔反复和呼应反复等类型，表现为行内音顿反复、行间音顿反复和行组节落反复等形式。③ 霍普金斯认为，"不仅诗歌话语的某些成分可以反复，整个话语都可以反复。这种即时反复或隔时反复的可能性，诗歌话语及其各个成分的这种回旋，话语结构的这种此起彼伏、曲折循环——是诗歌缺之不可的本质特性。"④ "复杂变化的统一"，是建构新诗节奏系统的基本思路。

最后，依据的是规律用韵符合汉诗组织的基本原理。诗韵最重要的价值是

① 孙则鸣. 论汉语诗歌对音步理论与音顿理论综合运用 ［J］. 常熟理工学院学报，2013（1）.

② 转引自 ［英］ 特伦斯·霍克斯. 结构主义与符号学 ［M］. 上海：上海译文出版社，1987：183.

③ 波利亚科夫，编. 结构－符号学文艺学 ［M］. 佟景韩，译. 北京：文化艺术出版社，1994：73.

④ 波利亚科夫，编. 结构－符号学文艺学 ［M］. 佟景韩，译. 北京：文化艺术出版社，1994：199.

强化韵律节奏，具体就是组织声音段落和突出行末顿歇调性的作用。诗是否用韵，与各国语言个性关系密切。汉诗必须讲究用韵，朱光潜的论证是：第一，西文诗的节奏偏在声上面，它可以通过诗的音节轻重和长短相间来得以现出；而中文字尽单音，每字的音都是独立的，见不出轻重的分别。第二，西文诗的单位是行，行只是音的阶段而不是义的阶段，行末一音常无停顿的必要，所以不必要有韵来帮助谐和；而中文每句最末一字是义的停止点也是音的停止点，所以诵读中文诗时到每句末字需另加停顿，甚至略加延长。它是全诗音乐性着重的地方，需要诗韵来强化。诗韵与声音的时间段落、同组织的秩序停歇，共同构成新诗韵律节奏的要点。

通过声音的时间段落、组织的秩序顿歇、规律地使用韵脚，新诗构建起自身的韵律体系，这是从汉语自身特点出发的，是从汉诗节奏规律出发的。在百年诗人形式探索过程中，已经形成了基于汉语韵律的三大节奏体系，构建起了中国新诗的韵律节奏系统。

音顿等时连续排列节奏体系（简称"音顿节奏体系"）。其基本要点是：

（1）以音顿为基本节奏单元，它是时长相同或相似的语音组合单位。音顿以双音节、三音节为基本形式，作为辅助形式的单音节和四音节音顿可以有限制地入诗。

（2）等时或基本等时的音顿连续排列成诗行，再按照均齐和匀称的原则音顿连续排列成行组、诗节和诗篇，在扩展排列的各个层次形成形式化的节拍节奏。

（3）同建行、组行和构节形式结合着的是有规律地押韵。

意顿诗行对称排列节奏体系（简称"意顿节奏体系"）。其基本要点是：

（1）以意顿为基本节奏单元，它是在口语和意义自然停顿基础上划分出来的节奏单元。意顿一般是词组和短语，也可以是一个诗行，以四言五言为基本形式。

（2）意顿自由排列成行，行内依自然口语划分顿歇，然后根据顿歇对位对称原则采用多种方式建立行间对称节奏，通过诗行有序进展建立行组、诗节和诗篇。

（3）同诗行对称排列形式相应的是有规律地用韵。

行顿对等重复排列节奏体系（简称"行顿节奏体系"）。其基本要点是：

（1）以诗行为基本节奏单元，它使诗行本身成为韵律的组成单位，使修辞句式成为节奏的重要构件。诗行内部可以有顿歇，但一般来说应该是个完整的节奏单元。

（2）诗行的长短变化和自由组合形成旋律节奏，在诗行扩展到行组、诗节和诗篇的过程中，把对等原则从选择过程带入组合过程，使之成为语序的主要构成手段。

（3）诗韵有效地强化旋律节奏和韵律美感。

新诗三种节奏体系的格律要求明确而简明。音顿节奏体系：等时音顿＋连续排列＋规律用韵；意顿节奏体系：意顿成行＋对称排列＋对应用韵；行顿节奏体系：行顿组合＋对等平行＋诗韵强化。三种节奏体系并存，体现了新诗的现代性特征。

我国新诗的三种节奏体系，通过声音的时间段落、组织的秩序顿歇和规律地使用韵脚，构建起了新诗韵律节奏系统，这是基于汉语语言特性和汉诗节奏规律而建构的系统。三种节奏体系都把"顿"作为语流中的声音时间段落，把音顿、意顿和行顿的声音时间段落同连续、对称、对等的复现秩序结合起来，再借助诗韵的强化作用，构建起自身的节奏体系，它们属于同一音顿节奏系统，具有汉诗家族的共同基因。三种节奏体系都建立在传统诗律基础之上，具体来说，前两种体系更多地与我国古典诗歌两大节奏体系接轨，后一种体系则更多地借鉴了西方现代自由诗运动的成果，但在百年新诗发展过程中，这种继承和借鉴都融入了现代诗人的创造。面向域外的开放而获得的世界性，面向传统的继承而获得的民族性，面向现实的创造而获得的自创性，形成了中国新诗韵律节奏现代品格的基本要素。

构成韵律的三种节奏体系具有共同的格律特性：

（1）三种节奏体系都有三个要点，即声音的时间段落、组织的顿歇秩序和有规律地使用韵脚。

（2）三种节奏体系都把"顿"视为语流中的声音段落，把顿歇作为汉诗节奏形式的节奏点，在此意义上说，"音顿""意顿""行顿"都是声音的顿（都是汉语音节组合成的字组段落），所以从理论上说也都可以称为"音顿"。

（3）三种节奏体系构成节奏的基本原理是同一的，即都是通过具有自身特点的"顿歇"反复（复现）来推动节奏运动的。汉诗节奏构成类似法语、波兰语的音顿节奏。"无明显的长短音和轻重音对比，只能依靠'无声间歇'的周期性复沓来形成节奏，可成为'顿歇律'；停顿的无声间可以看成是轻音的极致。"

（4）三种节奏体系都重视诗韵在强调节奏中的作用，这是基于汉诗语言的基本特征而做出的选择，"中国诗的节奏有赖于韵，与法文诗的节奏有赖于韵，理由是相同的：轻重不分明，音节易散漫，必须借韵的回声来点明、呼应和贯穿。"①

（5）三种节奏体系的格律要求都明确而简单，都是一些原则性的规定，在这些原则下的创作应该显出充分的自由，创造出无限多样的格式。这较好地体现了音律理论中韵律与节奏分开的理念，即韵律是抽象的，是原则的，而节奏则是多变的，是丰富的。

三种节奏体系的格律个性特性表现在：

（1）在节奏单元构成方面：虽然同为顿诗节奏体系，但音顿节奏的基本节奏单元是音顿，意顿节奏体系的基本节奏单元是意顿，行顿节奏体系的基本节奏单元是行顿。音顿和意顿节奏单元的组织结构多数是词语，而行顿节奏单元的组织结构却是诗行；音顿的划分具有形式化特征，意顿的划分具有口语化特征，而行顿的划分具有独立性特征。行顿节奏诗的韵律建立在短语、句子和段落上，诗节的作用取代了诗行的作用，诗行（句法单位）本身变成了韵律的组成部分。

（2）在节奏单元复现方面：复现在音顿节奏诗中是通过时长基本等时的音顿连续排列来实现的，在意顿节奏的诗中是通过意顿对称排列来实现的，在行顿节奏的诗中是通过声音对等排列的方式来实现的。音顿节奏体系中音顿重复方式是固定的，其基础是在行内的连续重复，在诗行内部就形成一级节奏运动，它的节奏单元有规则的间隔重现，符合传统的诗律观念；意顿节奏体系中意顿重复方式是相对固定的，其基础是在行组内的对应位置重复，把节奏运动的重复因素扩大到了诗行之间，主要通过诗行的词或词组在行间的重复推进节奏运动；行顿节奏体系中行顿重复方式则是复杂变化的，其基础是行群即行组节落内的自由重复，通过诗行内外语言要素对等的原则，来建构"复杂变化的统一"的节奏运动。以上两方面的差异，前一方面关涉的是重复的要素（基本节奏单元）不同，这是基础；后一方面关涉的是重复的方式（节奏单元组织）不同，这是关键。由于这两方面的特征差异，一般认为音顿节奏和意顿节奏是属于新诗格律体的，而行顿是属于新诗自由体的，我们并不主张做这样的绝对区分，但同意以下的论断，即音顿节奏和意顿节奏的重复方式是被动组合的，行顿节奏的重复方式是主动组合的，骆寒超认为"分清这两种组合法十分必要，也十

---

① 朱光潜.诗论［M］.北京：生活·读书·新知三联书店，1984：193.

分重要，因为这牵涉一系列其他问题"。① 当然，对此论述需要补充的是，被动组合和主动组合都是相对的而不是绝对的。

二

通过声音的时间段落、组织的秩序顿歇、规律地使用韵脚，新诗构建起自身的韵律系统，它们应该成为所有新诗建构自身节奏的基础，这是第一。第二，作为新诗的韵律图案规定在创作中应该充分展开，允许建立多种节奏体系的具体格式，从而构建起一个原则简约和格式丰富的韵律节奏系统。以下梳理了新诗三种节奏体系的具体格式。

在写作《新格律诗研究》时，我们描述了音顿节奏体系数种具体格式，后来在《洛阳师专学报》发表了《论十四行体音步移植八式》，以后归纳成音顿节奏体系的六种格式。

第一式，限音顿，但不限音顿的音数，也不限诗行的音数。坚持这种实践的诗人较多，如卞之琳认为，"我们用汉语说话，最多场合是说出两、三个单音字作为一'顿'，少则可以到一个字（一字'顿'也可以归附到上边或下边两个两字'顿'当中的一个而合成一个三字'顿'），多则可以到四个字（四字'顿'就必然有一个'的''了''吗'之类的收尾'虚字'，不然就自然会分成二二或三一两个'顿'）。这是汉语的基本内在规律，客观规律。"② 如：

> 一天的 / 钟儿 / 撞过了 / 又一天 /
> 和尚 / 做着 / 苍白的 / 深梦 /　　　　　　（卞之琳《一个和尚》）

每行四个音顿，每个音顿字数不限。这是他的自觉追求，因为他认为，新诗"可能也需要不同字数'顿'的参差交错"，"不能行行都用一样安排的不同字数'顿'"③。

第二式，限音顿，又限音顿的音数，但不限诗行的音数。胡乔木等把新诗

① 骆寒超. 论中国现代诗歌的声韵节奏系统［J］. 当代创作艺术，1986（2）.
② 卞之琳. 雕虫纪历·自序［M］. 北京：人民文学出版社，1979：11.
③ 卞之琳. 雕虫纪历·自序［M］. 北京：人民文学出版社，1979：11.

节奏单元称为节拍，规定每拍为两字或三字，以强化诗语的鲜明节奏感。他说：
"作者既认定拿两三个字（音节）作为一拍或一顿，就不再采取一字和四字
（音节）作为一拍或一顿的办法，读者也就不用这样或那样的猜测。"即使同词
义或语法规律相违，他也坚持两字或三字分拍，如：

> 让多情／的仙鸟／歌舞在／穹苍　　　　　（胡乔木《凤凰》）
>
> 猛烈的／风在／狂吹着／大地　　　　　　（胡乔木《怒吼的风》）

这样分顿也是自觉的追求，胡乔木说："诗的分拍或顿并不必与词义或语言
规律完全一致，因为诗的吟哦究竟不同于说话，但仍然要容易上口。"[1]

第三式，限音顿，限诗行的音数，但不限音顿的音数。对于这种格式，梁
宗岱等人的理由是：因为如果每行四个音顿，每个音顿可有一字到四字组成，
若字数不划一，则一行四顿的诗可以有七字到十六字的差异，"把七字的和十六
字的放在一起，拍数虽整齐，所占的时间却大不同了"[2]。因此他主张限定诗行
音数的前提下，每音顿的字数是可以不限的。如：

> 于是／生命底／黯淡，／喧嚣，／和坎坷
>
> ——时辰底／陷阱／以及／命运的／网罗——
>
> 尽化作／紫色的│爱，／金色的／宁静　　　（梁宗岱《商籁》）

限音顿数，保证了行间顿歇的整体一致；均行等音，又保证了诗行时间段
落的长度一致；两者结合就在双重意义上加强了诗的节奏整体秩序性。

第四式，限音顿，也限音顿的音数和诗行的音数。我国一些诗人借鉴西律，
既限音顿数，又限音顿的音数，结果必然是又限制了诗行音数，在三重意义上
强化诗的节奏性。如：

> 下了／一天的／小雨／终于／停止了，
>
> 湖畔的／群山／仿佛／清洗过／一样　　（钱春绮《雨后的西湖》）

---

① 胡乔木.《随想》读后 ［J］. 诗探索，1982（4）.

② 梁宗岱. 诗与真 诗与真二集 ［M］. 北京：外国文学出版社，1984：176.

每行十二音包含五个音顿，每顿两字或三字，读来明显感到是三字顿和两字顿的交错，最多是两个相同字数的音顿相连。邹绛把自己的音顿排列规律概括为"三二二三"建行原则，即每行五个音顿，其中三个两字音顿，两个三字音顿。

第五式，相对地限定音顿数、音顿的音数和诗行的音数。所谓"相对"，就是每行不一定限制固定的音顿数量和音顿内的音数，可以长短相间，但是在一首诗中，音顿的数量和音顿内音数的安排又不是任意的，而是相对固定的。如：

> 林莽 / 之间 / 蛛网 / 缠住
> 七彩 / 露滴的 / 影踪
> 荆棘 / 伸展 / 枝叉 / 追捕
> 翎毛 / 扇动的 / 清风　　　　　　　　　　　（陈明远《圆光》）

第一、三行都是四个音顿，第二、四行都是三个音顿，每音顿为两、三字，三字音顿中都有一轻读音节。这是一种特殊的音顿排列节奏新诗。采用这种格式创作的作品较多，有人甚至把它与整齐式并称，认为音顿节奏的诗可划分为整齐式和参差式两大类。

第六式，不限音顿，也不限音顿的音数和诗行的音数。采用这式，有一类是诗行无序的长短，各行排列也无序。另一类诗的诗行、音顿大体有个基本格式，但全诗并不统一。如：

> 沙漠 / 用静默 / 唤醒了 / 我
> 这无言的 / 暗黄的 / 波涛啊
> 它有时 / 轻柔得 / 像一声 / 云雀
> 黑夜 / 才深沉 / 如大海的 / 寥廓　　　　　　　（唐祈《沙漠》）

这诗多数诗行四个音顿，但第二行却是三个音顿。诗遵循的原则是整齐中的适当错综，从美学价值上说，也不失为一种有意义的追求。

三

在写作《新格律诗研究》时，我和鲁德俊归纳了"意顿对称停顿节奏的基本方式"，包括"并列式""交叉式""包孕式""综合式"，每式中分别包括行间对称和节间对称两种。后来鲁德俊又多次重新分类概括，这里介绍意顿节奏体系的六种基本格式。

第一式，并列式：常表现为连续的两行以至数行、两节以至数节间意顿的相应对称。平行诗行间意顿对称排列者，如浪波的《圆明园》八行成四组，组内上下两行意顿对称：

> 循着帝王游夜的御路，
> 漫步后妃宴乐的皇苑；
> 依然是当年晶莹碧水，
> 仍旧是昨日妩媚青山。

这种诗的对称只要求大体相对，这样就有了创作的自由。并列的节间意顿对称的诗也很多，如艾青《手推车》两节，就其中一节看诗行长短不齐，但两节之间对应诗行基本是对称的。实践表明，由于每首诗的思想感情不同，节与节之间并列对称的形式是变化无穷的。

第二式，交叉式：常表现为诗的隔行间或隔节间意顿的相应对称。交叉行间意顿对称的诗很多，有的是奇数行交叉对称，也有的是偶数行交叉对称，更有的是一组诗行的奇数行之间和偶数行之间同时交叉对称。交叉意顿对称还有节与节之间的，如农鸣的《甘蔗交易场》共八节，第一、三、五、七节与第二、四、六、八节间交叉对称。如鲁德俊《火柴颂》一节：

> "点亮了别人，毁灭了自己"，
> 我不知这比喻起自何时？
> 只想到给予，不愿意索取，
> 我深知这品格从未如此。

　　这里运用了诗行的交叉对称，酣畅地抒唱了教师的高尚品格。诗行交叉对称往往是由于两行诗不能表达一个完整的意思，再需要两行才能完成时，就形成了一、三行交叉对称和二、四行交叉对称的格式，在多层渲染、重复咏唱中增强抒情的旋律感和情调美。

　　第三式，包孕式：常表现为节内首行与末行相包或全诗首节与末节相包，并有时重叠相应对称反复。行与行的包孕式对称，如甘运衡的《别》：

　　　　我去了，你别跟着我走：
　　　　乘敌人的炮火，整天怒吼，
　　　　乘敌舰的队列，横行海口，
　　　　乘敌人的战车，疯狂奔突，
　　　　乘敌机的侵袭，轰炸城楼，
　　　　我去了，你别向我泪流！

　　这诗的首行与末行是相包并部分重叠相应对称。也有的诗是首行与末行完全重叠的。节与节的包孕对称，如闻一多的《洗衣歌》中间六节形式一致，第一和第八节成意顿对称形式包孕全诗。也有的诗首节与末节相应，但只是部分诗行重叠，如严阵的《莱阳道中》。

　　第四式，复叠式，常表现为字与字、词与词、短语与短语、句子与句子、诗节与诗节之间的反复重叠，建构一种复沓和谐、一唱三叹的美学效果。首先是重言，如何其芳的《青春怨》中"一颗颗，一颗颗，又一颗颗""一朵朵，一朵朵，又一朵朵"。其次是重句，如公木的《问天》全诗十一节，几乎都是两句重复，稍有变化。这是其中的一节：

　　　　这一口口盐井是用什么掏
　　　　这一片片盐滩是用什么浇
　　　　这一口口盐井是咱青筋掏
　　　　这一片片盐滩是咱汗水浇

　　还有就是重章。如黎焕颐的《黎明颂》共四节，每节是同样句式的复叠，如开头两节："夜，给我以黑暗，／夜，给我以光明。／／夜，给我以阴森，／夜，给我以热情。"

第五式，骈散型：常表现为在整齐的对称中有规律地穿插一些散句。审美的要求是一切在时间中分布的东西依照分布的原则变化，骈中有散就是一种"变化"，如丁芒《驽马》：

> 本来就不是神骏，价值连城，
> 既没有驭风的气势，
> 也没有千里的远志，
> 只会脚踏实地一步一步攀登。

全诗九节，每节四行，中间两行都对称，而首尾两行却是散句。纪宇的《路边的树》则是首尾两节习散句，中间各节却是对称。蒋光慈的《无穷的路》则是每节四行，两行对称，两行不对称，骈散交叉在节内进行。适当穿插运用散句能够不呆板，给诗人创作以更大方便。

第六式，综合型：常表现为在一节诗内或一首诗内运用多种对称方式，层层推进造成一种自由和匀整相结合的节奏效果。如艾青的《盼望》：

> 一个海员说，
> 他最喜欢的是起锚所激起的
> 那一片洁白的浪花……
> 一个海员说，
> 最使他高兴的是抛锚所发出的
> 那一阵铁链的喧哗……
> 一个盼望出发
> 一个盼望到达

诗先用两个比喻参差错落而又交叉对称的行组表达海员两种感情：启航远去执行任务时的"喜欢"和完成任务返回时的"高兴"。丰富的感情用视觉形象"洁白的浪花"和听觉形象"铁链的喧哗"加以渲染。末两个并列对称诗行是概括点睛。这诗很好地体现了内在情调和外在形式的统一，对称和错综的统一。这种诗要比音顿连续节奏的诗来得自由活泼。另有一种综合性意顿对应排列节奏的诗，骆寒超曾对《羊，不要再这样叫唤》做过分析："这首诗里，有的诗行群对称，有的诗行群排比，总之各诗行群自身很匀称，因此也能和谐也组合在一起，层层相应以至终篇。从整体上看，诗行参差不齐，诗行顿数并不一致，更不用提字数的绝对相等了。这可谓自由矣！但自由的外表下面另有一种特别的'节的匀称'在。"①

四

写作《中国新诗韵律节奏论》时，我们首次对行顿对等节奏的格式进行概括，提出了两种基本情形，一是格律修辞句的对等组合，二是相似结构句的重复组合。在写完《中国新诗自由体音律论》以后，我们有了新的概括，主要列出了四种格式类型。

第一式，语音要素对等排列的行顿节奏。平行等值对等和行顿自由排列，构成行顿对等节奏体系的两个节奏支点。对等方式多样，"节奏的规律性与周期性给人的一般印象通常由于语音和句法上的手法获得了加强。这些手法是声音图形、平行子句、对比平衡句等，通过这些手法整个意义的结构强有力地支持了节奏模式。"②"不仅在类比领域如此，而且在'音响'领域，在格律、韵律和语音的技法领域亦是如此，这些手段增强了一种反复出现的'同一'感或格调感，它构成了诗歌的存在理由"。如艾青《写给小睡车里的婴孩》的末节：

> 你静静地睡着了
> 在温暖中
> 在芳香里
> 在布拉格
> 在维尔塔发河边
> 在长长的堤岸上
> 在母亲推着的
> 温暖的、柔软的
> 像花一样的

---

① 骆寒超. 中国新格律诗选·序 [M]. 南京：江苏人民出版社，1984：3.
② ［美］韦勒克·沃伦. 文学理论 [M]. 北京：生活·读书·新知三联书店，1984：174.

　　像云一样的小睡车里

　　这是一个简单句，即"你睡着了"，然后在动词"睡着"前加入了描写状态的"静静地"，又在"静静地睡着了"之前扩充了六个处所短语状语，使得这散文句子变得异常复杂。散句简单地入诗，无法形成匀整节奏，需要进行律化处理。艾青把全部短语状语从句间抽出，然后构建六个具有相同结构的宽式对等诗行，通过组行形成对等平行的旋律式节奏，在重复中传达出诗的情绪律动。在诗行组织时，诗人遵循着均衡对等和自由变化结合的原则，既有二三四行的完全相同结构的反复，有第四五行诗句相似结构和诗行长度的反复，也有末四行的自由变化的诗行，在自由变化中，从"在……里"的句式来说同前面的短语状语具有对等性，而其内部的"温暖的"和"柔软的"属于行内前后对等，"像花一样的"和"像云一样的"又是行间局部的对等。这种律化处理，使得原来的复杂散句成为诗的行顿律句。

　　第二式，长短诗行有机组织的行顿节奏。长短诗行的音律性能是不同的，不同性能诗行通过相同相异的对等原则排列，就能形成诗节段落内起伏的节奏运动，就能够表现情调的起伏变化。当诗人情绪的内在律动比较舒缓、平静时，外化为旋律的表现，则诗行的长度大致均匀，或者从一种型号的诗行逐渐过渡到另一种型号的诗行；当诗人情绪波动比较强烈，外化旋律需要大起大伏时，则呈现为不同型号的诗行直接或突然交替。如徐志摩《沙扬娜拉》：

　　　　最是那一低头的温柔，
　　　　像一朵水莲花不胜凉风的娇羞，
　　　　道一声珍重，道一声珍重，
　　　　那一声珍重里有甜蜜的忧愁——
　　　　沙扬娜拉！

　　诗写一温柔日本女郎道别，这是完整的情绪发展过程，饱含依依难舍情调。第一行虽是短行，但安排一个意顿，是次扬。第二行两个意顿，诗行长，是抑，两行合成诗情的旋律段落，轻微起伏的缓慢节奏，有着细致变化的柔和旋律。第三行两个并列短句的重叠，属扬，但由此延伸的第四行又是长行（两个意顿）是抑，再加上行末的破折号，使抑的情调延续，这两行也构成旋律段落，情绪起伏比前一段落大，情绪抒发达到高潮。第五行是女郎道别时语言的记录，是扬，语音回荡。全诗类似的诗节反复，形成了一种流动抑扬而又匀整的旋律节奏。

第三式，等量音数诗行组合的行顿节奏。在我们看来，音顿节奏固然有着无法辩驳的理论根据，但现代读诗已经抛开吟咏而取朗读或说话的方式，因此，与其说是音顿不如说是整齐音顿在行的基础上显现节奏效果。我国诗人在向西诗借鉴后写作均行等量音数的汉语十四行诗，如李唯建《祈祷》由七十首十四行诗组成，每首格式一致：每行十二音，诗行音数一致即诗行声音段落等时；每行十二音的音顿数量是在一致基础上的变化；每个行末都是有韵的，从而充分显示了诗行的独立性质。我们举出朱湘十四行意体之三十六的四行：

> 汽车好像是舞女滑过地板，
> 身披着光泽；透明的，在车里
> 安坐有行旅，富庶或是游戏，
> 照了他们的话，车开驶，停站。

每行都是十音，行内虽有小顿，但全诗节奏主要依靠相同等量音数诗行呈现。钱光培认为，这种诗体不以句为单位，而以行为单位。诗人在一行之中，不一定只写一句，可以在一行之内写几个短句，也可以把一个长句带到另一行内结束；同时，每行的字数多少，也可以依照诗的情感或思想的变化而有所不同。在这些方面，它又较一般的以句为单位的诗自由多了，这种自由可以给诗带来更多的变化，从而免去单调与生硬。① 这观点是能够为人接受的。

第四式，格律修辞句对等组合的行顿节奏。当诗人情绪内在律动特强的那一段诗情外化为旋律时，对应的诗行群常常用对称或排比的句式去增强旋律强度。与排比、对称同为格律修辞句的还有反复句和重叠句，也都是通过行顿的反复来造成诗节内的顿歇对等组合的。同一诗行的反复，也就是同一节奏、同一结构的语言重复，在声音重复的同时，意义本身也就自然地得到重复，诗行的节奏同时得到强调，诗人表达的情调和情思就会更加强烈。同时，诗中常有两种密度，即意象密度和感情密度，重复或重叠句感情密度高而意象密度低。郭沫若的新诗激情澎湃，这同他大量运用格律修辞句有关。如《凤凰涅槃》中的一段：

---

① 钱光培. 现代诗人朱湘研究［M］. 北京：燕山出版社，1987：228.

啊啊！／火光熊熊了。／香气蓬蓬了。／时期已到了。／死期已到了。／
身外的一切／身内的一切！／一切的一切！／请了！请了！

凤歌和凰歌尽情地控诉了旧世界和旧生活，这样的世界毫无生机，这样的
生活毫无希望，于是，水到渠成就是"凤凰同歌"，写它们在歌唱中自焚。这里
诗行较短，还是采用对称复合而成的排句抒情，以时的对等和力的力度结合的
节奏，把诗的抒情推向一个新的高潮，这也是诗人情感节奏和语言节奏的一个
扬起段落。

从新诗韵律节奏系统到新诗体式

一

诗的基本节奏单元向外发展，最为高级的形式就是突破音律范畴而进入文类范畴，在文体层级显示其自身特征和价值。我是在研究了 10 年新诗体式演进以后再来思考韵律节奏系统与新诗诗体之间的关系的，所以充满着理论自信。

文体，是个没有明确定义的概念。经过比较，我采用了托多罗夫的界定。托多罗夫说："在一个社会中，某些复现的话语属性被制度化，个人作品按照规范即该制度被产生和感知。所谓体裁，无论是文学的还是非文学的，不过是话语属性的制度化而已。"① 根据这一界定，我归纳了"诗体"的若干特征。一是诗体的"本体"是话语属性。诗体是一种在自己的声音中有序化的语言，是一种与口头语言和其他文体语言不同的"诗家语"，在音韵上、句法上、词汇上、结构上都呈现出有序性。二是诗体的话语属性是被制度化的。我国新诗体发生在 19 ~ 20 世纪之交的二十余年间，从新派诗到白话诗到语体诗，逐步建立起了新诗的语言新体制，在破坏旧有诗语秩序中开辟了通向现代的话语秩序。三是诗体话语秩序的内涵。诗体的话语属性所形成的文本体式，表层看是诗歌的语言秩序、语言体式，里层看则负载着社会的文化精神和诗人的精神品质。四是诗体话语秩序的复现性。诗体的话语属性是可以不断地复现的，它在创作中被作为一种"规范"对诗人创作起着有意或无意的支配作用。

关于韵律节奏与诗体的关系，我们提出三个问题进行论说。

---

① ［俄］托多罗夫. 巴赫金、对话理论及其他［M］. 蒋子华，张萍，译. 天津：百花文艺出版社，2001：27.

一、诗体的文类地位是由韵律节奏确定的

诗体是由区别于其他文本的"诗家语"决定的，诗语言首先是一种声音中的有序化语言。"起有序性作用的是语调、节律方式、分节、音韵、句子结构等，在音韵上、句法上、词汇上、结构上都呈现出有序性，即诗歌语言是诗人戴着人为的镣铐，或者是穿着美丽的外衣舞蹈的语言，人为的镣铐或美丽的外衣就类似于我们所言的诗体。"① 诗语中的任何文词都是在各种关系中和各种水平上有序化的符号系统，这个系统的稳定性决定了诗体的稳定性，而有序化的符号系统正是诗体的内涵。还需要明确，对于"诗"的构成因素说，有序化语言并非其全部内涵。从理论上说，"一个有组织的、在时间中经过的、感情方面可以觉察的运动"都能成为节奏，因此"就说话的意义方面而论，组织和节奏可能是同义语，我们根本再不需要节奏这个名词"②。我们需要考虑的是诗体具有自身文体特殊的韵律节奏规定性：

> 那里在散文中我们发现一种从属的、没有规则的继续；这里在诗中我们发现次序和匀称。我们在诗中感觉一种秩序，这种秩序在散文中根本没有。更准确地倾听使我们认识到这种秩序大概同高音距离中的规律性有密切关系：在诗中具有高音的单位在接近相等的距离中重新回转。③

这里揭示了诗体独特的文本特征是节奏，诗节奏区别于文节奏之处是"匀称"，是有序化语言构建的韵律节奏。西方结构理论还提出："诗歌语言的自我意识、自我认识是非常强烈的。它强调自身是'媒介'，这媒介超越它所含有的'信息'：它特别关注自身，而且系统地强化自身的语音素质。所以，语词在诗歌中具有的地位不只是作为表达思想的工具，而是实实在在的客体，是自主的、具体的实体。用索绪尔的话来说，它们不再是'能指'而成为'所指'，正是

---

① 王珂. 新诗诗体生成史论［M］. 北京：九州出版社，2007：1、5.
② ［瑞士］沃尔夫冈·凯塞尔. 语言的艺术作品［M］. 陈铨，译. 上海：上海译文出版社，1984：319.
③ ［瑞士］沃尔夫冈·凯塞尔. 语言的艺术作品［M］. 陈铨，译. 上海：上海译文出版社，1984：320 - 321.

诗歌'陌生化'的技法诸如节奏、韵脚、格律等，才使这种结构变化得以实现。"①

这就是说，诗的独特有序化秩序语言诸如韵律节奏，不只是作为所指对象的代表或感情的发泄，还成为所指而具有自身的分量和价值，它构成了诗歌的意义范围和诗体特征。

二、新诗体是在格律的破旧立新中发生的

新诗发生，就其本质来说，是汉诗由传统型向现代型的转换，其中诗体现代化是关键。五四新诗运动中的"诗体解放"作为"动机"，推动着诗人打破传统韵律节奏，推动着中国新诗体的发生。这场诗体革新运动，在对传统作诗规范进行强烈的抵制和背叛的同时，也在创造承载和接纳新的现实和经验的诗体，包括新的韵律节奏系统。新诗发生是建立在诗体格律的破旧立新基础之上的，对此正确理解是：新旧诗体各有其自身的格律，但新旧格律之间又不是完全断裂。事实正如巴赫金揭示的规律那样：

> 文学体裁就其本质来说，反映着较为稳定的、"经久不衰"的文学发展倾向。一种体裁中，总是保留着已在消亡的陈旧因素。自然，这种陈旧的东西所以能保存下来，就是靠不断地更新它，或者叫现代化。一种体裁总是既如此又非如此，总是同时既老又新。一种体裁在每个文学发展阶段上，在这一体裁的每部具体作品中，都得到重生和更新。体裁的生命就在这里……体裁过着现今的生活，但总是记着自己的过去，自己的开端。在文学发展过程中，体裁是创造性记忆的代表。正因为如此，体裁才能保证文学发展的统一性和连续性。②

正因为存在"既老又新"的特征，汉诗的诗体和格律才能保持统一性和连续性，才能呈现"经久不衰"的发展倾向。胡适对新诗韵的要求是：用现代的韵，不拘古韵；平仄互押，这是词曲通例；有韵固然好，没有韵也不妨。这就反映了保存陈旧和现代更新的辩证统一。后来更多的学者、诗人认识到，汉诗

---

① ［英］特伦斯·霍克斯. 结构主义与符号学［M］. 上海：上海译文出版社，1987：62－63.

② 巴赫金. 诗学与访谈［M］. 白春仁，顾亚玲，译. 石家庄：河北教育出版社，1998：1.

格律形式的解决需要从汉语特点出发，继承和翻新汉诗的传统诗律，使新诗格律成为汉语诗律的统一性和连续性的组成部分。

三、新诗体是根据韵律节奏体系来分类的

我们认为，既然诗体是由有序化的语言组织来决定的，那么诗体分类应该据此标准来进行，因为不同的韵律节奏规定着不同的语言组织方式，体现着不同的诗体审美特征。明代吴讷《文章辨体》，在古诗类下分四言、五言、七言、歌行四体，把隋唐后的诗分为律诗、排律、绝句等，这就是依格律为据进行诗的分类。我们根据韵律节奏体系的不同，把新诗体划分为自由诗体和格律诗体两大类，因为这两类诗体在语言有序规律方面存在很大差异。若继续按照用律规范与否为标准来衡量，新诗自由体又可分出散文诗体和自由诗体两类，新诗格律体又可分出半格律诗体、格律诗体和定型诗体。这样，按照韵律节奏体系的标准就分出新诗五种体式：散文诗体、自由诗体、半格律诗体、自律格律诗体和共律格律诗体。因为散文诗体有着自身特殊的形式规范，且最早的和以后的散文诗排列都用散文分段式。而诗体不仅指诗的音乐形式，即韵律，还指诗的排列形式。因此，我们谈诗体时暂不列入散文诗体。半格律诗体是格律体的自由化，其自身没有特殊的韵律规范，所以也不列入诗体的讨论范畴。因此我们将讨论的是三种诗体：自由诗体是连续形式，一般的格律诗体是诗节形式，定型的格律诗体是固定形式。这正是劳·坡林概括的现代三种诗体：连续形、诗节形与固定形。

美国诗学教授劳·坡林在《怎样欣赏英美诗歌》中说：

> 艺术最终还是个组织问题。它所追求的是秩序，是形体。最初的艺术行为是上帝从混沌中创造世界，把不成形的东西固定成形；此后，每个艺术家都在较小的规模下，试图模仿上帝，把混乱的经验，经过剪裁与安排，变为有意义的、有趣味的结构。

> 一般说，诗人可把作品放在三大类形式中，即连续形、诗节形和固定形。①

---

① ［美］劳·坡林. 怎样欣赏英美诗歌［M］. 殷宝书，译. 北京：北京出版社，1985：174－175.

　　劳·坡林不仅提出了现代诗的三分类，而且对各类诗的形式特征做了具体分析。他的论述甚合我们的观点，即诗体的分类和特征分析应该立足于诗的音律。因此，以下我们就根据劳·坡林的理论，从韵律节奏体系方面论说新诗的三种体式。

二

　　劳·坡林对连续形的概括是："图案的形式成分较少""连续的诗无固定结构，其分段是由思想决定的，正如散文一样。但这里也有不同程度的体式。"他举例加以说明：

　　　　《多佛海滩》是有一定节奏的，虽诗行长度不同，却有一定格律——主要为轻重格。《有个男孩》在节奏和诗行长度方面都有固定规律，这是无韵的轻重格，每行五个音步，也叫无韵体。《我的前夫人》除固定节奏与诗行长度外，还有规范化的韵脚，它是有韵脚的，是五个音步的轻重格的双韵体。这样，《多佛海滩》、《有个男孩》和《我的前夫人》的作者是在限制逐渐增加的情况下，把他们的作品装进一种预先想好的体式的。①

　　这里所说的连续形即我国所谓的自由体。该诗体称为"连续形"是突出其纵直推进性，诗中的思想感情发展和语言秩序组织都呈现持续的直线推进式发展。其"有不同程度的体式"，包括仅有顿的格律的诗，有诗行等度的无韵体和再加上用韵的有韵体等。这种诗体在我国古典诗歌中是没有的，直接源自西方的现代自由诗运动，其"自由"所指包括精神的自由和形式的自由。"19 世纪中后期及 20 世纪初在西方诗界爆发的'散文诗运动''浪漫主义诗歌运动'和'现代派诗歌运动'，直接加速了汉语诗歌的文体形态的巨变，催生了中国的新诗革命及新诗，不仅影响了新诗革命的态度、方式和内容，也影响了新诗草创时的形态、体式（韵式、图式），即初期新诗的文体特征、文体价值甚至整个新

---

　　① ［美］劳·坡林．怎样欣赏英美诗歌［M］．殷宝书，译．北京：北京出版社，1985：175.

诗历史上的诗体建设都受到了西方诗歌的巨大影响。"① 这种影响的成果就是中国新诗自由体的发生。

新韵律是中国新诗自由体独特的文本特征。西方自由诗运动要冲破传统严格的韵律束缚，同时又在创作中寻找着新韵律。基本主张是：自由诗不是简单地反对韵律，而是追求散体与韵体的和谐而生的独立韵律。如果意识不到这样的"第三种韵律"（ehird rhythm），就无法揭示诗失去规则韵律为何不会沦为散文。这里的"第三种韵律"，罗杰·福勒在《现代西方文学批评术语词典》中"自由诗（free verse）"条目认为，其特点表现为用诗行在诗节意义上的旋律和诗人内在的节奏代替传统的音乐节奏。雅各布森认为语言的基本运作分为"选择"和"组合"两端，诗功能定义是："它既吸取选择的方式也吸取组合的方式，以此来发展等值原则，'诗歌功能把等值原则从选择轴弹向组合轴'。""对等则成为语序的构成手段。"② 在他看来，诗功能取消了普通语言的逻辑关系而代之以诗法关系：在普通语言中，相邻近的成分是由语法来建立关系的，而在诗歌话语中，这种关系是由对等原则承担的。虽然我国初期自由诗理论存在偏颇，但胡适和郭沫若在创作中还是注意到自由诗的自然音节和内外旋律的，以后大批诗人不断地探讨着自由诗的新韵律方式。他们认识到，自由诗体的旋律节奏还是要通过诗语的字词、短语、句式、诗韵等来定型，其原则是声音在语流中的"时间段落"的规则和变化。"时间段落"在格律诗中是规则的，在自由诗中是变化的。

我国自由体诗另一重要文本特征是统一的内外律。胡适提倡"自然音节"说，理论基点就是"诗的音节是不能离开诗的意思而独立的"，"凡能充分表现诗意的自然曲折，自然轻重，自然高下的，便是诗的最好音节"。③ 自然音节似乎是诗的内在律，但胡适又从"节"（诗句里面的顿挫段落）和"音"（诗的声调）两方面去解说自然音节，这就是说内在律要同外在律结合起来。郭沫若最早对内在律本质做出阐述，认为"内在的韵律便是'情绪的自然消长'。……内在韵律诉诸心而不诉诸耳"④。据他自述，他的《雪朝》（1919）就是感应着"扬—抑—扬"的内在律而把诗分成三节的，其反映在语言上就是：感叹跳荡的

① 王珂. 新诗诗体生成史论［M］. 北京：九州出版社，2007：101.

② 黄玫. 韵律与意义：20 世纪俄罗斯诗学理论研究［M］. 北京：人民出版社，2005：78.

③ 胡适.《尝试集》再版自序［M］. 合肥：安徽教育出版社，1999：40 - 41.

④ 郭沫若等. 三叶集［M］. 上海：上海书店，1982：49.

短句——完整连贯的长句——感叹跳荡的短句。穆木天倡导抒写心灵的纯诗，要求"诗的内容是得与形式一致"，"雄壮的内容得用雄壮的形式—律—去表，清淡的内容得用清淡的形式—律—去表。思想与表思想的音声不一致是绝对的失败"。[①] 艾青一方面说"诗的旋律，就是生活的旋律，诗的音节，就是生活的拍节"[②]；另一方面又说外形声调"借声音的变化，唤起读者情绪的共鸣；也就是以起伏变化的声音，引起读者心理的起伏变化"[③]。他同时肯定了诗的内在律和外在律，并强调两者的结合。以上种种理论说明，我国自由诗体的优秀传统，就是重视内外律的有机结合。我国诗人在探索基础上，把内在律扩大为"情感的冷热交替，意象真幻的交替，心绪的起伏律动"，并把这种内在律动落实到语言形式上。自由诗体形式不应有固定模式，只需某些有效原则，其最为重要的特征就是内外律的有机统一。

我国自由体诗又一文本特征是音义的自由结合性。各自由诗流派不管诗学观念有多少差异，在音义结合问题上的取向却大致相似。早期胡适主张诗是"说出来的"，郭沫若主张诗是"写出来的"，其要义都是突出诗的音律与意义的密不可分性。初期象征诗人如穆木天强调"诗句的组织法得就思想的形式无限的变化"，"诗的律动的变化得与要表的思想的内容的变化一致"。（《谭诗》）戴望舒认为新诗应该有新的情绪和表现这情绪的形式，"愚劣的人们削足适履，比较聪明一点的人选择较合脚的鞋子，但是智者却为自己制最合自己的脚的鞋子。"（《望舒诗论》）艾青提倡诗的散文美，要旨也在强调音义结合，即"散文的自由性，给文学的形象以表现的便利；而那种洗练的散文、崇高的散文、健康的或是柔美的散文之被用于诗人者，就因为它们是形象之表达的最完善的工具"。（《诗的散文美》）七月诗人主张做人与作诗统一，诗论中的种种对立概念，如人与诗、社会责任与诗人责任、主观与客观、力与美、形式与内容、情绪与形象、政治与艺术等，都运用综合方式使之形成张力。古代诗学试图根据节拍的特征来规定"类"，而自由诗恰恰通过诗行节拍的多样性给它制造困难，结果它别无选择，只得把多样性作为类的标志。现代诗人所追求的是：不仅每一个诗人，而且每一首诗都有自己的音调、自己的诗节、自己的诗行，这才达到最高境界。这种境界只能在自由诗体中得到实现。作为新诗自由体，其音义

---

① 穆木天. 谭诗［M］//中国现代诗歌理论经典：上. 苏州：苏州大学出版社，2007：161.

② 艾青. 诗论［M］. 上海：复旦大学出版社，2005：12.

③ 艾青. 诗的形式问题［J］. 人民文学，1954（3）.

自由结合性表现在：第一，存在于诗体的根本特性层次。自由诗体特性就是精神自由、形式自由和现代人的民主自由追求。精神自由主要是情思入诗和题材选择的自由，形式自由主要是散语入诗和音律形式的自由，而民主自由则体现的是现代人的个性自由和审美自由。这是从诗体特性上说的音义结合性，它决定着诗歌的现代性和现实性。第二，存在于诗体的语型（笔体）层次。自由诗体由于音律方式的个人性，所以在发展过程中形成了种种个人语型（笔体），它同某类特定的音义关系紧密相关，能够成为一类作品或一个流派诗歌的节奏模式，而这种模式的深层则是音义自由结合性。第三，存在于具体的诗歌作品层次。自由体诗的特点，正如象征诗人威来格柔芬所说，"诗文应当服从他自己的音节。他仅有的指导是音节；但不是学得的音节，不是被旁人所发明的千百条规则束缚住的音节，乃是他自己在心中找到的个人的音节"①。其节奏方式是同具体作品结合着的，即使同一诗人的不同诗篇的节奏方式也是不同的，而正是这种不同体现着音义结合的具体性。第四，存在于节奏的具体细节层次。音义结合最为重要的是诗人在分行、建行、列顿等具体手法中体现出来的。如分行时故意把一个词语抛向下行，这在改变节奏的同时就使得某些词语的意义得到了强调；如在诗行中连续重复两次或三次词语，在对等重复节奏中使得词语获得了新的意义；如在对称排列诗行中，音义同时现出对称的价值。

三

关于诗节形诗体，劳·坡林指明其特点是："诗人想出一系列诗节，它们是重复单位，具有固定诗行量数，相同的节奏模式，和相同的韵脚图案。"诗节形模式有不同的限制：有的节为诗行有固定的长度，但无固定的韵脚模式；有的在固定节奏外，还有固定的韵脚；还有的除固定节奏和固定韵脚模式外，又加上叠句。在这类诗中，诗体形式的基础是"诗节"，它以重复或变体重复的方式再现构成全诗。其"诗节"产生有两种途径，即"诗人选来某种传统的诗节模式"，或"发明自己的诗节模式"。② 诗节形式的优势是既有外在的形式图案，

① 刘延陵. 法国诗之象征主义与自由诗［J］. 诗，1922，1（4）.
② ［美］劳·坡林. 怎样欣赏英美诗歌［M］. 殷宝书，译. 北京：北京出版社，1985：175－176.

又不为固定的图案所囿，体现了自由与规律的统一，它就是一般意义上的新格律诗体。

这种诗体类似于古诗中的重章叠句和分阕词曲。我国诗人在诗界革命期探索"新诗"形式，重要成果就是歌体诗，它被学者称为"从旧诗演变为五四新诗的一种过渡形式"。到五四新诗运动中，先驱者又自觉地推动歌谣诗的采集和创作，进一步推动歌体诗的创作。新诗发生期的歌体诗是我国新诗最早的诗节形格律诗，因为反复歌唱的需要，歌体诗的各段之间的字句、音节数量和结构大致相同，这样每段歌词实际上就形成了一个诗节，而诗节重复就构成诗节形新诗。诗人借鉴歌诗体创作新诗，写出了诗节形新诗，如刘半农的《教我如何不想她》。这类诗体成为我国新格律诗体发生的起点。但诗节形新诗的地位最终确立，则是新月诗人倡导新诗格律的结果，他们创作基本取向就是自觉进行诗节形格律诗探索。

诗节形格律诗的文本特征，首先就是诗节的节奏模式。劳·坡林认为，"所谓诗节形式可从以下四方面说明：韵脚安排（有时诗中无韵）；重复句的位置（一般没有）；主导的节奏计划；每行音步数量"①。这里所涉及的就是诗体的节奏模式问题，基本要求是"具有固定诗行量数，相同的节奏模式，和相同的韵脚图案"，它是一个具有自身相对完整的节奏单位和相对统一的节奏模式。第一是主导的节奏问题，诗节形格律诗体采用的是音顿节奏或意顿节奏体系，从诗顿出发到诗行，到行组，到诗节，都应该是有主导倾向的，从而构成一个具有相对独立的节奏结构。第二是匀整的诗行建构。劳·坡林要求我们注意"每行音步数量"。创作中大致有两种：一种是每节均行，各节诗顿同一，如闻一多的《死水》共五节，每节都是四行，每行九言四个音顿。另一种是每节内部诗行长短不一，各节匀称对称。如朱湘的《摇篮歌》共四节，每节格式是顶格九言—顶格九言—顶格九言—顶格九言—缩格四言—缩格六言。这是新诗诗节形的两种诗节母体，在此基础上发展出更多的具体格式。第三是用韵有规律。第四是重复句的规律呈现。重复句可以强化诗歌节奏形象，其本质是同一声音段落的复现，所以诗节形式重视这类句式的运用。

其次就是诗节的构形规则。在诗节形格律体中，诗节成为一个基准单位，它自身具有相对独立性质，同时又随时准备与他节构形，这样，诗节就成为一

---

① ［美］劳·坡林．怎样欣赏英美诗歌［M］．殷宝书，译．北京：北京出版社，1985：179.

个格式塔，从而有个构形规则问题。第一，依据诗节格式塔的构形水平分为三类：一是简单的格式塔，如闻一多的《死水》《也许》等，每节都是四行，每行字数一样，平行排列，成为简单规则的长方形。这种格式的优点是欣赏起来轻松愉快，但对人的知觉刺激力小。二是略偏规则的格式塔，如闻一多的《什么梦》也是每节四行，但排列时却让后两行低两格，每行字数也略有减少，《末日》等也是每节四行，却让第二、四行低一格排列，字数略呈变化，从而冲破呆板的方形，图形呈现动感。这种图形一般能唤起更强烈的视觉注意。三是复合的格式塔，就是把几个简单的完形接合，使之成为复杂结构。如闻一多的《一句话》，每节诗形由一个长方形和一个三角形组合而成，《我要回来》的诗形是中间一个较大长方形和上下两个较小对称长方形接合而成的格式塔。第二，依据格式塔的组合规律分成三类：一是相等（似）性。诗节形体完全一致（或基本一致），从而形成相等的连续排列图形。二是变调性。某个诗节图形发生一些变化，但仍能识别出它是原型图形，两个图形间有着家族的类似性格，从而组成整体图形。三是呼应性。如首尾或交叉诗节形状的重复对称。格式塔心理学揭示了矛盾统一的组织作用，一种是把一个整体或单元从它的周围环境中分离出来，一种是把彼此相属的成分结合为一个整体，首尾或交叉诗节呼应正是起着这样的作用。

再次就是诗节的丰富多样。在诗节形式里，"诗人选来某种传统的诗节模式，或发明自己的诗节模式"，这种诗节绝对不是固定的一个，也不是数量有限的几个，而是"一系列诗节"，可见其具有无限多样性和丰富性。这是诗节形格律诗最重要的文本特征。这种诗节有着格律规定性，但是又给予诗人创作以广阔空间。其要求"韵脚安排"，但具体的韵式可以变化；其要求重复句的位置，但用不用如何用诗人尽可创造；其要求有主导节奏计划，但具体到建行、行组和构节方面都是充分自由的；其要求每行音顿数量相同，但每行几个音顿或意顿、每个音顿或意顿如何排列、节内诗行的均齐或匀称的具体方式又是多样的。不仅诗节是丰富的，且构节更是丰富的，这就为新格律诗创作提供了极大的便利。我国诗人采用诗节形式创作新格律诗，贯穿的原则是"相体裁衣"，即依据着表达内容的需要和诗人审美的追求自由建节，推动了诗节形式的多样化。正是由于诗节形新诗的基本原则简明，具体方式丰富，所以为我国新格律诗体的发展提供了无限的空间。如万龙生等把诗节形格律诗分成整齐式、参差式以及综合两式的复合式，每类分成多种格式，由此提出了"无限可操作性"的命题。黄淮和周仲器把诗节形称为自律体，其特点是"四不限"和"两具有"。所谓

"四不限"就是篇不限节、节不限行、行不限字、字不限声；所谓"两具有"就是一有节奏，二有韵律，诵读节拍变化有规律（字拍规律化）和韵律要和谐有序（韵式有序化）。具体说就是：节奏要鲜明，即建行组顿自然，诵读节拍变化有规律；韵律要和谐有序，韵式变化有规律可循，押相同或相近的普通话韵。诗节形的优势是天然具有的音乐美和建筑美。在我们看来，诗节形的诗节在诗的音乐美上的价值就是构成一个"节奏型"。"在音乐作品中，具有典型意义的节奏，叫作节奏型。在乐曲中运用某些具有强烈特点的节奏型重复，使人易于感受，便于记忆，也有助于乐曲结构和音乐形象的确立。"① 诗节形的诗节在诗中同样具有这种节奏型的意义。诗节的重复（包括连续重复、交叉重复、变格重复和呼应重复等），也就是音乐段落的复沓进展，形成诗的反复咏唱，在诗体品格上形成节奏整齐和格调和谐的美。诗节形又体现着新诗建筑美。由于中国文字的具象性和空间性，更由于中国新诗采用分行排列，就可以利用图的关系给人视觉以类似建筑艺术的空间美感。新诗分行排列后，诗节形的连续就可能形成诗行排列的美，而句的均齐和节的匀称的审美原则又使这种可能变为现实。事实上，闻一多等正是利用诗节形式去追求新诗建筑美，从而使诗的音乐美与建筑美达到和谐一致，诗的内在律与外在律的一致，实现着新诗浑然美的诗体审美追求。

四

固定形，指的是"应用在整首诗中的传统体式"，诗人在写作时就必须把内容纳入这一体式中去，写出的诗具有固定的格律特点。现代诗人为何要把创作限制在固定形式内，劳·坡林的回答：一是继承传统，我们只为某种传统本身而继承，不然的话，为什么我们要在圣诞节摆一棵小树在室内呢？二是形式本身自有乐趣。如西方的固定形式十四行体：

> 它以高难度向诗人的技术挑战。差的诗人当然时常遭遇失败；他不得不用不必要的词语来填补诗行，或为押韵而使用不妥当的字词。可是好诗人却在挑战中感到英雄有用武之地；十四行诗能使诗人想到在其他情况下

---

① 李重光. 简谱乐理知识［M］. 北京：人民音乐出版社，1983：39.

不易想到的概念与意象。他将征服他的形式而不为形式所窘。①

固定形格律诗诗体来自诗人的群体创造和历史积淀，它是大量创作经验的提升，积淀着丰富的审美因素；它更以高难度向诗人的技术挑战，使得在通常情况下不易想到的意象与概念进入诗中；固定形式能将诗人的情思铸成审美形态，最大限度地呈现其内在意蕴。

我国古代律绝体就是一种固定形式，它每首有固定的句数，每句有固定的字数，每句的平仄和分逗是固定的，全诗的诗韵也是规定的，甚至要加上粘对等规定。这种诗体是我国诗歌长期创作的审美积淀，闻一多认为，"律诗的体格是最艺术的体格。他的体积虽极窄小，却有许多的美质拥挤在内。这些美质多半是中国式的。""他是纯粹的中国艺术的代表。因为首首律诗里都有个中国式的人格在。"闻一多具体解剖了律诗的美质，这就是均齐、浑括、蕴藉、圆满。闻一多认为"律诗在中国诗中做得最多，几要占全体的半数"②。可见我国诗人重视固定形式创作，是固定形式造就了中国伟大诗国的地位。

我国诗人在新诗固定形的创造中做了大量探索，取得重要成果。这种探索主要是输入和自创两途。输入就是移植外国固定形诗体，如朱湘的《石门集》中就收有用十四行英体、十四行意体、三叠令、回环调、巴俚曲等诗体创作的新诗。移植域外固定诗体取得重要成果的，是对西方十四行体的移植。中国诗人通过理论介绍、作品翻译、创作实践推动汉语十四行体创作，从 20 世纪 20年代初开始，经过数代诗人的努力，十四行体绵延整个新诗史，数百位诗人创作出数以万计的汉语十四行诗，形成对应移植的格律十四行诗、局部出格的变格十四行诗和大胆改造的自由十四行诗。中国诗人已经完成了十四行体由欧洲向中国的转徙，这是中西文化交流的卓越成果。新诗固定形式的自创，也有重要的实践成果。如新诗发生期就有八行体佳作，郭沫若在 1919 年就写下了成熟的八行格律诗 Venus。以后八行体的创作始终不绝，出现过一些精妙之作，如戴望舒的《烦扰》。到 20 世纪 50 年代，公刘、沙鸥写作了一系列八行诗。20 世纪80 年代以后，刘征、刘章有意识地探索八行体。刘征写整齐式，每行均为四顿，仿照旧格律诗中间四行两两对仗；刘章写对称式，对仗的处理方式一致，而一

---

① ［美］劳·坡林. 怎样欣赏英美诗歌［M］. 殷宝书，译. 北京：北京出版社，1985：185.

② 闻一多. 律诗的研究［M］//神话与诗. 上海：华东师范大学出版社，1997：309-313.

二和七八两联则遥相对称，顿数有所变化。这可以视为最为严格的"律体"。自创固定形式最重要的成果当属九言诗体。闻一多的《死水》是九言建行的格律诗体，以后始终有人尝试新九言体。20世纪40年代开始，林庚提出建立格律体新诗即九言的五四体，具体就是每行九言，用半逗律把诗行分成上五下四的固定形式。20世纪50年代闻捷创作了《花环》集，其中有一批格律较为严谨的新九言体。20世纪80年代以后创作新九言体的重要诗人是黄淮，出版有《黄淮九言抒情诗》《诗人花园》《中华诗塔》等九言诗集，格式趋向固定形式。诗行：每行九言。建行：每行四顿，每顿二言或三言。行间：追求行句统一，每行为相对完足的句子或句子成分。构节：双数诗行构节。诗韵：一般偶句末尾用韵。学者指出："现代九言诗诚然是一种新创的格律诗体，具有前所未有的新特点，但它与传统的格律诗体又存在着一种继承的关系。不论当时创造这一诗体的诗人们是否自觉地意识到这一点，客观事实却是无可辩驳地给予了证明。"① 新九言诗是新格律诗中最为接近成熟的新诗诗体，它不仅体现了现代汉语格律的特点，也充分体现了传统诗歌的审美追求。在现有基础上对新九言体格律加以规范和定型，有可能建立起新诗的固定形式。

　　我们对新诗建立固定形格律诗体的结论是：第一，新诗需要自身的固定形式。纵观诗体演变史，无论古今中外都是诗节形和固定形格律体共存共荣。因为固定形式是一个民族的生命记忆，是民族精神的形象表现，是可以不断重复和再生的审美母体格式，是现代生活、现代汉语和现代诗诗体达到浑然成熟的标志。第二，新诗需要多种固定形式。"它可以在九言体式基本定型的基础上，写成九言'绝句'、九言'律诗'和九言'乐府与古风'，甚至九言'十四行'等多变的具体样式。这种变化由数种开始乃至无穷，完全可以有自由驰骋的广阔天地，这是不言而喻的。"② 第三，固定形诗体成形需要过程。黄淮揭示了自律体和共律体之间的特殊关系，认为"一种成熟的'共律体'，往往是由某种'自律体'，经过许多诗人，甚至几代诗人，共同采用，精心再创造而形成的。自律体是原创的母体，共律体是再创的子体。青出于蓝往往更胜于蓝"③。共律体是大量自律体创作经验和规律的提升，积淀着丰富的审美因素，它的成形需要数代人持续探索。

① 许可. 现代格律诗鼓吹集［M］. 贵阳：贵州出版社，1987：2 - 3.
② 周仲器，周渡. 中国新格律诗论［M］. 香港：雅园出版公司，2005：135.
③ 黄淮. 关于自律体新格律诗的思考［M］//丁国成，周仲器，赵青山，编. 雅园诗论选. 香港：雅园出版公司，2013：119.

从新诗音律研究到自由诗体研究

一

在新格律诗研究过程中，我关注了艾青格律诗的创作。人们都把艾青视为自由诗人，其实这种身份并不被他自己认可。他在 20 世纪 70 年代末说过：

> 对于文学体裁，我没有太多的成见，只要好，民歌体也好，格律诗也行，只要写得好，我都赞成。有人以为我只写自由诗，其实我很多诗是不自由的，有的非常严格。
>
> 我曾经有意识地将各种形式都试验一下，我不喜欢用统一的格调写。当然，人家现在认为我是用一个格调（自由诗）写的，那是人家的看法。①

这些话提供了以下信息：艾青用民歌体、自由体、格律体等多种形式写诗，是有意尝试，非偶然兴致所至；艾青用过很多诗体，若认为他只写自由诗，不符合事实，也为诗人不同意。

因此，我在《新格律诗研究》中写了"艾青的格律化倾向"节，回顾艾青创作从自由诗到格律诗的转变，并肯定艾青"归来"后诗体的审美特征，即"内在的情调和外形的声调结合""对称和错综的统一""单纯和丰富的一致"。随后，我对艾青的新格律诗创作进行研究，发表了《论艾青格律体新诗及审美特征》，把艾青新格律诗归纳为：（1）全诗均行的新格律诗；（2）节内均行的新格律诗；（3）诗节对称的新格律诗；（4）节内对称的新格律诗。

---

① 艾青. 艾青谈长篇小说的新计划［J］. 开卷，1979（2）.

艾青是一位有着理论自觉的诗人，其创作基于自身理论思考。艾青在 20 世纪 50 年代总结新诗创作经验，提出了较为系统的新诗格律理论。他首先肯定韵律是诗的共性："诗是借助于语言以表现比较集中的思想感情的艺术。语言是由声音组成的。把语言里的声音，按照它们的强弱，经过了配合，就构成了韵律。韵律是传达声音的有规律的表现。"然后他具体揭示新诗两种诗体的韵律差异，"在'自由诗'里，偏重于整首诗内在的旋律和节奏；而在'格律诗'里，则偏重于音节和韵脚。"由此引出两种诗体的特征，"'自由诗'没有一定的格式，只要有旋律，念起来流畅，像一条小河，有时声音高，有时声音低，因感情的起伏而变化。""'格律诗'总的解释是，无论分行、分段，音节和押韵，都必须统一；假如有变化，也必须在一定的定格里进行。"① 他认为两种诗体"是出于两种不同要求的不同形式。自由体的诗，更倾向于根据感情的起伏而产生的内在旋律的要求。这也是从两种美学观点出发，因而也只能达到两种不同的境界"②。这是新诗史上对两种诗体韵律最具创新性的概括。

艾青诗论给予我的启示：第一，诗都是讲究韵律的，无论是格律诗或自由诗都有韵律；第二，两种诗体的韵律不同，格律诗偏重音节和韵脚，自由诗偏重旋律与节奏；第三，两种诗体都讲规则，格律诗是在规则里变化，自由诗是在变化中求格；第四，两种诗体具有不同的审美品格。基于这种启示，我开始研究艾青自由诗的韵律节奏。这一研究在当时有两个考虑：一个考虑是具体解剖自由诗创作实例，寻找自由诗音律的密码；另一个考虑是作为新诗韵律节奏理论的范例，列入韵律节奏探索实践的章节。在《中国新诗韵律节奏论》中，我设置了"韵律节奏的实践：创作实例"章，列出五个实例，即新九言诗体探索论、艾青新诗体式探索论、纪宇朗诵诗体探索论、卞之琳新诗声韵美论和闻一多新诗建筑美论，涉及音顿节奏体系、意顿节奏体系和行顿节奏体系，也涉及固定形、诗节形和连续形三种诗体，还涉及声韵美和建筑美的探索实践。

我在"艾青新诗体式探索论"中，肯定艾青对于自由诗行顿节奏的探索："复杂单句和复句所形成的散文句式，是艾青体语言最重要的特点。由于语言和意象的复杂化，造就艾诗语言体式的特点是以形象和意象的感情内涵为转移的词与词、语与语、句与句之间错综复杂的结合情况，结果必然难以做到句的顿数均齐，节的格式匀称，难以形成诗的形式化节奏美。散文式语言如何上升为

① 艾青．关于诗的形式问题［J］．人民文学，1954（3）．
② 艾青．和诗歌爱好者谈诗［M］//诗论．上海：复旦大学出版社，2005：153.

诗的节奏语言呢？那就是走自由诗体行顿节奏的路。"文章总结了艾青探索行顿节奏的四条经验，涉及自由诗行顿节奏的一些重要特征。

第一，扩张句子成分，形成同一结构句子成分的排列。由于艾青诗的意象丰富，往往好几个小意象组成一个大意象，再由一些大意象组成一个意象群，这反映在诗语上往往就是一个简单句，艾青在各个成分上分别给予不少小的意象，使各个句子成分无限制地扩充，一个简单句就变为一个很复杂的简单句。句中的小意象或小成分，往往就成为一个行顿，然后把相同结构的句子成分排列起来，形成对等进展的节奏运动。

第二，巧妙化句为行，构成有规律的行顿节奏效果。艾青的诗采用散文句法，一句不一定是一行，有时一句分成多行。分行粗看长长短短任意为之，其实这是诗人的精心营构。他在诗中使用了行顿节奏原理，通过分行达到两个重要的格律追求：一是行末停顿造成音节不存在与音节存在的对比；二是巧妙分行强化部分诗句成分的对等呈现；以上两者有机组合，就形成了自由诗中独特分行所产生的行顿节奏效果。

第三，故意设置相同或相似的词语，在动态进展中显示秩序感。艾青在诗的节奏进展中，总是有意识地使用一些语言结构相同或相似的词语和句子，让这些词语或句子在不同位置重复出现，既推进诗的节奏运动，又呈现诗的情绪进展。如《火把》中设置了"那是谁""女子是谁"两个词语，在诗行中反复出现，而且出现时或用标点使之独立，或用行末顿歇予以强调，这种强调就把诗人的特殊情感和情感进展表达得非常强烈。

第四，采用叠词、叠语或排句，在词句反复中强化节奏。叠词叠语及由此扩大而成的排比句和反复句，在诗中实质是相同或相似的声音段落的对等重复。其中有的是格律修辞句，如对偶、对称、排比和反复句等，在诗中起着节奏作用和表情作用。对等的结构和相关的意义，使得松散的自由诗节奏在特定部位紧张集中，形成一种旋律化的进展节奏。

这些节奏经验，在自由诗创作中具有范例作用。这使我对自由诗行顿节奏特征有了较为深刻的认识。尤其是艾青《透明的夜》中一句，如果按照散文的方式排列起来就是："夜，透明的夜。一群酒徒，离了沉睡的村，向沉睡的原野哗然的走去。"这种散文化的句子读起来平淡无奇，完全无法获得旋律美感。但是诗人现在是这样排列的：

　　一群酒徒，离了

沉睡的村，向

沉睡的原野

哗然的走去

夜。透明的

夜。

其分行似乎完全是无理的，因为它是任意地破坏了语义结构的完整性。但是，分行在这里成为建构行顿节奏的重要手段。在这个节落里，原散文句被分割成六行，加上两个标点停顿，也就成了八个停顿。从整体上说，这里的诗行是相对长短行的组接，形成自由诗所特有的自然进展节奏。在这自然进展中存在着大量的对等组织，如"沉睡的村"和"沉睡的原野"和"透明的夜"，如"离了"（"了"是轻声）和"夜"和"向"和"夜"，如"一群酒徒，离了"和"沉睡的村，向"和"夜。透明的夜"。几组结构相似的停顿在诗中重复出现，形成一种节奏的对等重复，诗的韵律节奏得到显现。这是极其高明的营建韵律节奏手段。这种建构节奏的范例，对于我们以后建构自由诗行顿节奏模式具有直接的启示作用。

二

在研究艾青自由诗行顿节奏以后，我又研究了戴望舒、郭沫若的自由诗节奏律。在解剖创作实例的同时，我借鉴西方自由诗理论，获得了行顿概念，借鉴俄罗斯诗学理论，获得了对等概念，使得建构行顿节奏体系有了理论基础。在创作实例解剖和理论资源借鉴后，我对自由诗体音律由懵懂开始走向清晰，由畏难重重到充满自信，受着写作《中国新诗韵律节奏论》的催促，我加快关于自由诗音律思路的整理。其成果就是在 2012 年写成两篇论新诗自由体音律的论文，分别发表在《常熟理工学院学报》和《江汉学术》杂志。两文论述新诗自由体音律的观点，代表着我最初对于"新诗自由体韵律节奏"的基本理解。

两文所包含着的基本观点是：

（1）新诗自由体的本质特征。我认为，新诗自由体在百年诗坛始终占据绝对的统治地位，是由其诗体的本质特征所决定的，这就是尊尚精神的自由和尊尚表达的自由。前者主要是适应新时代需要而自由地表达思想感情；后者主要是适应精神表达需要而打破传统韵律采用现代汉语。这是自由诗体的发生因缘，也是自由诗体的存在价值。在百年新诗发展途中，我国诗人始终进行着对自由诗体本质特征的探索，其中有些成果具有里程碑的意义，主要是郭沫若的、艾青的、陈仲义的自由诗理论。

（2）自由诗体的基本节奏单元。西方自由诗冲破传统的韵律，用诗行在诗节意义上的旋律和诗的内在韵律节奏代替传统的语言节拍节奏。在现代自由诗里，"诗行（句法单位）本身变成了韵律的组成部分，而且诗行的长短变化形成了一定的节奏"。我国自由诗同样抛弃诗逗而取诗行作为节奏的基本单元，确立了不同于音顿、意顿的行顿。其根本原因就在于："一方面要根据我们说话的节奏，一方面要切近我们情绪的性质。"①

（3）新诗自由诗体的韵律规则。我国自由诗体在借鉴中创造，初步形成了自己新的韵律体系。这种体系有意放松严格的韵律束缚，追求散体和韵体和谐相生的新韵律。包括两方面规则：一是把诗行作为自由诗体的节奏单元；二是把对等作为自由诗的格律原则。我国刘大白具体分析了中国旧诗形式间的外形律，如等差律、反复律、对偶律等。新诗在格律体系建立时，借鉴了西方结构主义的诗学理论，也有效继承了中国旧诗篇中的外形律尤其是其中的对称原则。

（4）自由体诗的音律运用成果。新诗自由体格律运用的经验：就对等内容说，以诗行为节奏基础，在短语、句子、诗行等多层次上寻求对等，通过虚词、标点、分行、诗韵、列行及各种连接词等要素强化旋律节奏；就对称方式说，追求整散结合的繁复多样，有行内的、行间的、上下行的、交叉行的、首尾行的、遥相呼应的及节间诗行对称等；就对称格式说，对等的功能和意义不是服从一个限定的框架，而是对应心灵与感情的内在节奏，从而对等格式多样而丰富；就对称原则说，并不追求严格的对偶，而是采用宽式的对称，对等原则的运用是相当宽松的。以上经验造就了新诗自由诗的一些成熟形式。如胡适体即诵读式自由诗、郭沫若体即抒唱式自由诗和艾青体即散文式自由诗。

两篇论文所概括的虽然还是初步的，但却表明我在那时已经对自由诗体的音律有了框架式的理论思考，以后的深入探讨和理论展开是建立在此基础之上的。我在当时明确地说："其实现代自由诗的韵律节奏原则是简明扼要的，其具体节奏是多样繁杂的，需要的是不断有意实践和理论概括。"我对此愿望的正面回应，就是在写作《中国新诗韵律节奏论》时，自觉地把自由诗音律的探讨纳

---

① 叶公超. 论新诗［J］. 文学杂志，1937，1（1）.

入整个新诗韵律节奏系统中去概括。因为关于自由诗体的音律，是个众说纷纭的话题，历来争论意见很多。我并不想卷入这种无法达成共识的争论之中，同时也想体现自由诗音律研究的科学性，所以在建构理论框架时，在目标上做了如下的规定：

（1）强调自由体音律的新创性。我在论自由诗音律时，尽量不说自由诗需要音律，而是强调它是新的韵律节奏，这种新韵律节奏具有现代特性。这种论述更加容易为读者所接受。在西方自由诗理论中，特别强调"创造新的节奏"，如美国自由诗先驱意象派的六项原则中就明确："创造新的节奏——作为新的情绪的表达——不要去模仿老的节奏，老的节奏只是老的情绪的回响。"① 面对"诗人为什么要提自由诗"的问题，弗莱彻在《对自由诗的理性解释》中说："自由诗的重要性在于它允许诗体获得相对的自由，而不是绝对的自由。它让诗人自我建造形式的能力有发挥的空间，不用陈旧的形式（比如十四行诗）来妨碍他。它允许诗人随意改变节奏，只要基本的节奏保存下来。"② 这话的要点是：自由诗的自由是相对的，不是绝对的；自由诗不用陈旧形式，而是自我建构格式；自由诗允许诗人改变节奏，但要保存基本节奏。这能够帮助人们正确认识自由诗体音律问题，纠正在此问题上的混乱认识。

（2）强调自由体音律的适用性。我在讨论自由诗音律时，把所论范围做了明确规定，即主张区别阅的诗和读的诗。西方自由诗理论中就有关于阅的诗和读的诗的讨论，如休姆在《现代诗讲稿》中就把现代诗分为阅读的诗和吟唱的诗。供读者阅的诗是西方自由诗体中的重要分支，在我国自由诗创作中同样存在阅的诗，我们应该予以尊重。在尊重的前提下，我主张讨论音律时排除着重阅的诗，同时排除大量存在着的非诗化的诗。这就使我的研究思路变得清晰：我们肯定新诗自由体的音律审美，由此出发研究自由体新诗的音律问题，完全无视音律或无法呈现音律的诗当然不在研究范围。

（3）强调自由体音律的中国化。我国自由诗是在接受西方自由诗体基础上发生的，所以传统观念认为，自由诗是全盘西化的。我认为，我国新诗自由体虽然是舶来品，但其音律体系和音律研究却绝对不能离开汉语语音特性的立足基点。音律是语言的音律，汉诗的本质是汉语的特性问题。无论是我国古诗还

---

① 意象主义诗人（1915）序［M］//彼德·琼斯，编. 意象派诗选. 裘小龙，译. 桂林：漓江出版社，1986：158.

② ［美］约翰·古尔德·弗莱彻. 对自由诗的理性解释［J］. 李国辉，译. 世界文学，2015（6）.

是新诗，无论是我国自由体还是格律体，它们都是汉语诗歌，其音律在本质上只能基于汉语的自然语音特性。因此汉语的古今诗律、自由体和格律体诗律，都是相同家族基因的同一家族成员。新诗自由体无疑是汉诗发展的孝子，其诗律无疑是汉语诗律的孝子。它与古代汉诗音律具有历时继承性，它与新诗格律体音律具有共时相通性。这是我们研究自由诗体音律首先需要确立的基本立场。

以上三点，贯穿在我《中国新诗韵律节奏论》的写作过程，也成为以后写作《中国新诗自由体音律论》的基本思想指导。

三

在写完《中国新诗韵律节奏论》以后，我就起意写作《中国新诗自由体音律论》。这一方面是因为自己感觉对于自由诗音律言犹未尽，应该也能够继续说话；另一方面确实也深感我国自由诗理论研究的总体落后。

据李国辉说，英美"自由诗从创立到成熟，之所以由极端的自由向一定的规范回归，其实就在于诗人和理论家认识到了这一现象。他们开始着眼的是诗，最后才意识到诗体的问题。因而自由诗的格律化，其实是自由诗'正名'的结果"①。在此过程中，英美积累了大量的自由诗理论研究成果。我国自由诗发生百年来，已经有了大量的创作实践，同时也积累了大量的理论探索，这需要有人去研究梳理。在大量阅读和总结思考的基础上，我建构了新诗自由体音律理论框架，提出了一些新的观点或新的话语，于是写出了"写作谈"。原来仅是作为个人写作的依据，后在出版《中国新诗自由体音律论》时交给了责任编辑阅审。结果得到充分肯定，建议摆放在全书前面公开。因为我觉得该书开篇已经有了导论，不应再放写作说明，就建议把它放在文末，作为"附录"编入以代替后记，后得到责任编辑同意。

这一"写作谈"包括"写作缘起""写作策略"和"理论思考"。其中"理论思考"部分概述了书稿的理论观点，整个写作基本体现着这些理论观点。在此我把它完整地引录出来。

（1）本著没有使用"韵律"和"节奏"的名称，而是采用了"音律"的名称。按照李国辉的观点，中国诗律传统是"声律"，西方诗律传统是"音律"，

---

① 李国辉.自由诗的形式与理念［M］.北京：知识产权出版社，2016：2.

本著没有强调这种中西的分别，而是在各国通行意义上使用"音律"概念。本著以黑格尔的"音律"理论来构建理论框架，即"音律"划分为两大体系，一是节奏音律，二是音质音律。本著第二、三、四、五章谈节奏音律，这是重点内容，第六、七章谈音质音律，第八章谈音义关系，这样就使得整个著作的理论体系建构有着较好的理论依托，是一个能够为更多读者接受的理论体系。

（2）本著重视世界诗歌音律发展的最新趋势，在研读黑格尔《美学》相关论述以后，概括出了世界近代以来诗律发展的三个新趋向，即节奏效力的消弱、音质音律的加强和意义节奏的突出。这是有理论和实践依据的。它从根本上决定了自由诗体音律的本质特征，也就是自由诗体音律的现代性特征。本著把这种特征概括为：建立新的节奏规则、凸显诗的音质音律。这种新趋势在"导论"部分提出，后贯穿在全部理论分析之中。音律现代性是中外自由诗发生的根本原因，是自由诗音律最为本质的特征。

（3）本著接受"诗的材料是语言"、诗学的基本问题是"话语何以能成为艺术作品"的观念，从汉语独体单音的特征出发，始终强调汉语的音（音响）、形（字形）和义（意义）三者之关系，始终强调诗中存在语法组织和音律组织两条线索去谈诗的功能。为此，本著第一章"作为语言的新诗自由体"，从诗质与诗形、字形与语音、韵律与节奏等方面去揭示自由诗体音律的语言因素。在以后的论述中，突出强调了自由诗体的音律是汉语的音律，是现代汉语的音律，因为音律从根本上说就是民族自然语音的自然特征。

（4）本著坚持研究音律应该从民族语言自然特性出发的原则，认为汉诗属于音顿节奏而非音步节奏体系，其基本节奏单位是音顿（包括音顿、意顿和行顿），从而形成新诗的三种节奏体系。新诗自由诗体音律同古代汉诗音律、同新诗格律体音律属于同一系统，它们之间具有家族成员的相同性，自由诗音律可以从整个汉诗音律传统中得到解释。本著的第二、三章注意把自由诗音律放在汉语诗音律尤其是现代汉语音律的系统内去论述，揭示出自由诗体音律与格律诗体音律的共同性以及差异性。这种比较分析能够较好地说明自由诗体音律的特征，同时又把自由诗音律落实在汉语音律系统之中。

（5）本著移用了雅各布森的"对等"概念，把它同世界诗学中普遍强调的重复律、同西方音律中经常使用的"复现"概念、同中国传统音律中的外形律联系起来，强调它是新诗自由体建行、组行和组节的基本格律原则。并归纳出"对等五规则"，即对等对象的多样性、对等方式的多样性、对等位置的多样性、对等边界的宽松性和对等音义的紧密性。在本著中，对等的理论原则是贯穿始终的，是一个自由诗体音律组织的元概念，而这种概念又是体现了西方语言学、符号学和结构学的理论观点。

（6）本著高度重视分行，把分行、组行和顿歇视为实现诗功能的基本手段，由此建立行顿节奏体系。对于"行顿"的理解，强调既要重视"行"，又要重视"顿"，行末顿、行内顿和行间顿都是建构行顿节奏的因素。行顿节奏内在地包括了行内词语（结构）的节奏，包括了汉诗的音顿和意顿，也包括了行间的修辞格律形式，这也就是说把自由诗的多种顿歇都归结到行顿平台之上。因此，本著在第二章中的"化句为行与行顿形态"节，对多样繁复的行顿形态做了归类分析，即从诗句完整看行顿、从行内结构看行顿、从跨行方式看行顿、从句式结构看行顿等。这样就能使各种顿歇都在行顿体系中得到合理解释。

（7）本著引述了苏珊·朗格《情感与形式》中的论述，认为音乐（诗歌）中情感（具有特定内涵的）进展是个有机生命运动过程，具有生长性、运动性和节奏性等特点。相对于格律诗来说，自由诗更加能够体现这些特征，"生命节奏""生命逻辑""生命运动"等概念应该成为研究自由诗体音律始终不离的重要概念。这种情感与形式、生命与节奏的理论能够说明自由诗的内在律与外在律的关系，能够说清自由诗情感和诗语旋律进展的特征，说清自由诗的自由与规范的关系。本著提出自由诗节奏运动"四因素"观点，即时间（音响流动）、空间（字形排列）、动力（情感生展）和表相（审美表相）的因素。

（8）本著试图概括自由诗节奏运动的规律，提出了四个重要问题。基本节奏单元是行顿，由行顿组织形成诗节段落（简称节落），然后由节落组织建构诗篇，这就是自由诗的节奏运动过程，而在其中起着组织诗行和诗节作用的就是对等原则。这种概括同苏珊·朗格的理论呼应，也较好地把它与格律诗音律表述适当区分，形成了自己的话语系统。格律诗体的节奏层次往往被归纳为音组、建行、建节和构篇，本著把自由诗体的节奏层次概括为行顿、节奏段落（节）和诗篇，并用节奏运动的概念来把这三个层次的节奏联系起来。在这过程中，突出了节奏段落的论述，这是个重要的创新，突出了行群（有时是诗节）在自由诗体中的地位和价值，而且这种理论也有西方自由诗理论作为根据。

（9）本著除了论说一般意义上的节奏外，还注意到两种节奏：①"个人节奏"，强调自由诗在遵循基本节奏原则基础上，每首诗在写作时都具有主动性、具体性和现时性特征；②"节奏语型"，巴尔特和雅各布森理论有个概念即"个人语型"（"笔体"），可以被规定为一定语言集体，亦即以同样方式解释各种语言信息的个人集团语言。这可以用来指称自由诗不同流派的诗体特征，如胡适说话式、郭沫若抒唱式、李金发纯诗式、戴望舒诵读式、艾青散文美和余光中歌吟式等。由于注意到以上两种节奏，于是就提出自由体音义结合体现在四个层次的观点：存在于诗体的根本特性层次、存在于诗体的语型层次、存在于具体的诗歌作品层次、存在于节奏的具体细节层次。这为解释自由体复杂现象提供了方法论。

（10）本著重视自由诗的音义关系研究，除了贯穿整个论述以外，还列专章集中论述，试图从规律上说清音义关系问题。包括这样一些问题：①"语音与语义"，从自由诗中音律运动线索和自然表意线索的关系说起，然后分别从音质音律和节奏音律两方面谈音义关系。②"隐喻与句段"，这是语言组织中的两个步骤（原则），引出结论：诗功能是把隐喻的相似性原则带入句段组合轴；句段组合的相邻性原则其实也可以带入隐喻组合轴。③"内律与外律"，这是自由诗音义关系的基本问题，借用苏珊·朗格理论谈情感与形式关系，合理解释内律与外律关系，然后谈律动的"方向"和"波状"问题。④"句式与情感"，借用了休姆和苏珊·朗格的句式理论，强调了句式多功能观点，然后谈句式与诗的两种语言、句式与诗行节奏运动、句式与诗的内外律动三个问题。⑤"破格与意义"，自由诗的破格应该与格律诗的不同，因为自由诗处处在破格，所以就从对于"正常"的打断角度去谈。

（11）本著强调相对于格律诗而言自由诗更具现代性，这从西方自由诗的发生、从中国自由诗的发生中都可以得出结论，也可以从中国诗人论自由诗的理论中得出结论，更重要的是自由诗确实能够较好地表现现代思想情感（当然也有局限）。国外诗论的基本结论就是：自由诗的题材自由和形式自由都反映了现代人追求自由性和民主性的时代诉求。这种观点就能准确地给予自由诗体定位，就能较好地回答为什么要有自由诗，为什么自由诗百年来成为主流诗体，为什么说自由诗还会继续发展。

《中国新诗韵律节奏论》作为国家社科基金项目成果，由北京师范大学出版社出版（2016年1月），《中国新诗自由体音律论》则由复旦大学出版社出版（2016年3月）。两本著作出版以后，引起社会一定关注。赵青山在《现代格律诗发展史》中列出专题予以介绍。骆寒超正在为人民文学出版社编辑大型诗刊《星河》，应他的要求，我整理了四个专题共10万字在该刊连续刊发。《东吴学术》《诗探索》以及西南大学中国新诗研究所《诗学》（年刊）均刊载我的自由诗音律研究论文。万龙生和古远清分别撰写书评发表。古远清的书评题为《敏锐的学术目光和扎实的学术功底》，发表在《诗探索》。他在书评中说："在中国新诗发展史上，自由诗是相对格律诗而存在的一种诗体。比较起格律诗的探讨来，自由诗的理论建设显得严重滞后。在这种情况下，许霆最近由复旦大学出版社出版的《中国新诗自由体音律论》，正好填补了这一空白。""不管从哪种角度观察、哪个重点来讨论中国新诗文体的建设，许霆的《十四行体在中国》《旋转飞升的陀螺：百年中国现代诗体流变史论》《中国现代主义诗学论稿》及《中国新诗韵律节奏论》，都将在中国新诗研究史上占有重要地位。不管我们同意不同意他的观点，许霆其人其作参与建构新诗文体所做的努力和贡献，都将记载在新诗批评史上。""他在《中国新诗自由体音律论》中，成功地构筑了中国新诗自由体音律理论体系，再次展示了他敏锐的学术目光与扎实的学术功底。"

从散文的语言到新诗的音律语言

一

新诗自由体音律的奥秘，首要的也是核心的问题是"建行"，即在散文语言的基础上建立节奏诗行。"建行"涉及分行、列行和组行三大课题，"分行"重点解决的是分行依据，"列行"重点解决的是诗行形态，"组行"重点解决的是组合方式。现代自由诗在建立韵律时，更多地趋向内在的节奏，这种内在律的生成，经过了一个繁复的"诗的转换"过程，那就是诗人从现代汉语出发，并根据情绪的律动而锻造出既切合情绪、又符合现代汉语特性的诗行节奏过程。因此，我进入自由诗音律研究，首先关注的是诗的"建行"问题。

新诗采用现代散文语言。研究和讲授新诗的冯文炳说自己"发现了一个界线，如果要作新诗，一定要这个诗是诗的内容，而写这个诗的文字要用散文的文字"。"我们写的是诗，我们用的文字是散文的文字，就是所谓自由诗"①。艾青提倡诗的散文美，也是强调自由诗要用散文的语言。这些观点没有问题，新诗确是采用现代汉语写作，而现代汉语本质是一种散文语言。但是，接下来的问题是，诗又须是诗家语，具有自身文体特殊的韵律规定性：

> 在散文中我们发现一种从属的、没有规则的继续；这里在诗中我们发现次序和匀称。我们在诗中感觉一种秩序，这种秩序在散文中根本没有。更准确地倾听使我们认识到这种秩序大概同高音距离中的规律性有密切关

---

① 废名（冯文炳）. 新诗十二讲——废名的老北大讲义［M］. 沈阳：辽宁教育出版社，2006：25.

系：在诗中具有高音的单位在接近相等的距离中重新回转。……因此替节奏下了这个定义："节奏的构成是平均距离所标志着的时间的重新回转。"①

这揭示了诗体文本特征是有序化语言的韵律节奏语言。西方结构理论提出：诗歌语言的自我意识、自我认识是非常强烈的。它强调自身是"媒介"，这媒介超越它所含有的"信息"：它特别关注自身，而且系统地强化自身的语音素质。所以，语词在诗中具有的地位不只是作为表达思想的工具，而是实实在在的客体，是自主的、具体的实体。用索绪尔的话来说，它们不再是"能指"而成为"所指"，正是诗的"陌生化"的技法诸如节奏、韵脚、格律等，才使这种结构变化得以实现。② 这就是说，诗的韵律节奏，它不只是作为所指对象代表或感情发泄，还成为所指本身而具有价值，它构成了诗的意义范围和诗体特征。

那么，如何使散文语言转化成诗的语言呢？我认为首要的问题是分行，在分行基础上建立自由诗的行顿节奏，这是散文语言律化或诗化的过程。从古代汉语到现代汉语的发展，诗语特征发生了根本性的转换，呈现出全新的面貌。现代汉语最为明显的特征就是双音节化与句法严密化。汉语发展的本质规律是单音词向双（多）音词变化的倾向，主要途径是词组的凝固化，这使得新诗难以保持等量建行，难以保持上下对称的句式。现代汉语句式复杂化，句子成分一般是齐全的，陈述句、感叹句、祈使句、独字句等自如进入诗行，复杂谓语、倒装句、修饰成分兼容，句子结构完整严密，这就使得诗的等量音节分顿或建行难以实现。

面对现代汉语的挑战，自由体诗人的应对是在分行基础上建立诗行节奏。分行使日常语言律化，一是把严密的现代语言打碎，使之成为语言片段；二是把新的语言片段按诗的功能排列，使之体现出审美功能；三是构成复调对照进入音律层次。以艾青《太阳》两节为例：

　　从远古的墓茔
　　从黑暗的年代
　　从人类死亡之流的那边

①　[瑞士] 沃尔夫冈·凯塞尔. 语言的艺术作品 [M]. 陈铨，译. 上海：上海译文出版社，1984：320-321
②　[英] 特伦斯·霍克斯. 结构主义与符号学 [M]. 顾建光，译. 上海：上海译文出版社，1987：62-63.

　　　　　震惊沉睡的山脉

　　　　　若火轮飞旋于沙丘之上

　　　　　太阳向我滚来……

　　　　　它以难遮掩的光芒

　　　　　使生命呼吸

　　　　　使高树繁枝向它舞蹈

　　　　　使河流带着狂歌奔向它去

　　　这里每行都是一个行顿，它作为基本节奏单元，同词语结构有着复杂关系。两节分别是一个散文长句，前节复杂长句的基干是"太阳向我滚来"，第一、二、三行是处所状语，第四、五行是状态状语。后节是个并列复句，"以难遮掩的光芒"是个状语，并列的三个分句是：（它）使生命呼吸，使高树繁枝向它舞蹈，使河流带着狂歌奔向它去。在这诗中，句和行是分裂的，且分裂后的诗行没有按照句子原本结构排列。行顿之间组合格律是：前节开始的三个对等介词结构诗行形成匀整秩序，第四、五行句式变化，这是一个节奏的缓和，第六行是思绪的聚焦点，就其诗句长度说是回到开始的节奏模式，结末省略号和节间停顿，表明一个相对独立的节奏流程完成。末行"太阳向我滚来"又同下节首行的"它……"勾连，引出新的节奏流程。第二节首行总写太阳滚来后的影响，接着的三个诗行是并列复句，其句式、语法和意义是对等的，诗行对等而逐步加长，在连续推进中结束节奏流程。改变紧密结构的复杂句式，使之能够进入诗的韵律结构，分行是个极好的方法。分行的本质是把原有的严密复杂句结构拆开，按照韵律要求让各个相关成分独立成行，达到句法简单化和排列自由化。行顿节奏倾向于化句为行的韵律化，倾向于自由表达的内在律，倾向于词语意义的呈现性，所以韵律与词语功能能够兼顾。

　　　新诗自由体的分行、列行、组行使新诗的语言诗功能化，从本质上说是造成诗语陌生化，把日常的散文语转换成审美的诗语言。陌生化最为重要的结果是音律化和谬理化。

　　　就音律化来说，自由诗体在分行基础上建立行顿节奏，使日常的散文言语节奏化和音韵化。如上引艾青的两节诗中，行顿节奏主体部分是两组对等诗行的排列。在第一节中是前三行处所结构的状语诗行形成排比，在第二节中是后三行状态结构的状语诗行形成排比，由宽式排比的诗行在诗中连续复现和顿歇。

排比诗行本身具有旋进式的节奏性能，加上这些诗行长度普遍较短，自然就在诗中形成了一种旋律化的律动感，传达出一种激越奋进的气势和激情。排比是现代诗音律的基本手法，在以上两节诗中，除了主体部分的两组排比诗行外，就是与之形成平行对照的散句诗行，在对照中突出了诗题核心意象"太阳"的形象。这种对照使得诗的意义更加聚焦突出，使得节奏更多自由变化。在较多对等诗行间的散句，往往起着调节音律和思绪凝聚的作用。以上两方面结合，就是霍普金斯的贴切说法，即"相似基础上的比较"和"不相似基础上的比较"。而这一切都源自破坏原有句式的陌生化，具体说就是采用了分行建立行顿和列行排列行顿的节奏手法。

就谬理化来说，自由诗体在分行后重新组行建立诗行节奏，使原有句子结构和逻辑顺序发生变化，从而容纳更大的情感容量和思想含量。如上引艾青的两节诗的第一节，中心语是"太阳向我滚来"，"滚"字是全诗的诗眼，其他诗行围绕着"滚"字展开，且因"滚"字生辉。而这一"滚"具有很强的谬理性。前五行的每行都分别写滚来的一种状态，都是采用暗喻的写法，超越了现实的逻辑，同样具有很强的谬理性。尤其是诗行排列次序充分反映了诗人的主观意愿，它突破了原有句子的语法组合和表达逻辑次序，更是呈现着谬理化，而正是这种谬理性的排列组合才成就了语言的诗功能。正是艾青的"太阳向我滚来"的谬理，才造成了诗的深沉内涵和博大气势。艾略特曾用"扭断语法的脖子"来形容诗对严整语法和句子结构进行逾矩变造。诗语言在同其他因素——音响形象、节奏、句法、语义等永无休止的斗争中，被人为地改造成具有谬理化的诗性语言，分行、列行和组行就是造成这种诗化的重要手段。

音律化或谬理化，按照蒂尼亚诺夫关于诗歌语言动态结构理论，就是通过使诗语结构中的一个因素占主要地位，并以此使其他因素产生变形。如节律因素占主要地位时，就会使句法因素和语义因素改变形态；谬理因素占主要地位时，就会使惯常思维和平静情感改变形态。新诗自由体确立行顿节奏的音律规则，最终实现了日常散文语言向诗语歌语言的转换，以此来应对现代汉语容易造成传统音律意味流失的挑战。因此，行顿节奏单元的提出和实践，适应了现代语言的使用和现代情感的表达，无论在西方还是我国都具有鲜明的现代性。新诗自由体的"自由"，首先就表现在打破传统的音律框架，获得了化句为行的自由，获得了排列诗行的自由，获得了重组诗行的自由，而在获得这种自由的同时，也就获得了建构韵律节奏的自由，获得了表达现代精神的自由，这就是行顿节奏确立的本质意义所在。

行顿节奏确立的另一内在根据，就是强化诗行节奏的意义。瑞士文艺理论家埃米尔·施塔格尔认为："抒情式的诗行本身的价值在于诗语的意义及其音乐的'一'。"① "诗行是诗歌各个层次上能够经常形成平行结构的基本条件和诗歌的形式标志。"②诗行既是诗的韵律节奏的重要单位，又是诗的整个韵律的节奏节点，还是诗歌文体的重要标志。确立行顿节奏单元就凸显了自由诗体与散文体之间的区别，就在整个韵律节奏体系中强化了诗行的节奏意义。在中国古典诗歌中，诗行既是语音又是语义的一个基本结构单位，因此被称为"诗句"，不必分行书写。在西洋诗中，这种结构单位同意义结构不必一致，行只是音的阶段而非义的阶段，因此必须分行书写而称为"诗行"。从诗学上讲，"句"是古典诗学的理论术语，而"行"则是现代诗学的理论术语。从"句"到"行"的术语转换，其关涉的意义非同小可。

二

新诗自由体把行顿作为基本节奏单元，其语言形态要比音顿或意顿来得复杂多样。雅各布森认为，语言单位组合中的"自由"从音位到句子是逐步增加的：把音位联合为词素的自由很有限，音位存在着构词"规律"的制约；把"词"组合为句的自由已经相当现实自由了，虽然也受到句法规则的限制，有时还受到惯用语（范性）的限制；把句子组合在一起的自由最大，音位在这里没有句法限制。③ 正因为行顿包含的音节较多，声音时间段落较长，所以建立行顿所受到的限制相对较少，其构建成形的自由度就变得更大，语言形态自然也就更加多样。这是自由诗体的优越性。这种自由的获得意义重大，它提供了行顿排列的自由条件，最终就是帮助自由诗体形成自由与规律结合的韵律节奏体系。

正是基于自由诗体行顿的自由多样性，我就提出了研究行顿形态的问题。如何研究？我以为：自由诗体的行顿是日常语言或散文语言律化或诗化的结果，

---

① ［瑞士］埃米尔·施塔格尔. 诗学的基本概念［M］. 胡其鼎，译. 北京：中国社会科学出版社，1999：5.

② 黄玫. 韵律与意义：20 世纪俄罗斯诗学理论研究［M］. 北京：人民出版社，2005：127.

③ 转引自罗兰·巴特尔. 符号学原理［M］//波利亚科夫，编. 结构－符号学文艺学. 佟景韩，译. 北京：文化艺术出版社，1994：132.

所以诗行始终是同诗句紧密联系在一起的，其本质是个行句的关系问题，斫以要考察行顿形态无法回避的视角是行句关系的分析。新诗的分行形式多样，我借用了俄罗斯多佐莱茨在《十九世纪至二十世纪初俄罗斯抒情诗的韵律——句法公式》中对于诗行形态的归纳：

> A. 同句子完全相同的诗行
>
> B. 同句子不符的诗行
>
> B.1. 诗行大于句子
>
> B.1.1. 诗行的末尾同句子的结尾相符，即一行中容纳几个句子的情况
>
> B.1.2. 诗行的末尾同句子的结尾不相符，即诗行中包括：a) 一个完整的句子和另一个未完的句子的一部分；b) 几个完整的句子和一个未完的句子的一部分
>
> B.2. 诗行小于句子（这种类型比较常见）
>
> B.2.1. 诗行可以切分成句段或允许切分的情况
>
> B.2.2. 诗行不可切分成句段的情况①

新诗分行本质就是行句关系问题。诗行对句法有非常大的影响，分行方式几乎是诗的特殊句法结构形成的最主要原因。诗行形态复杂多样，它为自由体构建行顿节奏提供了充足空间，而行句关系中的对等或平行关系，则又为诗形成有秩序的行顿节奏提供了条件。面对行句关系中的分行形态，似乎可以得出结论：自由体的分行是绝对自由的。其实，这是一个误解。新诗自由体分行受到的制约是：语义表达的制约、音律呈现的制约、诗行排列的制约。

以下从行句关系入手，对繁复的自由诗体行顿形态做些归类分析。

第一，从诗句完整看行顿。

从以上多佐莱茨"句法公式"中我们看到，A 类就是"同句子完全相同的诗行"，当然形态更多的 B 类则是"同句子不符的诗行"。B 类诗行的共同点是同句子不符，但细分起来又包括短语、分句、句子成分和词语等多种。陈本益认为新诗自由体存在着两和体式，一种是传统体，一种是现代体。他认为传统体诗行具有完整的或相对完整的意思，即便跨行也断在意思相对完整的地方，

---

① 黄玫 . 韵律与意义：20 世纪俄罗斯诗学理论研究［M］. 北京：人民出版社，2005：128.

即顿歇较大的地方，而现代体诗行常常有割裂语句意思的跨行和断行。如台湾诗人非马《醉汉》一节："把短短的巷子／走成／一条曲折／回荡的／万里愁肠"。这里把一句话断为五行，有助于表达诗人独特的情绪和意象。①

无论传统的或现代的自由诗中，往往同时存在着诗句完整或不完整的诗行。采用完整或不完整诗行做顿，虽然是同传统或现代的追求有关，但更重要的是同诗人的顿歇安排有关，同表达的情绪起伏有关。一般来说，完整的诗行较长，而不完整的诗行较短，这在诵读中的占时存在差异，而这种差异正是诗歌情绪表达的重要根据。由于自由诗分行采用主动组合法，诗行的长短有着较大的自由度，从而能够较好地表达诗人情绪波动起伏的旋律化节奏。

诗句完整的诗行和诗句不完整的诗行在朗读中的停顿是存在差别的。劳·坡林要求我们区分行末停顿句或连续句的不同。所谓诗行末停顿句即诗行之末正是表示意思的句子之末；所谓诗行末连续句，即表示意思的句子不在行末停顿而连续到下面的诗行。劳·坡林认为，"诗行末的连续是诗人用语法与修辞的停顿地位来使它的基本格律发生变化"②。这里的连续往往就是以跨行来呈现的，它是自由诗体语言音律化最为重要的标志。当然，行末如何停顿，还同标点符号有关，如果行末是句点或分点号，则停顿较长；行末无标点则有轻微停顿。

第二，从行内结构看行顿。

行顿从行内结构看，大致可分成四类，结构严密在诵读中无法停顿的诗行；结构较为疏松在诵读中可有小顿的诗行；跨行移入具有顿歇标志的诗行（标点或空格）；由两个甚至三个短语（或语法成分）平列组成的诗行。除了第一类外，其他各类都有一个行内顿歇的问题。对于这个"顿歇"的节奏意义需要加以区别。其中一种"顿歇"属于"小顿"，仅是语音的有限拖宕或加重，其节奏效果无法与行末停顿相提并论的。在这类行顿节奏的诗中，真正对节奏起关键作用的就是行末的顿，它是诵读中的"必然停顿"，其"对比度"最强且"可控性"也最强，诗行末的停顿是新诗有规律停顿的关键。在行顿节奏的诗中，诗行本身与行末停顿有机地结合起来，构成节奏的基本框架，行内的"小顿"往往是辅助性的。

---

① 陈本益. 中外诗歌与诗学论集［M］. 重庆：西南师范大学出版社，2002：110 – 114.
② ［美］劳·坡林. 怎样欣赏英美诗歌［M］. 殷宝书，译. 北京：北京出版社，1985：151.

行内的另一种"顿歇"存在于上述 B 类"诗行大于句子"的行顿中，有着多种表现形式。这些行内的顿歇则具有实在停顿的价值，它是诗人有意识地设置的停顿，从而造成行内顿和行末顿同时并存。对这种诗行"顿歇"的分析，首先要指明其重点还是行末的顿，行内的顿则是辅助的。其次要指明这种情形涉及行顿节奏单元的两大问题，一是行顿是自由体的基本节奏单元，由于这种单元的语词层次高于音顿和意顿，语词结构规模一般大于音顿和意顿，所以其内部必然包含着音顿和意顿单位，我们需要承认它的存在合理性，把它纳入行顿节奏体系中来。也就是说，行顿节奏单元应该而且可能容纳音顿或意顿节奏单元，行顿节奏体系应该而且必然包含音顿或意顿节奏方式。这在西方自由诗体理论中，有个专门的诗学术语，那就是"嵌入音步（ghost of meter）"。行顿中包含着音顿或意顿，不仅不是坏事，且是建立行顿节奏的一种音律手段。二是我们所说的容纳或包容绝对不是被动的，而是积极主动的，因为在行顿内部存在着的顿歇在形成自由诗体节奏方面是有意义的。

第三，从跨行方式看行顿。

跨行，对自由体新诗形式建设具有革命性意义，它具备多种审美功能，如增加语言的弹性和韧性，如追求诉诸视觉的建筑美，如增加审美的情趣，如建构陌生化诗行等，但最为重要的则是韵律节奏功能。自由诗体已经摒弃了传统节奏方式，正是通过跨行方式，才使得诗行脱离了自然语句特性而具备了韵律特性，使得诗行成为诗体的一个重要节奏层次。

跨行法建构自由诗的行顿，从行句关系可以概括出五种形态：一是从甲行的中间开始，直跨到乙行末；二是从甲行的第一词开始，跨到乙行的中间；三是某句从甲行跨到乙行，另一句从乙行跨到丙行，又另一句从丙行跨到丁行，几乎是连续不断的；四是抛词法，即只留一词抛入另一行；五是不仅跨行，而且跨段。这五种方式在创作中可以衍化出更多的诗行。跨行与诗的音律也与语义有关，王力就说到抛词法"求节奏的变化"，"把重要的词的价值显现出来"①。多种跨行使用，能够改变诗行单调。沃尔夫冈·凯塞尔提出，"不要让每一行诗产生严格的、完整的、统一体的效果"，因为"同一统一体有规则的重现会使人厌倦，不断重复就会产生单调的效果。一个审美的原则要求一切在时间中分布的东西依照分布原则的变化"，而改变诗行"最简单的方法就是'跳

---

① 王力. 现代汉语诗律学［M］. 北京：中国人民大学出版社，2004：30.

行'（上句牵入下句）：意义从一行跳入下一行，因而放松了行列的严格性"①。在格律诗中，雷同诗行重复容易造成单调感，跨行是造成声音节奏变化的重要手段；在自由诗中，跨行使诗的句式更有变化，能够在行组层次上造成诗行节奏美。跨行在优秀诗人那儿运用自如，如艾青的经验是：突出表现形象动态，当主语带有附加成分时，谓语就和它分家另起一行；配合对动态美的强调，往往把介词短语的状语成分另行安排；需要突出强调哪个词语，就让这个词语单独成行②当然，跨行使用也有制约，"跨句是切合作者的气质和情调之起伏伸缩的"，"它的存在是适应音乐上一种迫切（imperious）内在的需要"。③

第四，从句式结构看行顿。

自由诗采用行顿节奏，就可以容纳更多句式结构的诗行，如陈述句、感叹句、祈使句、独字句、排比句等自如进入诗中，复杂谓语、倒装句、修饰成分句也兼容诗中，一切在于情绪自然流露。这样就较好地解决了诗的音律与散文句式之间的矛盾。在行顿形态中常常能见到一些难以进入格律诗体的非陈述句，主要是一些带有强烈感情色彩的感叹句、疑问句、祈使句和设问句等。非陈述诗行的恰当运用，对于表达诗人的感情律动、呈现诗人的语言节奏、展现新诗的声韵美感是有意义的。非陈述句诗行的特征是"语气"，即存在诗人直接的态度，诗人完全是以自己的声音说话，读者不再是间接欣赏而是直接呼应的，因此在诗中表情和音律的分量显得更重。如感叹句，往往被置于节奏段落的开头，具有情感起领和节奏提示作用。设问句先问后答形成行组结构，就起着阻止节奏段落和意义段落的作用。新诗自由体中的语吻句，则常常被用来传达特定语调和情调。

第五，从行间关系看行顿。

自由诗体行顿的多样性，必然造成行顿组合中顿歇节奏的复杂性；而行间组合关系的复杂性，也必然要求行顿结构的多样性。因为行间关系对于行顿结构影响的多样性，我们以举例的方式加以概括。如对等排列的行顿之间的停顿往往是均衡等量的，它有利于形成一种有秩序的整齐节奏。排比排列体现的是节奏（某种音节关系的重复）、韵律（某种节奏关系的重复）和韵脚的连续重复，造成词语或思想上的相应重复性或排比性。如出句和对句关系的行顿之间

---

① ［瑞士］沃尔夫冈·凯塞尔. 语言的艺术作品 ［M］. 陈铨，译. 上海：上海译文出版社，1984：105.

② 骆寒超. 艾青论 ［M］. 北京：人民文学出版社，2009：380 – 384.

③ 梁宗岱. 论诗 ［M］//诗与真 诗与真二集. 北京：外国文学出版社，1984：38 – 39.

停顿往往是不均衡等量的。自由诗行顿较多使用解释性、说明性、总分性、补充性的结构，行顿结构既有出、对行一一相配的，也有出、对行一对多的，在此情形下，往往出行末的停顿短于对行末的停顿。如果行间关系中的行顿有规律组织就能形成自由中的秩序节奏。如跨行抛词的行顿之间的停顿往往存在呼应关系或连续关系，充分利用这种行顿之间的停顿变化，可以加强自由诗体中变化的秩序节奏。以上种种行顿结构下的行顿都具有自身的特殊性，这种特殊性造成了自由诗行顿的复杂性。

从以上分析可见，自由诗体的韵律仍然可以落实在语言节奏上，它的基本特点不同于传统的格律，也不取严格的格律。其韵律节奏建立在短语、句子和段落之上，而这些语言成分或语言结构都可以通过分行来确立其行顿地位，或者在行顿范畴内确立其节奏价值。

三

建立行顿节奏的前提是分行，关键是组行。只有把基本节奏单元的行顿组合起来，才能形成自由诗的节奏运动。研究自由诗必须研究组行，而组行必须确立的基本观点是：

> （在诗中，）看似灵活多变的诗的句法似乎是在遵从现成的语法规范方面享有充分的自由，仨同时既要顺应抒情主体的感觉、印象和情感表达的需要，又要符合诗歌本身的韵律结构。一般说来，散文的句法组织、句子结构及词序方面的变化多是出于修辞的考虑，或强调、或模仿不同社会语型的惯用句式，造成修辞上的特殊效果，而对诗歌句法来说，韵律方面的因素是至关重要的。诗歌句法的调整多是为了适应诗歌整体结构的要求，趋向整齐、对应。①

这里提出的观点是：诗歌语言既有表意功能，也有韵律节奏规范，两者同时制约着诗句的组织；诗文语言不同就在韵律节奏方面，需要打破社会语型的

---

① 黄玫. 韵律与意义：20 世纪俄罗斯诗学理论研究［M］. 北京：人民出版社，2005：180 - 181.

惯用句式；诗歌句法的组织要适应整体结构的整齐和对应要求。新诗自由体组行的普遍规律是重复。"各民族语言和语法不相同，诗歌句法的这一趋向却是一致的。当然，在具体的变化上，不同语言的诗各有自己的特殊性。"① 我国自由体诗遵循重复律就要从现代汉语的特殊性出发，形成具有自身特征的组行对等规则。我总结归纳了我国自由诗体"对等组行五规则"。

规则之一是对等的对象多样性。

雅各布森认为在诗歌中，语音各个序列，语法诸种范畴都可以建立对等关系。不仅种种语法范畴，而且任何语义单位也都存在着对等倾向。对等存在于诗语各个层次，但孰为因孰为果或孰为重孰为轻需要分析。其实，自由诗体诗语对等最为重要的是体现在同语音联系着的词法和句法层面。从词法层面说，主要包括相同的词语、相同结构的词组和相同的句子成分，它们可以单独建行，也可以成为行内小顿，在朗读中应该或可以产生段落顿挫的节奏效果。从句法层面说，主要包括相同长度独立建行的句子、相同句式（型）或结构的句子（短语）、反复或变格反复的句子和特殊用法的修辞句等。如多多的《依旧是》前四节，主要是语音、词、词组、句式之间的对等与轮转造成行内和行间以至全诗的节奏感：

> 走在额头飘雪的夜里而依旧是
> 从一张白纸上走过而依旧是
> 走进那看不见的田野而依旧是
>
> 走在词间，麦田间，走在
> 减价的皮鞋间，走到词
> 望到家乡的时刻，而依旧是
>
> 站在麦田间整理西装，而依旧是
> 屈下黄金盾牌铸造的膝盖，而依旧是
> 这世上最响亮的，最响亮的

---

① 黄玫．韵律与意义：20 世纪俄罗斯诗学理论研究［M］．北京：人民出版社，2005：180 – 181．

依旧是，依旧是大地

若以上每行孤立地读，无法感觉其节奏感，但若通读全诗却能感觉到强劲的节奏鼓动。其关键是行内充满着各种语言要素的对等反复。从音韵复现来说，不仅诗中除了一行外，其余行末都用同韵，出现频率极高的"走"和"旧"的同韵字贯穿各个诗行，建构起了一种笼罩全诗的情绪基调。从词语复现来说，"而依旧是"出现八次，且往往出现在诗行的关键位置，形成前后、上下、首尾的声音对等呼应，它们同题目上的"依旧是"照应，诗的情绪和思理获得强调。诗中"最响亮的"词语在同行内反复，"田间（田野）"词语在三节中前后行反复。从字的复现来说，"走"字在前六行中出现六次，"间"字在第二节三行中出现三次，"麦田间"分别出现在第二和第三节诗行中，形成前后声音的对等呼应。从诗行复现说，诗通过"而依旧是"和"走"建构起了全诗宽式对等诗行结构，在行顿层面形成全诗对等行顿节奏模式。第一节三行每行都有"而依旧是"，本身就形成对等诗行结构；第二节开始两行是稍做停顿延宕，但却通过"走在"又建构起新的对等结构诗行，到第三行回到"而依旧是"的诗行，前后呼应形成对等行顿结构；第三节开始两行还是"而依旧是"的行顿结构，第三行也是稍做停顿休息，接着的第四节是个独立的诗行"依旧是，依旧是大地"，补全第三节的对等诗行结构，呼应全诗对等诗行结构。第一、二节，重复的不仅是句末的"而依旧是"，同时也是"走"这个动词引导的无主语句式（"走在……""走到……""走进……"），还有"……间"（"词间""麦田间""皮鞋间"等）。高频率重复必然会造成强烈的节奏感和旋律美。①

规则之二是对等的方式多样性。

在雅各布森的理论中，"对等"的含义是比较宽泛的，它不仅指完全相等，而且包含了各种相似和相异、同义和反义对等。就其出现的位置，应该是更加多样的，不受间隔距离相近的传统理论限制，也不受前后次序排列的固定模式限制，还不受连接方式如对应、相似、相邻、比较等限制。其方式包括正相和反相的对等，因为"韵律的基础就是在相似原则和区别原则之间故意形成张力"。在多种方式中，雅各布森特别提醒："绝不能把诗句语音构成的本质仅仅归结为数量对比"，因为"一个音位即使在一行诗中只出现一次，但只要它有对

---

① 以上分析参考并部分借用李章斌. 有名无实的音步与并非格律的韵律［J］. 台湾清华大学学报，2012（2）.

比性的背景，出现在一个关键词的要位上，就可能具有决定性的意义"①。在多种方式中，雅各布森还提到了反义对等，应该是指对句与散句、整齐和参差、对等和不对等诗行（语词）、秩序和无秩序之间有机组成的对等关系，这在自由体新诗中是大量存在着的组行现象。

沃尔夫冈·凯塞尔对诗中句式重复有这样的概括：（1）同一词的重复，句的构造也同样可以重复，一个这样明显的句子的部分和整句的同样排列叫作"平行式"；（2）平行的组织通过句法上重要词的重复，得到强调时，它就变得更加彻底，这就是"首字重复式"，不少时候整个一首诗由首字重复来规定，同时每节诗都是同样安排的；（3）同首字重复相对应的是"句末重复式"，句或段的末尾中同样的词加以重复；（4）假如两句的部分或两句包含一个句首重复，不是平行地安排而仿佛是图画与镜中的图画，这种安排是"对偶倒置式"；（5）"动宾不调式"是一种构造，其中一个东西控制几个同样排列但不是同样性质的宾语或副句；（6）几个平行句式上下或交叉排列，形成一种对称构造，不仅在诗节内而且可以扩大到诗节间。② 需要强调的是，诗中对等方式绝非绝对自由的，它受两方面限制：一是受语义结构的限制和常规语法的限制，因为诗语并不是纯形式的；二是受语流组织的限制，句段是具有延续性的符号组合，它在线图上不可倒转，两个语音不可同时发出。这种限制在根本上要服从汉语的顿歇节奏特征。因此，新诗自由体往往有选择地采用某些对等方式，这些方式突出了对等顿歇的汉诗节奏特征，如平行、排比、反复、对称、复沓、嵌入音顿、上下呼应等方式。

规则之三是对等的位置多样性。

旧诗形式化节奏模式是音顿连续反复，但是，新诗除此以外还采用同意义紧密结合着的意顿或行顿作为基本节奏单元。因为意顿和行顿就其本身来说时长并不相同，因此无法通过连续排列在行内形成反复有序的节奏。解决问题的办法就是：把意顿的排列扩大到行组，即并不等长的各个意顿不能在诗行层次上形成节奏，那把它放到行间去对比从而形成反复节奏；把行顿的排列扩大到行组或节奏段落，即把它放到行间或行群去对比从而形成反复节奏。自由诗的

---

① ［俄］罗曼·雅各布森. 语言学与诗学［M］//波利亚科夫，编. 结构－符号学文艺学. 佟景韩，译. 北京：文化艺术出版社，1994：202.

② ［瑞士］沃尔夫冈·凯塞尔. 语言的艺术作品［M］. 陈铨，译. 上海：上海译文出版社，1984：144－149.

诗行代替音顿成为基本节奏单元，它通过行间或行群层面的诗行或行内词语的反复形成有序节奏。周期性重现是各种语言诗律的基本条件，虽然重现的要素与方式各有不同。我国古代诗律注重诗行（句）或两行之间去组织诗的韵律节奏，现代自由诗应该把对等组织节奏的视野扩大到行组或诗节甚至诗篇，从语言材料对等位置的多样性空间去考虑节奏的组织结构。这是新诗自由体区别于格律体韵律节奏的重要特征。

就意顿节奏和行顿节奏的区别来说，意顿节奏的意顿排列局限于行内或行间的对称位置，或上下两行对称，或交叉两行对称，或两节上下或交叉对称，或首尾诗行和诗节对称。相同时长意顿出现的定位原则是诗行的对应性，在此意义上说，可以把这种排列方式称为诗行对称节奏。相比而言，自由诗体的行顿节奏中的语言成分是多样的，且其在行间或行群之间的对等位置局限性小，它是依据着情感的律动而自由定位。新诗自由体的行顿对等位置并非连续排列的，而是在更广范围内体现着对等的节奏。可以是行内两个词语对等形成声音的重复，也可以在诗行之间对等形成诗顿或诗行的声音重复，还可以在诗节数行内对等形成诗顿或诗行或行组声音的重复，甚至可以跨节在诗节范围内形成词语、短语、诗行和诗节之间的对等。这也就是说，语言要素的"重复"可以体现在诗的节奏多个层次，它的对等重复成分的位置呈现多样化的趋向。这是行顿节奏与音顿节奏也与意顿节奏的重要区别。这种区别，使得新诗自由体能够摆脱固定形式音律的束缚，自由地表达诗的情绪和意绪，呈现语言节奏的丰富和复杂，形成纵直推进的旋律化节奏运动。如卞之琳《中南海》几行：

> 听市声远了，像江潮
> 环抱在孤山的脚下，
> 隐隐的，隐隐的，
> 比不上
> 满地的虫声像雨声，
> 更比不上
> 满湖荷叶上的雨声像风声——
> 轻轻的轻轻的，
> 芦叶上涌来了秋风了！

诗中"市声""虫声""雨声""风声"对等，在组行中形成了自然的进展过程，诗的想象和意象不断转换，呈现着多彩的听觉和视觉效果，并勾连起诗思和情感的浑然整体。诗语中的对等语言因素排列位置多变，如"隐隐的，隐隐的"与"轻轻的轻轻的"分别是行内对等，意义相近又结构相同的行顿间隔五行对等排列，在诗中形成两个节奏段落。市声"像江湖"、虫声"像雨声"、雨声"像风声"的对等分别在第一行、第五行和第七行位置。"比不上／满地的虫声像雨声"和"更比不上／满湖荷叶上的雨声像风声"两个行组对等在连续位置上排列。这种位置多样的对等排列，在诗中起着组织诗意情绪发展的作用，也起着组织诗语音响节奏的作用，其间再穿插"比不上"与"更比不上""满地"和"满湖""芦叶上"和"荷叶上""风声"和"秋风"等词语在不同位置的对等，形成了无限美妙的声韵美。

规则之四是对等的边界宽松性。

边界是指诗语节奏在朗读中的顿歇界限，其实也就是朗读中的停顿，汉语的顿歇节奏体系是借助顿歇来区分节奏单元边界的。行顿节奏包含两种"顿"，一是行末的停顿，一是行内可能存在的稍顿。其中行末的顿是真实的确定的，行内空格或标点的停逗也是真实的确定的，但行内另有一些词语或词组后的停顿则是可能的无常的。尽管两种顿的性质存在差异，但都是对等重复的顿歇单位，尤其是在行内嵌入了用来重复的词语或词组，我们把它称为"嵌入音顿"，它在诗中形成停顿节奏或对等节奏的意义是绝对不能忽视的，有时诗行甚至行组主要依赖于这种在朗读中可能的停顿建构诗行节奏。

音顿是固定而形式化的，所以顿间的边界是明确的；意顿受对称的制约，顿间的边界也是明确的。在行顿节奏诗中，由于诗行音数增加，行内顿歇出现，对等因素复杂，加上自由诗体追求节奏的复杂变化，所以行顿界限就出现宽松趋向和差异对等。它有着汉语诗律学的根据。叶公超通过对行内和行末停顿的分析，得出结论：有时音顿的字数不必相等，而其影响或效力仍可以相同，因此行内音节无须等量规定。孙大雨认为汉诗采用"顿挫"作为节奏节点，朗读快慢变化可以弥补因顿内音数差异而造成的节奏差异。如舒婷的《双桅船》：

> 是一场风暴，一盏灯
> 把我们联系在一起
> 是另一场风暴，另一盏灯
> 使我们再分东西

　　这里充满着各种语词和结构的对等。语词对等如"是一场风暴"和"是另一场风暴","一盏灯"和"另一盏灯","把我们联系在一起"和"使我们再分东西";结构对等如三组语词结构对等,如三组行顿的对等,前后两个行组结构对等;还有就是行内停顿位置和停顿方式的对等,如第一、三行的行内停顿。但是这里的每个对等结构并不完全相同,即使表面看到的行内停顿或行间停顿是相同的,但真正的停顿位置也是不同的,尽管如此,由于这里对等的语言结构、行顿结构尤其是停顿方式是基本相同的,在边界宽松性的意义上形成了真实的时间对等关系。表面看来似乎并不对等的地方,恰巧标明情绪节奏和语词节奏运动的递进。这就是对等边界宽松性的音律意义,它不但不会影响节奏运动,而且还会推进节奏运动。

　　规则之五是对等的音义紧密性。

　　自由诗体不求固定的节奏模式,特别注重内外律动谐和,所以相对格律体来说,应该而且可能更好地达到诗的音节与意义的紧密结合。这是新诗自由体现代性的重要标志。

　　对等原则在诗的各个层次都会有所体现,且诗中任何语音的明显相似都被看作意义的相似或分歧,语音的对等自然地导致语义的对等,因此,自由体将语义结构放在与音律结构、句法结构的平等地位来考察。更进一步说,"在诗歌中,人们不仅总想使音位连续成分形成对应,对各种语义单位的连接关系也是如此。相似与相邻相结合可以使诗歌整个充满象征性,使诗歌具有充分的多样性、多义性……在相似与相邻相结合的诗歌中,一切转喻都具有部分的隐喻性,一切隐喻都具有转喻的色彩"①。这说的是在对等原则中,相似与相邻这纵横两者是相互结合渗透的,其结果就是诗的转喻与隐喻即音律与意义也是结合渗透的。对等律的运用,可能形成音义结合的紧密性。如艾青的《冬日的林子》:

　　　　我喜欢走过冬日的林子——
　　　　没有阳光的冬日的林子
　　　　干燥的风吹过的冬日的林子
　　　　天像要下雪的冬日的林子

---

① ［俄］罗曼·雅克布逊. 语言学与诗学［M］//波利亚科夫, 编. 结构–符号学文艺学. 佟景韩, 译. 北京:文化艺术出版社, 1994:198–199.

　　　　　没有色泽的冬日是可爱的
　　　　　没有鸟的聒噪的冬日是可爱的
　　　　　冬日的林子里一个人走着是幸福的
　　　　　我将如猎者般轻悄地走过
　　　　　而我绝不想猎获什么……

　　诗中充满着对等词语，核心的是两组。一组是"冬日的林子"词组的多次重复，首行出现"冬日的林子"，后面加上破折号，表明第二、三、四行都是对"冬日的林子"的具体化，从而使得整节成为解释性行群；第二节先写"冬日"后又回到"冬日的林子"，形成诗篇层次节奏运动的对等进展秩序。多次复现"冬日的林子"在诗中属于铺排陈说的"染"。诗中另一组对等词语是"走过"，同样在诗的首行出现，在"走过"之前的形容词是"喜欢"，到后面再现时先有"走着是幸福的"铺垫，然后才是"轻悄地走过"，同首行呼应。前后呼应"走过"在诗中属于思想聚焦的"点"。主体部分的铺陈和首尾的点形成平行对照结构，两者结合构成点染的有机整体。其铺陈和点明都不仅是节奏的，而且也是情思的，是音义有机结合着的。由于词语对等呈现着变化中的节奏运动，而思想进展由"喜欢走过"到"走着是幸福的"到"轻悄地走过"，同样呈现着变化中的进展运动。这诗的九行中充满着大量的重复对等词语，使得诗的节奏和情思单纯达到极致程度。"诗人为什么要这样写呢？因为诗人'我'要走过的这片林子，是冬日的林子，冬日的林子其环境是单纯的，不像夏日那样色彩纷繁，鸟儿繁飞繁鸣。除此而外，还因为诗人'我'的心境是单纯的，诗人'我'喜欢这'冬日的林子'的单纯。因而，诗人对于诗句的选择，完全是为了写出这'冬日的林子'的环境气氛，用来衬托'我'的心境。"[1] 这就是音义结合在审美层次达到的浑然一体境界。

---

　　① 　牛汉．艾青名作欣赏［M］．北京：中国和平出版社，1993：186.

从行顿节奏体系到新诗节奏语型

一

在 21 世纪初研究新诗体流变史的时候，我就注意到我国自由诗体的不同类型，并做过具体描述。那时，我读了冯光廉主编的《中国近百年文学体式流变史》，有感于作者没有真正按照"体式"去梳理百年新诗流变史，于是埋头写作《旋转飞升的陀螺——百年中国现代诗体流变史论》（人民文学出版社 2006 年版），力图从新诗语体角度叙述百年中国新诗流变，涉及歌诗体、白话诗体、自由诗体、小诗体、新月体、纯诗体、戏剧体、朗诵诗体、七月体、新辞赋体、私语体、独白体、民歌体、解放体、实验体等。这种概括虽然是初步的，但却说明那时我已经注意到了新诗体中存在不同的节奏类型。

在接着的"中国新诗发生论稿"课题研究中，我对初期新诗多种节奏类型发生兴趣：

（1）胡适最早写作白话诗，用"文之文字"代替"诗之文字"，即引入散文句式、排斥律化现象和改变章法结构等。结果诞生了他所说的真正的自由体新诗。如《"应该"》：

> 他也许爱我，——也许还爱我，——／但他总劝我莫再爱他。／他常常怪我；／这一天，他眼泪汪汪的望着我，／说道："你如何还想着我？／想着我，你又如何能对他？／你要是当真爱我，／你应该把爱我的心爱他，／你应该把待我的情待他。"

这是说话式节奏，语气的反复传达出平静的抒情调子。胡适自己说："这首诗的意思神情都是旧体诗所表达不出的。"①

（2）初期自由体新诗创作，有个"自由变化的词调时期"，主要通过借鉴词曲长短句来推动诗体解放，多数《新青年》和《新潮》诗人创作都从词曲变化而出。如刘半农《醉后》：

> 醒也不寻常，醉更清狂，记从梦里学荒唐，除却悲歌当哭外，哪有文章？
>
> 恨要泪担当，泪太匆忙。腹中何止九回肠？多少生平恩怨事，仔细评量。

两音节与三音节交错，上句三字尾，下句四字句，音律节奏富有词调意味。对于这种格调，熟悉传统词曲的人在朗读中自然可以复原词调的韵律节奏。

（3）郭沫若说自己儿子见着窗外的晴海，便说道"啊，海！啊，海！爹爹！海！"他受此暗示，又接受惠特曼自由诗影响，写了一批情感自然流露的自由诗。如《光海》：

> 无限的大自然，／成了一个光海了。／到处都是生命的光波，／到处都是新鲜的情调，／到处都是诗，／到处都是笑：／海也在笑，／山也在笑，／太阳也在笑，／地球也在笑，／我同阿和，我的嫩苗，／同在笑中笑。

这诗充满浪漫的激情，连续排句、同语反复和重叠语词的使用，情调起伏抑扬，前呼后应，诗的内在律与外在律浑然一体，展露了诗人向往光明的自我形象。

（4）冰心自述写小诗时只想把感触自然写出，是分行散文。其实多数诗是有音律的：

> 母亲呵！／天上的风雨来了，／鸟儿躲在他的巢里；／心中的风雨来了，／我只躲在你的怀里。　　　　　　（《繁星·一五九》）

冰心说看泰戈尔《飞鸟集》，就仿他的形式写《繁星》。精警结构、哲理思

---

① 胡适.谈新诗［J］.星期评论（纪念号），1919 - 10 - 10.

考和音律语言呈现着诉说式节奏。《繁星·一五九》二三行与四五行，外形对称，节奏相同，旋律回环而下。

（5）闻一多早期写自由体新诗，后来结集为《红烛》。其中多数诗讲究音律节奏，而且能够通过分行和重排，化解复杂的散文句式。如《火柴》：

> 这里都是君王底／樱桃艳嘴的小歌童；／有的唱出一颗灿烂的明星，／
> 唱不出的，都拆成两片枯骨。

这是一个复句结构。第一、二行跨行，主要成分是"这里都是小歌童"，在"小歌童"前用了两个带有感情色彩的修饰语；第二行后的冒号显示着前两行和后两行是总分关系。第三、四行分说小歌童的两种命运，句子结构变化避免单调，第四行是个假设复句结构。

（6）李金发的诗更是横移西方诗语，大量采用跨行、抛词、倒装、叠词叠句、同语反复等方式，探索新诗表达心灵波动的节律。如《给行人》几行：

> 逃遁在上帝／腐朽十字架之下，／老迈之狂士，／简单的心／充满着怯
> 懦之急流

运用跨行把第一、二行和第三、四行两个散句切成四行，中间插入"老迈之狂士"这一主语，不仅新的语义得以产生，且重排成四个新的词组结构，同"老迈之狂士"结合，形成了五个宽式对等的行顿结构。于是，散文句就成了韵律语，诗意朦胧性和诗语陌生化由此产生。

初期新诗在新诗语调、格调和节律方面的不同风格，给予我诸多启示。首先，诗人多途径地探索自由体韵律节奏，展示了新诗节奏建构的多种可操作性，可以有胡适体、郭沫若体、冰心体、闻一多体、李金发体、徐志摩体之分，每种体式以特有的诗行建构和行节组合方式，呈现着自身独到的语体特征和诗体风格。其次，种种探索都能把握新诗自由体韵律的基本规律，均属行顿对等重复排列节奏体系。"自由诗的重要性在于它允许诗体获得相对的自由，而不是绝对的自由。它让诗人自我建造形式的能力有发挥的空间，不用陈旧的形式来妨

碍他。它允许诗人随意改变节奏，只要基本的节奏还保存下来。"① 再次，语体的多样性和原则的一致性，是新诗自由体的形式发展规律。遵循这种规律，必然得出这样的结论：每个诗人都会不同地对待自由体的基本韵律，"诗中唯一合理的单元是诗节，诗人唯一的指南是节奏，不是学来的节奏，受制于其他人创造的千百种规则，而是一种个人的节奏，应在自身上去寻找它"②。每首成功的自由诗节奏是具体的个性的，但也有诗人成功地探索了某种自由体节奏模式，又被某个诗人群体认同，从而成为相对稳定发展的体式。最后，具有风格特征的自由诗节奏模式形成，都同那一年代自觉借鉴多方语言资源相关。胡适、冰心等人较多地借鉴白话口语的资源，词调节奏模式更多借鉴了古诗语言的资源，郭沫若、李金发、闻一多等更多地借鉴了欧化语言资源。多种途径的探索，又经过现代媒体的传播和一批诗人的模仿创作，从而在自由诗史上形成具有流脉或流派特点的多种节奏模式。我当时强烈地意识到，研究我国新诗自由体必须研究其亚种的节奏类型。

如何概括这种由节奏体系衍化出的节奏模式呢？在写作《中国新诗自由体音律论》时，我使用了"节奏语型"的概念。这一概念源自罗兰·巴尔特在讨论语言/言语时使用的概念，即"个人语型"。罗兰.巴尔特的"个人语型"一词来自雅各布森，它所指的是：其一，失语症患者的语言，失语症患者不能理解对方说话，亦即得不到对方与自己的语言模式相适应的信息。因此雅各布森认为，这种语言是纯个人语型。其二，某一作家的"风格"，尽管这种风格总会带有作家根据传统，亦即从一定集体（集团）得到的既有语言模式的烙印。其三，"个人语型"这个概念可以扩大并被规定为一定语言集体，亦即以同样方式解释和使用各种语言信息的个人集团的语言。在这种情况下，"个人语型"的概念在很大程度上将同"笔体"的那一现象吻合。③ 而"笔体"的原义就是写作风格，也就是"范性"成分很强的写法。我们的"节奏语型"是对以上第三种语义的借用。比附语言学理论说就是："以个人语型这一概念在语言学中被采用为标志的那些探索，说明必须区分出介于语言和言语之间的那一中间现象；这

---

① ［美］约翰·吉尔德·弗莱彻. 对自由诗的理性解释［J］. 李国辉，译. 世界文学，2015（6）.

② ［法］弗朗西斯·维勒·格里凡. 给读者［J］. 李国辉，译. 世界文学，2012（4）.

③ ［法］罗兰·巴特尔. 符号学原理［M］//波利亚科夫，编. 结构－符号学文艺学. 佟景韩，译. 北京：文化艺术出版社，1994：109.

个现象就是已经进入'规定'一级，但还没有像语言那样形式化的言语。"① 也就是说，在语言与言语关系之间，存在着一种介于两者的中间性言语，它已经开始进入到"规定"层面，但尚未完全形式化的言语，因此它是一种正在探索中的规范或范式。节奏语型是自由体从韵律节奏原理到个人节奏之间的中间环节，在新诗自由体研究中不容忽视。

"节奏语型"的形成，一般来说需要若干条件：一是具有社会历史的内涵，它是在一定社会历史条件下产生并同这条件的审美相契合，而且有自身历史发展过程和线索，如新诗发生期的各种"节奏语型"都与诗体解放有关，都与现代汉语成形的探索有关；二是具有广泛的集体成员认同，它首先是由某位富有创造性的诗人确立，然后又能得到一个集团或一个流派或一个群体认同，尔后又共同创作出一批风格类似的诗作从而定型；三是类似节奏模式的创作和理论通过现代媒体得到广泛传播，获得了社会较为普遍的评价，甚至获得了重要的理论概括；四是具有较为稳定的可概括的形式规则，它首先是体现在一定数量的诗作中，并形成了若干规律性的东西，这些特定规则具有可操作性和复制性；五是具有抽象韵律图案的背景，它是在韵律与节奏辩证关系或曰斗争中产生的，具有节奏的独创性，又具有韵律的原则性。特别要明确的是，节奏语型也不应该成为诗人创作的束缚，区为自由诗的本质属性，是创作中韵律与作品结合后的自由创造。在这一意义上说，任何自由诗作的节奏都不是完全一样的，任何诗人所有创作的节奏也都不是完全一样的，自由诗创作更应提倡个人节奏。

二

基于以上认识，我在最初研究自由诗韵律节奏的论文中，都论及新诗自由体的节奏语型。如在《新诗自由体韵律节奏论》（《常熟理工学院学报》2013年第1期）中，就在论述了自由诗体基本韵律节奏规范后说："在使用这些基本格律时，每一成熟诗人都有独特的诗歌言语方式。我们从行的构成方式和行的进展方式两方面，概括我国新诗自由体韵律节奏的三种较为成熟的形式。"这三种形式就是诵读式、抒唱式和散文式自由诗体。

---

① ［法］罗兰·巴特尔. 符号学原理［M］//波利亚科夫，编. 结构 - 符号学文艺学. 佟景韩，译. 北京：文化艺术出版社，1994：109.

一是诵读式自由诗体。胡适创作现代自由诗强调"作诗如说话"，就是"有什么话，说什么话；话怎么说，就怎么说"，在节奏上追求说话的自然音节。如何达到说话的自然音节？傅斯年在1918年12月发表《怎样做白话文》提出：一是必须根据我们说的活语言，必须先讲究说话。话说好了，自然能做好白话文；二是必定不能避免欧化，只有欧化的白话方才能够应付新时代的新需要。胡适对此完全赞成。这种逼向说话的诗歌语言，在语言形式和思维形式上都是趋向散文化和口语化的，如胡适的《一颗星儿》《关不住了》等诗，确实"极自由，极自然"，读来有着自然的音节和语调。但是，说的日常语言与诗的艺术语言本质不同，因此胡适说话式自由诗存在的非诗化倾向引起人们普遍不满。戴望舒越过了说话式而创造诵读式自由诗体，成为20世纪30年代"诗坛上最为风行的诗式"（孙作云）。这种诗体突破了日常语言而走向"诗语"，呈现着三大特点：第一，词语的重复和回旋。戴望舒等诗人借鉴古诗音乐性技巧，重视字音、短语、句式、句子结构、诗行、诗节的重复和应答来传达内律；第二，语调的自然和进展。戴望舒等诗人打破封闭式诗语结构，重视自然音节式和散文节奏式进展，以充分展示情绪的自然进展律动；第三，诗语的探检和洗练。戴望舒等诗人向传统诗学习，认为它"在语法之灵活、信息量之超常、文本间内容的异常丰富、隐喻与感性象形的突出诸方面，都证明其是一种十分优越的语言形式"①。因此他们注意改善诗语，以呈现传统诗语所固有的诗性美。如戴望舒《我的记忆》的一节："它存在在燃着的烟卷上，／它存在在绘着百合的笔杆上，／它存在在破旧的粉盒上，／它存在在颓垣的木莓上，／它存在在喝了一半的酒瓶上，／在撕碎的往日的诗稿上，在压干的花片上，／在凄暗的灯上，在平静的水上，／在一切有灵魂没有灵魂的东西上，／它在到处生存着，像我在这世界一样。"这里以参差相异的诗行，赋予"记忆"以鲜活个性。前五行每行是个完整的句子连续，"存在"的状语放在后面，自然地形成铺陈句式，节奏舒缓地叙述。第六、七、八行改变句式，连续排列五个状语写"记忆"之所在，节奏由舒缓转变为快速跳跃。繁复的意象和急促的节奏，说明"记忆"来访的频繁，体现诗情的激扬。这种追求，使得读者对新诗情绪旋律领悟更多地通过"诵读"来完成，因此我们把这种诗体称为"诵读式自由诗体"。

二是抒唱式自由诗体。郭沫若在创作论上提出新诗"写"的要求，主张创作的自我表现和自然流露。郭沫若的自由诗体推崇"情绪的自然消长"。其节奏

---

① 郑敏. 结构—解构视角：语言 文化 评论［M］. 北京：清华大学出版社，1998：85.

形成依靠两个重要关系："力的节奏"，就是声音的强弱，大概先扬后抑的节奏，是沉静我们的节奏，而先抑后扬的节奏，是鼓舞我们的节奏；而"时的节奏"，就是声音"中间经过一次间歇，同样的声音接续又来，我们便生出一种怎么也不能说出的、悠然的，或者超凡的情趣"。"简单的一种声音或一种运动，是不能成为节奏的。但加上时间的关系，他便可以成为节奏了。"① 郭沫若的创作实践着这种理论。这是一种抒唱式的自由诗体。它同西方自由诗体和散文诗体更加接近。从诗语角度说，其特征是第一，诗体体现了对传统价值与话语秩序的颠覆，建立起一种以"自我"抒情为出发点的诗歌话语交流机制，语言表达逼向抒情，逼向倾诉，逼向内律情绪节奏。第二，诗体表达内在律并未同语言材料分离，主要是诗节的作用取代了诗行的作用，诗行（句法单位）本身变成了时的段落，通过诗行的匀整与变化的组合就会形成节奏。第三，诗体的诗行进展遵循"对等原则"。西方结构主义认为诗的内在特征是语言行为的两种排列模式："选择"和"组合"。"选择是在对等的基础上、在相似与相异、同义与反义的基础上产生的；而在组合的过程中，语序的建立是以相邻为基础的。诗的作用是把对等原则从选择过程带入组合过程。对等则成为语序的构成手段。"② 西方现代诸多诗体，都通过对等原则建立音律结构。郭沫若的抒唱式自由诗体的感情律动借助对等原则呈现语言节奏。如《天狗》一节："我飞奔，／我狂叫，／我燃烧。／我如烈火一样地燃烧！／我如大海一样地狂叫！／我如电气一样地飞跑！／我飞跑，／我飞跑，／我飞跑，／我剥我的皮，／我食我的肉，／我吸我的血，／我啮我的心肝，／我在我的神经上飞跑，／我在我的脊椎上飞跑，／我在我的脑筋上飞跑。"这诗通过大胆抒唱把情绪推向极致。诗充分地表达了极端自由的情绪，采用的是极度自由的形式。但是，这种内在情绪的律动传达还是要落实在语言层面。诗中使用了统一的"我"的倾诉抒唱句式，十六行连续喷薄而出，句子短促，结构简单，基本是三行一个单元，采用相同句式，造成连续反复，形成排山倒海之势。词语之间相互勾连，先是"飞奔""狂叫""燃烧"，再是"燃烧""狂叫""飞跑"，然后就突出了"飞跑"，创造一种忘情地反复抒唱形式，凸显了回旋而下的迅速进展的旋律。这种抒唱式自由诗体，后来的变体有政治抒情诗、现代朗诵诗和歌吟抒情诗等。

---

① 郭沫若. 论节奏［J］. 创造月刊，1926，1（1）.

② 引自高友工、梅祖麟译文，见：唐诗的魅力［M］. 上海：上海古籍出版社，1990：120.

　　三是散文式自由诗体。这是指具有散文美的自由诗体，它与逼向口语和散文的说话式自由诗不同，其典型形式就是艾青的自由体诗体。艾青提倡的散文美，主要散文的口语美、自由性和散文的真诚、朴素、单纯和清新，散文美不是散文化。艾青通过对散文实行"诗的转换"过程，实现情绪律动的符合现代汉语诗性的节奏化。如《吹号者》一段："在震撼天地的冲杀声里／在决不回头的一致的步伐里／在狂流般奔涌着的人群里／在紧密的、连续的爆炸声里／我们的吹号者／以生命所给与他的鼓舞／一面奔跑，一面吹出了那／短促的、急迫的、激昂的／在死亡之前决不中止的冲锋号"。句子的骨架是简单散文句："吹号者一面奔跑一面吹出了冲锋号"。但却在其各个成分上增加了许多小意象：前四行统一使用"在……里"形成四个状态处所状语，来充分抒写吹号者所在的场合和背景；"以生命所给予他的鼓舞"这个行为状语修饰"奔跑"和"吹"两个并列谓语；"那短促的、急迫的、激昂的"和"在死亡之前决不中止的"四个以形容词或介词短语充当的定语来修饰"冲锋号"。由于语言和意象的复杂化，导致艾青的诗行句分裂，往往一个简单句，艾青在各个成分上分配给它不少小的意象，使各个句子无限止的扩大，从而使得简单句变得很复杂。这就造成其语言体式的特点是以形象和意象的感情内涵为转移的词与词、语与语、句与句之间的错综复杂的结合情形，结果无法做到句的顿数均齐和节的格式匀整，难以形成语言格律美，只能寻求情绪内律的旋律美。那么，散文式句式如何上升为诗的语言呢？艾青的经验是：一是分行的技巧，全凭语气的抑扬顿挫而自然地分行，使音节在骤停或故意拖沓中产生一种同内在的情绪节奏相吻合的旋律效果；二是排句的技巧，根据内在旋律需要安排选词选句或排比造成气势，把所抒之情一层一层地推向高潮，达到很高的旋律效果；三是反复的技巧，采用前后照应和往复回环的复沓手法，使诗歌语言呈现一种回肠荡气、一唱三叹的旋律效果。① 复杂散文的句式和强化旋律的技巧结合，形成了艾青散文式自由诗体的基本特征。

　　我的论文在做了这样概括以后说："以上概括是极其初步的，其实现代自由诗的韵律节奏原则是简明扼要的，其具体节奏是多样繁杂的，需要的是不断有意实践和理论概括。"

---

　　①　骆寒超．论艾青的诗歌艺术［M］//中国现代诗歌论．南京：江苏人民出版社，1984.

三

在写作《中国新诗自由体音律论》时，我已经明确地提出了"节奏语型"的概念。我就按照概念的内涵，重新审视新诗史上的自由诗体流变，最后确定着重讨论的节奏语型是：说话式自由诗体，以胡适创作为代表；抒唱式自由诗体，以郭沫若创作为代表；纯诗式自由诗体，以李金发创作为代表；诵读式自由诗体，以戴望舒创作为代表；散文美自由诗体，以艾青创作为代表；歌吟式自由诗体，以余光中创作为代表。我在著作中对每一种节奏语型都力图从理论上进行概括，同时介绍一位代表性诗人的创作，拿出一个典型作品进行节奏语型的分析。限于篇幅，这里仅说说我在著作中对"纯诗式自由诗体"的介绍。

20 世纪 20 年代中期，我国初期象征诗人异军突起，推动着新诗纯诗运动兴起。象征诗人横移西方象征诗学观念、艺术手法和诗体规范，形成了纯诗式自由诗体。这种节奏语型不仅为李金发、穆木天、王独清、冯乃超等共同实践，且对 30 年代现代诗人创作、40 年代九叶诗人创作、80 年代朦胧诗人创作都产生着重要影响。

我对纯诗式自由诗体特征的介绍是："语言的生命旋律；语言的陌生律化；完整的文本结构；韵律节奏的流动动转；音义结合的暗示性；音质律与节奏律有机结合。"其代表性诗人是李金发。李金发受魏尔伦的影响，主要表现在情调性、音乐性和行节奏方面。而尤以音乐性为甚，因为情调要靠诗语音响传达，行节奏应体现声韵的美。李金发纯诗式自由诗重视分行拆分、跨行跨节和叠字叠词。如《小乡村》一节："吁！无味而空泛的钟声告诉我们'未／免太可笑了。'无量数的感伤，在空／间摆动，终于无休止亦无开始之期。／人类未生之前，她有多么的休息和暴／怒。／狂风遍野，山泉泛生白雾，悠寂的长／夜，豹虎在林里号叫而奔窜。／无尽的世界，长存着沙石之迁动与万／物之消长。'在这里，"未免""空间""暴怒""长夜""万物"都被拆散后分置两行，既有动词、形容词，还有副词，这在一般诗中难以见到。除抛词外，还有不少跨行诗句，同时行内又有多个词语结构平列，造成了一种不同于常规语句的陌生化效果，而在打破常规的行内顿歇和行间顿歇的节律作用下，诗传达出朦胧的语调和情调，其指向就是用有限的律动字句启示出无限世界。我在《中国新诗自由体音律论》中，以李金发《有感》进行纯诗式自由诗节奏语型分析。

如残叶溅
　　血在我们
　　　脚上，

生命便是
　　死神唇边
　　　的笑。

半死的月下，
　　载饮载歌，
　　　裂喉的音
随北风飘散。
　　　　吁！
抚慰你所爱的去。

开你的户牖
使其羞怯
　　征尘蒙其
　　　可爱之眼了。
此是生命
　　之羞怯么？
　　　与愤怒么？

如残叶溅
　　血在我们
　　　脚上。

生命便是
　　死神唇边
　　　的笑。

这诗的形式使人感到陌生，甚至觉得怪异。其实这诗的节奏语型突出特点仍然是采用了分行、排行、顿歇的技巧及音韵技巧。而这又都是纯诗式自由诗惯用音律方式，体现了现代诗轻理性音律而重音质音律的趋向，其超越常规的陌生性在于李金发使用得更加大胆和创新。

把握这诗的体式特征，首先需要解读该诗朦胧晦涩的内涵。据孙玉石解读，《有感》的内容是：像秋风吹落在脚边的残败红叶，在生命结束前还闪出血一般的殷红一样，人的生命也不过是"死神唇边"的一点笑容。认识到这人生"真谛"之后，人们就无须有什么更高的奢望和追求了，只能在"半死"的月光下饮酒长歌，在情爱的怀抱里寻求满足，任自己在酒和爱中，发泄生命的"羞怯和愤怒"①。这充分显示了李金发诗的特征：新奇的形象比喻和颓废的人生哲学凝聚在抒情的旋律中。这诗的内容其实是极其普通的，但诗人通过扭断语法脖子、设置新奇意象、更新词句联络、推进想象逻辑、营建情绪律动等方式，创造了一个朦胧晦涩的诗歌世界，以此达到象征诗的音律追求：交响的追求——在自然的诸样相和人的心灵的各种形式之间是存在极复杂的交响的；旋律的追求——朦胧的音乐是可以暗示出诗人心中的万有交响的。这种音律追求在西方称为"自由律"②。这是象征派诗节奏语型的共同特征，也是象征派诗音律的审美风格。

就《有感》来说，首先应该注意到的是开始两节和结末两节的对等平行性。第一节先是一个具有色彩感的明喻意象，再是一个富有想象性的拟喻意象，从对等关系说都是写生命中的生与死近在咫尺，自然生物和人的生命无比短暂；从主题表达说则前一个意象起兴引出后一个意象，两者形成一个对等关系。两节句式相似，结构相同，意指相同，如电影中两个叠加的镜头，接连推到人们眼前，呈现一种可触可视的印象，也呈现一种平行对照的音律。诗的开头把诗眼和情调呈现出来，然后又让这诗眼和情调在结末复现，又是形成一个情绪基调的强调，形成一个对等音律的圆圈。洛特曼认为，诗篇中不存在两者完全意义上的重复，那种看似完全重复的单位其实已因所处位置的改变而改变了信息含量。无论是哪种重复，都在聚合轴上形成平行对照关系。这里的"信息"既是意义的又是音律的。全诗就在这种平行对照中突出了基本情调，建构起了情

① 孙玉石. 中国初期象征派诗歌研究［M］. 北京：北京大学出版社，1988：84.
② 穆木天. 什么是象征主义［M］//陈淳，刘象愚，编. 穆木天文学评论选集. 北京：北京师范大学出版社，2000：98 - 99.

调的和音律的形式框架，中间两段是生命感叹的展示部分，所有情绪和节奏的展开都是在首尾呼应的总体框架之内进行的。

《有感》在形式上另一个重要特征就是建行。包括两方面，一是分行的特点。首两节和末两节，每节都是一个分句，诗人把它分别切割成三行排列，而且采用了抛词法，甚至把"溅血"这一语词分拆在两行之内，把"的笑"抛入下行。再进一步说，首两节和末两节，上下两节之间使用的是"逗号"，说明这两节本身就是一个句子，诗人把一个复句切割以后分成两节六行排列。中间两个节奏段落，仍然采用了切割分行的方式，然后再按照心理的逻辑和旋律的音律给予重新排列，如"开你户牖使其羞怯"切成两行排列，"征尘蒙其可爱之眼了"也是切成两行排列，"此是生命之羞怯与愤怒么"则切成三行排列。这是象征诗人也是李金发惯用的手法，其追求就是把常规散句通过切割和重排形成音律语言，而且形成陌生化的词语组合关系。研究者指出，这诗体式源自魏尔伦的《秋歌》。杨允达将李金发的《有感》与魏尔伦的《秋歌》做结构上的评析，认为："这首诗有二十五行，分成六段，每段行数不一，每行字数最多的有七个字，最少的只有一个字。第五、六段重复第一、二段，形成首尾呼应。为了显示其音乐性与节奏感，作者把一个句子拆开，或分裂为三行，或排成两行。……魏尔伦的《秋歌》则是此种形式之首创者。"① 李金发通过分行、重排重现建构了诗的话语，这种话语是被阻滞的、弯曲变形的话语，是被"人为地"造成读者的阅读尽可能大的持久度，为读者提供玩味诗语和想象意义的空间。

在首尾诗节所设定的框架内，在分行建行的基础上，《有感》诗特有的音律模式主要是由顿歇建立起来的。具体来说就是：短诗行和多停顿。由于分行重排，诗的诗行大多为短行，其中一言的一行，二言的四行，三言的一行，四言的十四行，五言的两行，七言的一行，九言的一行。这一诗行组织明显是以四言诗行为主的短行，在短行中适当穿插少数五、七、九言相对长行，相对长行在诗中仅是作为节奏调剂使用的诗行。四言行为主的短行重复必然造成音律的断续感和停歇感。在诗行排列时，诗人又采用了阶梯方式，全诗没有连续两行顶格或缩格排列或在同一位置排列，而是呈现着梯状排列。这样就造成了前后诗行在朗读中的特殊停顿节律，具体说就是：上下行之间的停顿不仅体现在正常的行末，而且还体现在进入下行以后空格位置上的停顿。如诗的第一节中，第一、二行之间除行末停顿外，还有第二行开始一格的停顿，第二、三行之间

---

① 杨允达. 李金发评传［M］. 台北：幼狮文化事业公司，1986：141.

除行末外还有第三行开始两格的停顿。这种停顿正如穆木天所说，它是持续的流动的，诗里可以有沉默，不可有截断，因为沉默是律的持续的一形式。所以《有感》诗中的停顿其实都是沉默，是律持续的一种表现形式。短诗行和多停顿传达出诗中那吞吞吐吐和断断续续的音律，暗示着诗人慨叹人生苦短和彻悟生死无常的心灵奥秘。

另外，《有感》也没有放弃声韵的暗示作用，如第一、二节二十个字中，就复现着唇齿辅音（残、叶、在、生、是、死、唇、上）和鼻腔元音（残、唇、们、上、命、便、神、边）。这两类音也较多地出现在中间两行中。金丝燕认为："将一句话写成两个诗段六行的方法，在新诗结构上应属新的尝试，而李金发受《秋歌》启发，通过节拍、齿音、元音之间的跌宕效果造成诗的音乐性，与当时新诗诗人在音乐性上的努力一致。"① 唇齿音与鼻腔音的堆积，在诗中强化着诗人凄婉迷茫的情调。这些音响在诗语思维中，产生了与情感的暗示关系，这种关系反过来吸引诗歌"内容"与诗歌音响之间的依赖性关系。象征诗人认为在语言自身的音响和意义之间相互对立，两者之间可能存在着稳定的、甚至经常性的对应关系，如某些元音、辅音同某种情感就可能具有某种经常性的情感色彩。

---

① 金丝燕. 文学接受与文化过滤 [M]. 北京：中国人民大学出版社，1994：183.

从新诗节奏研究到新诗音韵研究

一

在研究新诗节奏律时，经常会触及作为音质律的诗韵问题，这是因为在汉语诗歌中，诗韵本身就是节奏律的一个重要方面。我们在朱光潜的《诗论》中，读到这样两段论述：

> 诗歌在原始时代都与乐舞并行，它的韵是为点明一个乐调或是一段舞步的停顿所必需的，同时，韵也把几段音节维系成为整体，免致涣散。近代徽戏调子所伴奏的乐声每节常以锣声收，最普通的尾声是"的当嗞当嗞当晃"，"晃"就是锣声。在这种乐调里锣声仿佛有"韵"的功用。澳洲土著歌舞时所敲的袋鼠皮，京戏鼓书中的鼓板所发的声音除点明"板眼"（即节奏）之外，似常可以看作音乐中的韵。诗歌的韵在起源时或许是应和每节乐调之末同一乐器的重复的声音，有如徽调中的锣，鼓书中的鼓板，澳洲土著歌舞的袋鼠皮。①

> 韵的起源必须在原始诗歌里去找。原始诗歌的韵未尝没有便于记忆一层功用，但它的主要的成因或许是歌、乐、舞未分时用来点明一节乐调和一段舞步的停顿，应和每节乐调之末同一乐器的重复的声音。所以韵是歌、乐、舞同源的一种遗痕，主要功用仍在造成音节的前后呼应与和谐。②

---

① 朱光潜. 诗论 ［M］. 北京：生活·读书·新知三联书店，1984：12－13.
② 朱光潜. 诗论 ［M］. 北京：生活·读书·新知三联书店，1984：189.

138

这两段同时指明了韵的两个原始功能：第一，韵是一种重复的声音，一方面用停顿来标志一个段落的结束，另一方面又用重复来造成音节的前后呼应；第二，韵是同乐调的分节和舞步的停顿紧紧联系着的，这种联系表现在"点明""应和"乐调和舞步的节奏运动。诗韵的原始功用在以后音乐、舞蹈、诗歌发展分化后，在以声音呈现为基本形态的音乐、诗歌中得到保留和发展。表现在音乐中，如徽戏伴奏乐器每节常以锣声收，如京戏鼓板的板眼，表现在诗歌中，就是诗律的韵。在诗歌独立以后，仍然需要标明语言停顿，仍然需要音律前呼后应，仍然需要维系语言整体，这些功能的需要就必然地保留了"韵"，后在历史发展中就成了诗律中的"诗韵"。"诗韵"在诗歌形式美中的地位由此确立。韵的"工作是把每行诗里抑扬的节奏锁住，而同时又把一首诗的格调缝紧"①。"押韵是一种极为复杂的现象。它作为一种声音的重复（或近似重复）具有谐和的功能。兰茨（H·Lanz）在其《押韵的物理性基础》中曾经说明，母音押韵是由他们泛音的重复决定的，但是，尽管声音的一面可能是押韵的基础，却显然只是押韵的一方面。押韵在审美上远为重要的是它格律的功能，它以信号显示一行诗的终结，或者以信号表示自己是诗节模式的组织者，有时甚至是唯一的组织者。"② 客观地说，诗韵在现代诗中的功用已经得到拓展，多功能化是诗韵的现代趋向，但是语言的节奏作用仍是诗韵的基本功用。正如朱光潜所说，"就一般诗来说，韵的最大功用在把涣散的声音联络贯穿起来，成为一个完整的曲调"③。

朱光潜关于诗韵的另一重要论断是："诗应否用韵，与各国语言的个性也很密切相关。比如拿英诗与法诗相较，韵对于法诗比对于英诗较为重要。"这是因为，英文音轻重分明，音步又很整齐，所以节奏容易在轻重相间上现出，可以不用借用韵脚上的呼应，而"法文诗因为轻重不分明，每顿长短又不一律，所以节奏不容易在轻重的抑扬上现出，韵脚上的呼应有增加节奏性与和谐性的功用"。由这种比较分析，朱光潜认为，"中国诗的节奏有赖于韵，与法文诗的节奏有赖于韵，理由是相同的：轻重不分明，音节易散漫，必须借韵的回声来点明、呼应和贯串"④。这种分析和结论是具有说服力的，也是具有语言学理论根

---

① 饶孟侃．新诗的音节［N］．晨报·诗镌，1926 - 04 - 22.
② ［美］韦勒克，沃伦．文学理论［M］．刘象愚，等译．北京：生活·读书·新知三联书店，1984：168 - 169.
③ 朱光潜．诗论［M］．北京：生活·读书·新知三联书店，1984：193.
④ 朱光潜．诗论［M］．北京：生活·读书·新知三联书店，1984：192 - 193.

据的。

沿着朱光潜的思路，我国学者对汉诗普遍押韵的根由做了更加具体的阐释。从根本意义上说，汉诗普遍用韵是由汉语的语音特征和汉诗的节奏特征决定的。汉语的语音特征类似于法语，汉诗节奏属于音顿而非音步节奏体系。在这种节奏体系中，节奏要靠音组间的顿歇来显出，因此"顿歇"是建构节奏的节奏点。顿歇实际上是声音的一种变化，或声音停顿，或声音变小，或变弱成为尾音，由此划出音组之间界限。这就是"音顿节奏"。而诗韵参与汉诗的节奏运动后就成了"诗韵节奏"。诗韵节奏是声音本身的一种节奏，即一种音质节奏，而不是关于声音的轻重、长短等特征的节奏。陈本益认为："汉语由于元音和辅音界线分明，元音响亮，汉语诗歌的韵也很突出，它的形式是与格律节奏和意义节奏配合一致的，因而具有很强的节奏作用，完全可以看成是汉语诗歌节奏这个综合体中的一种独特节奏形式。"① 我们认为，汉诗的音顿节奏和诗韵节奏在建构节奏功用上是同质的，即都是声音本身及其后面顿歇的有规律反复，两者的不同在于：韵节奏是同一声音的反复，而音顿节奏则一般是不同声音的反复；韵节奏中那韵的反复间歇较大，而音顿节奏间歇较小。在音顿节奏体系的汉诗中，往往是把音顿节奏与诗韵节奏配合起来使用，从而创造特殊的节奏效果。这就是汉诗的音顿节奏倾向普遍用韵的内在根据。押韵在汉诗音顿节奏中的作用可以表述为两方面。第一方面，因为汉诗的音顿节奏本身是一种基本的简单的节奏，所以需要诗韵来加强和补充。诗韵一般出现在句尾，而句尾正是音顿节奏中最重要的节奏点，这样，诗韵便与句尾地方本来就比较鲜明的音顿节奏重合了，使那地方的节奏显得特别鲜明强烈，或者说特别醒目。第二方面，韵是同一种声音的反复回环，从节奏的概念来看，那便是一种节奏，可以叫作"韵节奏"。从语音性质看，韵节奏是声音本身的一种节奏，即一种音质节奏，在造成节奏的意义上说，诗顿与诗韵具有同质性。顿和韵两者结合，共同形成汉诗的节奏运动。汉诗的古体诗、近体诗的一个用韵单位，通常可以表达一个完整的语意，因此用韵处需要读断，这也称为"韵断"。唐宋词大体也是如此，当然也有例外，如大量的两字短韵，它们通常只能和上下文的文字连在一起才有意义。但依张炎《词源》"大顿小顿当韵住"所言，这些短韵是歌唱时的小住，也需要读断，从而体现出词体特有的声律节奏。不管如何，汉语传统诗词中，韵断与顿逗始终关系密切。汉诗的语言本身轻重不甚分明，没有长短区分，其节奏

---

① 陈本益. 汉语诗歌的节奏 [M]. 重庆：重庆大学出版社，2013：62.

就要在其他方面现出。"顿"是一种,"韵"也是一种。韵是去而复返、前后相呼应的,在声音平直的诗语里生出节奏。这就是诗韵与节奏关系的基本内涵。

二

在诗的节奏运动中,复现的是声音的时间段落,它从最小的单位出发,然后形成诗行、诗节、诗篇节奏。其组织包括四个节奏层级,即基本的节奏单位、诗行节奏单位、诗节节奏单位和诗篇节奏单位。在汉语诗歌中,每个节奏层级单位的界定依据是停顿和诗韵。当然,在空间排列中,诗行还借助于列行形式,诗节还借助于空行形式,诗篇还借助于篇章形式,但在吟诵或朗读的语流中却只有顿歇和诗韵的音律形式。不同的节奏运动层级有着不同的顿歇方式。汉诗中音顿之间的顿歇,其特征即朱光潜所说的,"在实际上声音到'顿'的位置时并不必停顿。只略延长、提高、加重。就这一点说,它和法文诗的顿似微有不同,因为法文诗到'顿'(尤其是'中顿')的位置时往往实在是要略微亭顿的"①。即使如此,音顿之间的顿歇受句法顿歇和强调顿歇的影响,也会有小顿、中顿和大顿的不同表现形态。汉诗中的行末顿歇,一般是真实的顿歇,通过加长顿歇时间显示其与音顿间的顿歇不同。而汉诗中的诗节顿歇,则是比行末顿歇更大的停顿,它表明一个节奏段落已经结束,另一节奏段落即将开始,受情绪节奏的支配,往往呈现着段落转换的意味。在以上种种顿歇层次中,行内音顿间的顿歇往往并不伴有诗韵出现,但诗行、诗节结末的顿歇处则往往有诗韵出现。诗韵出现一方面同顿歇一起表明一个诗行或一个诗节节奏的结束,另一方面又通过叶韵把一个诗行或一个诗节节奏联系起来,形成前后呼应的有机整体,呈现节奏运动的整体流程。在汉诗节奏运动中,顿歇和诗韵都是节奏运动的表相因素,制约着诗的节奏进展和具体模式。

一般而言,诗行内部音顿不用诗韵,但我国新诗为了突出诗韵的节奏功能和表情功能,也有用韵的。如台湾诗人彭邦桢的《冻顶之恋》首节四行:

> 谁要是想饮我一杯香茗,请邀我去冻顶,
> 非为酩酊,只为清醒,兹回此茶曾产自,

---

① 朱光潜. 诗论[M]. 北京:生活·读书·新知三联书店,1984:180.

> 名山来自武夷，能助我凝思，又能助我
>
> 释疑，为何此中有味无人知？

这诗行内音顿的划分采用意义节奏原则，大多采用标点加以标明，音顿的末字基本用韵（"茗""顶""酊""醒""自""夷""思""疑""知"），两个韵辙的转换处竟然是在第二行。

但总体而言，如上诗例中行内音顿用韵并非新诗通例，行（句）末用韵才是新诗通例。诗韵虽有头韵、内韵，但普遍的还是尾韵，即诗行（句）末尾用韵。诗韵节奏功能主要体现在帮助诗歌建行，同行末停逗共同形成诗行节奏。从朗读效果看，建行有两大特征，一是行末停顿，行内音顿停顿仅是"可能停顿"，句（行）末的停顿才是"必然停顿"，诗行停顿是新诗有规律停顿的关键；二是行尾押韵，"脚韵位于诗行之末，从音乐效果看，它最有力量，它给诗以音乐效果及结构形式，比节奏与格律以外的任何其他音乐成分做出的贡献都大。"① 韵和顿在行末结合，使得诗行节奏形象变得异常突出和鲜明。

传统汉诗句（行）末用韵基本特点是隔句押韵。这与汉诗独特的音顿节奏形式有关。"古代诗歌在节奏形式上具有奇偶句特点。隔句押韵一般押在偶句末尾，能与奇偶句形式配合，这样，一方面韵本身可以获得最佳效果，因为偶句末尾一音是一对奇偶句形式中最重要的节奏点（比奇句末一音的节奏点更重要）；另一方面韵作为节奏，与奇偶句形式上那一重音顿节奏完全统一。可见，古代诗歌隔句押韵的形式既是韵自身的需要，也是音顿节奏的需要。"② 汉语新诗仍在使用着奇偶句式，所以隔行押韵仍然较为普遍。如闻一多《死水》是新格律诗典范之作，全诗五节，每节四行，两个奇偶诗行，偶行押韵。但是，由于新诗打破行句统一建行方式，也由于新诗语言结构复杂多变，所以在隔行韵基础上出现了两个方向新变。

一是采用行行押韵方式，主要是两种情形。一种是部分新诗的诗行较长，内部音顿组织容易涣散，所以需要通过每行末尾押韵加以有效组织节奏。如郭小川《秋歌》两行：

---

① ［美］劳·坡林. 怎样欣赏英美诗歌［M］. 殷宝书，译. 北京：北京出版社，1985：125.

② 陈本益. 汉语诗歌的节奏［M］. 重庆：重庆大学出版社，2013：249.

> 天旱了，是我们走遍深山找清泉！
> 天涝了，是我们筑起堤坝挡狂澜！

　　长诗行每行押韵，体现了诗韵安排的一项重要原则，"这些重复的字必须相距不远，这样，耳中才能全意识或半意识地把前一个音反应到第二个音"①。当然也有些诗行不长，但也采用了行行用韵方式，如朱湘的《小聚》一节："揩花的宫绢渗下灯光；／柔软灯光，／掩映纱窗，／我们围坐在红炭盆旁，／看炉香，／游丝般的徐徐袅上／架，须是梅朵娇黄。"这诗每行末尾押着同韵，甚至为了押韵把词语"上架"生硬地分裂在两行。这似乎不合情理。但仔细阅读此诗，觉得此诗韵都用后鼻音"ang"音，同诗所描写的氛围和表达的情调极其吻合，诗人采用同韵密集相叶方式强化了诗的特殊情调意味，极其富有艺术魅力。行行押韵的另一种是借鉴了西诗韵式，如随韵、交韵和抱韵等。我国诗人认为，在新诗体式特征倾向自由变化的时代，通过借鉴西诗优秀传统来推动复杂用韵，这不是对于传统的违反而是光大。借鉴西诗复杂用韵，一种做法是直接借鉴西方传统诗体，在借鉴中同时移植西诗韵式。我国诗人在创作汉语十四行诗时就移植了随韵、交韵、抱韵。如李唯建移用英国克里丝蒂娜·罗塞蒂《在一位画家的画室里》的十四行体写作《祈祷》，全部七十首采用 ABBA ABBA CDC DCD 的抱韵和交韵方式；张鸣树移用英国李雷的十四行体写作《弃妇》，采用 AABB CCDD EEFF GG 的随韵方式。这种移植创作都是行行用韵，但与汉诗的句句有韵、一韵到底不同。前者韵脚变化，避免了单调；后者密韵单调，缺乏节奏变化。中国《诗经》时代也较多使用随韵、交韵和抱韵，但以后逐渐被束之高阁，这是因为这些韵式不大适合奇偶句的汉诗节奏形式，当新诗的行句结构呈现多样变化后，这些韵式就能被人接受。不仅在移植西方诗体时运用复杂韵式，且在新诗创作中也能自觉使用。如徐志摩的《客中》：

> 今晚天上有半轮的下弦月；
> 我想携着她的手，
> 往明月多处走——
> 一样的清光，我说，圆满或残缺。

---

　　①　［美］劳·坡林．怎样欣赏英美诗歌［M］．殷宝书，译．北京：北京出版社，1985：127.

这诗采用的是 ABBA 抱韵方式，行行用韵，就同诗的意义与排列方式紧密结合，显得自然得体，我们并未感到单调和突兀。

二是改变隔行用韵，采用多行用韵方式。新诗的行句结构也有奇偶句或出对句形式，但呈现更多的变化。一个格律结构中，出句、对句的数目多少不一，可能一个出句匹配几个对句，也可能相反，几个出句匹配一个对句，还可能几个出句匹配几个对句，而且同时出句和对句的诗行长短也不相同。这就造成了诗韵无法按照传统采用奇偶句隔行押韵方式。而且，新诗创作中更多的情形是完全不顾传统的出对句格式，各种组织结构的诗行都可以进入诗中，这样就使得隔行用韵难以为继。尤其是新诗中容纳着复杂长句结构，它把语言诸种因素集合起来，通过有效分行和列行建构起一个诗行群。在这种行群中，隔行用韵更是无法实现。这就出现了行末减少诗韵的倾向，大量采用多行押韵方式，且呈现复杂多变的情形。要说寻找其中的规律，则多数诗人不管诗句分割排列多少诗行，但往往在句末的诗行押韵。如郭小川有些诗句很长，若排成一行就会难念，于是他大体按照念这些句子时自然的间隙和调子，把长句切割成若干短行再用楼梯式排列，韵脚一般安排在楼梯的最后。这一组诗行群末的诗韵与另一组诗行群末的诗韵相押。按照郭小川的理解，楼梯建构的依据是朗读间歇和音韵变化，即每级楼梯是个小的间歇停顿，但诗韵位置则是大的句逗停顿，停顿与诗韵组合强化了诗的节奏。这种韵式其实与传统的隔行用韵仍然保持着关系。在古诗奇偶行中，奇行末尾是"逗顿"可押也可不押韵，而偶行末尾则是"句顿"需要押韵。虽然奇行和偶行的末尾都是重要节奏点，但比较起来，偶行末尾的节奏点更重要，因为相对来说它的顿歇较久，加上尾韵会有更好的节奏效果。新诗采用散句切割分列的诗行，但不管何种诗行排列，都依据传统的行句结构，在句顿处必然用韵，在逗顿处自由用韵，体现的还是奇偶句隔句用韵的原理。

新诗韵式在继承传统的基础上，向着行行用韵和多行用韵变化，其基本选择仍然是同诗的音顿节奏有机结合，通过顿和韵的作用呈现诗的节奏运动，通过音质律和节奏律结合推动诗的节奏运动。这就是行末用韵变化的审美意义。

三

若把多个诗行组合起来，就会得到一个诗行群落。这样的群落可以单独成为一首诗，更多的是多个这样的群落组合构成诗篇，诗行群落本身成为诗篇节奏流程的一个声音段落。由于它在传统汉诗中往往是以奇偶行组合的"联"呈现的，而在新诗中多数则是以"节"呈现的，我们把它称为新诗的诗节段落，简称"节落"（"节落"也是节奏段落的意思）。它是构成诗节奏运动相对独立完整的诗行组织结构，是新诗基本节奏结构或音律层级单位。在它的内部，关联着分行和组行，在它的外部，关涉着分节和组节成篇。在自由诗中，诗行成为节奏运动的基本节奏单元，其节奏形象更是必须在诗节段落中呈现。其实，现代诗不在行内而在节内建构节奏段落的情形，同样表现在格律诗体中。我国新诗接受了西方现代诗的影响，面对异常复杂具有挑战的现代社会，倾心于诗质和诗语现代性的追求，其结果必然同样是突出了诗节段落的节奏地位。尤其是，在句法上完整的一个复句或一组句子即句群大量进入新诗，这种句群通过切割形成了新诗的行群，它们在诗中构成一个诗节，甚或构成整个诗篇，从而使得"节落"概念在新诗中更加具有普遍的适用性。

诗节段落是新诗节奏运动流程中具有相对独立的音律段落。同传统汉诗相比，新诗的诗节段落更加形态多样，它不受诗的体例、词谱、曲谱、调性等限制，趋向自由化和多样化。有数十行连写而不分节的，也有一个行组建构诗节的，有等时节奏的均行诗节，也有自由口语的对称诗节，还有旋律化的参差诗节，节内每行字数多寡不论，更无调性的规定区分。其间倾注了诗人的创造精神，反映了现代人的自由灵主追求。尽管节落的形态多种多样，但其最为基本的特征就是：它是一个相对独立的节奏单位，在诗行的排列形式上，或者表现为诗篇多个诗节每节独立以章节方式排列，或者诗行连续排列但可在朗读加以划分。作为节落的语言结构单位，在诗节复沓的诗中是一个可以重复的单位，通过重复层层渲染造成反复咏唱、层层加深的效果；它在直线推进式节奏的诗中是一个行进中的阶段，通过一个个诗节的连续发展形成思想或情绪的发展过程；它在诗节对称节奏的诗中，是构成思想或感情对比、矛盾、回环、反复的重要组成部分。劳·坡林认为，现代诗中相当数量是以诗节为单位来考虑韵律节奏模式的，每节诗都是依据特有的音律节奏模式而存在的。主要有两种形态：

或者是在诗中连续排列形成整个诗篇；或者是在诗中独立存在，另外诗节重构韵律节奏模式。而每个诗节的韵律节奏模式包括：韵脚计划（或无韵）；重复句的位置（或方式）；主导的节奏计划；每行音步的数量。总体来说节落都具有自身的节奏模式，它是整个诗节奏运动的一个段落。在一个诗节段落内，诗人让我们沉浸在出神的状态中，而当诗节结束出现一个空行停顿以后，我们就会从这一段落节奏中醒来，并准备开始进入另一个新的审美体验过程。

建构新诗节落的节奏流程，基本依靠的就是顿歇和押韵。汉诗的节奏运动始终贯串着顿歇，在节奏各个层级中的顿歇存在差异，有微顿、小顿，中顿和大顿的差别，从相对比较的角度说，在一个节落的节奏运动中，如果说基本节奏单位即音顿之间的停顿是微顿或小顿，诗行之间的停顿是中顿的话，那么诗节段落末的停顿应该是大顿。但这种概括只是抽象的，而且是相对的，因为在具体吟读或朗读时，不同读者在顿歇的长短或轻重或高低的把握中存在较大差异，所以往往显得并不可靠也不固定。这样一来，真正能够必然地显示"节落"节奏的则是诗韵，因为"比起节奏的和婉，韵是一种粗重的声响"，更加容易为读者领会。其实，诗韵本身也只有在诗节层级上才能充分地显示出韵节奏来，因为所谓"叶韵"或"押韵"，就必然存在于两个或数个诗行或行组的关系之中，诗韵通过粘上关下，前呼后应，把数个诗行有秩序地组织起来，构成一个有着多个诗行结构的有机整体，呈现相对完整的节奏运动流程，而这个整体和流程的首要节奏层级其实正是"节落"。诗韵在构建节落中的作用，一方面在节落内部把分散的诗行联络贯串起来，使之成为完整的节奏流程；另一方面在节落外部把此节落与它节落区别开来，使之成为诗篇流程的一个段落。朱光潜论原始诗韵的功用，强调的正是"点明一节乐调和一段舞步的停顿，应和每节乐调之末同一乐器重复的声音"，这里的"一节""一段""每节"就突出了韵在标示节奏段落中特殊作用，也就是说韵的节奏作用是在"节"或"段"的层次上得以充分体现出来。证明这种结论的典型证据就是诗韵在汉语十四行体节奏段落中的组织作用。一首理想的十四行诗，应该是一个三百六十度的圆形，其诗情发展和节奏运动表现为起、承、转、合四个段落，分别由四四三三诗行组成四个节落，与此相应就是意体的前八行是两个抱韵，为 ABBA ABBA（或ABBA BCCB），后六行为 CDE CDE（或 CDC DCD）。这种韵式，使前八行和后六行各形成一大段落，即前八行和后六行的韵法明显不同，因而有助于形成全诗前八后六两大乐段（节落）。只是前八行是两个抱韵，虽有共同之处，但每个抱韵内部却又呈封闭结构，即各自形成一小系统；后六行之前三行和后三行也有共同之处，可以构成一大段落，但仔细分析，却又各自成规律，也就是各是个封闭结构。这样，韵法就把十四行诗划分成四个节奏段落，并与诗的起承转合结构互为表里，从而在总体上确保了十四行体在形式上具有的浑然美、整体美和协和美。

如果说传统格律诗体的诗节划分是对传统形式的强迫接受，那么新诗的诗节段落建构则是自由创造的，尤其是新诗自由体的诗节更是体现着个人性和独特性，这是一种新的诗歌音律技巧。因此，要想具体地概括新诗的诗韵模式是难以想象的。这里仅从诗韵构节角度概括我国新诗节奏段落（诗节段落）的三种类型。

第一类是在继承传统韵式中寻求规律变化。如闻一多的《死水》，每节四行构成一个诗节段落，分成两个行组，两行的前行是出句（奇行），后行是对句（偶行），押韵位置统一安排在偶句（行）结末。两个两行组末的诗韵呼应，构成一个诗行结合紧密的节奏段落。如黄淮《火狐狸》一节四行："一只火红火红的狐狸／海浪般在我脚下边嬉戏／翻个斤斗忽地扑上身／溅湿了满怀诗情画意"。诗虽然没有使用标点划分行组，但一、三行明显是出句，二、四行则是对句，诗韵位置统一在对句末尾，即"戏"和"意"相押，体现的是偶行押韵和隔行用韵的规律。另有些诗则在传统用韵基础上呈现变化。如流沙河《困惑》的四行节：

> 从前我和你并坐小河边（出句）
>
> 心里什么都不想（前对）
>
> 嘴里却说个不完（后对）
>
> 笑看夕阳落下西山（补对）

这里也用传统的出句和对句的诗行节奏构成诗节，但出句仅为一行，对句则有三行，诗采用的则是在出句末尾和三个对句末尾位置押韵，构成首行与末行押韵的呼应，从而把四个诗行勾连起来建构一个有秩序的节奏流程段落。以上诗韵建构节落，基本特征就是继承古诗传统用韵，同时又根据新诗表达需要进行适当变化，其诗韵结构一般具有规律性。这种节落的押韵方式在大量新格律诗体中广泛存在，具有传统音律美的意味。

第二类是在行组复合结构中创新用韵方式。这种诗节中的行句结构较为复杂，但其内部并非无序组合，而是划分为多个行组，每个行组包含两个或数个诗行，然后再把多个行组排列组合起来，形成整齐和错综结合的诗行结构。与此相应，诗韵既同诗行组合相关，更与行组构节有关，诗韵勾连呼应，形成既有秩序又富变化的节落节奏运动。相对而言，这种节落内部的诗行结构较前种复杂，节奏运动显得更加鲜活灵动，因此为多数格律体新诗采用。如果说前种押韵方式较为传统，那么此种押韵方式更具创新；前种韵式体现的是共律诗特征，那么此种韵式体现的是自律诗特征。如徐志摩《三月十二日深夜大沽口外》首节如下：

> 今夜困守在大沽口外：
> 绝海里的俘虏，
> 对着忧愁申诉；
> 桅上的孤灯在风前摇摆：
> 天昏昏有层云裹，
> 那掣电是探海火。

这节落中包括两个行组，即前三行和后三行，但每个三行组内的后两行是结合得更为紧密的行组，它们共同与前行组合成组。与此诗行结构相应，诗韵则是每个三行组内的后两行押韵，两个三行组的后两行又前后押韵，两个三行组的前一行又遥相押韵呼应。诗韵组织把各个诗行和行组组合成一个整体，呈现着有序的节奏运动流程。这应该还算是较为简单的行组复合结构，有些行组复合结构则更加复杂多变，但不管如何复杂，诗人都能借助于韵的组织作用，建构起一个有序的节落节奏运动流程。

第三类是在切割复杂散句后重构音律秩序。新诗创作多采散文语言，当散句进入诗中时，诗人就对它进行音律化处理。首先是切割分行，其次则重新列行，前者是把严密结构的散句切割成语言片段，后者是把语言片段排列成诗语，把日常散句转换成音律诗语，获得了一个相对独立的节奏段落。如闻一多《游戏之祸》的一个节落："我酌上蜜酒，烧起沉檀，／游戏着膜拜你：／沉檀烧地大狂了，／我忙着拿酒来浇他；／谁知越浇越烈，／竟惹了焚身之祸呢？"这是个散句结构，其中有因果复句，也有转折复句，韵脚散落行间。这类诗节段落普遍存在于各类新诗中，自由体新诗更加倾向于复杂用韵。如郭沫若的《笔立山头展望》：

大都会的脉搏！

生的鼓动哟！

打着在，吹着在，叫着在，…

喷着在，飞着在，跳着在，…

四面的天郊烟幕朦胧了！

我的心脏呀快要跳出口来了！

哦哦，山岳的波涛，瓦屋的波涛，

涌着在，涌着在，涌着在，涌着在呀！

这里的押韵特别复杂。"朦胧了"与"鼓动了"相押，它们作为脚韵，又同首韵和中韵"脏"和四个"涌"音相押；在脚韵位置的"叫着在""跳着在""涌着在"又相押，而它们又同中韵的"打着在""吹着在""喷着在""飞着在""涌着在"相押。这种独特的押韵，造成了诗的内在律动强烈外化，使得诗充满着激动人心的律动感。如郭小川《万里长江横渡》：

看前方：／大水汹汹／巨浪滔滔／风声簌簌，／隐隐的沉雷／震动着／苍茫的峡谷，／炽烈的斗争／还远远／没有结束；

这段诗行长短排列，韵式相对自由，"簌"在四行后，"谷"在三行后，"束"在三行后，尽管显得较为自由，但基本都在句逗末尾，体现了自由诗的音韵美。此类诗韵建构节落的方式之二，是不求节落内部叶韵，而是以节落末尾的诗韵来同另一节落叶韵。如郭小川积极探索韵脚落在句顿，逗顿位置放宽的叶韵方式，当他写作楼梯式自由诗时，就把复杂长句切割后通过楼梯式列行，不管楼梯有多少层级，诗韵总是放在楼梯的最后。这个楼梯节落末的诗韵与下个楼梯节落末的诗韵相叶，诗韵发挥着勾连楼梯节落的重要作用。这是一种自觉的创作探索。

从汉诗的韵传统到新诗的用韵

一

　　普遍用韵，是传统汉诗的文体特征，也是传统汉诗的发展经验。王力认为，"从汉代到五四运动以前，中国的诗没有无韵的"①。"密韵是《诗经》用韵的最大特点。句句用韵、交韵、抱韵，都是密韵。"② 后来的楚辞更是有韵的，基本形式是隔句押韵。接着的古体诗虽然句式变化，有五七言杂言乃至错综杂言种种，但同样讲究用韵。王力认为古诗大多使用本韵，也有通韵（包括偶然出韵、主从通韵、等立通韵等）和转韵等，韵是其基本格律规范。③ 到近体律诗或绝句等，用韵更是达到精密化和程式化程度。五七言近体固定形式是隔行韵，或首行入韵的"AA#A#A#A"，或首行不入韵的"#A#A#A#A"；韵脚必须平声。再后来的词曲，格律形式有所放宽，写来相对自由，但用韵却仍是基本的形式特征。涂宗涛把词的韵式归纳为：一韵到底、一首多韵、以一韵为主、叠韵、同部平仄韵通押、句中韵、四声通协、平仄韵互改、限用入声韵、押韵变格。曲的用韵更是多变，坚持"韵共守自然之音，字能通天下之语"的原则，即根据当时通行汉语之自然音韵押韵，非同诗词之谨守诗韵、词韵，但其讲究用韵仍是文体重要特征。朱光潜相信诗歌起源时留下两个遗传基因，即伴乐伴舞和集体活动，总会在后世诗歌得以显现，"这两个特征注定了诗要有通套的形式"。

　　这就是我国传统汉诗用韵"根深蒂固"的基本面貌，它是与其他语言的诗

---

①　王力. 中国格律诗的传统和现代格律诗的问题［J］. 文学评论，1959（3）.

②　王力. 诗经韵读［M］. 上海：上海古籍出版社，1980：76.

③　王力. 古体诗律学［M］. 北京：中国人民大学出版社，2004.

歌传统有别的。陈本益认为，"与西方某些民族语言的诗歌比较，汉语诗歌尤其是汉语古代诗歌的韵显得特别重要。""西方诗歌并不是自来有韵的。古希腊语诗歌和古罗马拉丁语诗歌就不押韵。古英语诗歌只押头韵；后来英语诗歌也押脚韵，那也主要是抒情诗，叙事诗、哲理诗等大多不押韵。印度古代梵文诗歌也无脚韵。"① 朱光潜也说到，日本诗到现在还无所谓韵。古希腊诗全不用韵。拉丁诗初亦无韵，后期才有类似收声，大多用在颂神诗和民间歌谣里。古英文只用双声为"首韵"而不押韵。据现有证据看，诗韵传到欧洲最早也在耶稣纪元以后。在这种比较中，朱光潜提出，要破解汉诗有韵传统之谜，需要从汉语本身特征去寻找。这是科学的思维方法。因为汉诗的韵律，只是汉诗语言的韵律，它是生长在汉语语音特征之上的。

朱光潜从汉诗个性出发，考察了汉语诗与英法诗的语言差异，论证了"韵在中文诗里何以特别重要"的问题。朱光潜在《诗论》中说，"以中文和英法文相较，它的音轻重不甚分明，颇类似法文而不类似英文。"

> 中文诗的平仄相间不是很干脆地等于长短、轻重或高低相间，一句诗全平全仄，仍可以有节奏，所以节奏在平仄相间上所见出的非常轻微。节奏既不易在四声上见出，即须在其他元素上见出。上章所说的"顿"是一种，韵也是一种。韵是去而复返、奇偶相错、前后呼应的。韵在一篇声音平直的文章里生出节奏，又如京戏、鼓书的鼓板在固定的时间段落中敲打，不但点明板眼，还可以加强唱歌的节奏。中国诗的节奏有赖于韵，与法文诗的节奏有赖于韵，理由是相同的：轻重不分明，音节易涣散，必须借韵的回声来点明、呼应和贯串。②

朱光潜从汉语语音特点分析入手，揭示了汉诗赖于诗韵的两个理由。一是汉语是单体独音的文字，每个音都有独立的价值，且从四声上说，汉语的读音轻重、长短和高低并不分明，这就要依靠"顿"或"韵"在平直的声音中生出和加强节奏；二是汉语是音节文字，音和字和义具有对应性，尤其在古代汉语中，单音节词占据多数，字词之间的黏合性较差，因此需要通过诗韵来"把涣散的声音联络贯串起来，成为一个完整的曲调"。这就是说，汉诗由于自身的语

---

① 陈本益. 汉语诗歌的节奏 [M]. 重庆：重庆大学出版社，2013：244.
② 朱光潜. 诗论 [M]. 北京：生活·读书·新知三联书店，1984：193.

言特征，需要韵来加强节奏，来贯串音节，这其实即诗歌发生期诗韵的两大功用，一是节奏段落划分（停顿）的功用和节奏段落贯通（呼应）的功用。由此可见，汉诗音律的形成，是离不开诗韵的，对于没有轻重音、长短音配合的汉诗来说，形成音律需要韵的帮助。同时，诗韵对于汉诗节奏的意义，朱光潜做了如下分析：西诗的单位是行，行只是音的阶段而非义的阶段，所以诵读西诗时，到每行末音常无停顿的必要，因此不必靠韵来帮助和谐；"中文诗则不然。它常以四言五言七言成句，每句相当于西文诗的一行而却有一个完足的意义。句是音的阶段，也是义的阶段；每句最末一字是义的停止点也是音的停止点，所以诵读中文诗时到每句最末一字需略加停顿，甚至于略加延长，每句最末一字都需停顿延长，所以它是全诗音乐最着重的地方。如果在这一字上面不用韵，则到着重的一个音上，时而用平声，时而用仄声，时而用开口音，时而用合口音，全诗节奏就不免因而乱杂无章了。"①

其实，有韵成为汉诗传统还有一个重要理由，是汉语之语音具有独特的押韵优势。关于汉语语音的主要特征，黄伯荣、廖序东主编的《现代汉语》概括了四点：（1）没有复辅音，无论在音节的开头或末尾，都没有两三个辅音联结起来的现象，因此，音节结构形式比较整齐，音节界限比较分明；（2）元音占据优势，由复元音构成的音节很多，乐音成分比例特大；（3）元音收尾占据多数，辅音在音节的开头，除了–n和–ng两个以外，不能出现在音节末尾；（4）每个音节都有声调。② 这些语音特征造成汉诗押韵优势：一是汉语是音节文字，其音节由辅音和元音拼合而成，辅音在前，元音在后，整齐一律，押韵只求元音相同，所以十分容易。有些音节以辅音结尾，但那些辅音也是响亮的鼻音；汉语不像西方语言那样辅音较多，且有些词语纯由辅音组成，押韵相对显得困难。二是元音收尾占据优势，这就同汉诗押韵往往在行末或句末的节奏点和意义顿相应，它不仅为诗人在行末或句末押韵提供方便，且使得押韵与节奏点与意义点产生了互动作用；相较而论，英诗的韵一般押在行尾音步内的重音上，且行尾押韵可能不是一个音节，其音节轻重长短各不相同，所以诗韵效果并不明显。三是汉语同音字多，元音占据绝对优势，具有韵资源富集的特点，这就为汉诗选韵提供了极大的方便；相对而言，西诗的语言就不具备这样的语音特

---

① 朱光潜. 替诗的音律辩护［M］//诗论. 北京：生活·读书·新知三联书店，1984：246－247.

② 黄伯荣，廖序东，编. 现代汉语：上册［M］. 兰州：甘肃人民出版社，1983：6－8.

征，没有如汉诗那样诸多的用韵便利。四是汉语尤其是古代汉语的语法较为灵活，内部成分结合并不固化，词序安排较为自由，词语和词组的黏合较为疏松，有些词语可以颠倒或分合，这也为汉诗在创作中调整或选择词语提供了方便；相对而言，西语的词语往往是多音节的，词组和词句的结构紧密，伸缩空间相对较小。汉语相较西语的种种优势，都是汉诗普遍用韵的重要条件。

汉诗的用韵，在历史演进中成为一种文化符号深深地植根于民族文化之中，成为民族的审美趣味，具体说就是那种传统的"文"的古典趣味和文化心理。闻一多、朱光潜把诗韵视为一种"种族记忆"，认为它们世代相袭，具有基因性质。学者采用多种现代技术手段，探索传诵诗歌的文化行为。他们发现了中国人诗歌阅读中的押韵预期：押韵规则在早期时间窗口被快速激活，影响诗歌的第一遍阅读过程；违反押韵规则，被试阅读关键字的首次注视时间和凝视时间显著增加。"对于音韵的特殊偏好，促使人们在阅读古代诗歌时快速激活押韵规则，期待声律和谐的韵律模式。这种押韵预期在早期阶段调控诗歌韵律生成、诱发出特定的神经电生理指标和早期眼动模式。"① 中华民族在发展过程中孕育的优秀传统文化，被中国人代代传承下来，就如生物学中的基因沉淀一样，汉诗有韵就是代代相传的文化基因。

二

汉语诗歌数千年的诗韵传统昭示：汉诗需要诗韵，诗韵是汉诗文体的符号特征，它已经积淀成为民族的文化基因。汉语新诗百年的诗韵探索昭示：新诗大多有韵，但其更多地表现为诗韵探索，重在解决新诗如何用韵的问题。以上两个"昭示"，提出了汉语新诗的诗韵建设课题，即如何面向历史继承用韵传统，如何面向现实探索诗韵革新。这一课题提出有两个重要根由：第一，现代诗律观念的变迁。汉诗韵传统代代传承，形成国人集体无意识的文化行为模式和文化基因传承现象，必然要求新诗继承用韵的历史传统。而现代人尊尚自由的追求，希冀突破传统规则格律，必然又要求新诗革新用韵思维，推动新诗韵的革新创造。第二，现代诗歌语言的变迁。新诗与旧诗的根本差异是其使用的语言发生了变化。"正是这个表面上被我们所'使用'的现代汉语，在最深层的

---

① 王广禄. 从音韵角度探究文化基因［N］. 中国社会科学报，2017 – 06 – 30.

意义上规定了我们的行为，左右了我们的历史，限制了我们的书写和言说。"①诗语的变化使得我们无法简单地照搬诗韵传统，而是需要诗韵开新创造。这就形成了新诗韵继承与革新的历史课题。

如果说汉语古诗诗韵问题的答案，深埋在古代汉语的语言特征中的话，那么，汉语新诗用韵问题的答案，同样需要回到现代汉语的特征中去寻找。新诗区别于旧诗的根本特征就是新诗采用了现代汉语。学者这样概括现代汉语的历史选择：

> 五四时期的白话运动实际上就是传统白话的改造运动，现代白话文实际上就是在传统的白话文基础上吸收了西方语言系统的语法、词汇特别是思想词汇，继承了一定的传统思想而形成的，它本质是一种新的语言系统，是一种不同于古代汉语又不同于西方语言的第三种语言系统，从成分上分析，它在工具的层面上是传统的成分多，在思想的层面上则是西方的成分多。②

古代汉语元音优势明显，单音节词为主，词序变动灵活，语法结构疏松。相比而言，现代汉语最为明显的变迁是双音节化和句法严密化。文言的语言特质，使之成为天然的诗性语言。杨振声认为，文言多单音字，易比字对声，给语言本身造就韵味十足的美感③；现代汉语则是散文式语言，其发生是为了使国人"可以发表更明白的意思""可以明白更精确的意义"。要求"明白"是着眼于以文言为代表的旧语言文字古奥难懂，而要求"精确"则着眼于以文言为代表的旧语言文字模糊含混。20世纪初的语言变革是以口语化、精确化、界定性为目标的，文学语言的实用功能得以强调，但传统文学语言所具有的模糊性、多义性、喻意象征性、声韵特性等极富艺术表现力的语言功能有所弱化。④ 这就是历史发展的诡秘之处。

从古代汉语到现代汉语的变迁，新诗音律建构面临着重大挑战。有学者认

---

① 李锐. 我对现代汉语的理解 [J]. 当代作家评论，1998（1）.
② 高玉. 现代汉语与中国现代文学 [M]. 北京：中国社会科学出版社，2003：100.
③ 杨振声. 中国语言与中国戏剧 [M] //余上沅，编. 国剧运动. 上海：新月书店，1927：110.
④ 朱晓进，李玮. 语言变革对中国现代文学形式发展的深度影响 [J]. 中国社会科学，2015（1）.

为，"以音义结合的语词和句子为单位的现代汉语，趋于繁复的多音节词增加和长句出现对新诗的行句、结构提出了新的挑战，使得格律所要求的匀称感在很多新诗里不易实现；而且，现代汉语句法的散漫性也在一定程度上导致了严格音韵意味的流失。"① 我们承认新诗建构音律的困难，但由此认为新诗无法建构音律的观点却是错误的。因为第一，现代汉语仍是诗性语言。现代汉语语音具有特强的天然音乐性；现代汉语双音节词占了多数，为建构新的节奏单元提供条件；每字朗读占时大体相等，利用音顿停歇仍可构成节奏；新诗化句为行，能够解构散文语言的复杂性等。第二，现代汉语建构新律是责任。新诗打破旧律后就把建构新律放在自己肩上，百年新诗始终在推动语言"诗化"，在诗功能化中创造"新诗语"。

在新诗律的艰苦而持续的探索中，诗韵面临三项历史性任务。首先，新诗需要克服自身用韵的困难。双音节、多音节和凝固词组的大量使用，使得新诗行末用韵变得困难；散句分行排列，使得诗韵有序排列难以实现；结构紧密衍化出行句复杂关系，使得前后协韵变得困难；语法成分增加和诗行长度增加，使得诗韵的韵律效果弱化。早在新诗运动初期，朱自清就说过，"新诗的不能吟诵，就表面看，起初似乎因为行不整齐，后来诗行整齐了，又太长"，而"太长"会直接影响韵脚的效果。② 新诗用韵要比旧诗用韵困难，它需要新诗人在征服困难中完善诗美。其次，新诗韵需要弥补节奏弱化的缺陷。朱光潜认为汉语古诗有赖于韵，是因为"轻重不分明，音节易散漫，必须借韵的回声来点明、呼应和贯串"；这一理由在新诗中依然存在。同时，由于新诗同古诗的"文字型"诗语不同，走的是一条"语言型"诗语之路，把分途发展的言、文统一到"言"上，采用了接近口语的散文式语言，诗语音顿型号多种杂用变化，从而弱化了节拍节奏，因此需要诗韵予以弥补，借助诗韵呈现诗的韵律美感。最后，新诗韵需要强化音质律功能。现代诗要求诗人专心致志地沉浸在字母、音节和字的独立音质的微妙作用里，学会把声音各种因素加以配合，构成巧妙的音乐结构，以便适应内心的情感律动。毫无疑问，新诗韵面临的任务是极其艰巨的，它证明在汉语新诗中，诗韵具有特别重要的价值。承担这些任务，就需要加强新诗韵建设，这种建设应该在两方面展开，一是分韵，即需要有适合新诗韵的

---

① 张桃洲. 从外部音响到内在节奏［M］//现代汉语的诗性空间. 北京：北京大学出版社，2005：41－42.

② 朱自清. 论中国诗的出路［M］//朱自清全集：第 4 卷. 南京：江苏教育出版社，1996：291.

韵书，为新诗押韵提供方便；二是用韵，即需要在韵传统基础上创新，使得新诗韵能够更好地适应现实需要。

汉语新诗用韵方式的继承和革新，需要切实解决的问题是：在适应性改造中继承传统用韵方式；在借鉴性革新中用活外来用韵方式；在现代性追求中拓展新诗用韵方式。

三

中国旧体诗词用韵传统，一是基本是隔行押韵；二是一韵到底的密韵。这是同汉语的音顿节奏和诗行结构密切相关的。从音顿节奏同诗韵关系说，就是汉诗的奇偶行构成行组，以分号或句号区分。行组最为重要的节奏点是在偶行的末尾，在此节奏点上大顿与诗韵结合能够形成节奏段落。从诗行结构同诗韵关系说，隔行韵是一、三之类奇行（逗行）不叶韵，作翘韵，而二、四之类偶行（句行）叶韵，从而形成"翘""韵"相间交替的规律，这种韵式适用于传统的两行一句的诗节，在隔行韵式中有时首行入韵，作用是尽早入韵以强化韵味。一韵到底的韵式"韵音单一，韵脚密集，韵性强、韵势大、韵味足，浩浩荡荡，一泻千里"①。朱光潜通过比较揭示了汉诗传统用韵的必然性。他认为，西诗的单位是行，每章分若干行，每行不必为一句，一句诗可以占一行，也可连占数行。行只是音的阶段而不是义的阶段，诵读西诗时，到每行最末一音常无停顿的必要，所以人们不必特别看重它。汉诗不同，每句相当于西诗的一行却有完足的意义，行（句）是音的阶段，也是义的阶段；每句（行）末字是义的停止点也是音的停止点，所以诵读汉诗时到每句末字都需略加停顿，它是全诗音乐最着重的地方。若在末字上面不用韵，或时而用平声，时而用仄声，时而用开口音，时而用闭口音，全诗节奏就不免杂乱无章。汉诗大半在双句（行）用韵而单句（行）不用韵，这有两个理由，一方面是要寓变化于整齐，一方面要把注意力放松放紧，以收到一轻一重的效果。"中文诗的轻重节奏是在单句不押韵，双句押韵上见出。"② 这是传统汉诗隔行押韵和一韵到底的奥秘所在，

① 程文，程雪峰. 汉语新诗格律学［M］. 香港：雅园出版社，2000：334.
② 朱光潜. 替诗的音律辩护［M］//诗论. 北京：生活·读书·新知三联书店，1984：246－247.

"可以说，我国这种传统句法方式与传统韵律方式是自然天作之合，是最成功的韵律，这是现代格律诗应当继承与发扬的民族诗歌的传统气派传统作风。"①

我国新诗重视继承隔行韵（或首行入韵）和一韵到底密韵的传统。邹绛在新诗选本中选了四十首整齐诗行的新诗，使用隔行韵（或首行入韵）的诗竟达三十首，基本都采用一韵到底的押韵方式。"这种韵式，最适用于使用两行一句传统句法方式的诗节，而这种句法方式的诗节所形成的句逗状态同这种韵律式的韵脚出现恰好平行，'逗句逗句'与'＊韵＊韵'是同步尽兴的，韵脚都规律地落在偶行（句行）之尾。因此，韵显得十分自然和谐。"② 这种方式扩大，若是六行诗节或八行诗节或更多，用韵分别是＊韵＊韵＊韵（逗句逗句逗句）或＊韵＊韵＊韵＊韵（逗句逗句逗句逗句）或更多。在西诗中，很少有一节共用四个以上相同韵脚的，而我国新诗大多如此，是因为接受了旧诗一韵到底、隔行押韵的影响。

但是，传统韵式也有不足即单调。"这种韵式如果使用过多，因为叶同韵的韵脚紧紧相叶，接连不断，容易形成一种呆板、单调的感觉，这就变成缺点。因此，刘勰在《文心雕龙》中说过：'百句不迁，唇吻苦劳。'"③ 朱自清在肯定新诗继承旧诗音律传统的同时，也明确批评一韵到底和隔行密韵的单调。面对传统韵式的不足，新诗努力寻求新变。其新变是既接受西方诗韵传统影响，又从传统诗韵汲取营养。朱光潜说过，隔行用韵和一韵到底主要是影响深远的近体用韵特征，而我国历史上用韵方法还有其他传统，如江永在《古韵标准》里统计《诗经》用韵方法有数十种之多。在此基础上，传统型用韵方式呈现变异。

一是由音数整齐诗行发展为音数参差诗行。我国传统诗歌多采等度诗行，这种诗行使用隔行韵和一韵到底既是天作之合，又容易造成单调。新诗的诗行有了新的发展，有长行也有短行，有偶音行也有奇音行，有句行统一又有跨行或拼行，有行间诗行等长又有行间诗行参差的。这种种复杂使得传统韵式趋向复杂化。如纪宇《厦门新姿》的一个诗节：

> 什么叫妙笔生花、洛阳纸贵、余音绕梁？
> 我不曾领略，是《厦门风姿》引我联想；

---

① 程文，程雪峰. 汉语新诗格律学［M］. 香港：雅园出版社，2000：333.
② 程文，程雪峰. 汉语新诗格律学［M］. 香港：雅园出版社，2000：333.
③ 程文，程雪峰. 汉语新诗格律学［M］. 香港：雅园出版社，2000：334.

谁的诗一唱三叹、鬼泣神惊、荡气回肠？

我执著坚持，《厦门风姿》是锦绣华章。

这节诗还是采用了一韵到底，不是隔行韵而是行行韵，虽然如此，读这种韵式的诗却并不感到单调呆板，这是因为诗行较长（一三行十五音，二四行十四音），句式变化（长句和短句），建行复杂（化长为短和集短为长），行式变化（行间交叉对称和上下参差），在这变化下再用传统韵式就避免了韵式单调。新诗中更有些诗没有采用对称等长诗行的组织，而是采用跨行跨句、变化无序的诗行组织，在这种诗中采用传统韵式，不仅可以避免用韵单调，而且依靠规则用韵，有效组织各种不同型号的诗行，形成有机整体，产生旋律式的音律美。

二是由相隔一行押韵发展为相隔多行押韵。隔行押韵同传统诗歌奇偶诗行结构有关，它的表现形式就是出句和对句的交替出现。因为文言单音节词居多，所以创作并不感到困难，但新诗散句入诗，句式紧密复杂，行句关系复杂，再要保持奇偶诗行结构变得困难。句子结构和行句关系变化促使韵式变化。如郭小川新辞赋体往往一个长句押一韵。若一个长句成一行，就行行押韵，若一个长句分两行，就双行用韵，若一个长句分三行，一般第三行用韵。这种发展变化在自由体新诗中更是显得灵活多变。如郭小川的《万里长江横渡》一段：

看前方：

大水汹汹

巨浪滔滔

风声簌簌，

隐隐的沉雷

震动着

苍茫的峡谷，……

炽烈的斗争

还远远

没有结束；

这段诗行长短排列，没有一定规律，韵式也较自由，"簌"在四行后，"谷"在三行后，"束"也在三行后。尽管显得较为自由，但韵字仍然是在一个短句的结束，三个短句结尾用了三个诗韵。这类新诗隔行韵位置任意自由，有时连续两行押，有时隔行押，有时隔数行押。虽然有着种种变化，但往往在句逗处有韵，这又是在变化中坚持了传统韵式，即是在传统模式中的变化。因为从音律效果看，行组结束处相对于其他行末处来说显得更为重要。

三是由同韵持续到底发展为有规律地换韵。这里的"规律"是指换节换韵，即中国传统诗歌中的"一章一韵""一章易韵"。这在新诗创作中屡见不鲜，成为新诗的普遍用韵方式。如胡适的《关不住了》共两节，首节诗第一、三行交叉押韵（"起""死"），第二、四行间行押韵（"关了""难了"）；第二节仅取双行的隔行韵式（"吹来""飞来"）。在基本采用传统韵式的同时，换节换韵，第一、二节分别采用不同的韵辙音相押。这样的用韵虽然还是属于传统型的，即相同诗韵的隔行相押，但却呈现出变化而具有现代意味。

四是由四行节偶行节发展为多行节奇行节。旧诗隔行用韵是同偶行诗节联系着的，新诗开始突破四行、六行或八行节等偶行模式，采用了自由灵活的构节方式，与此同时，用韵既有隔行韵，又有三行韵，还有四行韵等，这样就为新诗运用传统韵式建行提供了极大方便，也避免了固定的隔行韵式和一韵到底带来的呆板。这种创作实例很多，不再列举。

这里需要补充说明的是：传统韵式不仅在新诗中得到继承和发展，在新民歌中也得到继承和发展。新诗传统型用韵既继承了我国近体韵式，也注意到古代词曲体韵式。

四

新诗的发生和发展接受了西方现代诗运动影响，接受了西诗的精神自由和形式解放，包括接受了西诗的诗韵方式。卞之琳强调向外借鉴用韵，一来是有心恢复一个久已弃绝的传统，二来是着意改变读者的听觉习惯，而其"有心"和"着意"的依据是"变化了的时代"。我国古诗用韵较为复杂，西诗更加复杂，为了更好地反映现代人的复杂人生和复杂心理，在继承传统的同时借鉴西诗用韵，应是在情理之中的事，体现了新诗的现代性追求。

我国诗人借鉴西诗用韵，主要是随韵、交韵、抱韵、交错韵和阴阳韵等，它相对于我国传统多用一韵到底和隔行韵来说，显得较为复杂。这些西式用韵在早期新诗中就大量存在，在当代新诗中更是被广泛使用。大致情形，一是在移植西方诗体中自觉地用西式诗韵。我国诗人大量引进西方诗体，包括西方的自由诗体和格律诗体，这种"引进"一方面是指对应翻译，另一方面是指模仿创作，在这过程中我国诗人就自觉地采用格律对等移植的方法引进西方韵式。二是在创作新诗时自觉或不自觉地采用西式诗韵。这种实例很多，如徐志摩《渺小》："我一人停步在路隅，／倾听空谷的松籁；／青天里有白云盘踞／转眼间忽又不在。"这里四行规范地使用了交韵，第一、三行的"隅"和"踞"相押，第二、四行的"籁"和"在"相押。采用西诗韵式的新诗数量很多，种种韵式已经融化在创作中，成为新诗用韵的常规方式。它增加了新诗音律方式的丰富性，契合了新诗行句结构的多样性，体现着声韵传情的微妙性。

对于西式用韵的借鉴，历来存在着分歧意见。如精于诗律研究的陈本益认为，"汉诗中之所以交韵尤其是抱韵很少，重要原因便是这两种韵式不大适合汉诗的奇偶行节奏形式。以交韵形式看，它是两韵交错呼应，本身是完善的。但在汉诗的奇偶行形式中，内在的意义节奏和外在的音顿节奏却并不是交错地呼应，而是平行地呼应的；在一对奇偶行中，奇行与偶行相呼应；在两对奇偶行中，上一对与下一对相呼应。交韵的交相呼应形式不大能配合它们。抱韵更不适合汉诗的奇偶行形式。就四行一节的诗看，抱韵是第一、四行末尾的韵相呼应，第二、三行末尾的韵相呼应，这就很不适应在一对奇偶行内和在两对奇偶行之间依次地平行呼应的节奏形式"①。这种分析是精细的，很好地说明了为何传统诗尤其是近体诗采用隔行韵和一韵到底的原因，也说明了《诗经》中曾经存在的交韵、抱韵在近体中隐退的原因。但他没有说明的是：当新诗采用现代散语写作、并已经冲破奇偶行节奏后，采用多样韵式包括交韵和抱韵就是必然选择了。陈本益的分析给予我们重要启示，即在新诗创作时，采用哪种韵式需要考虑行句结构，需要契合诗行节奏，需要结合情思表达。正是基于这种考虑，我国诗人在采用西式用韵时，基本的选择是：不是简单地照搬照抄移用，而是依据行句结构和传情需要进行创新，即对西式用韵进行有意识改造，使之契合汉语新诗创作需要，契合具体诗篇形式审美。这种创造性的改造，消化了外来音律形式，并使之融化到新诗创作实践之中，体现了用韵现代化的趋向。可以从四方面加以考察。

一是由韵式固定模式发展为韵式自由模式。如随韵基本模式是 AABB，王力在《汉语诗律学》中说到新诗随韵的诸多自由变式，如刘半农《教我如何不想她》每节用 AAXBB 式，刘大白《爱》用 AABB AACC AADD AAEE AAFF 式，

① 陈本益．中外诗歌与诗学论集［M］．重庆：西南师范大学出版社，2002：43．

闻一多《飞毛腿》用 AABBCCDDEEFFGG 式，闻一多《口供》用 AABBCCDD
式，于赓虞《影》用 AAA BBB 式。如抱韵基本的模式是 ABBA，但在新诗中却
出现了 ABA ABA 式（卞之琳《群鸦》）、ABBBA 式（闻一多《我要回来》）等。
徐志摩《沙扬娜拉》用了 AXYA 式，徐志摩《落叶小唱》用 AABA 式，艾青
《大堰河》用 ABBBBBBBBA 式。如交韵正则是双交即 ABAB，但新诗多用单交
式，即偶行押韵，有些诗虽用双交但有变化，如戴望舒《印象》首节用 AB-
ABXB 式。这种种变化，使得新诗在使用西诗韵式时更好地适应了具体诗篇的创
作需要。尤其是，西方十四行意体的前八行两个抱韵，英体前八行两个交韵，
其结构虽存在交错回环，但变其规则诗行文意是纵直流动的，从而确保全诗诗
意构成一个持续进展结构。我国诗人用抱韵或交韵，却多采回环或交错型结
构。如：

> 林莽之间蛛网缠住
> 七彩露滴的影踪
> 荆棘伸展枝叉追捕
> 翎毛扇动的清风　　　　　　　　　（陈明远《圆光》一节）

> 忘掉她，像一朵忘掉的花，
> 那朝霞在花瓣上，
> 那花心的一缕香——
> 忘掉她，像一朵忘掉的花，　　　　（闻一多《忘掉她》一节）

　　第一例中一三行对称（诗意和句式和音顿），二四行对称（诗意和句式和音
顿），押韵方式与此相应采用的是 ABAB 双交韵，诗行结构和诗意结构是对称交
错的；第二例中一四行反复，第二、三行对称（诗意和句式和音顿），相应采用
的是 ABBAB 抱韵，诗行结构和诗意结构是回环的。这符合汉语诗韵的特征即押
韵同诗行结构和诗意结构相应，并不符合西方诗韵式的固定模式结构。以上种
种变化实际上是对西方韵式的改造创新。
　　二是由单用西方韵式发展到杂用西方韵式。王力在《现代诗律学》中说到
西方韵式在新诗中综合运用的情形。把数种韵式综合起来运用，就打破了西诗
韵式格律束缚，呈现出新的韵律效果。这也是一种改造和创新，同样达到吸收
融化为我所用的要求，使得新诗韵式复杂多变。如交韵与随韵杂用的情形，朱

湘的《答梦》采用 ABCBDD ABCBDD ABABCC 的韵式。如交韵和抱韵杂用的情形，徐志摩的《呻吟语》采用 AABBA AACCA 的韵式。如交韵、随韵和抱韵三种韵式杂用，卞之琳的《白螺壳》韵脚为 ABABCCDEED。当然还有西式用韵与传统用韵杂用的情形。需要明确的是，杂用绝非杂乱，如艾青的《盼望》，前六行构成各三行的两个层次，诗行与诗韵对称相押，形成两个对称性的意义层次或音律层次，相应采用变格的三交韵；最后两行是随韵相押，类似一对偶韵，所用诗韵同第三、六行末的尾韵，呼应前面六行的诗意和诗行。诗通过这种韵式构建了一个有序进展的节奏流程。其诗韵虽然关涉四个韵辙，韵式既有三交韵，还有偶行韵，似乎有点复杂凌乱，但仔细读来却又井然有序，声韵与情调相得益彰，显示了复杂用韵的精妙之处。

三是由单独使用脚韵发展为多位诗韵并用。多位诗韵指诗中的首韵、中韵和脚韵并用。现代诗重视音质律的传情作用，由重感情的"心声"，发展到对声音的陶醉，重视声音要素配合构成音乐结构，以传达内心情感律动。要发挥诗韵的音质律作用，需要把脚韵同行首韵行内韵和双声叠韵等综合起来，营造独有的音乐结构来传达诗人心声。如胡适的几行诗：

> 今天风雨后，闷沉沉的天气，
> 我望遍天边，寻不见一点半点光明。
> 回转头来，
> 只有你在那杨柳高头依旧亮晶晶地。　　　　　（《一颗星儿》）

这里首行末尾脚韵"气"字后，隔开三十三个字才有脚韵"地"，构成变格抱韵结构。但仅有此相抱的脚韵，音韵效果显然不佳。于是，诗人在第四行中放入了一个"你"字行中韵，因为这诗是写陈独秀的，诗人称其为"大星"，所以这里的"你"需要通过重读来凸显，从而与前后脚韵呼应，强化了音韵效果。重要的是，这诗的音韵效果还同行内其他字音有关，如"遍""天""边""点""半""点"的叠韵字和"有""柳""头""旧"叠韵字错落在行内，其结果就是并不令人觉得"气""地"两韵隔开那么远，诗自有一种流贯的声韵美。卞之琳《灯虫》的韵式是 ABBA CDDC EFE FGG，在这复杂韵脚中还穿插着其他诗韵，如诗的一二行是：

> 多少艘朦胧一齐发，

　　白帆篷拜倒于风涛，

　　"在这两行中'艫''艢''发''帆''风''篷''拜''倒''涛'诸字，就足以使我们听到了海上的声音。"① 陈敬容《寄雾城友人》，首行内逗号前的"景"字，不仅与该行结尾的"生"字押韵，且与第四行中相似位置逗号前的"魂"押韵。两音又与第二行结尾的"人"联系，使得首节四行形成紧密结构体。第二节前两行的尾韵到第八行的行内才得到回应，而这行内韵在全诗末行内的"息"字上得以重复，换句话说，该诗后六行的最后一行回应了前八行的最后一行，从而把两个诗节组成一个有机结构体。可见多种韵式综合运用的精妙之处。

　　四是由使用同辙诗韵发展为采用近似辙韵。西方现代诗有一种新的倾向，就是在诗行末用近似的音韵代替完整的音韵，这在我国新诗中也常能见到。当诗的基本格律确定后，任何突破哪怕一个诗韵的变化，都有可能带来新的意义和新的格式。如屠岸在《莎士比亚十四行诗集》中声明，他有时把［ing］和［eng］押为［en］韵，这就是用的近似韵。屠岸还认为，吴钧陶的诗"叶韵字有时采用'邻韵'，比如：［ɛn］和［ang］用作一韵，［ai］和［ei］用作一韵，以及［o］和［U］用作一韵等，这是在均齐中略含参差，也是一种美"②。如卞之琳《记录》四行："现在又到了灯亮的时候，／我喝了一口街上的朦胧，／倒像清醒了，伸了一个懒腰，／挣脱了怪沉重的白日梦。"王力说这里用交韵ABAB，但第一行"候"和第三行"腰"非辙，"韵脚以元音或复合元音收尾，而这元音或复合元音只是相近似"③。布尔顿在《诗歌解剖》中告诫我们："现代诗歌的一大进步就是对形形色色的不完全韵的接受，从而使诗人们从用滥了的诗韵中解脱出来。"④ 布尔顿所说的近似韵包括辅韵、半韵或借韵等。这样的忠告值得我们珍视，它对于新诗用韵趋向现代化是富有建设性的。

　　现代型用韵往往同诗的行句分裂结合着的，有时为了押韵任意地拆散诗句甚至词语，应该说多数情况是有音律价值的，但也有效果不佳的。如朱湘的诗

　　① 李广田．论卞之琳的《十年诗草》［M］//诗的艺术．重庆：开明书店，1943.
　　② 屠岸．吴钧陶诗歌的视野——《幻影》序［M］//吴钧陶．幻影——吴钧陶诗和译诗集．石家庄：河北教育出版社，2001：5.
　　③ 王力．现代诗律学［M］．北京：中国人民大学出版社，2004：59.
　　④ ［英］布尔顿．诗歌解剖［M］．傅浩，译．北京：生活·读书·新知三联书店，1992：54.

中就有这样的实例：

> 尽管是法力无边，人类所崇
>
> 拜的神不曾有过一百只手——　　　　　　　　——英体第 8 首
>
> 是你的老家；你不要再吵
>
> 闹在耳边……它却仍旧哇哇　　　　　　　　——意体第 3 首

为了诗行押韵和字数统一，诗人把"崇拜""吵闹"拆开，把"拜""闹"字抛入下行。卞之琳说，"从语言问题说，一方面从西方来的影响使我们用白话写诗的语言多一点丰富性、伸缩性、精确性。西方句法有的倒和我国文言相合，试用到我们今天的白话里，有的还能融合，站住了，有的始终行不通。引进外来语、外来句法，不一定要损害我国语言的纯洁性。"① 我们认为以上分裂词语的跨行弊多利少。

新诗需要复杂用韵，复杂用韵必须贴切，杂用诗韵需要有序，这是汉语新诗的创作经验。在借鉴西诗韵式时需要加以融化，这样才能够创作出"中西艺术结婚后的宁馨儿"。

五

无韵诗是欧洲较为重要的诗体，一般是指不押韵的抑扬格五音步诗行为结构特征的诗体。我国诗人是在五四新诗运动中输入无韵诗体的，但其输入大多采用"误读"方式，即忽视了它同样讲究节奏音律格式的特征。我国的无韵诗包括三类：一是类似西方自由诗运动中出现的阅读诗，它是不讲诗律仅供阅读的现代诗；二是一些非诗化的白话诗，诗人在误读了西方自由诗后，写出的是缺乏诗质和诗律的非诗；三是类似西方多数自由诗那样，放弃了传统的音律束缚，采用变异的音律所写出的新体诗。这里论述的仅是第三类无韵诗。

一是依据放松传统音律来建构音律的无韵诗。王力认为，西方有的诗介于有韵与无韵之间，其行末或半句使用重音。我国也有无韵诗，讲究行末词语的

---

① 卞之琳．新诗和西方诗［M］//人与诗：忆旧说新．北京：生活·读书·新知三联书店，1984：187.

重复。如刘半农《落叶》：

> 秋风把树叶吹落在地上，
> 它只能悉悉索索，
> 发出悲凉的声响。
>
> 它不久就要化作泥；
> 但它留得一刻，
> 还要发一刻的声响，
> 虽然这样已是无可奈何的声响了，
> 虽然这已是它最后的声响了。

　　这诗的诗行长短不一，也没有传统意义上的诗韵，但第一节第三行的"声响"和第二节第三行的"声响"呼应相押，同第二节第四行和第五行结末的"声响了"相押呼应。这里行末的字或词相同就颇有代替韵脚的效果。如果句首用相同的字词，也颇有句首韵的效果。王力说这种诗不用韵，但通过句首相同的字词以为抵偿。如卞之琳《圆宝盒》第四、六、八行开头重复了"一颗"，第十、十二行开头重复了"别上"，就构成类似首韵的相押结构。其实，在无韵诗中存在着大量的重章叠句，这种重叠着的字词其实也是语音的重复，就在诗中发挥着音律效果。如陈东东的《远离》分成三节，全部采用相同结构的诗句，如首节：

> 远离橙子树林
> 远离月光下的橙子树林
> 远离有两个蓝鸟飞过的橙子树林
> 也远离被一片涛声拍打的橙子树林

　　"远离"和"橙子树林"同语反复，建构起的音质音调，在诗中就具有诗韵相叶作用。
　　二是依据词语同音堆集来建构音律的无韵诗。诗人有意识地在行间散落地放置一些相同"声"或"音"的字词，然后让这些字词相互呼应，形成一种独特的音律语言。这些诗句并不押脚韵，诗行也不均等，但内在的音律却是非常鲜明的。如卞之琳的《候鸟问题》中两行：

　　　　我的思绪像小蜘蛛骑的游丝

　　　　系我适足以飘我。我要走。

　　这诗不用传统押韵。但江弱水分析说："这么多 [si]、[zhi]、[shi] 与 [qi]、[ji]、[yi] 音分布在两行的各顿中，似断又续，若'系'还'飘'，效果非常精确。"①

　　三是依据对等复现原则来建构音律的无韵诗。王力说西方有些无韵诗不用脚韵，但却讲究音步节奏。我国也有不用脚韵，但讲究对等节奏音律，通过诗行对等来实现语言段落的复现节奏。如冀汸《我们，我们总要再见的》中的一个片段：

　　　　旗 / 不倒下，/ 篝火 / 不熄灭，/ 季候风 / 吹着，冰河 / 总要解冻，/ 东方的暗夜 / 总要流出曙光，/ 我们 / 总要再见的！/ 在这块呼吸过仇恨 / 也呼吸过爱情的 / 土地上 / 拥抱，/ 大声笑……

　　这里的"行顿"音节数差异，不像音顿那么固定，排列方式较为自由，其节奏效果显现是靠诗行对等原则排列。这个片段的前十二行构成六组结构，每组两行，上行是主语，下行是谓语，而且都是上行较短，下行较长，虽然对应的六组诗行长短存在差异，但其结构同一，具有对等排列的音律规则，在朗读中能够形成整齐中有变化、变化中寓整齐的节奏效果。后五行的前两行重复了"呼吸过……"这样的词组结构，让"在这块"与下行的"土地"互相呼应，形成顿挫的节奏效果，而末两行则又是一个对等结构，在朗读中通过停顿同样可以形成匀整重复的节奏。这种无韵诗虽然没有用韵，但同样有着韵律节奏的美，"似毫无规律可言，但是它尚非散文，因为它究竟还是分章分行，章与章，行与行，仍有起伏呼应"②。这种节奏就是西方自由诗所推崇的散体与韵体和谐而生的新韵律。

---

① 江弱水. 卞之琳诗艺研究 [M]. 合肥：安徽教育出版社，2000：163.
② 朱光潜. 诗论 [M]. 北京：生活·读书·新知三联书店，1984：113 – 114.

从音质律实践研究到理论研究

一

诗音律的本质即语言的声音律。我在研究新诗音律时，接受了黑格尔的音律理论，一般不用"格律"而采用"音律"的概念表述。黑格尔把诗的音律内涵做了如下解剖：

> 第一个体系是根据节奏的诗的音律，它要按音节的长短形成不同类型的见出回旋的组合和时间上的承续运动。
> 第二个体系由突出单纯的音质来形成的，它要考虑个别字母是母音（元音）还是子音（辅音），也要看整个音节和整个字的音质，有时有规则地重复同一个或类似的音质，也有时按照对称的轮换的原则。
> 第三，按节奏的进展和按音质的组合这两个体系也可以结合在一起。①

第一个体系可称为"节奏律"，第二个体系可称为"音质律"。黑格尔告诉我们，这两个体系和民族语言本身特征密切相关，也就是说，音律的具体样态取决于民族语言的语音特征。汉语诗歌的节奏律和音质律都同汉语的语音特征紧密联系着。

汉语诗歌的节奏律，类似法诗属于音顿而非音步节奏体系，确切地说就是音节—顿歇节奏。它由两个要素构成，一是音节（即音组），它是由若干个字（音）组合而成的声音时间段落；二是顿歇（即停顿），它是声音段落之间的断

---

① 黑格尔．美学：第三卷下册［M］．朱光潜，译．北京：商务印书馆，1991：71–72.

续间隔，这种顿歇是"在不断的时间之流中划出一个可以感觉到的段落"①。前一要素是构成汉诗节奏的基本条件，后一要素是构成汉诗节奏的本质特征。在音组及其后顿歇的反复中，我们把顿歇视为节奏点，因此把汉诗音节－顿歇节奏的基本节奏单位简称为"音顿"，这种音顿在朗读的时间语流中复现，从而形成了汉诗的节奏流程，现出语音"回旋的组合和时间上的承续运动"。

汉语诗歌的音质律，在诗中涉及的是两方面。一是个别字的母音（元音）或子音（辅音），如开口音、闭口音、爆破音等，如联想音、物声音、谐声音等，如柔和音、谐和音、噪音、乐音等。其个别字的母音或子音作为音质律发挥作用，依靠的是"声音的固有因素"。它往往能够使人"听到某一音便自然想到某一义，因而造成一种音义间不可分离的幻觉——虽然是幻觉，假如成为普遍现象，对于诗的理解和欣赏也是一种极重要的元素"②。二是特殊的元音或子音组合，或是有秩序重复同一个或类似的音质，或是按照对称轮换的原则呈现。这就形成了双声、叠韵、韵脚、词语重叠或同音堆集等的声音组合，它比单个音更加强烈地诉诸读者或听者，产生更加强烈的音质律效果。黑格尔认为音质律具有精神性特征。

我接触到音质律问题，首先是新诗音质律创作实例。在 20 世纪 80 年代，我在研究新诗格律诗时，发现有的诗中有着一些同声母或同韵母的字，在朗读中给人以特殊的音乐美感。出于兴趣，我搜集了大量的创作实例，参考沃尔夫冈·凯塞尔在《语言的艺术作品》中的命名，称之为"同音堆集"，它指的是诗歌语言中某种因以高于其他音的频率安排在诗行里，并在语流中起某种形式和意义作用的现象。如戴望舒《雨巷》首节六行诗中，"彷""徨""长""巷""望""香""样""娘"都是 [ang] 音，反复出现，回肠荡气，构成高音域的音乐基调；同时"低""自""寂""希""一""结"都有 [i]（[—i]）音，穿插再现，构成低音域的音乐变奏。法国象征诗人魏尔伦通过同样的母音和子音在诗行反复再现，来追求诗的音乐美。《雨巷》中 [ang] 和 [i] 音具有强烈对比且和谐统一，形成了一种令人难以捉摸的销魂荡魄的音乐美感，让人悟到诗人"心灵的微妙和感觉的微妙"。我把这一研究成果写成论文《新诗同音堆集说略》，发表在《江西师范大学学报》1988 年第 3 期。

诗韵是音质律的重要内容，我对卞之琳的反复用韵甚感兴趣，写过《论卞

---

① 黑格尔．美学：第三卷下册 [M]．朱光潜，译．北京：商务印书馆，1991：77.
② 梁宗岱．论诗 [M]//诗与真·诗与真二集．北京：外国文学出版社，1984：41.

之琳新格律诗韵的审美追求》。但总体认为韵的问题简单，不必投入精力研究。直到写作《中国新诗自由体音律论》时，读到了黑格尔关于现代诗凸显音质律的论述，才开始重视音质律研究。但开始的研究重在音质律的实践成果，罗列了复杂用韵、同音堆集、双声叠韵和词语重叠四种新诗音质律实践成果。在"复杂用韵"节中，把新诗实践归纳为"韵脚构成的复杂""韵脚位置的复杂""韵式使用的复杂""行韵组合的复杂"。在"同音堆集"节中，把新诗实践归纳为"增强音乐美感""描摹自然声响""直接抒发感情""间接暗示意义"。在"双声叠韵"节中，把新诗实践归纳为"双声叠韵""复辞谐音""平仄清浊"。概括了新诗双声叠韵的三种用法：双声叠韵单独使用、双声叠韵调谐音节和双声叠韵配合韵脚。在"词语重叠"节中，从所叠对象、所叠数量、所叠方式、所叠手法等对新诗重叠实践做了总结，并归纳了形成韵节奏、传达内在律、暗示情绪性和扩充信息量的作用。这是一次较为全面的新诗音质律实践的总结。

2016年，南京大学汉语史研究所的张玉来教授邀我参加江苏省语委委托的研究项目，撰写《汉语新诗韵论》。他撰写上篇，即"汉语新诗韵书"，构建一个新诗韵规范标准，我撰写下篇，即"汉语新诗韵用"，总结百年新诗韵式探索成果。进入项目研究以后，我发现无论是诗韵还是音质律问题，都是新诗音律极其重要而复杂的问题，而且前人的理论成果非常缺乏，这是应该得到深入研究的课题。因此，我的下篇撰写了十二个专题，包含"汉语诗韵传统继承""汉语诗韵新旧转换""新诗音韵功能探索""新诗音律新变""新诗韵论基本问题""新诗用韵基本类型""新诗人的调质实践""新诗韵与节奏运动"，并具体讨论了郭小川、卞之琳、汉语十四行诗和当代中华诗词声韵的用韵经验。在此过程中，我较为深入地研究了新诗音质律的问题，写出了"语音调质"一节，对新诗音质律进行了初步的理论研究。

我在"语音调质"中，根据语言学理论明确：语音本质上是社会现象，但是它的形成具有生理基础和物理属性。其生理基础就是人的发音器官及其运动，物理属性就是每个声音都有一定的音高、音强、音长和音质。由于发音部位或发音方式不同，发出的语音就会有不同的音质。音质的这个特征，既可以表现在声音中形成独特的"音调"，又可以在特定文化语境中形成独特的"情调"。在此基础上，我总结了新诗的音质律两个特征：一是诉诸感觉的，二是表现含混的，并对新诗音质律特征做了初步归纳。

写完《汉语新诗韵论》后，总感到言犹未尽，于是继续音质律的理论研究，写成了《音质律：新诗音律研究的重要课题》，发表在《常熟理工学院学报》

2020 年第 1 期，呈现了我对新诗音质律问题的理论研究成果。

二

　　《音质律：新诗音律研究的重要课题》包括三部分："现代诗音律的新变""音质律的基本特征""音质律的呈现方式"。

　　在"现代诗音律的新变"，突出了新诗音质律问题的重要。我借助黑格尔的理论，叙述了西方现代诗运动中音律新变趋向：意义节奏变得更加突出；音质音律作用更加凸显。黑格尔认为现代诗表现为精神凝聚于它本身，从声音里寻找最适合表达主体内心生活的语言材料，把读者带入诗人内心世界，这使得音质音律在现代诗中凸显出来。黑格尔甚至认为它"把过去依音律调节的固定时间尺度的节奏推到了无足轻重的地位"①。同时，黑格尔提出音质音律在现代诗中凸显的另一原因，即当节奏音律部分失效以后，就需要音质音律前来助势弥补。黑格尔认为，"近代语言既已发展到使精神意义上升到统治感性材料（自然的音节长短）的地位，决定字的音节价值的就不再是感性的或自然的长短，而是文字所标志的意义了。精神方面的情感自由不容许语言的时间尺度独立地以它的客观自然状态而发生作用"②。这就是现代诗突显音质律的现实背景和根本动因。

　　我接着叙述了我国新诗人领悟现代诗律新变的情形。新诗发生后不久，刘延陵在《诗》杂志发表了两篇长文，即《美国的新诗运动》（第一卷第二号）和《法国诗之象征主义与自由诗》（第一卷第四号）。刘延陵认为惠特曼是美国新诗始祖，也是世界新诗之开创之人，"因为他首先打破诗之形式上与音韵上的一切格律而以单纯的白话作诗，所以他是诗体的解放者，为'新诗'的形式之开创之人。"③ 近代美国的自由诗运动，尊尚思想自由和形式自由，其结果就强化了思想节奏而弱化了语言节奏。近代法国象征派始祖是波特莱尔，他认为"近代人的生活是非常复杂的生活，心与物之间有许多神异的交互影响，所以单单刻画外物而忘记内心绝不足以表现近代人的生活，而且客观界虽然美丽而繁

---

① 黑格尔. 美学：第三卷下册［M］. 朱光潜，译. 北京：商务印书馆，1991：81.
② 黑格尔. 美学：第三卷下册［M］. 朱光潜，译. 北京：商务印书馆，1991：93.
③ 刘延陵. 论美国的新诗运动［J］. 诗，1922，1（2）.

复，主观界则尤其神秘而三富，所以'艺术家如想挖取美妙的瑜瑾，则人之魂灵与精神就是一个掘不尽的宝藏'"。① 基于这种诗学观念，象征诗人一方面打破旧形式束缚，写作自由体诗，另一方面着重表现自我，以象征表现内心情调。在诸种象征物中，他们特别重视"音"的象征，提倡以音来暗示情调。由美国新诗运动和法国象征诗派开启了现代诗音律建设的新路，共同体现着弱化传统节奏律而凸显音质律的现代趋向。刘延陵明确地认为，中国新诗的发生，接受了西方现代诗运动影响。刘延陵介绍西方现代诗运动，完全着眼于我国新诗运动，是为汉语新诗新变包括音律新变张目。

　　然后，我考察了我国诗人探索音质律的情形。在我国新诗发生时，胡适提出"自然音节"说。其内涵是："节"就是诗句里面的顿挫段落。旧体的五七言诗的两个字为一"节"，新体诗句子的长度是无定的；就是句里的节奏，也是依着意义的自然区分与文法的自然区分来分析的；"音"就是诗的声调。新诗声调有两个要件：一是平仄要自然，二是用韵要自然。② 这里的"节""音"所指正是黑格尔概括的诗音律的两个体系，而"节"和"音"两者在新诗中呈现的新变趋向，同世界现代音律新变趋向一致。首先，我国诗人同样强调新诗的节奏更新。如朱光潜认为我国旧诗的顿完全是形式的音乐的，与意义常相乖讹，不是很能表现特殊意境，而补救这个缺陷的就是新诗用语言的自然节奏，使音的"顿"就是"义"的顿。如郭沫若提倡思想感情起伏变化的内在律动，胡适提倡依着意义和文法自然区分的自然音节，戴望舒强调诗的抑扬顿挫的情绪节奏，艾青强调因感情的起伏而变化的旋律节奏，这种种创作理论都表明自由诗的意义节奏在冲击着传统的固定节拍节奏。在现代诗突出意义节奏的情形下，诗律必然会发生重要变化，具体就表现为强化意义节奏本身停顿点的作用。其次，我国诗人同样强调新诗的音质音律。如胡适提出用韵自由，刘半农主张重造新韵，所以初期新诗普遍用韵，开创了百年新诗有韵传统。梁实秋等认为新诗"应当注意：（一）韵脚，（二）平仄，（三）双声叠韵，（四）行的长短（整齐的美、参差的美）"③。到了20世纪20年代中期后，具有现代倾向的诗人倡导纯诗，而纯诗是指"纯粹凭借那构成它形体的元素——音乐和色彩——产生一种符咒似的暗示力，以唤起我们感官与想象的感应，而超度我们的灵魂到

---

① 刘延陵. 法国诗之象征主义与自由诗［J］. 诗，1922，1（4）.

② 胡适. 谈新诗［J］. 星期评论（双十节纪念号），1919 - 10 - 10.

③ 梁实秋. 诗的音韵［J］. 文艺增刊（第二期），1922 - 12 - 22.

一种神游物表的光明极乐境域"①。穆木天提出用语音重叠来"表现月光的运动与心的交响乐",用字的音色传达"诗的内生命反射,一般人找不着不可知的远的世界,深的大的最高生命"②。王独清爱用叠字叠句,"很想学法国象征派诗人,把'色'(Couleur)与'音'(Musique)放在文字中,使语言完全受我们的操纵"③。戴望舒认为诗"是全官感或超官感的东西",主张通过语音传达"心灵的微妙和感觉的微妙"。朱光潜概括了诗韵多种功能、四声调质功能、双声叠韵功能、重章叠句意义、对称结构价值等。我国诗人强调音质律与节奏律结合。如朱光潜最先提出了"韵节奏"的理论。20世纪40年代九叶诗人认为,"新诗现代化的要求完全植基于现代人最大量意识状态的心理认识",提出了现代诗是"现实、象征、玄学的新的综合传统"的理论。可见,语音调质或采用音质律是我国新诗现代化的重要表征。

三

音质律把诗的"音调"和"情调"联系起来,虽然在传统诗歌中也有不少探索,但现代诗人更加自觉实践,并把它提升为诗之为现代诗的表征之一。我国初期象征诗人穆木天说:"诗的世界是潜在意识的世界。诗是要有大的暗示能。诗的世界固在平常的生活中,但在平常生活的深处。诗是要暗示出人的内生命的深秘。诗是要暗示的,诗最忌说明的。说明是散文世界里的东西。"④ 凸显音质律体现的正是这种新的诗美学观念。我对音质律的"音调"的感性形式特征和"情调"的音义调协特征做了系统分析。

第一,诉诸感官的音调特征。"感性形式是诗歌作品在纸页上的显现,但更重要的,是诗的音响。它可以是我们听到的别人朗诵的声音,也可以是我们自己默读时内心里的声音。"⑤ 诗的节奏律和音质律都具有感性特征,都诉诸读者听觉。但两者是存在差异的。节奏律呈现的是运动着的节奏,其声音不是语音的自身质素,而是语音被理性化或模式化的时间段落;音质律呈现的是调谐的

---

① 梁宗岱. 谈诗［M］//诗与真·诗与真二集. 北京:外国文学出版社,1984:95.

② 穆木天. 谭诗［J］. 创造月刊,1926,1(1).

③ 王独清. 再谭诗［J］. 创造月刊,1926,1(1).

④ 穆木天. 谭诗——寄沫若的一封信［J］. 创造月刊,1926,1(1).

⑤ ［英］布尔顿. 诗歌解剖［M］. 傅浩,译. 北京:生活·读书·新知三联书店,1992:8.

音质，其声音不是语音的时间段落，而是被调谐后仍保持鲜活感性特征的自身音质。前者具有抽象的特征，后者具有具体的特征。虽然前者也能引起它所常伴的情绪，"但是节奏是抽象的，不是具体的情境，所以不能产生具体的情绪，如日常生活中的愤怒、畏惧、妒忌、嫌恶等，只能引起各种模糊音乐的抽象轮廓"。节奏声音所唤起的情绪大半无对象，没有很明显固定的内容，它是形式化的情绪。① 黑格尔说，"诗要使外在媒介符合内在意义，最简便的办法就是运用不依存于音节意义的长音和短音及其配合。长短音的配合以顿之类的规则乃是由艺术制定的，在大体上固然也要符合每次所要表达内容的性质，但是在具体细节上诗律所要求的长音短音和加重音却不是单凭精神性的意义来决定的，而只是抽象地（若即若离地）隶属到精神意义下面的。"② 因此语言在感性方面需要采取一种新的处理方式，"使诗的音律更接近单纯的音乐，也更接近内心的声音，而且摆脱了语言的物质方面，即长音和短音的自然长短尺度"③。这种新的处理方式就是音质律。音质律因其诉诸人的是独具个性的音质，所以是具体的，能够产生具体的情绪。如初期诗人沈尹默诗《三弦》中有这样的诗句："旁边有一段低低土墙，挡住了个弹三弦的人，却不能隔断那三弦鼓荡的声浪。"这里的"旁边"是双声，"有一"是双声；段、低、低、的、土、挡、弹、的、断、荡、的，总共十一个字都是双声。这十一个字都是中古端组声（端透定）字，现代汉语分别是"d""t""l"音，发音和发音部位同他组声字不同，其独特音质的音组合堆集起来，就构成了不同于模式节奏的音调，在摹写声响中传达三弦弹奏声响，其中四个阳声字和七个阴声的双声参错夹用，更显出三弦的抑扬顿挫。它使读者在特定情境中听穿破衣裳的凄苦老人奏弄三弦诉说告白，领悟诗的特定情调。④ 尤其是，当新诗中节奏律的感性形式功能弱化后，黑格尔认为"为着迫使耳朵注意，可利用的材料（媒介）只有着意孤立某些语音而把它们复现定成一定格式的声音呼应了"。这种声音呼应就是音质律的"诗韵"。汉诗由于自身的语言和节奏特征，需要诗韵来助势，因为诗韵就是"着意孤立某些语音"的感性形式。其基本特征：第一，比起节奏的和婉，韵是一种粗重的声响，"不需要有听希腊诗的音律所必有的那种敏锐的有教养的耳朵就可以听出来"⑤；第

① 朱光潜. 诗论［M］. 北京：生活·读书·新知三联书店，1984：131.
② 黑格尔. 美学：第三卷下册［M］. 朱光潜，译. 北京：商务印书馆，1991：82.
③ 黑格尔. 美学：第三卷下册［M］. 朱光潜，译. 北京：商务印书馆，1991：83.
④ 胡适. 谈新诗［J］. 星期评论（纪念号），1919 – 10 – 10.
⑤ 黑格尔. 美学：第三卷下册［M］. 朱光潜，译. 北京：商务印书馆，1991：88.

二，韵是具有自身独立性的声响，能够突破组合模式的局限，即"韵固然也不是脱离字根音节和一般观念的精神意义而独立的，不过它究竟有助于使感性的音质起相对独立的作用"，韵所占确定位置的字音和其他字音可以加以区分；第三，韵的感性特征能把意味突出和联系起来。当特征鲜明的诗韵复现构成声音呼应（叶韵）格式后，就能"让心灵和耳朵注意到一些相同或相似的音质及其意味的往复回旋，主体从这种往复回旋中意识到他自己，意识到自己在进行既发出声音而同时又在倾听这种声音的活动，并且感到满足"①。韵的以上三方面感性形式功能，即朱光潜所说的"韵节奏"功能，也是汉诗节奏有赖于韵的理由。需要强调的是，在"韵节奏"中，诗韵不仅帮助新诗加强了节奏效果，而且继续保留自身的感性特征，在新诗中发挥着音调和情调的作用。朱光潜在《诗论》中要求我们分清"节奏"和"和谐"的区别，他说："比如磨坊的机轮声和铁匠的打锤声都有节奏而没有和谐，古寺的一声钟和深林的一阵风可以有和谐而不一定有节奏。节奏自然也是帮助和谐的，但和谐不仅限于节奏，它的要素是'调质'（tonequality）的悦耳性。这在单音和复音上都可以现出。节奏在声音上只是纵直的起伏关系，和谐则同时在几种乐音上可以现出，所以还含有横的关系。比如钢琴声与提琴声同奏，较与鼓声同奏更为和谐，虽然节奏可相同。"②虽然音质律在新诗中有节奏功能，但其基本特征还是调质功能。

第二，调协音义的情调特征。朱光潜告诉我们，音质律"调质"功能包括"字音本身的和谐以及音与义的调协"。闻一多在《评本学年〈周刊〉里的新诗》中，举出《忆旧游》中这样一节："笑语清歌依旧回到心头，／重温旧时游，只低头……踌，／低头踟蹰，究竟难以久留；／且留——且留——，让心头被——酸——冷浸透。"闻一多认为其音节美妙在于：（一）双声叠韵的关系：四行中叠尤韵十五次（旧、头、旧、游、头、踌、头、踌、究、久、留、留、留、头、透），叠青韵七次（清、心、温、竟、心、冷、浸），叠支韵七次（依、低、只、踟、时、低、踟），又、到、头、低、头、低、头、头、透，是八个双声字，重、时、只、踟、蹰、踟、蹰、酸，又是八个双声字，旧、旧、究、竟、久、浸，是六个双声字；（二）引起听官明了感觉的字法关系，四句中几乎都是低窄沉缓的声响，正好引起"低头踟蹰"的感觉。③正因为《忆旧游》中短短

---

①　黑格尔．美学：第三卷下册［M］．朱光潜，译．北京：商务印书馆，1991：89．

②　朱光潜．诗论［M］．北京：生活·读书·新知三联书店，1984：170．

③　闻一多．评本学年（周刊）里的新诗［J］．清华周刊：第7增刊，1921－06．

四行中，植入了众多引起感官独特感受的尤韵、支韵字以及低窄沉缓的双声字，才传达出低头踟蹰和离群索居的音调和情调。诗中的双声叠韵既有声音的价值，更有象征的价值。戴望舒《雨巷》通过同音堆集，形成了一种令人难以捉摸的销魂荡魄的音乐美感，让人悟到诗人"心灵的微妙和感觉的微妙"，准确地传达出了诗人那种彷徨、迷茫的思想情绪。

字音可以组成音调，音调可以暗示情调，这就是调质的结果。这种结果的深层依据植根于特定的语言文字，特定的文化语境。就汉字来说，音与义之间往往有着密切关系，大致有三种情形。一是汉语中存在固有的谐声字，如淅沥、呜咽、萧萧、江、河等。汉语的谐声字在世界上是最丰富的，它是六书中最重要最原始的一类，汉语谐声字多，音义调谐就容易。二是汉语中存在着调质的音义字。音质的独特性，使得某一字音与它意义本无直接关系，但在朗读中可以因调质暗示意义。就声纽说，发音部位与方法不同，则所产生影响随之而异；就韵纽说，开齐合撮以及长短的分别也各有特殊的象征性。如"委婉"与"直率""沉落"与"飞扬""舒徐"与"迅速"等，不但意义相反，即在声音上亦可约略见出差异。三是汉语惯用后形成的联属字。这类文字的"字音本身与意义原不相联属，不过因为习用久了，我们听到某一音便自然而然联想到某一义，因而造成一种音义间不可分离的幻觉——虽然是幻觉，假如成为普遍的现象，对诗的理解和欣赏也是一种极重要的元素"[1]。唐钺把汉字音义关系分为两种，一种称为"显态绘声"，即是"以字音描写外物的声音，字的音和物的声音或相同或极相似"，另一种称为"隐态绘声"，即"不是直接模仿事物原有的发声，乃是以字音句调间接暗示所叙写的事物的神气"[2]。柏拉图讨论过这种现象，当他把"mikros"（小）和"makros"（大）发音的区别同意义的区别联系起来后，"i"的意义是小，细微，"a"的意义是大，有力。总之，某些汉字的音义联属现象客观存在，它为音质调协音义提供了条件。

以上所论是音义联属的一方面，同时我们还需注意到另一方面，则要注意到这种联属的不确定性。首先，发音的象征和发音的音乐成分间的关系是不固定的。"我们自然必须明白，声音图画决不能准确地摹仿外界事物的声音。在一种不熟悉的语言中没有人听得出声音图画和理解它们。各种语言很明显地甚至没有努力去摹仿声音的相似性，因为它们完全没有充分利用它们发音的可能性，

---

① 梁宗岱. 论诗 ［M］//寻与真·诗与真二集. 北京：外国文学出版社，1984：41.

② 唐钺. 音韵之隐微的文学功用 ［M］//国故新探. 北京：商务印书馆，1926.

而只满足于提供一些暗示。"① 其次，音义联属关系往往具有个人性，如某些幻觉就存在于局部或个人的附会，梁宗岱说过："譬如一个人读惯了陶渊明的'悠然见南山'，'南'字和其余四字在他口头和心里都仿佛打成一片了，觉得假如换上'东''西'或'北'等字便不能适当地表达这句诗境，因为读起来不顺口的缘故。"② 再次，"在看起来似乎涉及象征化的地方，发音对于面对的、固定的客观事物也不是媒介物和指路碑。发音本身以决定的方式呼唤出每一样客观的东西并且创造出客观东西的灵魂情调，客观的东西对于这种情调的关系比对于明显的存在和现实的关系要密切得多"③。也就是说，诗人在使用音义关系时，常常是富有创造性的，若用惯常的思维理解也容易出错。

音质调谐音义关系以上两方面，前者使得暗示象征成为可能，后者使得暗示象征难以理解。这自然就造成了"暗示的复杂性"，即音质律所具有的飘忽性特征。

我们的结论是：音质诉诸感官的音调特征和调协音义的情调特征，都是在特定的文化语境中实现的。发音的象征和发音的音调之关系是微妙，因此音质调协具有含混性和朦胧性特征，无论是声音图画还是声音象征，只是通过音质调协提供某种暗示。音律在诗中的表现，从方式说，它是"比较不太显著的方式"，从状态说，它是"时而朦胧时而明确"，从指向说，它仅是显示"发展方向和性质"。其诉诸读者必然是：对于经过训练的读者来说，一般对他只发生一种几乎下意识的作用；读者会感到这种现象的影响，但不一定意识到这种影响的来源。但这正是现代诗人追求的审美效果，即穆木天描述过的审美感受："在人们神经上振动的可见而不可见、可感而不可感的旋律的波，浓雾中若听见若听不见的远远的声音，夕暮中若飘动若不动的淡淡的光线，若讲出若讲不出的情肠，才是诗的世界。"④ 梁宗岱明确地说：含混性是诗的理解和欣赏的重要元素，"因为诗的真诠只是借联想作用以唤起我们心境或意界上的感应罢了：牵涉的联想愈丰富，唤起的感应愈繁复，含义也愈深湛，而意味也愈隽永"⑤。因

① ［瑞士］沃尔夫冈·凯塞尔. 语言的艺术作品［M］. 陈铨，译. 上海：上海译文出版社，1984：122.
② 梁宗岱. 论诗［M］//诗与真·诗与真二集. 北京：外国文学出版社，1984：41.
③ ［瑞士］沃尔夫冈·凯塞尔. 语言的艺术作品［M］. 陈铨，译. 上海：上海译文出版社，1984：127.
④ 穆木天. 谭诗——寄郭沫若的一封信［J］. 创造月刊，1926，1（1）.
⑤ 梁宗岱. 论诗［M］//诗与真·诗与真二集. 北京：外国文学出版社，1984：41.

此，轻视音质律的含混特征而要求其清楚表达，完全违背了诗的审美追求。

四

音质律呈现的是语音的"感性因素"，也就是语音音质的特质，黑格尔把它称为"声音媒介"或"材料（媒介）"。我根据黑格尔关于音质律的具体解说，把音质律呈现概括为两方面：一是构成音质律的材料，二是建构音质律的方式，前者是感性物质基础，是"可利用的材料（媒介）"，后者是感性物质结构，"把它们复现定成一定格式的声音呼应"。

先说第一方面的内容。音质律的语言材料是语音的音质。汉语的语音音节是由声母和韵母拼合而成的，声母是辅音，韵母是元音，也有元音与结尾辅音组成的。那么，声母和韵母就是音质律的语言材料，同时，由声母和韵母组成的整个音节和字的音质，当然也是音质律的语言材料，同一发音部位或发音方法的子音（辅音）或元音（母音）或半谐音也是建构音质律的语音材料。汉语语音特征造成了汉诗采用音质律材料的优越性：一是汉语是音节文字，其音节由辅音和元音拼合而成，辅音在前，元音在后，整齐一律，有些音节以辅音结尾，但那些辅音也是响亮的鼻音，汉语不像西方语言那样辅音较多，而且有些词语纯由辅音组成；二是汉语同音字多，而且元音占据绝对优势，尤其是近代以来韵部归并后相对变少，从而造成了同韵字多，具有韵资源富集的特点，这为汉诗押韵和叠韵提供了方便，相对而言，西诗的语言就没有汉诗那样诸多的用韵便利；三是中国字里谐声字丰富，音义调协容易，方便诗人作诗，西方诗人往往苦心搜索，才能找得一个暗示意义的声音，西诗偶尔使用双声叠韵或是音义调协的字，即被视为难能可贵。

再说第二方面的内容。音质律呈现的必要条件是单纯音质的组合，即只有在组合结构中才会有音后音律效果。诗是由字词的语音组成，字词声音之间的整体关系，也就构成了诗的音调。建构音质律就是调谐诗语的音质，调谐后的音质建构音调，这种音调可以传达情调。黑格尔告诉我们，单个语音是无法构建音质律的，它需要通过"突出单纯的音质来形成"，达到音质"突出"的方法是"音的组合"形成音调，再由这种音调传达出情调。于赓虞对此有过精彩论述："所谓诗中的音韵，即文字徘徊往复之节律；文字徘徊往复之节律，即诗人情思之流的波浪；这波浪乃一种不能分析，难以捉摸的神魂。

诗人利用这种徘徊往复之节律，将其不能在歌中明显表示的幽情，隐示于含有幽深的情调；这种徘徊往复的和谐的音韵，即诗之乐。"① 这就给诗人创作提出了调协音质的任务。黑格尔说："语言的感性声响在配合结构方面本来没有拘束，因此诗人的任务就在于在这种无规律之中显出一种秩序，一种感性的界限，因而替他的构思及其结构和感性美界定出一种较固定的轮廓和声音的框架。"② 如果说节奏的组合秩序是模式化的，音质的组合秩序则是自由化的，它需要依靠诗人的技艺创造性地构建声音的轮廓或框架，在似乎无规律之中显出一种秩序。

那么，如何突出音质形成音调表达情调，将新情思与新声韵融为一体呢？黑格尔提出了音质语音组合成音调的方式是"有规则地重复""对称的轮换"，他说，"有时有规则地重复同一个或类似的音质""也有时按照对称的轮换的原则"。沃尔夫冈．凯塞尔则提出了"堆集"概念，他说："只有在一个发音通过堆集或特殊的位置变得明显的时候，它才能够产生出发音象征的效果，比声音图画还更强有力的是意义，意义指出象征的方向。"③ 施塔格尔提出了"重复"概念，他说："唯一能防止抒情式的诗作'流散'的是重复（Wiederhoiang）。"④ 我国诗人王独清提出的要求是"重叠"，包括叠字叠句，"这是一种表感情激动时心脏振动的艺术，并是一种刺激读者，使读者神经发生振动的艺术"⑤。以上概括即诗学理论上的"复现（或重复）"，它是音律运动的基本规律。《企鹅文学术语和文学理论词典》这样定义："重复可以以各种形式体现：如声音、某些特定的音节（Syllabkes）、词语、短语、诗节、格律模式、思想的观念、典故或暗指（Allusion）、诗形。因此，迭句（Refrain）、谐元音（Assonance）、尾韵、内韵、头韵（Alliteration）、拟声法（Onimatopeia）都是一些复现频率较高的重复形式。"这定义强调了诗的重复因素多样性，语言因素的重复构成了音律的表相形式。而其表相内涵又是由情感运动形式所决定，艺术形式与诗人感觉、理智和情感生活具有同构关系。这就关涉音义的调谐问题。音质调协包括：音与

---

① 于赓虞．诗之艺术［J］．华严，1929，1（1）．
② 黑格尔．美学：第三卷下册［M］．朱光潜，译．北京：商务印书馆，1991：71.
③ ［瑞士］沃尔夫冈·凯塞尔．语言的艺术作品［M］．陈铨，译．上海：上海译文出版社，1984：125.
④ ［瑞士］埃米尔·施塔格尔．诗学的基本概念［M］．胡其鼎，译．北京：中国社会科学出版社，1992：16.
⑤ 王独清．再谭诗［J］．创造月刊，1926，1（1）．

音的组合建构音调，音与义的调协形成暗示。朱光潜认为，"诗人用这些技巧，有时除了声音和谐之外便别无所求，有时不仅要声音和谐，还要它与意义调协，那是最高的理想。音律的研究就是对这最高理想的追求。"① 朱光潜要求我们注意音律的技巧，选择富于暗示性或象征性的语音调质，如形容马跑时宜多用铿锵急促的字音，形容水流，宜多用圆滑轻快的字音，表示哀感时宜多用阴暗低沉的字音，表示乐感时宜用响亮清脆的字音。梁宗岱则从契合论出发，更加强调音义调协时采用象征和拟象的手法。他说，法文诗中本来最忌 T 和 S、Z 等哑音连用，可瓦雷里在《海蘦》中创造了一个宇宙与心灵间一座金光万顷的静的寺院，"忽然来了一阵干脆的蝉声——这蝉声就用几个 T 凑合几个 E 响音形容出来。读者虽看不见'蝉'字，只要他稍能领略法文底的乐，便百不一误地听出这是蝉声来。这与实际上我们往往只闻蝉鸣而不见蝉身又多么吻合！"② 黑格尔描述了诗人采用音质律的情形："专心致志地沉浸在字母、音节和字的独立音质的微妙作用里；它发展到对声音的陶醉，学会把声音各种因素区分开来，加以各种形式的配合和交织，构成巧妙的音乐结构，以便适应内心的情感。"③ 首先是自我的"沉浸""陶醉"，接着是学会"区分""配合""交织"，然后是"构成巧妙的音乐结构"，最后就是表达"内心的情感"。这就是创作中音质律的呈现过程和审美效果。

总结新诗创作实践，我们认为汉诗音质组合方式主要有：呼应，主要是诗韵在行末的相押即呼应，也包括尾韵与中韵和头韵的横向呼应；堆集，主要是同声字或同韵字或谐音字的任意堆放；重叠，主要指前后或上下音质语音的重复叠合；反复，主要指通过对等方式连续或间隔地反复呈现。以上四种组合方式的核心是"复现"，通过复现突破单一字音的局限，形成"声音的图画"。在此基础上，我们概括汉语新诗音质呈现的主要方式：

（1）通过呼应方式建构的诗韵相押。诗韵是汉语音质律的最为重要内容，包括尾韵、头韵和中韵，除了完全按照韵撤押韵以外，新诗常常使用近似韵相押。

（2）通过堆集方式建构的同音堆集。这是指诗语中某种音以高于其他音的频率安排在诗行里，并在语流中起着某种形式和意义的现象。同声母或同韵母

---

① 朱光潜．诗论［M］．北京：生活·读书·新知三联书店，1984：171 – 172.
② 梁宗岱．论诗［M］//诗与真·诗与真二集．北京：外国文学出版社，1984：40 – 41.
③ 黑格尔．美学：第三卷下册［M］．朱光潜，译．北京：商务印书馆，1991：83.

的字都能构成同音堆集，同样发音部位（如鼻音、齿音等）或发音方式（如开齐合撮）的字也能构成同音堆集。

（3）通过重叠方式建构的双声叠韵。汉语中单音词多，所以双声字多，汉语多以母音收，所以同韵字多，这就为构成双声、叠韵提供了条件。双声叠韵是汉诗隐微的文学功能，具体指诗的修辞或表情功能，包括双声、叠韵、倒双声、半双声、音响、同调、和音等。

（4）通过对比方式建构的四声平仄。平仄是字音声调的区别，平仄四声的功能在诗中主要是调质而非节奏，它能产生和谐的音响，能使音义携手并行。

（5）通过反复方式建构的字词重叠。音质调协的语言要素包括"整个音节和整个字的音质"，还可以扩大到字词，通过对称轮换或重叠反复，同样可以形成声音的图案，因为这些音节或字词是语音质素和语音表意的结构单位，其重叠反复能在音调或音义层面上显示出独特的音律价值。字词重叠的基本功能就是音质律。

以上五种调质方式在新诗中普遍存在。

从新诗的音调到新诗的语调

一

色有色调，音有音调。一幅画用各种色相组成，色与色之间的整体关系，构成色彩的调子，称为色调。一首乐曲由各种声音组成，声音之间的整体关系，构成不同风格的音调。诗是由字词的语音组成，字词声音之间的整体关系，也构成了诗的音调。音质律调谐后可以建构音调，可以呈现情调。在对音质律研究的同时，我研究了新诗的语调。语调同音律有关，但涉及更多的语言因素。新诗受语言综合因素制约，呈现着复杂的语调样态，而这种语调由于各人朗读的不同处理方式，往往使人难以准确分析。因此，在新诗音律研究中，语调研究始终是薄弱环节，研究成果极其稀少。

我最初接触到新诗的语调问题，是在 20 世纪 80 年代研究新诗格律的时候。初期新诗人主张新诗冲破旧诗格律，用活的语言造成口语的天籁，让新诗"可以读"。胡适说自己的译诗《关不住了》是新诗成立的纪元，原因是这"诗的音节，不是五七言旧诗的音节，也不是词的音节，也不是曲的音节，乃是'白话诗'的音节"①。刘大白则以听觉为基础把汉诗分成三类：歌唱的诗篇，诗经、楚辞中的九歌、汉乐府和唐宋后的词曲属于这一类；吟诵的诗篇，即除九歌外的楚辞、汉后的五七言诗、辞赋之类；讲读的诗篇，指散文诗乃至小说和剧本等。朱光潜则认为新诗应该摒弃"固定的音乐节奏"，"设法使它和自然的语言和节奏愈近愈好"，变形式化的读诗调子为说话调式。以上看法都涉及新诗调式问题。到了 20 世纪 50 年代"诗的形式问题"讨论会上，卞之琳正面提出

---

① 胡适. 尝试集·再版自序［M］. 合肥：安徽教育出版社，1999：42.

了"两种调式"的理论。他说：

> 我们现在所见到的新诗，照每行收尾两个字顿和三个字顿的不同来分析，即可以分出这样两路的基调。一首诗以两字顿收尾占统治地位或者占优势地位的，调子就倾向于说话式，"说下去"；一首诗以三字顿收尾占统治地位或者占优势地位的，调子就倾向于歌唱式，"溜下去"，或者"哼下去"。但是两者同样可以有音乐性，语言内在的音乐性。①

这是对新诗人探索新诗调式理论和实践的总结。考察卞之琳关于新诗调式的理论，他主要回答了三个问题：区别诗歌不同调式的主要依据是"顿"，具体说是收尾顿；新格律诗在收尾顿方面的要求是突出以顿为单位的意识；三字尾和两字尾可以容纳在同一首诗内，但前提是某种顿占统治地位。卞之琳的研究成果，在很长时间里没有人去展开。到20世纪90年代，陈本益在台湾文津出版社出版了《汉语诗歌的节奏》（2013年由重庆大学出版社出版修订本），给予新诗节奏调子以高度重视。他专节论"格律诗的节奏调子"，具体分为三类，即一般格律诗的成熟诵调、民歌体的吟调和其他格律诗的混合调。又专节论"自由诗的节奏调子"，认为自由诗"节奏调子有吟调和诵调；在诗行有长短差别的诗体里，还有长调和短调。吟调和诵调的区别由行尾字音拉长与否决定，长调和短调的区别由诗行的长短决定"②。陈本益在"汉语诗歌节奏调子的演变"叙述中，概括了新诗节奏调子的基本特征：新诗诵调是成熟的并成为主要的节奏调子，汉语诗歌节奏调子的总趋势是从歌调向自然语调发展变化。2020年第1期《常熟理工学院学报》发表了骆寒超的论文《论诗行煞尾音组的设置》，基本结论是：煞尾音组设置的最佳选择不仅对格律体新诗能对音组等时停逗节奏起一种辅助作用，更能为自由体新诗另辟一条和音组节奏交相辉映的调性节奏途径。因此诗行煞尾音组如何最佳设置必须及早提到新诗形式建设的议事日程上来。这结论推进了卞之琳两种调式的理论。

但是我始终认为，新诗的语调问题，不仅涉及行末尾顿或诗行长短的问题，而且涉及更多的更复杂的诗歌语言因素。因为我觉得这个问题太复杂，所以在较长时间内未敢涉及这个新诗语调话题，到写作《中国新诗自由音律论》

---

① 卞之琳. 对于白话新体诗格律的看法［J］. 社会科学辑刊，1979（1）.

② 陈本益. 汉语诗歌的节奏［M］. 重庆：重庆大学出版社，2013：418.

时，我认为这是一个无法回避的话题，就硬着头皮写作了"自由诗体的语调问题"一章。我首先强调的是："新诗与旧诗在语调方面的差异，主要表现在旧诗的语调相当单纯，新诗的语调极其复杂。这是因为，诗的语调总是同节奏联系在一起的，主要是同诗的节奏单元及其组织方式联系着的。"可见，我当时主要还是沿着卞之琳的两种调式理论过来，即重在节奏视角研究诗的语调问题。但是，我的具体结论则不同："我国旧诗大致是两种节奏模型，一种自诗经开启后发展到律绝体的节奏模型，它基本的格式是：以两言和三言的等时音顿作为基本节奏单元，诗行的组织形式就是二二（诗经式）、二三（古风式）和二二三（律诗式）。另一种是自楚辞开启后发展到词曲体的节奏模式，它基本的格式是：以三言和四言的口语意顿为基本节奏单元，诗行的组织形式是对称式进展。这两种节奏模式就形成了两种基本语调，任何内容和精神进入这种模式而产生的语调基本相同。"在此基础二，我强调新诗接受了传统诗词的节奏方式，同时也创造了新的节奏方式。新的节奏方式出现，必然引起语调的变化，哪怕一个音顿构成的改变都会引起语调的变化。我举了一个诗例，即胡适在 1917 年发表的《蝴蝶》，以此来说明诗内音顿变化造成语调变化：

> 文言旧体五言形式一般划分为"二二一"，也可以划分为"二三"，前者是形式化的划分，是形式化节奏形式；后者则是意义性的划分，是意义节奏形式。从节奏观点来看，前者体现的是传统诗歌音乐化节奏，读只每句有较多的节拍反复，单字收尾形成吟咏调，传统古体大多这样来划分节奏。如果我们硬要以此方式来读《蝴蝶》，就会遇到了很多麻烦，如轻声字"么"收尾构不成延长的音顿等。尤其是这诗用白话写成，基本都是采用双音节和三音节词，所以适宜采用意义划分的"二三"节奏方式来读（第七句用"三二"）。而这样朗读的结果，就使得诗的节奏就由形式节奏转变为意义节奏，由单字尾吟咏调变为三音尾，甚至出现了二音尾的诵读调。这些变化，体现的正是古代文言诗体向白话新诗形式的过渡，因为初期白话新体诗的节奏单位主要就是二三音顿而非单字音顿，节奏调子主要是诵读调而非吟咏调。《蝴蝶》一批早期白话诗就是通过这种节奏变化从而改变语调，体现了它们在诗体演进中现代转型的特殊意义。

> 事实是，新诗尤其是自由诗体不仅要像《蝴蝶》一样仅仅改变诗行的音顿构成，而是要重新建立一套自己的节奏体系，这是一场涉及深刻的诗语全面变革。自由诗体新变的结果就是语调的多样化和复杂化，它创造了

自己的形式，而多变复杂的形式就是为了更好地切近我们的情绪表达，更好地趋向我们说话的节奏。从现代诗表达现代社会和人生的需要出发，必然地引起了它的表达方式新变，而表达方式新变就必然地引起诗的语调新变。这是我们讨论自由诗体语调的基本前提。

在此基础上，我概括了引起自由诗语调新变的因素，包括节奏单元新变，诗行组合新变、抒情主体新变、表达方式新变、语态句式新变、抒情语体新变、采用标点符号、语感方式新变。强调以上因素，使得新诗语调相对旧诗来说，变得更加多样，更加复杂，更加难以把握。在《中国新诗自由体音律论》著作中，我着重论述了自由诗语调的四个问题。

（1）主体声音与语调。诗在本质上是一种言说，具体表现为声音。艾略特把诗中的声音分成多种，不同说话声音形成不同话语：独语、宣示和戏剧对谈等，而不同声音就有不同的语调。

（2）语体风格与语调。新诗在历史发展中形成了"完善诗语的大众口语方向""完善诗语的欧化语言方向""完善诗语的传统韵语方向"，三个方向错杂混合产生了更多的诗语声音，而各种不同的诗语往往有着不同的语调。

（3）宣叙调性及其他。我国新诗重视语感，从胡适、郭沫若到于坚、韩东，始终有人在实践着语感诗体，于坚认为"生命被表现为语感，语感是生命的有意味的形式——语感的抑扬顿挫，即是情感的抑扬顿挫，也是意义的抑扬顿挫，又是语言的抑扬顿挫"①。

（4）标点符号与语感。新诗采用习用式标点符号，或非习用式标点符号，或不用标点符号，都会造成诗的语调变化，尤其是采用非习用标点符号方式，对于新诗语调的影响极大。

以上我对新诗语调问题的探讨，仅是初步的感性的，尚未能够把握复杂的新诗语调问题。以下，我从语调与节奏方式、语调与音质音律、语调与话语句式方面说点想法。

---

① 于坚，韩东. 太原的谈话［J］. 作家，1988（4）.

二

新诗的语调，与诗的节奏律建构有关。如从节奏单元说。旧诗主要是以两音顿和三音顿交替来形成形式化节奏的，只要这种节奏单元所形成的语音框架不改变，其诗语的调子自然就是旧诗的，而且往往是始终如一的。而新诗自由体则是以行为基本节奏单元，这样就引出了一系列的新变，如分行、跨行、组行、行末顿、行内顿、特殊句式等诸多问题，它直接影响到自由诗中的行顿结构、行句关系、行顿停顿、行间组合等节奏构成，最终都会在自由诗的语调上反映出来。如从诗行组合说，传统诗歌主要是通过连续重复的方式来建构形式化节奏，所以其节拍可以按着桌子进行吟咏的，其语调也就是在形式化进展中呈现持续的简单重复的波动。而新诗自由体的诗行（行顿）组合主要是依据"对等"原则来进行的，虽然它也是一种重复形式，但却不是连续的节拍式重复进展节奏，相反则是呈现着宽式的对等、相异的对等、变化的对等和多种语言单位的对等，对等位置也往往有着多种多样的变化，这些变化都是结合着具体的情感表达来安排的，这就引来了更多的节奏变化和语调变化。

五四时期胡适诗的语调是"说话式"的。如他的《关不住了》：

我说"我把心收起，/像人家把门关了，/叫爱情生生的饿死，/也许不再和我为难了。"

但是五月的湿风，/时时从屋顶上吹来；/还有那街心的琴调/一阵阵的飞来。

一屋里都是太阳光，/这时候爱情有点醉了，/他说，"我是关不住的，/我要把你的心打碎了！"

从句式看，第一节用"我说"起领，引号内全是"我说"的语言，"我把心收起"后的"像"引出的是补充说明句。第二节开始的连词"但是"表明同第一节的转折关系，用"还有"分别写"湿风"和"琴声"；接着承前写结果，"一屋里"总写"吹来"和"飞来"，"这时候"则表明一种前后之间是自然的发展，最后则是用"他"代"爱情"语，照应第一节"把门关了"和"把心收起"。全诗行文流畅，伸缩自然，使用的是现代白话的文法和自然音节。诗人直接把对话或引语写入诗中，这在诗体解放上的意义是：对话最能体现口语的特性，对话入诗就使诗语真正做到白话的口语化；对话的文体属性是戏剧的或散文的，对话入诗就使诗歌趋向散文化，达到"以文为诗"。从语言结构说，语法严密且不避虚词的存在，采用白话的字，白话的文法，和白话的自然音节。"古诗原有的对称性诗行'二三''二二三'的节奏模式被自然的散文句式代替，出现四字、五字或更多的字为音顿的模式，如'关不住了''把你的心打碎了'。传统的断句方式发生改变，形成以标点及虚词为引导的短语成分为主的节奏转换，诗句伸缩的自由度大大提升。""胡适受英诗句式影响，以关联词语推进诗句的线性陈述。'但是五月的湿风，／时时从屋顶上吹来'，连词'但是'使诗句的逻辑性、依存性增强，很好地保持了诗行的牵连和语流的回旋。副词'时时'、介词'从'构成完整的诗句，明确了固定时空下的事件物象和人情感受。胡适在研究中西文法的基础上利用虚词重新整合现代句式，以白话的语调、单线递进的句法结构变换诗句长度和诗体形式，形成了对旧诗语言秩序和语法规则的破坏。"① 总之，以散文句式入诗最终形成了说话式语调。

同在新诗运动中诞生的郭沫若的诗，其语调却是另一样态。如《天狗》的一节诗：

> 我飞奔，／我狂叫，／我燃烧。／我如烈火一样地燃烧！／我如大海一样地狂叫！／我如电气一样地飞跑！／我飞跑，／我飞跑，／我飞跑，／我剥我的皮，／我食我的肉，／我吸我的血，／我啮我的心肝，／我在我的神经上飞跑，／我在我的脊髓上飞跑，／我在我的脑筋上飞跑。

这节诗分成五组，每组分别为三个结构相似字数相等词语变化的句子重复（仅第四组修辞句后多了一行），这种重复也就是连续的五组修辞句的对等排列，从而形成五个格律修辞句的节奏段落反复。同时，五组格律修辞句之间又通过词语的反复或变格反复来加以连接。第二组三行其实是倒着重复第一组三行的主要成分，仅仅在主谓语之间增加了状态"如……一样"，但这种变格反复的作用则是强化了情绪的浓度。从第二组末行最后的"飞跑"，引出第三组修辞反复句的三个"我飞跑"，情绪连贯喷涌而出，短促的节奏如鼓点叩击人心。第四组

---

① 王泽龙，钱韧韧. 现代汉语虚词与胡适的新诗体"尝试"［J］. 中国现代文学研究丛刊，2014（3）.

反复句做情绪的稍稍平抑，其句子结构变化和反复句增至四句体现了情绪的蓄积。正是在此蓄积后，激情喷发达到高潮，这就是第五组的三个反复句，其句子结构和情绪质素呼应着前组的"飞跑"，形成了"我在……上飞跑"的句式，淋漓尽致地抒发了诗人自我张扬的激情。由于连续运用数组反复句形成排比，而且各组排比的反复句间的变格反复，就自然地形成了连续进展的语言节奏，传达出诗的情绪旋律节奏。

如果我们把胡适的《关不住了》和郭沫若的《天狗》对比着朗读，就会明显地感觉到前者倾向说话式语调，后者倾向抒唱式语调。这是朗读效果的不同，而其根源就在于前者基本采用散文式话语，后者采用对称式话语。散文式话语结构自然就倾向说话，而对称式话语结构自然就倾向抒唱。就两种语言结构的底色说，前者更加靠近现代白话，后者更加靠近古代诗语。两种话语的不同，涉及词语、句式、语法、标点等的不同使用，以及分顿、建行、组行等的不同方式，它是语言综合因素发生作用的结果。虽然两者都坚持了行顿节奏体系，但前者更加突出行顿等时的对等，突出诗行长度的对等，而后者更加突出语词反复的对等，突出句式结构的对等，这些差异其最终落实在诗的节奏模式上，即落实到节奏单元建构和诗行组合方式上，从而在朗读中也就产生了语调的差异性。新诗人多数主张新诗的说话式语调，但很多诗人则主张抒唱式语调。两种不同语调的新诗，在百年新诗发展中存在诸多的流变格式。两种主张的差异就在于：凡是采用现代散文语言结构的诗，就倾向说话式语调，凡是采用古代诗语结构的诗，就倾向抒唱式语调。

三

新诗的语调，与诗的音质律使用有关。音质重在营建音调，这种音调的理想是和谐的悦耳性，甚至追求一个纯由音乐和色彩建构的引导灵魂到达神游物表的境界。这就决定了诗人采用音质调协时，在语词使用上、在句子结构上、在音顿安排上、在行末用韵上，都追求语音某种和谐协调性，其结果必然会使朗读语调呈现特色。如朱光潜就说过，"音律的技巧就在选择富于暗示性的调质。比如形容马跑时宜多用铿锵急促的字音，形容水流，宜多用圆滑轻快的字音。表示哀感时宜多用阴暗低沉的字音，表示乐感时宜用响亮清脆的字音"①。如穆木天说自己曾想写个月光曲：

> 我忽的想作一个月光曲，用一种印象的写法，表现月光的运动与心的交响。我想表漫漫射在空间的月光波的振动，与草原林木水沟农田房屋的浮动的调和及水声风声的响动的振漾，特在轻轻的纱云中的月的运动的律的幻影。我不禁向乃超说：若是用
> 月光，月光，月光，月光，月光，
> 四叠五叠的月光的交振的缓调，表云面上月的运动，作一首月光的诗
如何？②

穆木天采用语词重叠的写法，是为了写出月光波的振动和水声风声振漾，然后再把它与心的波动通过暗示来形成交响。叠词把字音的音调与情绪的情调融合，新的语调随之产生。

音质律建构新的语调，必要条件是不能仅是几个词语同音，而应该是一组或连串同音词语或语言结构的组合，并同行末的诗韵和顿歇结合。因为行末的声音和顿歇特征，对于整个语调的形成关系重大。我们来读穆木天的《苍白的钟声》一节：

> 苍白的　钟声　衰腐的　朦胧
> 疏散　玲珑　荒凉的　蒙蒙的　谷中
> ——衰草　千重　万重
> 听　永远的　荒唐的　古钟
> 听　千声　万声

五行四十二个字中，有二十二个字含鼻腔元音，其中鼻腔元音"ong"与"钟声"直接呼应，是钟声的象声。而"ing""ang""eng""an"则是钟声沉沉的回响，在行内穿插变化，传达出一种朦胧的境界和迷茫的心情。结末都是两字顿，四行同韵，读来语调谐和。紧接着的一节是：

---

① 朱光潜．诗论［M］．北京：生活·读书·新知三联书店，1984：172.
② 穆木天．谭诗［J］．创造月刊，1926，1（1）．

> 古钟　飘散　在水波之皎皎
> 古钟　飘散　在炭绿的　白杨之梢
> 古钟　飘散　在瓦声之萧萧
> ——月影　逍遥　逍遥
> 古钟　飘散　在白云之飘飘

这里五个相同句型重复叠现，始终流荡着的是古钟的"ong"的同音堆集，增加的是"iao"音连续呈现，它同"飘散"结合，将钟声变成一种水波似的圆圈，不断地向外飘散而去，整个基调是一种沉闷而飘扬的音乐节调。其中四行收稍一个音顿，都是独特的"……之……"结构，它控制着诗的节奏语调，呈现着有统一性有持续性的时空律动和语调律动。

朱湘《摇篮歌》一节，四十六字中有十六个带 eng（或 en）鼻音的字堆集在六行内：

> 春天的花香真正醉人，
> 一阵阵温风拂上人身。
> 你瞧日光它移的多慢，
> 你听蜜蜂在窗子外哼：
> 睡呀，宝宝，
> 蜜蜂飞得真轻。

雪林女士曾说自己曾亲听作者诵此歌，其音节温柔飘忽，有说不出的甜美与和谐，你的灵魂在那弹簧似的音调上轻轻颠着摇着，也恍恍惚惚要飞入梦乡了。等他诵完之后，大家才从催眠状态中遽然醒来，甚有打呵欠者，其音节之魅力可想而知。"有说不出的甜美与和谐"，这是不确定的，但"音节之魅力"却是确定的。这里除同音堆集以外，更为重要的是每行末两字大致都是自成一顿，其中第三、六行末两字前的"的""得"是结构助词，第二、四行末两字前的"上""子"读来较轻，第一行末两字前的"真正"在通常朗读中也读得轻些，虽然各行句子结构差异较大，但行末音顿掌握着全诗节奏，形成了较为统一的语调。

再如余光中的《摇摇民谣》：

> 轻轻地摇吧温柔的手
> 民谣的手啊轻轻地摇
> 轻轻地摇啊温柔的手
> 摇篮摇篮你轻轻地摇
> 炊烟炊烟你轻轻地吹
> 黄昏黄昏你弯下腰
> 你弯下腰来轻轻地摇
> 你一面摇
> 我一面摆
> 温柔的手啊你一面摇

在这节诗中，"轻轻地摇"贯串始终，但不是一般的排比句式或同位对等，而是随着诗语进展而循环往复地前行，形成了一种静谧、温柔而又是流动的美，同样诉诸读者的听觉和口唇。诗行中放入了大量的叠词叠语，而且不断地回旋着转圈，十二个"ao"音和六个"ou"音堆集在行里，传达出一种迷蒙和温柔的甜美情调，具有催眠的节律效果。这诗的声音调子无疑是受到了朱湘《摇篮歌》的直接影响。

四

新诗的语调，同诗的句式关系重大。句式涉及的是行句结构和诗行节奏，它对于新诗建构语调有着直接作用。当然，某一个句式是难以上升到诗节或诗篇语调层面的，只有多个排列或有机组合的等值句式才能发挥语调作用。如徐志摩的《雁儿们》，六节诗中充满着句式的反复。第一节的第二、三行和四、五行是诗行意顿对称，又有变化。第二节同第一节合起来，既有意顿对称又有规律变化。第三节回到第一节形式，第四节又做新的变化，但仍然采用反复的句式。第五、六节类似第四节，但也有新的变化。全诗有诗节对称，更有诗行对称，也有行内对称；有完全的重复句，更有变化的重复句，也有换词的复沓句。诗歌通过回环对称和旋进，层层渲染，盘旋而下，造成了诗的特殊旋律和独特语调。在这进展中，诗韵发挥着重要的音韵节奏勾连作用。句式反复与诗韵呼应，诗的语调显得格外分明。

其实，在新诗中，对称句的运用、排比句的运用，都能营造特定语调。如艾青《大堰河——我的保姆》中的一个片段：

> 大堰河，含泪的去了！
> 同着四十几年的人世生活的凌侮，
> 同着数不尽的奴隶的凄苦，
> 同着四块钱的棺材和几束稻草，
> 同着几尺长的埋棺材的土地，
> 同着一手把的纸钱的灰，
> 大堰河，她含泪的去了！

这里安排了一组意象用来抒写大堰河形象，中间五行其实都是"含泪"的状语，诗人充分利用分行技巧，把这五个状语抽出分为五行并行排列，构成了一个并行的宽式对等结构，从而把散文的复杂长句转换成了诗的韵律语句。这五个状语都是同一句子成分结构，即都是"同着……"的句式，虽然各句音节不同，声音段落长度差异，但由于句式相同，连续排列就形成了对等诗行重复，体现了节奏进展运动显得自然而动人。五行末的"凌侮""凄苦""稻草""土地""灰"都是实词，分量相对较重，收尾语调节奏统一。诗的首行与末行又是一组对等的重复句，统一使用了"大堰河"的行首呼告句式，呼告后有一停顿，前后呼应加强了感情烈度和顿歇分量；诗的末行比首行多了一个"她"字，在节奏上突出了抒唱对象的形象，在情感上加强了抒唱主体的分量，强化了首尾呼应性的对等，强化了"含泪的去了"这样一个思绪重点。艾青在这一节奏段落中，采用了变格的首尾对等方式和主体部分排比方式两者结合，把自己对保姆大堰河绵绵不绝的思念和敬重之语调传达得淋漓尽致。

除了修辞句式以外，长行或短行的有机排列，照样可以形成自己特有的语调节奏。如田间《到满洲去》末两句，如果不分行排列就是散文句子，但分行排列成："诅咒／帝国的疯狂，／残害奴隶，／站在／东北的哨岗。／到满洲去，／关外／招呼着／奴隶的手！"读着这些诗行，马上感到强烈的律动，又如听到"鼓点"的击叩声。这就是一种独特的语调节奏。而以下诗行则给人另一种音乐美感：

> 身是这样轻盈哟，足是这样矫健，／我像一阵急切的风扑向山峦；／情
> 是这样执著哟，心是这样迷恋，／我似一颗晶亮的雨落进水潭。

这是纪宇《泰山交响曲》中的几行，长行匀称排列，节奏舒缓优美，情声
并茂。同田间的《到满洲去》相比，它是另一种独特的语调节奏。纪宇的朗诵
诗，采用的是长行，"长以取妍，长而舒气"，在建行时则常常把长行化为几个
短句，集短为长；在行间组合上，采用意顿对称节奏方式，注意音节数量和节
奏单元的对称，有行内前后对，诗行上下对，隔行交叉对，数行对称排比，首
尾呼应对等；韵脚密集，或每行用韵，或两行一韵，密集的韵脚关上黏下，把
诗行构成整体，加强结构和形象的完整性；收尾占统治地位的是双音词，适宜
上口朗读。这种种技巧，使得他的朗诵诗语调鲜明，这是从古代传统诗词中借
鉴的新辞赋体的语调。

新诗发生以后，就有人强调新诗的语感。郭沫若从原始人与幼儿的言语中
获得诗语启发，认为言语的生成与诗的生成是同一的，肯定赋予语感的语言。
20世纪80年代以后，一批年轻诗人更是钟情于语感。韩东认为，"诗人的语感
一定和生命有关，而且全部的存在根据就是生命"[1]。他们依据对语感的理解创
作具有宣叙调性的诗。如张默《无调之歌》几行：

> 月在树梢漏下点点烟火／点点烟火漏下细草的两岸／细草的两岸漏下
> 浮雕的云层／浮雕的云层漏下未被苏醒的大地／未被苏醒的大地漏下一幅
> 未完成的泼墨

絮絮叨叨，复沓悠长，幽默轻快，语句和语气连绵而下，形成了一种诉诸
听觉和口唇的宣叙谣曲味，呈现着与其他自由体诗所不同的特殊语调。

在新诗中有人重视语吻句的使用。戴望舒的新诗之所以有着鲜明的语调，
其中一个重要原因是他常用受主体情绪支配的说话口吻或语调来体现特殊的语
韵。如戴望舒常用"的""呢""吗""吧""了"等语助词来显示语吻。《寻梦
者》中："你去攀九年的冰山吧／你去航九年的旱海吧！"《对于天的怀乡病》

---

① 于坚，韩东．太原的谈话［J］．作家，1988（4）．

中："是对于天的，对于那如此青的天的。"戴望舒还把几个语助词呼应起来使用，让语吻在流动中体现内在情绪运动。如连用"吗……吧"，《妾薄命》："明天梦已凝成了冰柱，／还会有温煦的太阳吗？／纵然有温煦的太阳，跟着檐溜／去寻坠梦的玎珰吧！"

从新诗音律到新诗音义关系

一

音律与意义的关系问题，是诗律、诗体研究的重大问题。这不仅是因为这一关系的性质特别重要，而且是因为这一关系的研究难度极大。在西方现代诗学研究中人们早就提出："韵律与语义到底有没有关系？如果答案是肯定的，那么这是一种什么样的关系呢？他们是通过什么途径、什么手段发生关系的呢？对我们的第一个问题，目前研究者和诗人都给了我们同样肯定的答案：有，一定有。但对第二个问题的回答却众说纷纭。"① 这就说明，研究音义关系的难度和重点在于回答音律与意义之间的具体联结关系。

我在写作《中国新诗韵律节奏论》时，就投入较多精力去探讨新诗音律与意义的联结关系。我的主要思路是区分韵律与节奏两个概念。"韵律"应该被视为存在于具体诗章之外的抽象模式，"节奏"则是具体诗篇中形成节奏感的具体方式，韵律与节奏的辩证关系不仅造成语音组织的丰富多彩，而且对诗的意义组织产生直接的影响。韵律与节奏的意义组织作用是不同的，前者是从整体规范上实现的，而后者是在诗人创作中实现的。根据这样的思路，我从"韵律模式与审美意味""形式规范与情思美化""语言节奏与内在节奏""诗行构形与意蕴暗示""节奏声音与意义凸显"五个方面探讨了音律与意义的关系。在此以后，音律与意义的关系问题始终萦绕在我的心头，挥之不去。通过阅读西方相关理论著作，我试图在《中国新诗自由体音律论》写作中实现理论突破。我尝

---

① 黄玫. 韵律与意义：20 世纪俄罗斯诗学理论研究［M］. 北京：人民出版社，2005：206.

试从规律性上说清音义关系，结果就是写了第八章"自由诗体的音义关系"，分成六节。第一节总说，从根本特性上概括，接着的五节具体谈音义关系的五个问题："语音与语义""隐喻与句段""内律与外律""句式与情感""破格与意义"。这是自己至今自认写得较为到位的音义关系的理论成果。

诗作为一种语言的艺术，是一个以语言为媒介的审美世界。语言的基本要素是音、形、义，汉语的特征是独体单音，因此汉语的语音、字形和语义自然就有了更多的对应性。音律与意义的关系，在本质上说是语音与语义的关系，这是讨论新诗音义关系的入口，也是我进入新诗音义研究的思路。我们要面对的现实是：进入诗的语言实际上是存在着两条线索，一条是音律运动的线索，一条是意义表达的线索，两条线索并行在诗中当然也有自然相向的情形，但更多的则是两条线索之间存在着矛盾、甚至是"斗争"着的情形。面对这种"矛盾"或"斗争"，解决的方法历来是两种极端：一种是让音完全服从义，结果诗语沦为日常语言；另一种让义完全服从音，结果成了"无意义的语言"。这都是需要防止的倾向。我的想法是：在语音和语义两条线索之间找到一个平衡协调的点，从而达到韵律与意义的和谐结合。所谓平衡协调即掌握好"度"，在语音和语义之间不跑极端，利用音义的特殊关系，从而达到既要呈现音律，又要呈现意义的理想境界。这其实是完全可能的，这种可能性就存在于音义两者的特殊关系之中。朱光潜有个论断，即诗乐节奏是存在差别的。他认为："诗是一种音乐，也是一种语言。音乐只有纯形式的节奏，没有语言的节奏，诗则兼而有之。这个分别最重要。"① 语言节奏对读者是三种影响的合成，一种是生理的影响，一种是理解的影响，一种是情感的影响。在三种影响下产生的节奏中，生理的节奏是器官的，偏重自然属性，理解的节奏是公共的呆板的，偏重理性；情感的节奏是审美的灵活的，偏重感性。② 诗其实并不强调理性的呆板节奏，并不追求音律完全正规的审美，相反则倾向于基本节奏基础上的变化。建立在情感节奏基础上诗律的"灵活变化"，其实反而能够圆满地协调好音义关系，反而更加符合诗歌的审美要求。从意义或情调出发组合语言，虽然有时造成正规语音组织秩序的偏离，但这正是节奏情感影响所要求的，正可克服机械的理性节奏惯性。而且，语言的意义组织在很多时候是可以帮助音律组织，因为意义组织在朗读中同样具有时间段落划分和停顿的可能。如同样语言结构的诗行，或

---

① 朱光潜. 诗论 [M]. 北京：生活·读书·新知三联书店，1984：132.
② 朱光潜. 诗论 [M]. 北京：生活·读书·新知三联书店，1984：132.

意义对等的诗行，虽然数行之间字数存在差异，但在读者获得的主观节奏感方面却可以是对等的有秩序的。黑格尔在《美学》中认为诗语言的意义能够强化音律效果。他说："在音乐里，声音是一直响下去的，流动不定的，所以绝对需要拍子所带来的固定性。语言却不需要这样固定点，因为语言本身在思想内容上就可找到停顿点，语言并不完全等于外在的声音，它的基本艺术因素在于内在的思想或意义。事实上诗在它用语言所明白表达出的思想和情感里就已可以直接找到实质性的界定方式，作为停止、继续、流连、徘徊、犹豫等运动形式的依据。"① 这种运动形式在本质上是与诗的节奏运动相辅相成的。因此，诗与乐不同在于语言有意义，而意义节奏在一定条件下会帮助音律组织。

另一方面，同样由诗中音义特殊关系所决定，语言音律也有助于语言的意义组织。诗的语言同时有着音乐的特性，而对于音乐来说，人们在歌唱时被明显地突出的是旋律曲线，是节奏效应；而听者有时较少注意句子的内容，甚至歌者有时不很清楚歌词的具体内容。同样，诗也有着歌的音乐式节奏，音律在诗中形成一种前行的情调，其结果就是"词和句的意义不言而喻地也是歌的一个组成部分"，在诗中"并非单独由话语的音乐，也非单独由话语的意义，而是这两者作为'一'构成了抒情诗这个奇迹。然而，如果有人更多地任凭音乐的直接作用摆布，这也没有什么可奇怪的。因为诗人早已悄悄准备好让音乐成分占据某种优先地位。他偶然偏离针对意识的语言规则和习惯去讨好语调和韵。词尾'-e'被省略，次序被改变，语法上不可缺少的成分也被省略……在叙事式的诗行里若有这种省略与更改，就会引人注目；若出现在抒情式的诗行里，大家会毫无抵触地接受，因为话语据以安排自身秩序的音乐力场显然强于要求做到语法正确与符合习惯的强制力"②。这就是说，在特定条件下，破坏正常语言秩序的音律安排并不就会影响意义的表达，甚至可以帮助意义的形成，语言可以放弃惯用层面上的东西，而这是符合诗美追求的。这就是施塔格尔所说的："语言在由并列搭配到主从搭配、由副词到连词、由时间连词到原因连词逐渐地朝逻辑的明确性发展的过程中，获得了许多东西，但在抒情诗中，语言看来又放弃了这些东西。"③

---

① 黑格尔. 美学：第三卷下册 [M]. 朱光潜，译. 北京：商务印书馆，1981：76.
② ［瑞士］埃米尔·施塔格尔. 诗学的基本概念 [M]. 胡其鼎，译. 北京：中国社会科学出版社，1992：7-8.
③ ［瑞士］埃米尔·施塔格尔. 诗学的基本概念 [M]. 胡其鼎，译. 北京：中国社会科学出版社，1992：27.

应该说，在音义两条线索的矛盾运动中，两者其实并非不可越界，而是可以协调谦让，互补达到相得益彰。这里的关键是在创作中对于"度"的有效掌握。在我国新诗史上，人们经常讨论新诗的音义关系，其中梁宗岱的两个理论观点富有启发。一是音与意义的关系。针对叶公超关于马拉美犯了"音节泛滥"的毛病，梁宗岱指出，"再没有比马拉美更在诗里'避免纯粹的铿锵和纯粹的悠扬'，更求'意义与音节的协调'的"，马拉美"善于运用双声，叠韵，拗体以及其他获得与意义融洽无间的音节的方法"。针对叶公超孤立地看待音义关系而重单音之价值，梁宗岱认为，"诗之所以为诗大部分是成立在字与字之间的新关系上"，诗人的妙技"便在于运用几个音义本不相属的字，造成一句富于暗示的意义凑拍的诗"①。梁宗岱强调诗人在运用语音后造成新的音义关系，达到音义浑然一体。二是音与心灵的契合。梁宗岱提倡的"纯诗"，要求诗的义与音和色达到不能分辨的程度，音和色与微妙的内心合二为一，成为诗人情绪和心灵的形式。他说，"韵律的作用是直接施诸我们的感应的，由音乐和色彩和我们的视觉和听觉交织成一个螺旋式的调子，因而更深入地铭刻在我们的记忆上"；"正如无声的呼吸必定要流过狭隘的箫管才能够奏出和谐的音乐，空灵的诗思亦只能凭附在最完美最坚固的形体才能达到最大的丰满和最高的强烈"②。梁宗岱强调语音与微妙心灵的对应和表达关系，突出了音义的契合关系。

在具体处理自由诗体音义关系时，根据黑格尔关于音律分为两个体系的论述，应该包括两大内容：一是节奏音律中的音义关系问题，二是音质音律中的音义关系问题。前一方面关涉节奏组织中的音义协调问题，节奏组织也就是语言的组织，本质就是语言诗功能的问题；后一方面关涉语音象征中的音义融合问题，语音象征就是声音的暗示，它同时发挥着声音的图画作用和意义的象征作用。正确处理以上两个关系，就能够达到新诗的音义结合。

先说音质音律中的音义关系问题。黑格尔充分肯定现代诗人对于音质音律的特殊偏爱，认为现代诗通过韵或其他音质来形成韵律，"是因为主体内心活动要从这种声音媒介中听出它自己的运动"，主体利用这种音质复现的办法组成韵律，把有关的意味突出和联系起来，从而更好地抒发心灵的奥秘。如沈尹默《三弦》中的诗句："旁边有一段低低土墙，挡住了个弹三弦的人，却不能隔断

---

① 梁宗岱. 按语和跋［M］//宗岱的世界 诗文. 广州：广东人民出版社，2003：210.
② 梁宗岱. 新诗底分歧路口［M］//宗岱的世界 诗文. 广州：广东人民出版社，2003：201.

那三弦鼓荡的声浪。"诗中有十一个字都是中古端声组声，现代汉语分别是"d""t""l"音。这些音摹写出三弦弹奏的声响。这种声音把我们引入特定的境界，使得读者身临其境听老人奏弄三弦诉苦的告白，诗中的声音和意义是紧密结合的"一"。我国象征诗人更是自觉地运用音质律来处理音义关系，如王独清《最后的礼拜日》中几行：

> 这又是远处的 Cors——听！听！
>
> 远处的 Cors，在用它们野愁的音调来震动我底神经
>
> 它们也不管人家心中是怎样的酸痛！
>
> 只是奏着 tot ton，ton talne，ton ton！……
>
> 啊啊，ton ton，ton talne，ton ton！
>
> 停止罢，你们这些难听的声！

诗人说："法兰西冬日的 Chsse（狩猎），算是一件最能引起人特别感情的事。只要你听过那些 talaut（让猎狗追捕之声）等的呼声和猎号（cor）的鸣响，你一定会觉得一样的悲哀与凄楚。所谓'ton ton talne，ton ton'，即是 Cor 所奏的猎曲中每节的末句：这是我最爱听而又最怕听的一种声音。"① 诗人运用模声来达到音质音律与意义表达的完全合一。梁宗岱把这种模声分成两种：固有的和外来的。淅沥、澎湃一类谐音的形容词和根据物声名词如溪、河、江、海等都属于前一种；后一种则字音本身与意义原不相联属，不过因为习用久了，我们听到某一音便自然而然联想到某一义，因而造成一种音义之间不可分离的幻觉——虽是幻觉，假如成为普遍的现象，对于诗的理解和欣赏也是一种极重要的因素。②

再说节奏音律中的音义关系问题，这也就是通过组织节奏来达到表达意义的问题。如田间的抗战诗歌，把一个诗句切割成多个短语分行排列，从而形成了鼓点式的节奏，传达出一种生命的力量，鼓舞人们去投入战斗。如诗人采用修辞性句式排比使得诗的音义结合获得新的形态。如诗人在基本节奏支配下，故意在一些地方出格或变化，变化中音义就获得新的关系。如诗人采用对等原则，在原有结构基础上拓展出一个节奏段落，扩展的结构与原有的结构形成平

---

① 王独清. 再谭诗［J］. 创造月刊，1926，1（1）.

② 梁宗岱. 论诗［M］//诗与真·诗与真二集. 北京：外国文学出版社，1984：41.

行对照关系，诗的节奏意义和语义价值大大增强。通过节奏组织来达到音义结合的方式很多，这里着重谈谈节奏音律中音义关系需要解决的三个重要原则问题。

一是音义结合的个性化问题。除固定型诗体外，新诗的格律诗和自由诗的节奏组织在总体上具有个体特征。朱光潜在论节奏与情绪的关系中，罗列了音义种种基本关系。如每种音乐都各表现一种特殊的情绪，高而促的音容易引起筋肉及相关器官的紧张激昂，低而缓的音容易引起它们的弛懈安适；如联想心理揭示，有些声音响亮清脆，容易使人联想起快乐的情绪，有些声音重浊阴暗，容易使人联想起忧郁的情绪；如每种情绪都有准备发出反应动作的倾向，某种节奏会激动某种"动作趋势"，即引起它所常伴着的情绪；如诗于声音之外有文字意义，常由文字意义托出一个具体的情境来，因此，诗所表现的情绪是有对象的，具体的，有意义内容的。[①] 情感对节奏的作用包括情感产生节奏，情感破坏节奏；节奏对情感的作用包括节奏传达情感、节奏激发情感和节奏缓和情感。这些都是一些普遍性的规律，都是诗人需要掌握的。但新诗创作应在此基础上结合作品创造个性节奏。卡恩认为诗始终处在变动中，绝不能把诗节制度化。"这部诗集以及其他诗集中的诗节，在我看来，是暂时有效的安排，是仅仅针对这一次情景的精确安排。自由诗的诗人们绝不能抄袭他们自己的诗节模式。相似的诗节显然会有相似的节奏运动，但是节奏规则不要过死，它应该灵活多变"[②]。这里的"这一次"极其重要，诗的音义结合方式都不是简单重复的，都是有个性的。"即使在完全相同的节拍框架内部，节奏的变化也是可能的，这种变化是为了满足情调的各种个性。"[③]

二是音义结合的结构性问题。巴赫金论诗的音响，有个著名论断："诗歌中的音响问题就是音响在诗歌作品整体中的结构意义问题。"他批评形式主义诗学理论没有把诗的音律同作品结构联系起来研究。他说："诗歌的情形是音响的全部丰富性与意义的全部丰富性相统一，即二者恰恰成正比例。正需要从这一典型情形出发来理解音响的结构意义。"他引雅库斯宾《论诗体语言的音响》中的论述："在诗体语言的思维中，音响游入了意识的光明天地，由此产生了与音响的情感关系。这种关系反过来吸引了诗歌'内容'与诗歌音响之间某种依赖性

---

① 朱光潜. 论诗 [M]. 北京: 生活·读书·新知三联书店, 1984: 128–131.

② [法] 古斯塔夫·卡恩. 论自由诗序 [J]. 李国辉, 译. 世界文学, 2012 (4).

③ [瑞士] 埃米尔·施塔格尔. 诗学的基本概念 [M]. 胡其鼎, 译. 北京: 中国社会科学出版社, 1992: 11.

的确定，后者同样得到话语器官表情动作的辅助。"① 我们对巴赫金这些论述的理解是：第一，理解诗的音律乃至音义关系，必须把音律与意义联系起来作为整体结构来思考，且这种结构应是两者全部丰富性的统一体，音律仅仅是外在形相，其内在的是情感或意义，只有把两者结合起来思考才能揭示出具体作品的音义关系；第二，在音律外相中包含着"诗体语言思维""音响的情感关系""话语器官表情动作"等，它们在形成新的音义关系时是相互作用和现时遇合的结果，不能简单地把它视为纯粹的对立关系；第三，考察音义关系需要立足于作品整体结构，不能离开整体抓住个别就下论断，每个词语安排、每个节奏单元、每个音质音律，只有在整体中才能确定其价值，才能从根本上说清其音义关系。这是因为，诗中的所有要素集合包括音义结合都取决于内在的意向性，这种意向性力求克服作品各部分和要素之间的矛盾和紧张关系，并赋予作品各个部分和要素以整体性的有机结构和共同意指。

三是音义结合的技术性问题。我们肯定诗的语言节奏是情感节奏的形相，也肯定诗的音律节奏运动的动力源自情感生命运动，但是同时需要明确，诗的这一包含着内外种种因素的形相并非原始情感运动的简单直写。这是因为，第一，情感作为诗生命运动的动力或基本节奏，只是决定语言形相的整体格局和意向，并不能完全解决具体的语言表达问题，尤其是不能完全解决音律的诗化功能；第二，情感具有非理性因素，往往表现为模糊性和朦胧性，甚至不可捉摸性，这就是很多诗人"语言痛苦""语言沮丧"的体验；第三，情感有时会出现泛滥或贫乏的时候，这时就需要语言的救助，从而在情感与语言的双向互动中完成节奏运动的推进；第四，情感往往具有粗糙的特征，思想还会变得芜杂，情感有时竟达不可自禁，需要语言的音律予以节制。情感的以上状态需要诗人在创作时通过技巧予以解决。这说明处理新诗的音义关系时，注意语言的修饰、整理或诗化等技巧是不可或缺的。

二

苏珊·朗格在《哲学新解》中对句法作用是这样说的：

---

① ［苏］巴赫金．文艺学中的形式方法［M］．邓勇，陈松岩，译．北京：中国文联出版公司，1992：145－147.

尽管诗的材料是语言，但是重要的不是词所表达的内容，而是这些内容的构成方式，它包括声音、快慢节奏、词的联系所产生的氛围，或长或短的意念序列，包含这些意念的瞬间意象的多寡、由纯事实引起的幻觉或与由刹那幻觉联想到的熟悉事实所造成的意外吸引、一种有待于期待已久的关键词加以解决的持续歧义所造成的字面意义的悬而未决以及统一的、包罗万象的节奏技巧。①

朗格理论的重点是在句法功能的多样性，认为诗中句法同时具有意念、情感、节奏、意象等功能，它是一个包罗万象的统一体。在朗格看来，"诗是形式的或是包含了很强的形式因素的，由句法和韵律构成的语言组合也是在相互联系中运动的"。诗能够创造虚幻时间的序列，而其创造是通过文字组合规模和复杂程度变化，通过强加给的整体组织来表现的，因此词语和句式极为重要。我们同意朗格的句式理论，肯定诗中句式的多样功能，认为形式功能和意义功能结合是构建诗的生命形式基础。叶维廉认为初期白话诗的使命意识，反映在语言上就是"我有话对你说"，所以"我如何如何"这种语态，惠特曼《草叶集》里"Song of Myself"的语态，西方一般叙述语法弥漫在诗里。这种语态传达旧思想的缺点和新思想的需要，也是创造迥异于旧诗物化语言的主体语言需要，还是呈现新的节奏方式和语调的需要。郭沫若在五四期的"自我夸大狂"句式，同样包含着鲜明的时代内容，表现为语言和诗体的解放。这其实说清了诗的句式变化与诗的意义表达密切相关。基于诗中句式多功能的观点，我们具体讨论诗的句式作用，尤其是句式与情感或意义表达的作用。

首先，句式与诗的两种语言。两种语言即隐喻性语言与推论性语言，又称为意象语言和分析语言，它们都与句法相关。"当外在句法关系较弱而且名词性复合词的内在构成包含了强烈的倾向与感觉特征的因素时，这种语言就是意象语言；当句法关系较强而分析的明晰度超过感觉的强度时，这就是推论性语言。"② 隐喻语言受制于形象的特征，所以大多采用散文句式；推论语言受制于情感律动，所以大多采用律动句式。（1）先说隐喻性语言。从词语到辞象再到形象，这是诗的抒情形象组织过程，这一过程与诗中语义组织过程是同步的。

---

① 转引自高友工，梅祖麟. 唐诗的魅力［M］. 上海：上海古籍出版社，1990：37.

② 高友工，梅祖麟. 唐诗的魅力［M］. 上海：上海古籍出版社，1990：169.

其结果就形成隐喻性语言。传统诗词的隐喻语言是律句，现代诗的意象语言是描叙性散句，尤其是现代隐喻具有主体意识客观化和象征意义模糊性特征，因此常常通过句群呈现。散文句式的意象同音律的关系：一是隐喻语言都包括有形的形象和无形的意义，包含着词语组织中的相似性选择，它们之间形成对等关系；二是隐喻语言通过意象并置形成意象流，或通过情感排列形成情感流，或通过隐喻语言与推论语言组合成平行关系，这都体现着诗的对等节奏规律；三是隐喻语言在自身语词组织中按照对等原则建构节奏句或节奏段。（2）再说推论性语言。推论语言具有理性或分析的特征，往往以直接抒情或知性言说的方式呈现，是内在律的外相呈现。现代诗反对道德说教和滥情感伤，因此大多采用情理抒情结构、理念抒情结构和玄思抒情结构等。由此写成的推论性语言，首先是没有离开感性，依靠的是直觉、感悟、神会的感性思维；其次是具有生命的温热，是一种有机的内在生命形式；最后是外化时呈现生命运动特征，能够形成审美的音律表相。（3）后说两种语言的功能。现代诗的隐喻语言和推论语言具有自身特点，但其功能发挥尚需进入诗的整体话语结构，通过句式的连续与不连续形成诗的节奏。"意象和推论，连续与不连续，这是两种基于不同标准的划分。前者回答的问题是：词语表达的意义是什么以及如何理解这种意义，也就是说，这意义是感性的还是概念的？后者所回答的则是：词语表达所产生的句法节奏如何。事实上，这两种区分经常是相互联系的。如果一句诗中的句法作用极小，那么，它的节奏很可能是不连续的，而且它的意象作用也会相应地增强；如果一个推论要指出它所包含的各种构成部分之间的关系，它就不得不具备更复杂的句法组织，这就会立刻削弱具体词语构成意象的能力，并使句子充分保持一种更为连续的节奏。"① 隐喻语言与推论语言，同句式同音律的关系，是个非常复杂的问题，它们相互制约、相互生成，研究新诗音义关系就要关注句式问题。

　　其次，句式与诗行节奏运动。句法参与诗的节奏运动，但它的参与并发挥功能往往与建行结合起来。这是因为，诗中"看似灵活多变的诗的句法似乎是在遵从现成的语法规范方面享有充分的自由，但同时既要顺应抒情主体的感觉、印象和情感表达的需要，又要符合诗歌本身的韵律结构"②。各民族语言不同，

---

① 高友工，梅祖麟．唐诗的魅力［M］．上海：上海古籍出版社，1990：40.
② 黄玫．韵律与意义：20 世纪俄罗斯诗学理论研究［M］．北京：人民出版社，2005：180.

诗歌句法的整齐、对应趋向却是一致的。句法调整在新诗中是通过分行和列行来实现的，诗行长度不同，从外现内在情绪的角度看，其节奏性能差别颇大。通过不同长度诗行的组合，句式就在诗中发挥节奏作用。尤其是，复合长句结构复杂，通过有效分行和列行就建构起一个诗行群，它把语言诸种因素集合起来。如艾青的《灯》是个复杂句结构，它同建行有机结合起来，呈现着诗的节奏运动：

> 盼望着能到天边／去那盏灯的下面——／而天是比盼望更远的／虽然光的箭，已把距离／消灭到乌有了的程度；／但怎么能使我的颤指，／轻轻的抚触一下／那盏灯的辉煌的前额呢？

对光明和自由的渴望是内在节奏凝聚点。四个段落体现的情绪发展流程，即扬——抑——扬——抑。第一、二行扬，诗人抒发着自己的"盼望"，这是积极的光明理想追求；第三行是抑，抒写追求受挫后的失望；第四、五行又是扬，抒写光明距离消灭的愿望实现；第六、七、八行又是抑，抒写无法触摸光明的懊丧。诗的情绪节奏起伏变化、持续推进，逐步把诗人对于光明、自由的强烈愿望充分地展示出来。诗人通过句式变化来应和内在节奏，在第一组扬和抑的流程中，破折号、"而"字延迟和转折，使两个"盼望"形成鲜明的对照；在第二个扬和抑的流程中，"虽然……但"的句式同样使愿望实现和落空形成鲜明的对照；情绪就在两组句式对照中呈现着节奏推进，开头和结束的"那盏灯"使情绪前后呼应。

最后，句式与诗的内外律动。特殊句式在新诗体中的存在具有特殊功用。这些句式的功能关涉诗的内外律动，即情感（意义）的表达功能和语言（音律）的组织功能。

先说格律修辞句。在新诗中，对偶、对称、排比和反复句等修辞句式能够在诗行或行组中起节奏作用和表情作用，这是因为这些句式都是内部结合紧密的"声音的段落"，都能在行间组合中呈现声音段落的重复。诗节奏就其本质说，是语言声音段落的某种对比性或周期性交替出现的现象，对偶、对称、排比和反复句一般是通过两句或数句结构相似或基本相似的句式对比和重复，在诗中体现着声音段落的周期性呈现特点，体现为一种语言结构的反复与叠叠，使嵌入这种句式的诗行节奏加强音律回环感和情感律动感。这些句式常常被称为"格律修辞"。格律修辞既是音律的，又是意义的。

对偶句。当两行相对成联组成对偶关系时，诗行的独立性就变得异常强烈，对句形式总是阻碍诗中内在的前驱运动并引起对句内对应词语的相互吸引。它不仅会改变诗的节奏运动进程，且会强化诗行的意义表达。"当两个语言单位并列时，其相似性与相仿性几乎总是并存的，词与词之间的张力与对等关系是密不可分的，可以说，两个语言单位因其相似性而互相吸引，同时又因其相异性而互相排斥。"① 从意义表达说，对偶因其相似性和相异性结合形成张力，其意义就会极大增值。作为基本结构单位的对句，其相对或相反体现的是对等原则；其自身组合及前后组合正是诗的生命有机结构。

对称句。对称句虽然也是两两相对，但显得更加自由，可以行内对也可行间对，可以上下连续对也可隔行交叉对，可以诗行对也可诗节对，可以中间对也可首尾对，可以正向对也可反向对，可以严格对也可变格对等。对称，是诗作为时间艺术组织音律的基本方法，当两个诗句（行）由于意义上的相似或相反而相互作用时，它们就具有对等关系，而对等正是音律的基本规则。对称是一种呼应，是诗句之间的相同性与相异性的叠加，它把相关部分连接起来并与其他部分分隔开来，构成一个相对独立的节奏单位或意义单位。对称在诗的节奏效果和表情效果方面体现出的是秩序式进展运动，它能够显示一种沉着的回环感。

排比句。骆寒超认为，"看不到排偶句是推进式节奏存在的根本依据，就不懂得自由体新诗的特性。这样的说法所要强调的中心点是要谈自由体新诗，就得关注排偶句在诗行主动组合以成诗节、诗节主动组合以成诗篇中不可替代的特殊地位"②。这一观点非常重要，它揭示了排比句同自由诗的节奏特性相关。排比句不仅在自由诗也在格律诗中一般处在文本的主体部分，它往往与或前或后的诗句（往往是散句）构成节奏段落。排比句以其统一的语调、对等的结构和相关的意义，使得节奏在特定部位紧张集中，形成一种旋律化进展节奏。排比句也呈现秩序式进展运动，它显示一种急促的旋进感，能够淋漓尽致地表达诗的情绪律动。

反复句。从句间关系说，反复句是意义、音律和语词完全重复的句式。诗的特性就在回环复沓，"复沓不是为了要说得少，是为了要说得少而强烈些。"

---

① 高友工，梅祖麟. 唐诗的魅力［M］. 上海：上海古籍出版社，1990：124.
② 骆寒超. 汉语诗体论 形式篇［M］. 北京：人民文学出版社，2009：234.

"外在的和内在的复沓，比例尽管变化，却相依为用，相得益彰。"① 同对偶句、排比句相比，反复句除了少量的连续反复外，大多采用间隔反复，而且形式多样。间隔反复依靠着对等重复构形规则，对诗的意义推衍或音律组织进行有效的管控，发挥着组织音律结构和意义结构的作用。反复句在不同位置的出现，本质上不是同义和同位的简单重复，而是在新的层次和新的意义上复现，新的反复句出现就产生了新的意义，推进了诗的意义表达和节奏进程。而且，反复句也规定着诗的生命运动"波状"，它通过重复方式让同样的波状再次出现，似乎回到了原来的位置，这就使得内外律动的波呈现着一种频度和频距的规律性。

非陈述句。传统诗词含有非陈述句，包括疑问句、感叹句、祈使句等，其特征是：陈述句可以是意象语言，也可以是推论语言，但非陈述句却是推论性的，因为它独具的部分（语气）则只能诉诸思维去理解；非陈述句的重要特征是有"语气"，即存在诗人直接的态度，诗人完全是以自己的声音说话，于是就把自己给暴露出来了，读者不再是间接欣赏而是给直接呼唤着的；对句等形式有一种节奏流动的阻碍效果，而非陈述句则有一种节奏连续的推动效果，即有一种冲力和前驱力量带入或带出诗行。正因为如此，所以非陈述性句式在诗中表情和音律的分量显得更重。

感叹句。往往被置于节奏段落的开头，具有情感起领和节奏提示的作用，具有情感和节奏展开的动力启动和调性作用。如郭沫若《笔立山头展望》开头两行感叹句："大都会的脉搏呀！／生的鼓动呀！"呼喊式语气为节奏段落跳跃式的激越亢奋定下基调，接着的诗行是不断高扬的推进节奏，到结束处的"哦哦。二十世纪的名花：／近代文明的严母呀！"，呼喊达到了高潮。相反，艾青《旷野》开头的"薄雾在迷蒙着旷野啊……"则是沉滞的基调。结束是："旷野啊——／你将永远忧郁而容忍／不平而又缄默么？／／薄雾在迷蒙着旷野啊……"前后呼应，沉滞迷蒙基调笼罩全诗。感叹句也有放在其他部位的。

设问句。往往被置于节奏段落的开头或中间，同样具有情感起领和提示作用。除反问外，设问都是先提出问题，然后作答形成行组结构，在这种情形下，设问就起着组织节奏段落和意义段落的作用。设问句另一功能就是引起思考，通过诗思和节奏持续中插入反常句式来突出音义价值。艾青《我爱这土地》的句式为人称道。诗用意象语言写自己是不断用嘶哑喉咙歌唱的小鸟，歌唱被暴风雨打击着的祖国大地，歌唱永不停息的民族抗争，自己死后愿把羽毛腐烂在这土地，然后

---

① 朱自清. 诗的形式 ［M］//朱自清全集：2. 南京：江苏教育出版社，1988：399.

是个自问自答句式："为什么我的眼里常含泪水？／因为我对这土地爱得深沉……"这是渲染后的点明，点明和渲染结合成完美的节奏流程和意义结构。

三

"破格"就是打破常规格式，它既在表征上表现为形式出新，又在指向上表现为意义增值，因此破格本质体现的就是形式和意义的关系。"破格"在诗学中就是陌生化手法。实用语追求模式化、惯常性，从接收信息来说遵循"省力原则"；而诗语追求的是审美价值和表意增值，从审美欣赏来说遵循"阻缓原则"。陌生化就是把形式艰深化和新异化，从而增加感受的难度和时间的手法。什克洛夫斯基说："诗歌便是被阻滞的、弯曲变形的话语。诗歌话语便是建构话语。"① 破格是创造诗语陌生化的过程，也是创造诗歌新的音义结合的过程，是由日常语到诗家语的艺术过程。我们从音义关系讨论在常规诗语基础上的"破格"，主要包括两方面：一是相对于正常语法的破格；二是相对于正常音律的破格。其实这两方面又是相互关联的，正常语法的破格必然引来音律的改变，而节奏进展的破格又会产生语义的改变，这种关联就是破格与意义的双向关系。"一方面，韵律通过句法对语义施加影响，造成诗歌语义的特殊性。另一方面，一首具体的诗歌的语义总是和它自己的韵律结构相适应的，这韵律结构与格律模式是不完全等同的。语义需要强调或淡化的地方总要通过改变格律模式来实现，致使诗歌中常有破格现象与之相适应。"② 以上两种破格都关涉音义关系。

先看相对于正常语法的破格。散文必须遵从一定的语法规范，否则就是"语病"，引起歧义。而诗在句法方面却并不苛求，无论是词序、句序或句与句的衔接，都是灵活而多变，不合一般语法之处颇多。这并非说诗可以不讲语法，只能说诗遵从自己的语法。对于正常语法的破格是诗语的审美，它在根本上是为了改变常规语法消蚀的主体原初经验的新异感、模糊感以及由此产生的心理真实感。滕守尧曾分析杜甫的"鹦鹉啄余"两句诗："作者主要是想表现自己对长安的敬仰和思念的感情，在这种感情的支配下，他回忆起的长安普通事物也

---

① ［俄］什克洛夫斯基．诗学［M］//艺术研究的任务和方法．转引自巴赫金．文艺学中的形式方法［M］．邓勇，陈松岩，译．北京：中国文联出版公司，1992：130.

② 黄玫．韵律与意义：20世纪俄罗斯诗学理论研究［M］．北京：人民出版社，2005：207.

变得金碧辉煌了。香稻，不再是一般的稻，而是珍贵的禽鸟鹦鹉啄余的稻子；梧桐，也不再是普通的梧桐，而成了珍禽栖老的梧桐。正因为如此，诗句才以香稻——鹦鹉啄余的粒，梧桐——凤凰栖老的枝的顺序排列。"① 正常语法的破格传达了特定的意义内涵。

陈仲义说过："既然现代诗不以语法规范和逻辑事理来安排组织语言，而是按照主体的情思流向和想象的逻辑来组织，突出强化诗性思维的那一面，那么我们完全有理由在诗意逻辑主宰下实施语法变异，获致更大的修辞张力。"② 新诗发生期提出诗体解放，把诗语引向日常口语化，这在打破僵化的传统韵语层面上具有合理性，但结果走向了大白话则是偏颇。后来新月诗人提倡新诗格律，追求美的诗语。穆木天主张"用诗的逻辑想出来的文句"，"自由的超越形式文法的组织法"③。现代诗人接续我国南北朝的山水诗、咏物诗到唐诗宋词一路的"忘言"诗语传统。朱自清认为这些诗中破句子有的是，"他们能在普通人以为不同的事物中间看出同来。他们发现事物间的新关系，并且用最经济的方法将这关系组织成诗；所谓'最经济'就是将一些联络的字句省掉，让读者运用自己的想象力搭起桥来"④。

新诗对于正常语法的破格内容很多，陈仲义结合音义关系分析新诗语序变更："各种成分在句子的顺序组织中叫常位，打破秩序而移动某一成分叫易位。这样的变格，常常改变诗的固有节奏，给人以突出重点的新鲜感和开阔性联想。"⑤ 如主谓易位。余光中《车过仿寮》："忽然一个右转，最咸最咸／劈面扑来／那海。"主语"那海"于结尾处如峭壁突兀，横空出世，异常醒目，语序变更产生了新的音义结合效果。如状语易位。余光中《雨季》，"曾经，雨夫人的孩子我是"，诗人别出心裁把状语提前，再让"我是"倒装，适度欧化改变原来固有节奏，克服板滞，而这种格式又突出了"我是"的意义。如主宾易位。余光中《无家可归之歌》："阔是海的／空是天的／冻是骨的／饿是胃的"。主宾倒装建构四个排比着的意象，突出了状语，改变了大白话句式；接着的诗句是："躯体／或俯或仰或伸或屈／是街头巷尾的"，同样主宾倒装，"街头巷尾的"

① 滕守尧. 艺术形式与情感［J］. 美学，1981（4）.
② 陈仲义. "扭断语法的拗子"［J］. 星河，2014（夏季卷）.
③ 穆木天. 谭诗［J］. 创造月刊（创刊号），1926 – 03.
④ 朱自清. 新诗的进步［M］//朱自清全集：2. 南京：江苏教育出版社，1988：320.
⑤ 陈仲义. "扭断语法的拗子"［J］. 星河，2014（夏季卷）.

在呼应中得到异乎寻常的强化。① 如李金发《弃妇》一段：

> 长发披遍我两眼之前，／遂隔断了一切羞恶之疾视，／与鲜血之急流，枯骨之沉睡。／黑夜与蚊虫联步徐来，／越此短墙之角，／狂呼在我清白之耳后，／如荒野狂风怒号：／战栗了无数游牧。

这里很多诗句有违常规语法。前三行是一个句子，主语句是"长发披遍我两眼之前"，谓语是"隔断"，其他则是宾语。谓语动词可以隔断视线，却无法隔断"急流"，也无法隔断"沉睡"；"羞恶之疾视""鲜血之急流""枯骨之沉睡"同样不合常规语法和逻辑规范，连续的对等排列突出了由外在感觉转向内心的特定体验。这种诗句造成了词语与词语、意象与意象之间的跳跃性，造成了诗意表达的神秘性和模糊性，建构了新鲜奇异的语言场，同样创造了新鲜奇异的意象场。这种语言和意象特征带来的是诗的玩味性和内涵多义性，给诗的阅读和理解造成阻碍，但同时也就带来更持久的审美、更自由的想象和更弹性的理解。后五行又是一个句子，写夜色降临，成群蚊虫跨过倒塌墙角，在自己"清白的耳后"嗡嗡作响，如"荒野上狂风怒号"一般，使无数的放牧者为之战栗。这里的"黑夜""蚊虫"都是暗示性意象，抒写的是特定的心理感受，无法用常规思维去加以理解。诗句组织遵循心理发展逻辑，自然就不断地突破常规语法，形成新的音义结构。尤其是"如荒野狂风怒号：／战栗了无数游牧"，在句结构中应该是"狂呼"的状语，"在我清白之耳后"应该也是"狂呼"的状语，一个是状态，一个是处所，结果都被倒装到了动词谓语之后，以突兀的破格形式有效地突出了"狂呼"这种特定心理感受。把黑夜寂静和蚊虫叫声结合，用了"狂呼"来形容，显示了弃妇极度的感情敏感和内心寂寥。结末两行，采用极度夸张手法写弃妇心理感受，倒装方式则有效强化了这种感受。倒装句式增加了读者理解的障碍，但也由于新奇使得征服障碍本身成为审美的享乐。同任何句法错置一样，倒装是在我们前进路上设置的障碍，在解决问题、克服障碍的过程中，我们经历了力的颤动，获得了审美的快乐。

再看相对于正常音律的破格。诗的基本格律确定了之后，凡有别于这一基本格律的变化，就能显示其重要意义。这种格律破格的方式多样，如用不同的音顿来代替正规的音顿，用变格诗行重复来造成意义推衍，用特殊排列的诗行

---

① 陈仲义．"扭断语法的脖子"［J］．星河，2014（夏季卷）．

来刺激读者，用穿插散文句式来调剂正规格律图案，用节奏的延迟来打断节奏进展，用轻松的格律来表达严肃主题，等等。破格加强意义表达的理论基础，就是读者期待的节奏和实际听到的节奏形成张力。一旦读者明确了诗的格律后，他在诵读时就预期这一节奏的继续，但诵读时显示的实际节奏有时肯定了预期节奏，有时却不肯定它，这样，两种节奏就彼此配合，以增加诗体的感染力。如果破格是同意义表达联系着的，就使得意义凸显出来，在读者更多的注意中获得肯定。使用破格方式表达意义需要注意：假如听到的声音与预期的节奏完全一致，格律会变得沉闷而单调；假如听到的节奏完全脱离预期节奏，诗体也将不存在什么预期节奏；假如使用的节奏太不规范了，格律也就不复存在，其结果便是散文节奏。

关于正常音律的破格，在自由诗与格律诗中有着不同的所指，在格律诗中是指预设的传统格律模式破格，或是通篇中基本节奏模式改变，在自由诗中是指正常进展中节奏秩序的突然破格，或诗人使用了超乎寻常的节奏方式。如苗强《猎人和黑豹》一节：

> 在一条长长的峡谷中
> 他们果然相遇了
> 一个
> 猎
> 人
> 一只
> 黑
> 豹

短行给人以急促、狭窄感，诗又用六个一字或两字行，组成"一条长长的峡谷"，给人以一触即发的紧张感。后续诗句是："他们对峙着／空气绷得紧紧的／正午的阳光绷得／紧紧的。"其实，诗行排列已使读者的"呼吸绷得紧紧的"，野兽与猎人对峙的紧张被渲染得淋漓尽致。这种诗行组织方式在特殊的音义结构中，才会出现这种突兀的奇异的格式。

另一种破格是突然中断该诗正常进展的节奏秩序，插入一个与此具有对比度的特殊形态节奏片段，用对比性的破格来显示特殊的音义关系。这是卞之琳的《一块破船片》：

> 潮来了，浪花捧给她
>
> 一片破船片。
>
> 不说话，
>
> 她又在崖石上坐定，
>
> 让夕阳把她的发影
>
> 描上破船片。
>
> 她许久
>
> 才又望大海的尽头，
>
> 不见了刚才的白帆。
>
> 潮退了，她只好送还
>
> 破船片。
>
> 给大海漂去。

李广田对此分析："……完全的、永久的之面前，流过那残缺的、暂存的，表现在形式中就是那整齐而差池的章法。这首诗一共九行，每行字数相同，除第九行外，前八行都是每两行一换韵。其中'破船片'一共出现三次，而每次出现时那一整行便分成了两个半截，而第一个'破船片'之前有一行，第二个'破船片'之前有两行，第三个之前就有三行。这像什么呢？这正如流水，也正如那流水上浮沉着一块破船片，是整齐的，而整齐中又是差池的。"① 这里九行，每行八言，正好是一个整齐的方形，但由于第二、五、九行分别破格成了两行，所以就使诗形成为"用方块字排列起来的格式给人以流水奔流、破船片浮沉的一种视觉节奏感"。本来诗的节奏是整齐的，由于其中三行特殊的排列，使诗的停顿节奏发生了新的变化。因为行末停顿同行内停顿时长是不同的。诗人这样处理声音节奏和诗行图案，李广田认为是为了更好地表达这样的思想，"完全的、永久的之面前，流过那残缺的、暂存的"，这是对诗的意义的一种解释，有诗人的诗行分析为据。我们觉得，可能还有另外的解释，这就是：诗人三次在"破船片"后停顿换行，都是与"她"的神态动作有关的，这就是"不说话""她许久"和"给大海漂去"，这是三个连续的神情，而她始终面对的是大海，就意味着人在时间流逝面前的种种境界和态度。这诗的节奏审美和意义审美都是通过破格来强化的。

---

① 李广田. 诗的艺术［M］. 上海：开明书店，1944：24.

从新诗现代性到诗律现代性

一

新诗现代性，是我较早注意到的一个话题。我在延边大学出版社出版的《中国新诗的现代品格》（2001）中认为：中国新诗更确切的称呼应该是中国现代新诗或中国现代诗歌，在这名称中就明确地标示着"现代性"。我把新诗的现代品格归纳为现代情思、现代思维和现代语言三个层面。现代情思关涉新诗的内质，现代思维关涉新诗的技巧，现代语言关涉表达的诗语。在"现代语言"中，我注意到了诗体和诗律问题。我在"绪论"中说："新诗语言体式的演变，诞生了现代自由诗、现代格律诗和半格律诗，以及现代散文诗等各种诗体。现代新诗的连续形式、诗节形式和固定形式也就有了不同于旧诗的面貌。还表现在新诗的格式演变，这就涉及现代新诗的韵律、节奏和诗行排列等重要问题。"尽管如此，这时我对"诗律现代性"其实缺乏基本的认识，当然也没有具体的理论概括。

在我写作《中国新诗音律节奏论》时，接触了黑格尔《美学》中关于音律的论述。黑格尔把哲学（美学）理解为把握这精神中的时代。他所说的"时代"就是革命和变革的时代。他把这个时代说成是"现代"。黑格尔哲学（美学）是对于现代社会不断变革的理论概括，是具有现代性的哲学（美学）。黑格尔在论西方现代诗音律时常常使用"近代"或"近代诗"的概念，其"近代"就是指19世纪以来的"现代"，"近代诗"即指西方浪漫诗潮以来的"现代诗"。他从现代性视角论述了西方现代诗运动以来音律新变的主要方面，揭示了处在革命和变革时代的现代诗音律新变特征。现代以来音律新变主要表现在两方面，（1）意义节奏变得更加突出。黑格尔认为，根据古代的节奏音律规则，文字音节的自然长音和短音的反复进展，其自身就已经有个固定的尺度，字义的力量对这个尺度不能加以制约、改变或动摇；而"对近代语言来说，这种自然的长短尺度是不适合的"，现代诗突出语言的意义节奏已经使得传统的音节节奏相对失效，精神方面的情感自由不容许语言的时间尺度独立地以它的客观自然状态而发生作用，因此现代诗重视思想或意义本身的"界定方式"不仅是必要而且是可能的。（2）音质音律作用更加凸显。黑格尔认为，现代诗一般重感情的"心声"，在构思和表达方面都表现为精神凝聚于它本身，因此注重从声音里去找适合表达主体内心生活的语言材料。音质律用一种比较不太显著的方式去使思想的时而朦胧时而明确的发展方向和性质在声音中获得反映，传达出精神性的芬芳气息。黑格尔"要求突出一种单根据音质独立形成的韵律，是因为主体内心活动要从这种声音媒介中听出自己的运动"①。

黑格尔的音律论给我极大启发。早在新诗发生期，刘延陵就发表了《美国的新诗运动》和《法国诗之象征主义与自由诗》，介绍西方的现代诗运动，并认为我国新诗运动仅是世界现代诗运动的一个支流。因此，"新诗的精神可说是求合于现代求合于现实的精神，因为形式方面的用现代语用日常所用之语是求合于现代，内容方面的求切近人生也是求合于现代"②。因此，我国新诗音律建设必然且需要体现现代性特征。明确了这点，我注意到我国新诗史上许多诗人谈论音律，也都突出了现代性特征。首先，我国诗人同样强调新诗的意义节奏，同样主张通过更新语言节奏来适应新诗表达需要。我国旧诗的顿完全是形式的音乐的，与意义常相乖讹，不是很能表现特殊意境，而补救这个缺陷就是新诗采用语言的自然节奏，使音的"顿"就是"义"的顿。如郭沫若提倡思想感情起伏变化的内在律动，胡适提倡依着意义和文法区分的自然音节，戴望舒强调诗的抑扬顿挫的情绪节奏，艾青强调因感情的起伏而变化的旋律节奏，种种创作理论表明新诗的意义节奏在冲击着传统的节拍节奏。在新诗突出意义节奏的情形下，诗律必然就会发生重要变化，具体就表现为强化意义节奏本身停顿点的作用。其次，我国诗人同样强调新诗的音质音律。20 世纪 30 年代的现代派诗人正面提出"纯诗"理论，所谓纯诗是指"纯粹凭借那构成它形体的元素——音乐和色彩——产生一种符咒似的暗示力，以唤起我们感官与想象的感应，而

---

① 黑格尔. 美学：第三卷下册［M］. 朱光潜，译. 北京：商务印书馆，1991：84.
② 刘延陵. 美国的新诗运动［J］. 诗，1922，1（2）.

超度我们灵魂到一种神游物表的光明极乐的境域"①。如穆木天提出用字的音色传达"诗的内生命的反射，一般人找不着不可知的远的世界，深的大的最高生命"②。王独清用叠字叠句，"表感情激动时心脏振动""使读者神经发生振动"。③ 戴望舒强调诗"是全官感或超官感的东西""新的诗应该有新的情绪和表现这情绪的形式"。④ 朱光潜最先提出了"韵节奏"的理论，认为"韵是去而复返、奇偶相错、前后相呼应的。韵在一篇声音平直的文章里生出节奏"⑤。以上我国新诗发展中的种种音律新变理论，同样体现了西方现代以来音律新变的趋向，体现了我国新诗的现代化趋向。

通过这样的考察和思考，我就对新诗音律现代性有了全新的认识。我在新诗音律现代性问题上坚持三个基本观点。一是朱光潜的论述："诗是一种语言，语言生生不息，却亦非无中生有。""诗的音律有变的必要，就因为固定的形式不能应付生展变动的情感思想。""不过变必自固定模式出发，而变来变去，后一代的模型与前一代的模型仍相差不远，换句话说，诗还是有一个'形式'。这还是因为人类情感思想在变异之中仍有一个不变不易的基础。"⑥ 二是刘延陵的论述："近代与现代的精神是自由精神。它表现于政治，表现于道德，表现于文艺。""表现于文艺，就生出派别的繁兴与格律的解放。"⑦ "新诗的精神可说是求合于现实的精神，因为形式方面的用现代语用日常所用之语是求合于现代，内容方面的求切近人生也是求合于现代。"⑧ 三是叶公超的论述："格律是任何诗的必需条件，唯有在适合的格律里我们的情绪才能得到一种更有力量的传达形式；没有格律，我们的情绪只是散漫的，单调的，无组织的，所以格律根本不是束缚情绪的东西，而是根据诗人内在要求而形成的。假使诗人有自由的话，那必然就是探索适应于内在要求的格律自由。"⑨ 以上基本观点就是：诗是语言的艺术，随着语言的变迁，诗律也会变迁；音律变迁要切合现代人的需要，切合现代汉语的特征；音律的新旧变迁并非否定音律，相反把寻找新形式的重担

① 梁宗岱. 谈诗 [M] //诗与真·诗与真二集. 北京：外国文学出版社，1984：95.
② 穆木天. 谭诗——寄沫若的一封信 [J]. 创造月刊，1926，1 (1).
③ 王独清. 再谭诗——寄给木天、伯奇 [J]. 创造月刊，1926，1 (1).
④ 戴望舒. 诗论零札 [M] //戴望舒诗全编. 杭州：浙江文艺出版社，1989：692.
⑤ 朱光潜. 诗论 [M]. 北京：生活·读书·新知三联书店，1984：193.
⑥ 朱光潜. 诗论 [M]. 北京：生活·读书·新知三联书店，1984：118 – 119.
⑦ 刘延陵. 法国诗之象征主义与自由诗 [J]. 诗，1922，1 (4).
⑧ 刘延陵. 美国的新诗运动 [J]. 诗，1922，1 (2).
⑨ 叶公超. 论新诗 [J]. 文学杂志，1937，1 (1).

放在诗人肩上。

以上就是我对新诗音律现代性的认识。我沿着这些观念提供的思路，对新诗音律现代性做了理论思考，并落实在关于音律的论述之中。以下谈谈两方面的问题：一是我国新诗音律新变的两个趋向；二是我国新诗体式新变的三种形式。

二

黑格尔论音律，重要观点是认为在现代诗中传统节奏律部分失效。现代人读诗并非完全依据固定的形式节拍，而是重视意义的节奏停顿。这对于新诗节奏律建设具有指导意义。

新诗面对现代汉语节奏功能部分失效、节奏意义更加凸显的新挑战，需要顺应世界诗律新变的趋势，探索具有现代性的节奏律。传统诗律把节奏基础建立在等时或等质的音步基础之上，且依据固定的格律规则来建行建节构篇。由此，有人认为汉诗就像西诗那样也是音步节奏体系，新诗也应按照固定音步来形成节奏。这种观点不符合汉诗节奏的本质，更无法适应新诗的节奏进展要求。朱光潜从凸显新诗意义节奏出发，认为汉诗类似法诗是音顿而非音步节奏体系，明确地把汉诗的基本节奏单位称为"音顿"。陈本益在前人探索的基础上，基本解决了汉诗节奏的性质问题。认为"音顿中表示节奏基本条件的是占一定时间的音组（有时是单个音节），表示节奏本质特征的是音组后的顿歇。所以可以给音顿下这样一个定义：音顿是其后有顿歇的音组。""在音顿所包含的音组及其后的顿歇这两个因素中，顿歇是划分音组的标志"。在继承传统"逗"的前提下使用"音顿"的意义重大。第一，它明确了新诗采用音顿节奏而非音步节奏体系；第二，"顿"不是纯粹属于节奏形式范畴，主要是属于音义结合的范畴；第三，"顿"不仅仅指音节组合成的形式化音组，而且还包括由意义或语法相对完整所构成的"意顿"或"行顿"，从而为"顿"的类型增加提供了可能；第四，"顿"的节奏发展较为自由，变化较多，更能适应新诗创作的需要。这是我国新诗节奏理论研究的重大成果，它为我国新诗节奏音律的现代变化提供了语音学和语义学的理论基础。

我认为，我国诗人百年探索新诗节奏，除了提出汉诗非音步而是音顿节奏体系的理论外，还根据黑格尔关于节奏音律内涵的概括，积极探索新诗的节奏单元及其进展方式。其重要成果可以归纳为两项：

（1）增列节奏单元的基本型号。新诗开始突破传统形式化的节奏单元，在体现意义节奏和语调节奏的探索中形成了三种基本节奏单元：音顿、意顿和行顿，它们各自向外发展形成音顿节奏体系、意顿节奏体系和行顿节奏体系。增列意顿节奏的意义：由于现代汉语和诗语大量使用双音节和三音节词，大量使用严密复杂的语法结构，大量呈现逼近口语的自然语调，所以在音顿节奏以外努力探求意顿节奏，在形式化节奏以外努力探求口语化节奏，在齐言诗体以外努力探求非齐言诗体，在均衡复沓型节奏以外努力探求参差流转型节奏，就是势所必然的了。增列行顿节奏的意义：分行的本质是把原有的严密复杂句子结构拆开，按照韵律安排的需要让各个相关成分独立成行，然后按照音律规则重新排列诗行，从而达到诗的音律化的目标追求。我国新诗自由体弃而不用现成的韵律，其诗行本身成为韵律的组成部分，在此基础上建立了行顿节奏体系，它迫使读者形成新的阅读速度和语调。行顿节奏体系的确立，充分发挥了节奏的传情达意功能，使得汉语新诗的节奏律汇入世界现代诗发展潮流。

（2）重建节奏单元的复现方式。汉诗节奏运动遵循重复律，但有着自身特征。因为汉诗基本节奏单元的"顿"包括音顿、意顿和行顿三类，其构成方式不同和重复规则不同，形成了新诗三种节奏体系。一是音顿节奏体系。其特征是：以音顿为基本节奏单元，它是时长相同或相似的语音组合单位。音顿以双音节、三音节为基本形式，作为辅助形式的单音节和四音节可以有限制地入诗；等时或基本等时的音顿连续排列成诗行，再按照均齐和匀称的原则音顿连续排列成行组、诗节和诗篇，在扩展的各个层次形成形式化的节拍节奏；同建行、组行和构节结合着的有规律的押韵。二是意顿节奏体系。其要点是：以意顿为基本节奏单元，它是在口语和意义自然停顿基础上划分出来的节奏单元。意顿一般是词组和短语，也可以是一个诗行，以四言五言为基本形式；意顿自由排列成行，行内依自然口语划分顿歇，然后根据顿歇对位对称原则采用多种方式建立行间对称节奏，通过诗行的有序进展建立行组、诗节和诗篇；同诗行对称排列形式相应有规律地用韵。三是行顿节奏体系。其要点是：以诗行为基本节奏单元，它使诗行本身成为韵律的组成部分，使修辞句式成为节奏的重要构件。诗行的长短变化和自由组合形成旋律节奏，在诗行扩展到行组、诗节和诗篇的过程中，把对等的原则从选择过程带入组合过程，使之成为语序的主要构成手段；诗韵有效地强化旋律节奏和韵律美感。新诗三种节奏体系规则明确而简明。音顿节奏体系是形式化的，意顿节奏体系是口语化的，行顿节奏体系是自白化的。三种节奏体系并存，满足了新诗表达现代生活的需要，体现了新诗音律的现代性特征。

音质音律，是黑格尔概括的诗律第二大体系，包括两个内涵，一是突出语音本身的音质，如元音和辅音在诗中的音乐性；二是突出语音组织的音质，如对等轮换的韵脚在诗中的音乐性。这在汉诗中主要是指韵脚互押、同音堆集、双声叠韵、平仄清浊、叠字叠句等。现代诗运动使得精神性因素正在冲破严格的传统节奏模式，而节奏音律因素的损失要求声韵音律因素予以弥补。黑格尔揭示了现代诗突出音质律的内在根据。

在西方现代诗运动期间，现代诗人把音质音律放到了突出地位，汉语新诗直接受到西方现代诗运动影响，主要是采用散文句式写诗，其结果同样抛弃了传统严格的韵律节奏，同样需要声韵本身的音质来予以弥补。在我国新诗发展途中，形成了两个用韵的发展方向，一是传统型，一是现代型。传统型一韵到底，诗节甚至诗篇中间都不换韵，逢双行押韵或再加上第一行入韵。现代型用韵复杂，通过多变的用韵来传达音质音律。传统型较多接受了中国古典诗歌用韵传统，而现代型则较多借鉴了西诗用韵方式。汉语新诗有幸同时接受了中西诗歌的优秀音律遗产，从而有条件在此基础上建构起自身具有现代特性的音律体系。从总体来说，新诗音律体系具有开放性包容性特征，它赋予诗人创作用韵自由灵活的广阔空间，使得新诗用韵呈现出丰富多彩的局面。对于新诗创作中移用传统韵式，人们普遍肯定其具有民族特色，并自觉地加以实践着。但是，也有人看到了这种韵式的不足，大体来说就是单调。新诗面对传统韵式表达情思方面所显出的不足，就努力地寻求着新变。其新变一方面接受西方诗韵传统影响，另一方面还是从传统诗汲取营养。在此基础上，新诗的传统型用韵方式呈现出变异和丰富，其新变主要表现在：由音数整齐诗行发展为音数参差诗行；由相隔一行押韵发展为相隔多行押韵；由同韵持续到底发展为有规律地换韵；由四行节偶行节发展为多行节奇行节。为了反映现代人的复杂心理，在继承传统的同时借鉴西诗用韵，应该是情理之中的事，体现了新诗的现代性追求。我国新诗现代型用韵在借鉴基础上也有自身的创造，主要表现在：由韵式固定模式发展为韵式自由模式；由单用西方韵式发展到杂用西方韵式；由单独使用脚韵发展为多位诗韵并用；由使用同辙诗韵发展为采用近似辙韵。

汉语新诗突显音质音律除了重视诗韵以外，还有更多的探索成果。一是同音堆积。同音堆积指的是诗歌语言中某种音以高于其他音量频率安排在诗行里，并在语流中起某种形式和意义作用的现象。堆集着的"音"既具有"音"的价值（声音的谐和性），又具有"义"的价值（声音的象征性）。二是双声叠韵。

我国传统声韵有"异音相从"和"同声相应"的概括。其"异音相从"，指的是由不同音的调节而形成的抑扬的和谐美；"同声相应"，则指诗由同韵字呼应形成的协和回环美；二者虽非一体，实质相辅相成。三是语词重叠。语词重叠同同音堆集、双声叠韵有着相同之处，都是通过汉语语音要素的重复来造成诗语韵律。我国新诗人重视语词重叠技巧。从所叠对象来说，包括叠字、叠词、叠短语、叠语句等多种；从所叠数量来说，包括两叠、三叠、四叠、五叠或更多；从所叠方式来看，有行内紧接着的重叠，有行内间隔着的重叠，有行间重叠，有全部诗行重叠，也有诗行局部重叠，还有诗节之间的重叠等；从复叠手法来看，有叠字、叠句、叠章式的复沓手法，有结构相同、字眼有异的半叠句式的复沓手法等。

三

我国现有的新诗体，从韵律节奏标准划分，正好对应着世界三种现代诗体，即连续型的自由诗体、诗节型的格律诗体和固定型的格律诗体。这表明，我国的新诗体具有世界性和现代性特征。这些诗体的现代性，就是刘延陵对于"新诗"的概括："一则可说新诗的精神乃是自由的精神，因为形式方面的不死守规定的韵律，是尊尚自由，内容方面的取题不加限制也是尊尚自由。再则新诗的精神可说是求合于现代求合于现实的精神，因为形式方面的用现代语用日常所用之语是求合于现代，内容方面的求切近人生也是求合于现代。"① 这也就是我对新诗体现代性的理解。由于三种诗体各有体制特征，所以其现代性应该分别叙述。

新诗自由体，艾青认为它"更是新世界的产物""更符合革命的需要"。新诗自由体是在我国新诗运动中诞生的，百年以来大批诗人自觉或不自觉地在创作实践中摸索前行，在说话式、抒唱式、纯诗式、诵读式、歌吟式和实验性等诗体创作中取得丰硕成果。自由诗体的特征我们同意以下观点："自由诗的重要性在于它允许诗体获得相对的自由，而不是绝对的自由。它让诗人自我建造形式的能力有发挥的空间，不用陈旧的形式（比如十四行诗）来妨碍它。它允许

---

① 刘延陵. 美国的新诗运动 [J]. 诗，1922，1 (2).

诗人随意改变节奏，只要基本的节奏保存下来。"① 这种观点的理论要点是：自由诗的自由是相对的，不是绝对的；自由诗不用陈旧（传统）形式，而是自我建构格式；自由诗可以改变节奏，但要保存基本节奏。我把自由诗体的现代性概括为：

（1）主动性。格律诗的节奏模式是预先设定（自己设定或别人设定）的，诗人创作时往往是被动地按照设定去填满或重复这种节奏模式；而自由诗的节奏模式不受任何模式牵制，诗人完全可以凭借主观情绪或感受去建构节奏模式。这是自由诗体带有根本性的形式特征，诗人凭借情绪内在抑扬顿挫而选择相应的节奏诗行进行自由组合。当然，这种组合也不是完全随意的，它受着两个因素的牵引，首先是整体的节奏运动牵引，其次是诗人的情绪节奏牵引。受制于以上两个因素的牵引，这才是真正服从主体意志的自由，但如若没有把握自我情绪内在律动的修养，不懂得自由诗格律的基本原则，缺乏驾驭语言节奏功力的诗人，就很难写好自由诗。"若从本质上着目，则诗行的主动组合以建诗节节奏，诗节的主动组合以建诗篇节奏，以及由此派生出来的推进式节奏形态构成规律，才是它的根本特征。"②

（2）具体性。自由诗的节奏是同具体诗作结合着的，对这类诗的评价是运用格律的创新性和音义结合的独特性。这就要求自由诗人具有创新性，要根据具体情调为诗制作特定的躯壳。英国诗人理查德·奥尔丁顿认为格律诗与自由诗的区别就是这种基于个人性的具体性，他说："自由诗接受诗人全部的个性，因为他创造他自己的调子，而不是重复别人的，它接受他全部的精确性，因为他的调子自由流淌时，他往往写得自然，因而就有了精确性，它允许他全部的风格，因为风格存在于凝练和精确之中，旧的形式极少能做到凝练和精确。"③ 自由诗的音义结合的具体性，决定了它形式的个人性和精确性。

（3）现时性。美国诗人洛厄尔认为在自由诗中存在着一种整体上的"调子"（cadence），这种调子引出语言的环状摆动运动。情调在诗中成为节奏运动的动力因素，牵引着诗的节奏进展，因此自由诗节奏是"诗行的即时发展"，是

① 约翰·古尔德·弗莱彻. 对自由诗的理性解释［J］. 刻度盘，1919（1）. 见李国辉. 自由诗的形式与理念［M］. 北京：知识产权出版社，2016：148.

② 骆寒超. 汉语诗体论 形式篇［M］. 北京：人民文学出版社，2010：270.

③ ［英］理查德·奥尔丁顿. 自由诗在英国［M］//自由诗的形式和理念. 李国辉，译. 北京：知识产权出版社，2015.

一种现在时态，它是由每个诗行的现在和未来所确定的。在自由诗中，节奏运动决定每个诗行的起伏波动，而每个诗行同样也对节奏运动有修饰作用，使节奏运动发生微小的变动。"现时性"包含着的内外节奏统一性、节奏流程的协调性和节奏生发的持续性等内涵，即穆木天关于"诗是一个有统一性有持续性的时、空间的律动"的思想。

新诗格律体，也是中国新诗运动的产物，它成形于20世纪20年代的新韵律运动期间。艾青对"格律诗"的经典性解释是：无论分行、分段，音节和押韵，都必须统一；假如有变化，也必须在一定的定格里进行。① 这就是说，格律诗的节奏模式具有普遍性，如它的节奏单元构成、节奏进展方式、诗行或诗节结构等，诗人写出一组这样的诗其节奏模式可以是相同的。对这类诗的评价是运用格律的纯熟性和音义结合的浑然性。如果把这里的"节奏模式"扩大到整首诗，那就是格律体的固定型诗体，如果把它限制在一节诗，那就是格律体的诗节型诗体。我国诗节型格律诗在诗节内部都有节奏模式，即具有固定诗行数量、相同的节奏计划和相同的韵脚图案。诗节的这一节奏模式，是诗人"想出"的，具体说即"诗人选来的某种传统的诗节模式，或发明自己的诗节模式"，这种诗节绝对不是固定的一个，也不是数量有限的几个，而是"一系列诗节"，可见其具有无限多样性和丰富性。这就是诗节型格律诗体最重要的文本特征。其要求"韵脚安排"，但具体的韵式韵法可以变化；其要求重复句的位置，但用不用及如何用诗人尽可创造；其要求有主导节奏计划，但具体到建行、行组和构节方面都有着充分自由；其要求每行音顿数量相同，但每行几个音顿或意顿、每个音顿或意顿如何排列、节内诗行的均齐或匀称的具体方式又是多样的。不仅诗节是丰富的，而且构节更是丰富的，这就为我国新格律诗创作提供了极大的便利。我国新月诗人探索诗节型格律诗体，原则只是"行的均齐和节的匀称"，且又提出了"变化"的概念，强调"一致"与"变化"的结合。事实上，我国诗人采用诗节形式创作新格律诗，呈现着丰富多彩的局面。贯穿其中的要求是"相体裁衣"，即依据表达内容的需要和诗人审美的追求去自由地建节和组节从而推动诗节形式的多样化。闻一多曾经把这种诗节型格律体同旧律体进行比较，指出了三点不同：律诗永远只有一个格式，但是新诗的格式是层出不穷的。这是律诗与新诗不同的第一点。律诗的格

---

① 艾青.诗的形式问题［J］.人民文学，1954（3）.

律与内容不发生关系，新诗的格式是根据内容的精神制造成的，这是它们不同的第二点。律诗的格式是别人替我们定的，新式诗的格式可以由我们自己的意匠来随时构造。这是它们不同的第三点。在进行了这种比较后，闻一多说："有了这三个不同点，我们应该知道新诗的这种格式是复古还是创新，是进化还是退化。"① 结论当然这是创新，这是进化，而这里的"创新""进化"就是现代化或现实性的含义。

固定型格律诗，目前新诗还没有成熟的形式。新诗中自创的"新九言体"或移植的十四行体正处在探索中。这是一种"应用在整首诗中的传统体式"，要求诗人写作时把内容纳入这一体式。朱光潜要求我们纠正把七律或商籁形式视为诗式的错误观念。他说："多少诗人用过五古、七律或商籁？可是同一体裁所表现的内容不但甲诗人与乙诗人不同，即使同一诗人的作品也每首自具一个性。"这是因为，"每一首诗有每一首诗的特殊形式，而这特殊形式，是叫作七律、商籁的那些模型得照当前的情趣贯注而具生命的那种声音节奏。""乐音的固定模型非常简单——八个音阶。但这八个音阶高低起伏与纵横错综所生的变化是多么繁复？诗人利用七律、商籁之类模型来传出情趣所有的声音节奏，正犹如一个音乐家利用八音阶来谱成交响曲。"② 这就是说，诗人可以在固型型诗体中注入主体精神，从而创造具有个性的作品。就十四行体来说，它确是西方传统诗体，但在现代仍有大量诗人创作，有的成为蜚声诗坛的杰作。我国诗人在移植十四行体时，已经使它中国化，同当代中国现实生活和现代汉语相契合。它既有正式，也有变式；它不以音数而以格建行；它不以平仄确定节奏；它并不规定诗行对仗；它用韵变化而复杂。它的行数不是四行或八行，而是十四行；每行不是五七言，而是可长可短；音顿不是固定三四个，调式多为双字收尾的说话式。这就更适合表达现代生活内容，也更符合现代口语特点，符合现代汉语写作要求。徐志摩明确地说，中国诗人尝试写作汉语十四行诗，"正是我们钩寻中国语言的柔韧性乃至探检语体文的浑成，致密，以及别一种单纯'字的音乐'（Word - music）的可能性的较为方便的一条路：方便，因为我们有欧美诗做我们的向导和准则"③。这就肯定了我国诗人移植十四行体的现代价值。而且，十四行体是既具古典性又具当代性的诗体，具有较大的容情弹性和可变界

---

① 闻一多. 诗的格律［N］. 晨报副刊. 诗镌，1926 - 05 - 15.
② 朱光潜. 诗论［M］. 北京：生活·读书·新知三联书店，1984：280.
③ 徐志摩. 诗刊·前言［J］. 诗刊，1931（2）.

域。十四行体中国化的进程，也是探索十四行体规范与反规范的进程。其反规范有两个层次：一是在遵循规范的基础上采用变体，以满足新的审美要求和阅读期待，拓展原有的题材范围和阅读视野；二是更加大胆地冲破原有规范，依据现代生活和现代语言要求，实现汉语十四行体的现代转化。这就为我们新诗建立具有现代性的固定型诗体提供了创作经验。

从新诗音律到诗行排列

一

黑格尔把音律称为"感性声响",并认为它具有"愉悦感官的芬芳气息",甚至比意象的富丽词藻还更重要。其实,在诗分行排列以后,诗行排列同样具有感性特征,同样具有特别重要的审美价值。诉诸听觉的语音和诉诸视觉的字形,是诗在朗读中的音响,是诗在纸页上的显现。形式文论在说到作为特殊语言系统的诗语时,并未忽视作为语言要素的字形功能,认为视觉的空间符号在特征上倾向于图像。在现代,诗和非诗在外观上最瞩目的标志即是分行排列。西方结构主义学者认为,诗的关键特征在于它拥有一定的标记,来向读者提供信号,使读者心理活动产生定向反射,形成特殊的"注意类型",这个标记的设立就称为"定位",而分行排列便是最明确、最通行、最有效的定位。利用字形排列的定位,除了引起人们视觉注意之外,还在本质上体现着诗人情感节奏,诗歌语言"借助印刷术的视觉手段发布关于它们本质的图像信息"。诗歌是以不同于散文段落的形式"定型的","作家既可以增进这种图像信息的强度,也可以根据抒写'内容'所发布的象征信息来降低图像信息的强度,这取决于作家意欲发布的总信息的性质"①。因此,西方诗创作就有重视诗形的成功实例。

汉语的特征是"独体单音",在汉语新诗借鉴西诗采用分行排列和分节排列以后,诉诸视觉的形和诉诸听觉的音就发生了对应关系,同时传达着音律、图像和意义的信息。诗是通过语言作为情感符号的具体组合来完成的,其组合的

---

① [英] 特伦斯·霍克斯. 结构主义和符号学 [M]. 瞿铁鹏,译. 上海:上海译文出版社,1987:141.

感性材料就是文字，而文字的音和形分别形成的音律和图形，就是诗体的感性形式，因此追求听觉形式和视觉形式的完美，就成为诗体建设的重要课题。我国新诗在发生初期，就关注到这种感性形式，其中最为重要的是宗白华和闻一多的理论。他们都准确地把握了音形关系及其价值。宗白华在《新诗略谈》中把"诗"的定义确定为："用一种美的文字——音律的绘画的文字——表写人的情绪中的意境。"这里"文字"前的定语就包括"音律的"和"绘画的"两者，其所写的"文字"是诗的"形"，而表写的"意境"是诗的"质"。他认为"诗形的凭借是文字。而文字能具有两种作用：（一）音乐的作用，文字中可以听出音乐式的节奏与协和；（二）绘画的作用，文字中可以表写空间的形相，与彩色"。其结论是："优美的诗中都含有音乐，含有图画。他是借着极简单的物质材料——纸上的字迹——表现出空间时间中极复杂繁富的'美'。"他对于诗的形式要求是："要使他的'形'能得有图画形式的美，使诗的'质'（情绪思想）能成音乐式的情调。"① 宗白华的这些论述，是极其精彩的，他准确地揭示了新诗中音和形的对应关系，也揭示了文字与意境的内在联系。闻一多在《诗的格律》中首先强调不应当忽视诉诸视觉的诗形问题。他认为"我们的文字是象形的，我们中国人鉴赏文艺的时候，至少有一半的印象要靠眼睛来传达的。原来文学本是占时间又占空间的一种艺术。既然占了空间，却又不能在视觉上引起一种具体的印象——这是欧洲文字的一个缺憾。我们的文字有了引起这种印象的可能，如果我们不去利用它，真是可惜了"。这是从汉语文字特征和新诗分行书写引出的结论。闻一多论述的更精彩之处，是强调诉诸听觉的音律与诉诸视觉的图形需要结合起来。他把新诗格律分成两方面，一是属于视觉方面的，包括节的匀称和句的均齐；一是属于听觉方面的，包括格式、音尺、平仄、韵脚等。他认为："它们是息息相关的，""但是没有格式，也就没有节的匀称，没有音尺，也就没有句的均齐"。由此他提出了新诗兼具音乐的美（音节）、绘画的美（词藻）和建筑的美（节的匀称和句的均齐）。② 闻一多和宗白华的基本结论完全相同，揭示了新诗音律与诗行排列的互相应和和相得益彰的关系。

从人对语言的感知说，语言有两种存在形式：一种视觉存在形式，这就是作为语言的书写符号，供人阅读的文字；另一种是听觉存在形式，这就是供人们发声和听音的语音。由于汉语的独体单音特征，一个字形就是一个音节，空

---

① 宗白华. 新诗略谈［J］. 少年中国，1920，1（8）.
② 闻一多. 诗的格律［N］. 晨报副刊·诗镌（第 7 号），1926 – 05 – 13.

间存在基本等值时间存在，在新诗分行书写后就能形成空间存在和时间存在的对应性。而且，汉语文字是象形的，我们鉴赏诗时部分印象要靠视觉，而新诗分行排列后既形成图像又有象征信息，所以又与诗的精神有关。因此鲁迅如此概括汉语特征："意美以感心，一也；音美以感耳，二也；形美以感目，三也。"① 新诗采用书面排列形式，类似于作者与读者之间形成的"契约"关系，它以一种心理上的"预期"提醒读者注意诗的独特形式因素，离开真实的日常语言，离开作者和读者的真实关系，进入艺术欣赏境界。相对而言，目前人们对于诗的音乐性普遍重视，而对于诗的形体性普遍忽视。其实，诗体不仅指诗的音乐形式即韵律，还指诗的排列形式。诗的韵律，特别是表面韵律决定着诗的外形，诗的排列也可以呈现诗的音乐性。我并不主张把诗的书面排列提到不适当的重要的地步，但也不满意忽视语言的空间性同时间性的联系。

新诗的诗行排列，大致有四种情形：

（1）把诗行排列成图像，写作具有象形色彩的具象诗（图像诗）。如在台湾的现代诗运动中，部分诗在形式方面追求视觉自由，利用汉字的象形、象意和形声三大特点，寻求诗的文字的"构成空间"或"以图示诗"，罗青在此基础上把台湾现代诗分成分行诗、分段诗和图像诗三类。

（2）用视觉形象记录印象的方法排列诗行，诗行的长度长长短短，随着诗人所用的形象而持续变动；它依附着他的思想曲线，结果就是诗行排列是自由的，而非规则的。这是西方供读者阅读的自由诗。我国部分先锋诗人也写阅读的诗。在此基础上，郑敏主张"让诗有画的形象，好像将水装在容器里，诗歌就成了时间空间结合的艺术。这样的诗可以悬挂起来，走出书集，走进居室，使你和它生活在一个空间里"②。

（3）在新格律诗中，诗人通过诗行组织来"构形"，这种所构之形体现着西方格式塔心理学所说的"力的图式"。它"不再是那个不甚完美的和变动不居的世界中个别事物的相貌，而是画家对多个个别事物仔细观察之后，把握到的一种永恒的式样"，它是能够唤起力的感受的"内在结构"。③ 这种图形与诗的节奏模式对应。

（4）在自由诗中，诗人通过诗行建构和排列的形体变化，来呈现复杂变化

---

① 鲁迅. 鲁迅全集：第9卷［M］. 北京：人民文学出版社，1981：344.
② 郑敏. 试验的诗·作者按语［J］. 诗刊，1996（12）.
③ 滕守尧. 审美心理描述［M］. 北京：中国社会科学出版社，1985：97.

的节奏进展，呈现复杂变化的情绪进展。

在以上四种新诗形体的诗中，我所感兴趣的是后面两种，分别为新格律诗和自由诗的广泛采用，它们的共同特征，就是诗的形体与诗的音律同频共振。

二

先来谈新格律诗中诗行构形的图像。

（1）构形的基本原则。诗行排列在纸上，就构成了图的关系。这图形绝非客观物象的机械形象，而是西方格式塔心理学所说的"力的图式"或曰格式塔。人们对这种图形的欣赏根源于心理的"异质同构"。因此，从新诗格律角度说的新诗建筑美，不是指诗行排列形成的图像诗，而是指通过诗行排列在格式和音律意义上形成的美。这种美呈现着人类审美心理的趋向完美，具体来说就是"整齐、对称、简单等特性"。要形成这种审美趋向的诗行排列，就需要遵循某种形式的规律，即诗行排列的构形规律。闻一多把新诗格律的"建筑美"的构形原则规定为"节的匀称和句的均齐"，在创作中具体表现为两种类型的图形。

第一种类型的诗是大量的，如石粽子的《照片》：

> 发黄的照片上的人没有眼泪，
> 她是一九三七年祖国的母亲。
> 在民族任人屠戮宰割的年月，
> 在尸骨遍地血流成河的南京。

这里，"句的均齐"表现在全诗八句，每句十二言，一般长短，每节成一方块。"节的匀称"则表现为两节诗句长度、数量一致，相对成偶。我们再来读第二种类型的诗，这类诗也是大量的，如于光中的《乡愁》每节图形是：

> 小时候乡愁
> 是一枚小小的邮票
> 我在这头
> 母亲在那头

这里，"句的均齐"表现在数节诗都是四句，字数分别为五言—八言—四言—五言，"节的匀称"表现为虽然一节内各诗句有长短，但两节合起来看又是对称的。

以上两种类型构形是有区别的，但却包含着共同的审美特性，就是格式塔所谓的"完形趋向律"，即心理组织力趋完善，所谓完善就是整齐、对称和简单，就是有规律的诗行排列，形成新诗的形式美。这是构成诉诸视觉的新诗建筑美的基本条件。"节的匀称和句的均齐"作为新诗格律，对于新诗形式建设意义重大。

（2）构形的组织规律。若从以上分析中获得结论，认为新诗建筑美的可能性或新诗的格式极其贫乏呆板，那就错了。"节的匀称和句的均齐"只是固定诗行空间位置的基本原则，在这原则指导下，新诗建筑美的具体格式是丰富多彩的，原则的一致性和格式的多样性，是新诗建筑美的的基本内涵。闻一多为新诗的建筑美设计了多种格式，对前述第一种类型的形式，闻一多只要求诗行长段一致，而不问诗行的具体长度；只要求诗节形状一致，而不限诗节多少。对第二种类型的形式，规定各节诗句数量和同一位置上诗行长度要均齐，却允许诗节多寡和诗行通体变化。这就指明了节的匀称的格式多样性和原则一致性的关系，也指明了建行除字数外更应注意到内部的节奏均齐或大体均齐。朱自清把新诗这种形式特征上升到新诗形式的普遍规律，"现在新诗已经发展到一个程度，使我们感觉到'匀称'和'均齐'还是诗的主要的条件，这些正是外在的复沓的形式。但所谓'匀称'和'均齐'并不要像旧诗——尤其是律诗——那样凝成定型。写诗只须注意形式的几个原则，尽可'相体裁衣'，而且必须'相体裁衣'"①。这儿的"相体裁衣"的"体"，主要是两方面，一是诗的格式所传达的思想情绪，二是诗的格式所传达的声韵情调，而这两者应该同外在格式相契合。

原则的一致性和格式的多样性，这是新诗建筑美的探索成果。建行构节是新诗格式定型的最重要问题，因为诗行是组织节奏单元的基础，也是组织诗节构篇的基础。闻一多的"节的匀称和句的均齐"涉及的是建行构节问题，朱自清的"段的匀称"和"行的均齐"两目说也是建行构节问题，朱湘的"行的独立"和"行的匀配"说也涉及建行构节的问题。按照"节的匀称和句的均齐"的基本要求，把外在图形和内在节奏结合起来，"只要懂得其基本规律，便可视

---

① 朱自清. 诗的形式［M］//朱自清全集：第2卷. 南京：江苏教育出版社，1988：399.

表现的需要创造出无数种各不相同的样式。有人把它归纳成'整齐式'和'对称式'。"整齐式就是在一首诗中，每行顿数相等的一种格律形式；而对称式则是在一首诗中，第一节每行顿数参差不齐，可是以后每节（一首诗可有 2 - n 节，当然不宜过多）相应行的顿数相等的格律形式。"这样，"其体式的无限可能性体现在：整齐式因其每行顿数、每节行数和压韵方式的变化，可以衍生出许多种体式，至于对称式更可因首节（可称之为'基准诗节'）'面目'的千变万化而体现其样式的无限丰富性"①。以上种种诗体，共同体现了诗行的整齐或相对整齐，诗节的对称或相对对称，其中都包含着格式的整齐和匀称的审美特征。均齐和匀称，以及由此造成的审美和谐圆满，正是中国传统诗歌美学的重要特征，也是格律体新诗的审美品格。而在这基本品格的框架内，格律体新诗的格式是丰富多彩的，如对称式构节就可以包含开放对称式、收缩对称式、凸型对称式、凹型对称式、错落对称式等图形。

（3）音形的同构关系。"节的匀称和句的均齐"同新诗两种节奏体系具有同构关系。"音顿连续排列"节奏的构成规律是：基本等时的音顿排列成诗行，形成第一层次的节奏；等量音顿的诗行组（一般是上下两行）排列，形成第二层次的节奏；等量诗行的诗行组排列成诗节，构成第三层次的节奏；节奏形式类似的诗节排列成诗篇，形成第四层次的节奏。闻一多的《死水》就是这样的典型。另一种建行构节方式是"意顿对称排列"，其节奏单元是不等时的意顿，然后通过诗行和诗节层次上的对应位置的意顿对称，达到意顿、诗行和诗节的匀称反复节奏。郭小川的《青纱帐—甘蔗林》就是典型。以上两种节奏体系，其基本原则其实也是"句的均齐和节的匀称"，它使新诗节奏单元在诗行和诗节层面上做有规律的进展、摆动和循环，从而在诗顿、诗行、诗节、诗篇等多个层次上形成新格律诗的审美格调和格式。格式塔的含义一般是指"形"，但有时也包括视觉意象外的一切被视为整体的东西。从这个意义上说，诗的韵律节奏等音乐性也可被视为格式塔。我们认为，诗行排列的空间形式的"形"同诗行朗读的时间形式的"音"之间的组织规律和原则，存在着共同的东西，而且两者互为依存，相得益彰。空间的"完形"同时间的"完形"密切相关。

既然闻一多新诗建筑美的要求是"均齐"，所以他对新诗音乐美的基本要求是节奏的整齐调和。闻一多认为新诗的这种建筑美和音乐美是息息相关、互相依存的。一方面，"没有格式，也就没有节的匀称；没有音尺，也就没有句的均

---

① 万龙生．外国诗歌汉译与中国现代格律诗［J］．常熟高专学报，2004（1）．

齐"；另一方面，"句法整齐不但于音节没有妨碍，而且可以促成音节的调和"，从字数整齐这一表面形式上，"可以证明诗的内在精神节奏存在与否"。① 这种观点极其珍贵。刘大白也曾说过："形体的排列既然整齐而对称了，声音方面的排列，自然也跟着整齐而对称了。形体、声音，既然整齐而对称，最后，意义方面，自然也渐渐发生整齐而对称的运动了。"② 闻一多、刘大白虽然说的都是整齐、对称的要求，但诗形和诗音的变化是同样的道理。在具体的创作中，存在着两种情形：第一，在诗节里，诗行的排列组合过程同诗的节奏发展过程是一致的，其完成形的整体审美效果也是一致的；第二，在诗篇中，视觉图形的组织方式同听觉音乐性的节奏方式是一致的，其成形的整体效果也是一致的。

（4）建筑美与意蕴。闻一多在《诗的格律》中用"相体裁衣"来说明新诗排列图形和意蕴表达的关系，即根据内容需要来构筑新诗建筑美的形体。诗形，作为感情流动后的文字排列，其形体结构应遵循诗人内心节奏。用文字材料修筑心灵曲线需和情绪呼应，这样外化出的才是"形式服从功能"的美的建筑图形。优秀的格律体新诗图形大体都体现着"相体裁衣"的追求。如 20 世纪 20 年代初，闻一多旅美返国后，目睹军阀混战，民不聊生的惨状，在忧愤深广的感情支配下写作了《发现》《死水》《祈祷》《一句话》等诗。前三首全部用简单规则的方形模式。因为他在此时的趣味方面沾染了哈代和豪斯曼的气息，主张约束感情。但是，全用规则形体表达感情也不尽意，在《一句话》中他选择了独特的形体：

> 有一句话说出就是祸，
> 有一句话能点得着火，
> 别看五千年没有说破，
> 你猜得透火山的缄默？
> 说不定是突然着了魔，
> 突然青天里一个霹雳，
> 爆一声
> "咱们的中国！"

---

① 闻一多. 闻一多论新诗［M］. 武汉：武汉大学出版社，1985：87.
② 刘大白. 中国旧诗篇中的声调问题［M］//中国文学研究：上册. 上海：上海书店，1981：34.

若把末两行排列成一行，就成为简单规则的方形，但作者却让末两行形成个三角形，整个形体由一个三角顶着一个大方块。力的全部方向指向两者的交接点上，两种力在一个点上相抗衡，随时都会倾覆。作者借助这种力的模式，以昂扬的情绪，预言苦难的祖国必将获得新生，诗的形体负载着惊心动魄的千钧之力。如《你莫怨我》诗行排列形成一椭圆形：

> 你莫怨我！
> 这原来不算什么，
> 人生是萍水相逢，
> 让它萍水样错过，
> 你莫怨我！

"你莫怨我"重复安置在椭圆的两端，突出了思维的焦点，中间三行构成椭圆主体，匀称舒徐，具体诉说"你莫怨我"的内容，力向椭圆的两端发散。全诗结构简洁，形式美观，力的方向明确而平稳，诗人用意义和形式的重叠来加强词义的力量和视觉的厚重感。

三

我们从三方面分析新诗自由体诗行定位的审美意义。

（1）形体定位。作为视觉艺术的建筑艺术，其重要特点是讲究外形的比例、和谐、对称等，从而创造供人欣赏的形体美。汉字呈方块，藏着许多美质，而且在语言结构中，汉字黏合度差，富有弹性，所以新诗分行书写后，完全能通过巧妙排列，创造出美的空间形体。美的形式多种多样。有的诗行偏向方正排列，有的偏向谐和排列，有的偏向参差中的对称。但是，一味的均齐，也会让人觉得单调，自由诗一般在诗行排列时，注入较多的参差因素。许多自由诗追求感情波动内旋律合拍的自然流动的参差美。艾青就注意用分行手段营建同内在情绪节奏吻合的旋律效果。如《雪落在中国的土地上》一段：

> ——啊，你
> 蓬发垢面的少妇，

　　　　是不是

　　　　你的家

　　　　——那幸福与温暖的巢穴——

　　　　已被暴戾的敌人

　　　　烧毁了么？

　　　　是不是

　　　　也象这样的夜间，

　　　　失去了男人的保护，

　　　　在死亡的恐怖里

　　　　你已经受尽了敌人刺刀的戏弄？

　　诗表达了诗人追问和控诉的感情，旋律节奏急促挺进。长短行交替，在短句"啊，你"和"是不是"的引领下，诗行连续排列，感情急促喷出。诗行排列的参差美同内在旋律的骚动相得益彰。同样现实流动的参差美，贺敬之的诗排列成楼梯式，变静态为动态美。我们目光接触到这种诗行形体，就感到诗人感情的波涛滚动。

　　（2）声韵定位。王力较早把诗行排列同诗的音乐性联系起来考察。他认为"在法诗里，诗行的高低只是由于它们的长短；至于英诗，除了有时侯是他们的长短之外，多数由于诗的韵脚不同"。我国新诗行的排列"大多数是由于诗行的长短而分高低"，"也有专为韵脚的不同而分高低的"①。他揭示了新诗诗行排列同音乐性的两层关系。第一，诗行高低排列同音韵的关系。新诗中，有的诗用两韵，就把甲韵的诗行顶格写，乙韵的诗行缩格写。第二，诗行高低排列同诗行长短的关系。多数诗长行顶格，短行缩格，规则排列。需要补充的是，通过诗行高低排列，来反映节奏变化，从而强化诗的韵律节奏，这种现象极为普遍且方式多样。如闻一多《末日》共三节十二行，单句三个节奏单元顶格写，双句四个节奏单元反倒缩格排列。郭小川20世纪50年代写长行诗，采用梯形排列，他"大体按照念这些句子时自然而然地间歇，按照音韵的变化做了这样一种排列，多数也想暗示读者：哪里顿一下，哪里加强一些，哪里用种什么调子"。"这不只是对朗诵者，就是对阅者也是不无方便的。"② 分行排列、有机调

---

① 王力．汉语诗律学［M］．上海：上海教育出版社，1979．

② 郭小川．谈诗［M］．上海：上海文艺出版社，1979：79．

节诗行长短，对新诗节奏具有重要意义。

还需要说明，诗行排列，在某些诗中还能在更大范围内形成诗歌节奏段落，使全诗形成回环咏唱的艺术整体。如梁上泉的《黄河，你告诉我》共八节，逢单节仅一行，逢双节多行平行排列，四个一行节中有两个是"你告诉我，黄河！"，另两个是"黄河，你告诉我！"这样，全诗就构成了分别由上下节组成的四个节奏段落，连环反复，回旋而下。连续的一大一小的方块结构，给予视觉的节奏效果，类似建筑体一窗一柱的连续反复，从音乐结构说，是两种音乐的交替，显示了整齐而和谐的节奏。

（3）诗情定位。诗行排列的审美意义，更多关涉诗的思想和感情表达。诗行排列给人的视觉印象是空间建筑形体，其所显示的则是诗人的"感情结构形体"。诗行排列的视觉形式，实在是诗人感情结构的外在表现。诗行显示或暗示感情，主要方式是通过诗行的书写位置变异和排列形体结构来实现的。若诗中某些诗行书写位置突出，它就会打破诗行排列的平庸或平衡而变得"引人注目"。这种醒目信号通过视感觉传递给脑知觉，使人获得鲜明印象，从而引起对诗中某种"意义"的注意。如马丽华《日暮》一节：

> 悲壮之美
> 静穆之美，
> 别了，我的太阳
> 摇动晚霞斑斓的手帕
> 一路珍重，一路
>   珍重

最后的"珍重"移行并缩格排列，同上行"一路"间有较大断续。传达出绵绵情长的抒情调子；同时，最后的"珍重"同上行"珍重"对应重叠排列，更突出反复叮咛的依依情意。末两行的排列形体，同上两行"别了，我的太阳／摇动晚霞的手帕"连续，人们读来能深切地体味到诗作的抒情基调，触摸到诗人真挚情感。

以上是通过某些诗行书写位置的变异，来直接显示诗人的思想感情。还有种情形是，诗人通过诗行排列的整体建筑形体，间接暗示某种思想和感情，它并不追求准确地描摹外事物，因为"建筑中观念的表现是含糊的"。阅读形体间接暗示思想感情的诗，往往要在获得诗行排列形体视觉印象之后，借助于联想方能领悟诗人的匠心。如朱湘《雨》的一节：

> 唯有从内地来的到如今
> 才看见"虹"。
> 　　　正式的在落雨。
> 为了买皮鞋油的缘故，我
> 走过去了四川路桥。

> 　　车辆
> 形成的墙边，有竹篱围着
> 一片空地；公司竖了木牌，
> 指明新屋所移去的地点。

　　诗任意移行跨节，诗行短短长长，排列高高低低，给人零落关系。这种零落排列的诗行，不但传达出主人公在飘落的雨中无所依傍的情景，更重要的是传达出主人公在飘落境遇下寻找故旧无着的失落感。

从以文为诗到诗家语言

一

　　我在研究新诗音律过程中，经常纠结的问题是音律与语言的关系，经常关注的是新诗的发生问题。从 19 - 20 世纪之交到五四时期，中国新诗实现了由传统到现代的转型。这种转型涉及中国诗歌的诗质、诗语和诗体等诸多方面深刻的现代嬗变，它制约着新诗的发生及其基本面貌，同时规定着中国新诗的建设进程。新诗百年发展的诸多问题的根脉深埋在新诗发生中，新诗语及新诗体都是在新诗运动中发生的，解开新诗语和新诗体的密码，无法回避的重要问题是新诗的发生。因此，有段时间我就集中精力研究新诗发生问题，研究新诗语和新诗体的成型问题，写成《中国新诗发生论稿》，并成功申报国家社科基金后期资助项目，由人民出版社出版。我写有一组关于新诗发生与新诗语及新诗体关系的文章，如《关于中国新诗发生若干问题的反思》（《常熟理工学院学报》2006 年第 3 期）、《20 世纪中国现代诗体流变论》（《文学评论》2006 年第 1 期）、《新诗发生的传统诗歌资源》（《中国现代文学研究丛刊》2006 年第 1 期）、《百年中国现代诗学史的叙述》（《文艺理论研究》2006 年第 3 期）、《新诗发生与百年诗体建设》（《西南大学学报》2007 年第 3 期）、《论百年诗体格局的偏颇及成因》（《江海学刊》2007 年第 4 期）、《五四时期的白话运动与新诗运动》（《文艺争鸣》2009 年第 7 期）、《百年中国现代诗学起点论》（《文艺理论研究》2011 年第 5 期）、《中国新诗发生与外国诗歌影响》（《常熟理工学院学报》2011 年第 5 期）、《新诗发生：中国诗歌的现代转型》（《中国社会科学报》2013 年 8 月 30 日）。这些文章都试图总结新诗语和新诗体的发生经验。诗学专家吕进教授，在发表我相关文章的按语中，充分肯定了我的研究思路。

从研究新诗音律视角，我关注了新诗运动中的"诗体解放"论，也关注了胡适的"以文为诗"论，关注它们对新诗语和新诗体的影响。就新诗语和新诗体，我追溯到新诗发生期关于"文之文字"与"诗之文字"的争论。五四新诗运动中的"以文为诗"论，是推动传统诗语向现代诗语转型的核心理论。无论是喜欢或不喜欢白话新诗的人，一般都不否认"五四早期白话诗正是以'作诗如作文'为主要理论旗帜的"①。早在1915年夏季以后，诗坛就正面提出把"作诗如作文"视为诗国革命的实施方案，由此展开了"诗之文字与文之文字"的争论，拉开了五四白话诗运动的大幕。随着争论的深入，"以文为诗"的"文"就逐渐地明确了两个内涵。一个是与"诗"相对的"文"的内涵，另一个是与"文言"相对的"白话文"的内涵。如果说"以文为诗"论是五四新诗运动理论旗帜的话，那么新诗语发生就包含着两方面内容，一是用文之文字来转换诗之文字，即相对于传统诗语的散文化倾向，一是用现代汉语来取代古代汉语，即相对于古代文言的白话化取向，两者其实都涉及对于传统诗韵语的反叛，"新诗"是一种在两个层面都不同于旧诗语言的新诗语的诗。就前者来说，就是提出了诗体解放论，在诗语的诸多方面构成了与旧诗的种种陌生化差别：

> 一是章法、格式的差别亦即诗体的大解放。"把从前一切束缚诗神的自由的枷锁镣铐，通通推翻"，"完全打破词调曲谱的限制"，不拘格律，不拘平仄，不拘长短等等。
> 二是语言、韵律的差别，包括音节、语调、通韵的差别。如"用白话作诗""用说话的调子"，用"自然的音节""平仄要自然""用韵要自然""有韵固然好，没有韵也无妨""不拘格律"等等。
> 三是意象、手法的差别。"去烂调套语" "不用典" "不讲对仗"等等。②

就后者来说，与五四新诗运动中新诗同时诞生的现代白话（现代汉语），"实际上就是在传统的白话文基础上吸收了西方语言系统的语法、词汇特别是思想词汇，继承了一定的传统思想而形成的，它本质是一种新的语言系统"③。这

---

① 王瑶. 论现代文学与中国古典文学的历史联系 [M] //中国现代文学史论集. 北京：北京大学出版社，1998：325.
② 钟军红. 胡适新诗理论批评 [M]. 北京：人民文学出版社，2005：95.
③ 高玉. 现代汉语与中国现代文学 [M]. 北京：中国社会科学出版社，2003：100.

种新诗语同旧韵语存在更多差别：

> 白话文倡导者的目标是使中国人"可以发表更明白的意思，同时也可以明白更精确的意义"。在此，语言革命的两个语言指向，一是明白，二是精确。要求"明白"是着眼于以文言文为代表的旧语言文字古奥难懂，认为这阻碍了文化和文学的普及和推广；而要求"精确"是着眼于以文言文为代表的旧语言文字具有模糊、含混、不精确等弊端。①

这就是五四新诗运动中诗语转型更为深层的意义。"以文为诗"论通过以上两方面的反叛，使得新诗诗语同旧韵语之间拉开了距离，呈现着由传统诗语到现代诗语的转型。

胡适充分肯定"以文为诗"两层涵义。"作诗更近于作文！更近于说话！""只在打破了六朝以来的声律束缚，努力造成一种近于说话的诗体。"这是从诗体语言角度说的；"宋诗的特别性质全在他的白话化。换句话说，宋人诗的好处是用说话的口气来作诗；全在作诗如说话。"② 这是从白话语言角度说的。以上语言变革是以口语化、精确性、界定性为目标追求的，传统文学语言所具有的模糊性、多义性、多层次性、喻意象征性、声韵特性等艺术表现力的语言功能有所弱化。"以文为诗"后的新诗语使得自身"音节的标准"和"表现力的标准"难以实现。就"音节的标准"说，以音义结合的语句和句子为单位的现代汉语，趋于繁复的多音节词增加和长句出现对新诗的行句、结构提出了新的挑战，而且，现代汉语句法的散漫性也在一定程度上导致了严格音韵意味的流失。就"表现力的标准"说，诗的语言必须极其精练，少用连接词，意象丰满而紧密，色泽层叠而浓淡入微，重暗示而忌明说，言有尽而意无穷，但新诗却普遍缺乏这些特质。反之，初期白话诗大都枝蔓、懒散，纵然不是满纸标语和滥调，也充斥着钝化、老化的比喻和象征。这就是新诗运动中发生的新诗语面临的窘境。它在获得历史肯定性地位的同时，也面临着必须自我完善的话题。

从诗学理论来说，诗体如同符号，具有一定的稳定性，这种稳定性是由诗歌语言特别是强调诗的语言与口头语言和其他文体语言不同的"诗家语"决定

---

① 朱晓进，李玮. 语言变革对中国现代文学形式发展的深度影响［J］. 中国社会科学，2015（1）.

② 胡适. 国语文学史［M］//胡适文集：八. 北京：北京大学出版社，1998：74.

的。诗语是弹性极强的语言，它首先是一种在自己的声音中有序化了的语言，起有序性作用的是语调、节律、音韵、句子结构等。诗歌语言中的任何文词都是在各种关系中和各种水平上有序化的符号系统，这个系统具有的稳定性决定了诗体的稳定性。梁实秋认为，"诗是锻炼过的字句；它有自然的音节，是美而富于情感想象的思想力的作品"①。这个概括尽管不能获得普遍认同，但它却较好地说明了诗应该有诗的字句、诗的音节、诗的想象、诗的情感。五四新诗运动中的"以文为诗"论制约着新诗语生长、衍生的限度，同时它也为新诗语建设开辟了广阔空间。通过对新诗发生期诞生的新诗语言考察，我觉得真正要研究新诗音律问题，必须要把"文之文字"的两个内涵结合起来，把它所存在的两方面问题作为新诗语和新诗体建设的逻辑起点和现实基础。新诗语需要"诗家语"，诗家语应该是"诗之文字"而非"文之文字"。因此，我的研究就从新诗音律语言转向了新诗的诗家语言，研究诗的音律视野显得更加开阔了。

二

我的看法是：新诗的成熟在某种意义上取决于新诗语建设的程度，百年新诗发展的历史在某种意义上是新诗语变迁的历史，是新诗的诗家语建设的历史。诗家语包括：从表现力标准说，就是解决好新诗的表达语言，从音节的标准说，就是解决好新诗的音律语言。

从晚清诗界革命到五四新诗运动的诗歌革新，人们始终面对两个基本矛盾：一是诗与散文的冲突，二是白话与文言的冲突。由于特定环境的制约，新诗发生期进化论和绝对化思维使得两个基本矛盾并未解决。虽然在新诗发生期就存在着诗与非诗、文之文字与诗之文字的讨论，但这时期的诗论和创作基本潮流是诗体解放，创作存在着非诗化倾向。诗家语言应该是以情绪性、含蓄性、感受性、暗示性等为本体特征的，新诗运动中以文为诗，采取的策略则是反诗歌的"散文化"与反文言的"白话化"，以"口语化""精确性""实用性"的诗语取代"去口语化""喻意象征性""声韵节奏"的诗语，造成了新诗自身"音节的标准"和"表现力的标准"难以实现。从初期新诗创作来看，新诗的散文化，其实现的是散文形式的美，不是新诗文体的诗性美；新诗的白话化，其实

---

① 梁实秋．余论［J］．文艺增刊，1922（2）．

现的是白话运动的语言革命目标，不是诗家语言的本体目标。因此，初期新诗缺乏诗美，存在着严重的非诗化倾向。正如卞之琳所说，"对中国古典诗歌稍有认识的人总以为诗的语言必须极其精练，少用连接词，意象丰满而紧密，色泽层叠而浓淡入微，重暗示而忌明说，言有尽而意无穷。凡此种种正是传统诗的一种特色，也形成了传统诗艺一种必备的要素。今日的新诗却普遍缺乏这些特质。反之，白话诗大都枝蔓、懒散，纵然不是满纸标语和滥调，也充斥着钝化、老化的比喻和象征"①。虽然这种批评并不完全中肯，因为新诗自有审美品质，不能简单地移用旧诗审美标准评判，但初期新诗语言普遍缺乏"美术的培养"，以文为诗不是写诗的正道，则是不争的事实。

新诗运动后期，部分诗人创作开始突破新旧之别，努力接续传统诗艺。新诗人"在拥有了更多西方诗学资源与更专业的现实审美经验的同时，有兴趣和心情重新打量汉语诗歌曾经有过的家当，进一步考虑'新诗'应该具备的内在性格和精神，他们较为普遍也较为自觉地'从诗的本体要求出发重新面对诗歌的形式和语言要求，关心诗歌特殊的说话方式'，并给出了自己认为恰当的重要的构想"②。到1923年以后，新诗人提出了新的诗学观念，即"文学只有美丑之分，原无新旧之别"，开始冲破基于对立思维和进化观念的以新旧取舍的诗学观，倡导用新的美丑分别来建设新诗。这样，新诗发展就由破旧诗创新诗向着建设新诗的阶段转变。随后展开的我国纯诗运动，以"为诗而诗"论为指导，新月诗人和初期象征诗人集合起来建设新诗语，其目标是依据"音节的标准"进行"声音的加工"，依据"表现力的标准"进行"形象的加工"。新月诗人的贡献重在前者，初期象征诗人的贡献重在后者。正如郭绍虞所说："致力于句的方面者则成为象征派""致力于体的方面者成为格律派。"③

新月诗人在新诗史上影响最大的是对于新诗格律的探索。新月诗人探索新诗格律既向域外借鉴，更重恢复传统，大致分成两路。一路以闻一多、孙大雨为代表，主要探索了新诗格律三大问题：一是新诗音组节奏体系，依据传统汉诗"逗"的原理确立新诗的节奏单元音组，然后再连续排列形成节奏；二是建行构节字句整齐，具体的要求是"节的匀称"和"句的整齐"；三是押韵，闻一多认为，中国诗韵特宽，应该充分利用诗韵来造成诗的音乐美。另一路以朱

---

① 卞之琳. 今日新诗面临的艺术问题 [J]. 诗探索，1981 (3).

② 王光明. 现代汉诗的百年演变 [M]. 石家庄：河北人民出版社，2003：97.

③ 郭绍虞. 新诗的前途 [M] //燕园集. 北平：燕京大学燕园集出版委员会，1940.

湘、徐志摩为代表，也重点探索了新诗格律三大问题：一是诗行的独立，朱湘认为诗是以行为单位的，诗行的首先要求是"独立"，即诗句的相对完整性和独立性，"每个都得站得住，并且每个从头一个字到末一个字是一气流走，令人读起来时不至于生疲弱的感觉，破碎的感觉"①；二是诗行的匀配，"各行的长短必得要按一种比例，按一种规则安排，不能无理的忽长忽短，教人读起来时得到紊乱的感觉、不调和的感觉"②，行与行匀配成章，包括类似律绝体通过整齐划一的诗行构成诗节，类似长短句的词曲体节内诗行匀配；三是节奏的和谐，强调新诗要通过自然语调来建立旋律节奏，徐志摩的诗用"意顿"作为节奏单元，在自然语调中显出语流的波动进展。以上两路探索，都与中国传统诗语讲究音律节奏、字句整齐、押韵规律等"音节的标准"联系，它指示着中国新诗语发展的新道路。

初期象征诗人在新诗史上影响最大的是新诗表达的探索。而这里的"表达"所指又正是改变初期白话诗语弊病，提升新诗语的诗性素质。初期象征诗人提出了建设新诗语的理论，一是强调诗是"有统一性有持续性的时、空间的律动""心情流动的内生活是动转的，而它们的流动动转是有秩序的"；二是"诗的世界是潜在意识的世界。诗是要有大的暗示能"，即诗要通过暗示或象征造成朦胧性和审美性，展示出诗人内生命的深秘；三是诗的内容需要用旋律形式表示。"在人们神经上振动的可见而不可见可感而不可感的旋律波，浓雾中若听见若听不见的远远的声音，夕暮里若飘动若不动的淡淡光线，若讲出若讲不出的情肠才是诗的世界"；四是诗语要超越形式文法的组织法，"诗有诗的 Grammaire，绝不能用散文的文法规则去拘泥他，诗句的组织法得就思想的形式无限的变化。诗的章句构成法得流动，活跃，超于散文的组织法。"③ 以上数端是对"以文为诗"的颠覆性否定。初期象征诗人立足在散文与诗的分界立场，直抵新诗语言"表现力标准"的诗性特质，强调了新诗语的律动性、暗示性、朦胧性和陌生化等重要内容，从而建构起了一个关于新诗语的理论体系。

以上是就其主要影响而言的。其实，新月诗人也在提升新诗语表现力方面做出了贡献。他们主张"本质的醇正""情感的节制""格律的谨严"，必然推动诗的语言诗化。与"本质的醇正"相应，新月诗作的语言纯化，尽量采用诗

① 朱湘. 评徐君志摩的诗 [M] //中书集. 北京：中国文联出版公司，1993：164.
② 朱湘. 评徐君志摩的诗 [M] //中书集. 北京：中国文联出版公司，1993：164.
③ 穆木天. 谭诗 [J]. 创造月刊，1926，1（1）.

之文字，少用复杂句式和欧化语言；与"情感的节制"相应，新月诗作重视意象表达，甚至采用客观化、小说化和戏剧化表现手法；与"格律的严谨"相应，新月诗作注意诗行均齐，尽量避免化句为行，诗语由散文化向着纯诗化方向过渡。而初期象征诗人也在新诗音节美方面做出了贡献。初期象征诗作强调诗在形式上是有统一性有持续性的时、空律动，主张"雄壮的内容得用雄壮的形式（律）去表；清淡的内容得用清淡的形式（律）去表"；初期象征诗作强调诗表现上的暗示象征，主张用诗的表现语言，突出诗的音画艺术；初期象征诗作强调诗语的陌生化，主张诗韵和诗体复杂，大量采用叠词叠句来形成情绪的律动；由此，诗语就由散文化向着音律化方向过渡。

对于以上探索，我们觉得郭绍虞在《新诗的前途》中的评价值得重视。郭绍虞认为，"由象征派言，确是一种进步。象征派的重要，在于给诗创造一种新语言——是运用现代语的新技巧。""他们走的路不能算错误，然而也不能算成功，即因新语言的创造，原不是一朝一夕的事。""由格律派言，更是一种进步。他们也用欧化的句法，有时也用象征的写法，但是更重在诗的音节，必有这种努力，始可使诗成为一种新的体制。""此派诗应有相当的成功，然而仍不为人注意，易被人忽略过去者，则以创造新音节，较创造新语言为尤难。"① 这个评价，具体肯定了两个诗派对于新诗之"诗语"两方面建设的贡献。

三

纯诗运动发展到20世纪30年代后，现代派诗人群更加自觉地从两方面探索新诗的"诗家语"，使得新诗语在原有探索的基础上走向成熟。现代派诗人建设新诗语的贡献巨大。

现代派诗人群人数众多，他们由对"诗"的追求获得一个重要发现，即"古诗和新诗也有共同之点的。那就是永远不会变价值的'诗之精髓'。那维护着古人之诗使不为岁月所研伤的，那支撑着今人之诗使生长起来的，便是它"②。又由于现代派诗人已经是新诗的第二代，他们不必如前代如刘大白那

---

① 郭绍虞. 新诗的前途［M］//燕园集. 北平：燕京大学燕园集出版委员会，1940.
② 戴望舒. 谈林庚的诗见和"四行诗"［J］. 新诗，1936（2）.

样，"觉得常有因袭的重担压着他"①。相反，"在白话新体诗获得了一个巩固的立足点以后，它是无所顾忌的有意接通我国诗的长期传统，来利用年深月久、经过不断体裁变化而传下来的艺术遗产"②。因此他们自觉地面向传统遗产寻求"诗"包括诗语的诗性。当然，他们也不愿意重新回到原来出发点，而是希望在沟通中西诗歌艺术的过程中融古和化欧，实现西方现代派诗与中国传统诗艺不着痕迹的融合。不仅是两者的融合，而且基于创造民族诗歌的使命感，他们对于所接触的西方现代诗又有偏向性视角，即创造自己民族的现代诗，因此在对于西方现代诗潮的吸收与传播中，常有一种与中国传统诗歌某些对应性审美观念，有着在更深层面上求同的自觉意识。如卞之琳说自己写诗的艺术趣味："在学了一年法文以后，写诗兴趣已转到结合中国传统诗的一个路数，正好借鉴以法国为主的象征诗了。"③ 他译介波特莱尔《恶之花》，选择尼柯孙《魏尔伦》中"专论魏尔伦诗中的亲切和暗示以及这两个特点在象征派诗法上所占的地位"章节，原因是他从中看到了我国传统旧诗词的长处。"可是这种长处大概快要——或早已——被当代一般新诗人忘掉了。"④ 如戴望舒在教会大学中偷食象征派诗"禁果"，其动力是"那种特殊的手法恰巧合乎他的既不是隐藏自己，也不是表现自己的那种写诗的动机的缘故"（杜衡）。何其芳也说自己摒弃浪漫诗影响后，在"几位班那斯派以后的法兰西诗人的篇什里"，找到了与读晚唐五代词时的"一种同样的迷醉感"⑤。施蛰存介绍美国意象诗人罗威尔，说"她的诗最受我国与日本诗的影响，短诗之精妙者颇有唐人绝句及日本俳句的风味"⑥。以上种种有意中西接通的立场和取向，导致现代派诗人的新诗语呈现新的面貌，标志着汉语新诗语正在走向成熟。

　　从"表现力的标准"来说，现代派诗人"具有将中西现代诗的艺术融合的自觉意识，驱使他们找到艺术创造自身的立足点，即找到中国现代象征诗的现代性与传统性沟通的关系，那些属于中国民族审美习惯的'幽微精妙'的地方"⑦，从中西沟通上重新确定意绪、意象、意境、意蕴在新诗中的特殊位置，

① 陈望道. 旧梦·序［M］//中国新诗集序跋选. 长沙：湖南文艺出版社，1986：109.

② 卞之琳. 戴望舒诗集·序［M］//人与诗：忆旧说新. 北京：生活·读书·新知三联书店，1984：64.

③ 卞之琳. 雕虫纪历·自序［M］. 北京：人民文学出版社，1984.

④ 卞之琳. 魏尔伦与象征主义·译者识［J］. 新月，1932，4（4）.

⑤ 何其芳. 论梦中的道路［M］//何其芳文集：二. 北京：人民文学出版社，1984：68.

⑥ 施蛰存. 美国三女流诗抄·译者记［J］. 现代，1932，1（3）.

⑦ 孙玉石. 中国现代主义诗潮史论［M］. 北京：北京大学出版社，1999：166.

使现代抒情诗在整体性的唐风宋韵里显示出古典底蕴和现代品格。其中的核心概念是"意象"。20世纪初风靡美国的意象派诗人为使诗摆脱浪漫感伤和矫揉造作，努力寻求情感的客观对应物，以求简隽含蓄地表达情感，结果在中国古典诗里发现了与其理论吻合的东西，即中国早有精辟阐释的"意象"。我国现代诗人接受了意象派影响，也接受了法国后期象征派诗影响，接受了当代英美现代诗影响，同时又把眼光更多地投注于"一些富于情调的唐人绝句"，特别是以李商隐、温庭筠等人代表的"晚唐五代时期那些精致的冶艳的诗词"。正是在此接通过程中，现代派诗的语言诗性表现力获得提升。一是关于意象建构的语言。大量意象语言的使用，开始突破了初期新诗文之文句的局限，如完整陈述的话语，时间逻辑的句群，明白清楚的白话，说理启蒙的议论，复杂的句式结构。同以文为诗的诗语相比，现代派诗以情感逻辑代替了语义逻辑，以主观抒情代替了客观叙述，以声色语言代替了大白话语，以具象语言代替了空泛议论。唐诗中意象语言受制于形象特征，大多采用富含情感的散文句式，分析语言受制于情感律动，大多采用对等律动句式，这也正是现代派诗的语言特征，即从文语走向诗语了。二是关于意象的组织。现代派诗的意象特征是繁复，具体表现为：意象丰富叠加，呈较为密集状态；诗中意象多义，给人丰富体验；意象组合奇特，采用自由联想方式；意象间关系反逻辑，探索事物间新关系；意象多感觉转换，呈现"性灵与官感的狂欢"。这种意象组织，使得抒写语言从外部进入内部，从客观转向主体，从叙述转为抒情，从明白变得朦胧，由"全官感""超官感"意象组织建构的情感波动流程表现为诗语的语感波动、情调流程和声韵节奏，从而改变了文从字顺的散文语法，建构起诗功能语法，没有看惯觉得是一盘散沙，其实不是沙而是有机体。三是关于意象的意蕴。意象最为重要的特征就是意蕴立体多层，戴望舒说自己的诗是梦中的泄漏，是隐藏自己与表现自己的平衡，郑敏说现代诗具有高层意蕴建筑。这都说明了意象诗具有朦胧性、深刻性和多义性，这反映在诗语上就是陌生化、暗示性和跳跃性等特征。

现代派诗基本语言风格是"亲切的日常说话调子"。如戴望舒成熟期作品都"在亲切的日常说话调子里舒卷自如，锐敏，精确，而又不失它的风姿，有节制的潇洒和有工力的淳朴。日常语言的自然流动，使一种远较有韧性因而远较适应于表达复杂化，精微化的现代感应性的艺术手段得到充分的发挥"①。这种语

---

① 卞之琳. 戴望舒诗集·序［M］//人与诗：忆旧说新. 北京：生活·读书·新知三联书店，1984：66.

言呈现着诗人与读者交流的说话语调。这"表明了他上接我国根深蒂固的诗词传统这种工夫的完善，外应（迎或拒）世界诗艺潮流变化这种敏感性的深化，而再也不着表面的痕迹"①。卞之琳说这种语言来自魏尔伦诗，也是我国旧诗词的长处，废名说这种语言是晚唐诗词语言的优秀传统，其在现代诗中化古化欧得不着表面痕迹，表明了新诗语的成熟。现代诗人群体大多具有内向型心理气质和阴柔型审美心态，敏感、多疑、正直善良而内向羞涩，因此他们的诗大多具有这种"亲切的日常说话调子"。在此总体风格中，各位诗人也有自身追求。如卞之琳的诗追求一种淡雅如水，亲切如话，平淡中见深沉，精练中多含蓄的特点。卞诗语言的长处正在于它恰如其分地表达了作者（或说话人）的心绪或心境。② 同亲切说话调子相关的，是诗中语吻句的使用。古诗中也用语气词来同读者呼应，以传达特定语调和情调。现代派诗使用语吻句达到成熟的境地。如戴望舒常用"的""呢""吗""吧""了"等来显示语吻。

从"音节的标准"出发对诗语的声音加工方面，现代派诗人更是取得卓越成就。戴望舒、废名等人推进了初期象征诗人的情绪节奏探索。其核心观点是"新的诗应该有新的情绪和表现这情绪的形式"，要用诗情节奏（诗的情绪的抑扬顿挫）取代音韵节奏或字句节奏。情绪节奏通过四种途径来呈现。第一，以情绪的律动贯穿全诗。诗人较好地掌握了对等的基本原则，通过匀整与变化、相同与相异、规则与自由的规则来对散文句式做律化或诗化处理。第二，词语的重复和回旋。汉语的音乐性是通过语词的重复、回旋实现字音乃至情绪的相互应答来体现的，现代派诗体重视借鉴古诗音乐技巧，重视字音、短语、句式、句子结构、诗行、诗节的重复和回旋来传达内律。第三，语调的自由和节制。情绪节奏的诗语呈现传统诗语固有的诗性特征。卞之琳、林庚等人推进了新月诗人的字句节奏探索。卞之琳研究汉语的基本内在规律，明确地提出了"顿"或"音组"是汉语白话诗的基本格律因素，并在此基础上建立了新诗音顿节奏体系。林庚探索新诗语言节奏不倦地从中国古典诗歌汲取营养，探索成果是在传统音组基础上寻求现代白话和口语中的新音组，并按照传统诗普遍遵循的半逗律建行构节。以上两路节奏的诗，普遍存在于现代诗人的创作中。

废名对于现代派新诗的探索做过理论概括，认为其直接接受了晚唐五代诗

---

① 卞之琳. 戴望舒诗集·序［M］//人与诗：忆旧说新. 北京：生活·读书·新知三联书店，1984：66.

② 袁可嘉. 略论卞之琳对新诗艺术的贡献［M］//半个世纪的脚印. 北京：人民文学出版社，1994：170.

词的影响。我国古典诗歌语言有两条线索，其一是致力于语词含意的明晰性、准确性，句子篇章富有逻辑性、思辨性；其二是有意模糊语词的内涵与外延，造句自由而随意，没有固定的规则，全篇各句之间的关系以"并列"为主，非逻辑、非因果。"明辨"和"忘言"在中国古典诗歌史上又属于两种循环往复、交替出现的文法追求。应该说，20 世纪 30 年代的现代派诗人注重打通的是唐诗宋词"忘言"的传统诗语。他们的诗语探索，通过融古化外实现了新诗语从以文为诗的非诗化向诗化的自觉回归。胡适提倡作诗须得如作文，自称是恢复宋诗的以文为诗，以说话为诗，其结果走上的却是使新诗语非诗化的道路。正如废名所说，"旧诗向来有两个趋势，就是'元白'易懂的一派同'温李'难懂的一派，然而无论哪一派，都是在诗的文字之下变戏法。他们的不同大约是他们的词汇，决不是他们的文法。而他们的文法又决不是我们白话文学的文法。至于他们两派的诗都是同一的音节，更是不待说的了。胡适先生没有看清楚这根本的一点，只是从两派之中取了自己所接近的一派，而说这一派是诗的正路，从古以来就做了我们今日白话新诗的同志，其结果我们今日的白话新诗反而无立足点，元白一派的旧诗也失其存在的意义了。"① 废名的观点极其鲜明，即我国古代两条线索诗语的根本之点不是"文"而是"诗"，即都是"诗家语"，而胡适没有真正看清这点，提倡以文为诗和说话为诗，打破诗语的"文法"和"音节"，其后果就是导致新诗语的非诗化。

四

对于这场新诗建设的纯诗运动的意义，朱自清的概括是"回家"，包含着两层含义：一是越过五四时期的散文化诗学，回归新诗语的诗性抒情品格；二是超越新旧诗的对立性思想，接续优秀的汉诗艺术传统。但是，新诗语和新诗体的成熟需要一个持续探索的过程，一个不断建设的过程。"一种语言文字的新的使用方法，必须累经试验，然后汰劣存优，始能成功，这是没法急进的事。"② 我们肯定纯诗运动开辟了新诗语探索的自觉时代，但新诗语建设绝非一蹴而就的事。纯诗运动以后的新诗人继续探索新诗语的诗性问题，且这种探索贯穿百

① 废名. 新诗十二讲——废名的老北大讲义 [M]. 沈阳：辽宁教育出版社，2006：26.
② 郭绍虞. 新诗的前途 [M] //燕园集. 北平：燕园集编辑委员会，1940：18.

年新诗发展史。正是持续不断的探索，才使我国新诗语不断进步成长。纯诗运动建设新诗语和新诗体，其方法论特征是自觉地融合中西诗艺，平衡继承传统和横移域外资源，改变初期新诗更多借重域外资源的偏颇。在此探索中，蕴含着的文化心理，是郭绍虞所说的"迁就读者"和"一意孤行"。其"迁就读者"指的是新诗中间容纳旧诗的问题，其"一意孤行"指的是新诗中间采用欧化的问题。郭绍虞认为，"历史上每一种旧体逐渐没落新体将要代兴的时候，一般新作者很自然的分为二派。一是左派，力变旧作风，力革旧体制，处处对旧派站在反对的地位，也可称为革命派。一是右派，旧作风与旧体制之长兼收并蓄；然仍不忘创造其新作风与新体制，这可称为修正派。""若取革命的态度则当一意孤行，若取修正的态度则不妨迁就读者"。由此可见，"迁就读者"就是回归传统，继承历久弥新的传统审美品格，"一意孤行"就是开拓新路，接受世界最新的现代审美品格，这都是完善新诗语的重要途径，其指正好是落实新诗语建设的现代性和传统性的结合。

在此方法论指导下，20世纪30年代以后我国新诗语的建设主要在三个方向展开，即完善诗语的传统韵语方向，完善诗语的偶化语言方向，完善诗语的大众口语方向。其新诗语言探索的基本状况，一是"为了保持诗的'文从字顺'和便于传达信息，诗人在选择语词时必然倾向于浅显易懂的语汇，在句式结构上则更多地凸显意义的语言功能"；二是"当诗人有可能冷静地思索诗歌艺术本身的意义时，诗歌语言的作用便逐渐为人们重新认识，诗人们才又开始在白话的基础上重建一种与日常语言不同的诗歌语言，既保持白话的'明白清楚''平易亲切'，又可以恢复诗歌在音律上的铿锵、形式上的精美、意象上的鲜明与意境上的含蓄悠远深邃"①。具体来说，新诗的"新语言"建设仍然是郭绍虞界定的两方面，即致力于句的方面者和致力于体的方面者，前者是运用现代语的"新技巧"（诗的语言技巧），后者是现代诗的"新音节"（诗的音律形式），两者的共同指向就是"创造一种诗化的语言"。

在百年新诗的诗家语建设过程中，我认为有十二位诗人的贡献特别值得注意。（1）胡适，代表的是初期白话诗体的探索，是由旧诗到新诗转变的关键性人物，诗语探索的贡献是说话式白话诗的诞生。（2）郭沫若，代表的是初期自由诗体的探索，从西方现代自由诗运动借鉴，体现的是诗情和诗语的抒情趋向。（3）闻一多，其早期诗语是五四新诗语探索的典范，新月期则为新诗音律建设

---

① 葛兆光. 汉字的魔力 ［M］. 沈阳：辽宁教育出版社，1998：224 – 225.

做出重要贡献。（4）朱湘，更多地向传统诗语的借用，采用了词曲的音调和音节，诗语"从歌曲的意义上显出完美"。（5）李金发，初期象征诗派的代表，创作同西方纯诗呼应，诗语追求体现"诗的思维术"。（6）戴望舒，开创了一种新的抒情写作姿态，形成了具有亲切而含蓄的诗语，突现了抒情主体的独白性。（7）卞之琳，是现代派诗人代表，其知性写作是对新诗语言的提纯和结晶，倾向于新诗的戏剧化写作。（8）林庚，始终从传统中借鉴，回归传统的意境，回归到传统的韵语。（9）吴兴华，试图把西方诗体和传统诗语综合起来，在意象、语言、诗行和音律等方面有着独创性。（10）臧克家，创作从古典与民歌中发展出来的具有民族风格和气派的新诗，靠向推敲、提炼的传统韵语。（11）艾青，是七月诗派的代表性人物，创作的诗语强调散文美，在建构自由诗的韵律节奏方面做出了重要贡献。（12）穆旦，作为九叶诗人的代表，探索新诗现代化发展道路，创作寻求现实、象征和玄思的综合，体现了诗语的包容性和张力品格。

结束语

以上十八题，叙述了我求解新诗音律密码的过程，以及在求解中所获得的主要成果。

第一至第七题，是关于新诗节奏律的探索。我从新诗节奏的基本单元入手，提出的结论是：汉诗节奏属于音顿而非音步节奏体系。在此基础上，提出了新诗的三种节奏体系，即音顿等时连续排列节奏体系、意顿诗行对称排列节奏体系和行顿对等重复排列节奏体系，并在此基础上建构新诗的韵律节奏系统。在此过程中，强调汉语的古今诗律、自由体和格律体诗律都具有共同的家族基因特性，它们是具有相同血脉关系的同一家族的不同成员。

第八至第十题，是关于新诗体形式的探索。在论述了新诗韵律节奏系统的基础上，我把韵律节奏系统提升到诗体层面，揭示新诗体的形式特征。新诗韵律节奏的探索，同时也是新诗体的探索。我根据韵律节奏体系，把新诗体主要分成连续型的自由体、诗节型的格律体和固定型的格律体三大类，并具体叙述了新诗自由体和韵律节奏特征。在此过程中，强调我国新诗体与世界现代诗体的基本特征是相通的。

第十一至第十四题，是关于新诗音质律的探索。我肯定新诗对于我国韵传统的继承，也肯定新诗接受世界现代诗的影响，在此基础上叙述新诗凸显音质律的四个问题：一是诗韵与新诗节奏运动的关系；二是新诗传统式和现代式的基本用韵格式；三是新诗音质律的实践及理论概括；四是新诗复杂多变的语调问题。

第十五至第十八题，是关于新音律特征的探索。我着重探索了新音律特征的四个重要关系，一是新音律与新诗现代性的关系，强调新音律的现代性特征；二是新音律与意义表达的关系，强调新诗的音义结合性特征；三是新音律与诗行排列的关系，强调诗语的音形感性美特征；四是新音律与新诗语的关系，强调新诗的诗性语言特征。

　　以上是我对新诗音律探讨及其成果的主要方面，另有些话题散落在我研究新诗律和新诗体的论著中。吕进先生在序《新诗格律与格律体新诗》时指出，"格律体新诗建设对于探索者有严格选择。探索者要懂一点音韵学，要懂一点语言学，要懂一点文字学，要懂一点音乐与美术，当然，更要懂诗，尤其是新诗。就这个角度来说，我以为许霆教授的确是个合适的人选。""讨论格律体新诗，许霆是个绕不开的存在"。我知道，这是吕进先生对我的新诗音律研究的肯定和鼓励。同时，我也知道，新诗音律是一个极其复杂的话题，求解新诗的音律密码需要学者、诗人持续地探索和实践。我在整个新诗求解音律密码过程口仅是一个"存在"而已，所获得的初步答案尚需接受实践检验，更多的音律话题尚需人们继续探讨。因此，我想重复本著引言中的话，即"我把求解新诗音律的初步结论，尤其是把求解新诗音律的思维过程，如实而具体地加以叙述呈现，算是对于自身研究的反思剖白，或许也能对他人研究有所启发帮助"。尤其是，虽然我在数十年中求解新诗音律密码勉力而为，然毕竟驽钝，难免疏漏，或有失当，敬请更多同道指正纠谬。我衷心地期望有更多的诗人、学者关注新诗音律建设，提升我国新诗的艺术质量，重铸我们伟大诗国的辉煌。

许霆现代诗学论著目录

一、著作类

1. 《新格律诗研究》（与鲁德俊合作）

   宁夏人民出版社 1991 年 6 月版

2. 《新诗理论发展史（1917—1927）》

   甘肃文化出版社 1994 年 9 月版

3. 《十四行体在中国》（与鲁德俊合作）

   苏州大学出版社 1995 年 5 月版

4. 《中国新诗的现代品格》

   延边大学出版社 2001 年 9 月版

5. 《中国现代诗学史论》

   苏州大学出版社 2003 年 9 月版

6. 《中国现代主义诗学论稿》

   上海文化出版社 2005 年 8 月版

7. 《旋转飞升的陀螺—百年中国现代诗体流变史论》

   人民文学出版社 2006 年 12 月版

8. 《新诗格律与格律体新诗》

   （香港）雅园出版公司 2007 年 9 月版

9. 《中国现代诗歌理论经典》

   苏州大学出版社 2007 年 12 月版

10. 《趋向现代的步履—百年中国现代诗体流变综论》

    南京师范大学出版社 2008 年 4 月版

11. 《闻一多新诗艺术》

　　　　上海社会科学院出版社 2010 年 4 月版

12.《中国现代诗学论稿》

　　　　复旦大学出版社 2012 年 9 月版

13.《中国新诗发生论稿》

　　　　人民出版社 2012 年 12 月版

14.《新诗的理性空间》

　　　　江苏教育出版社 2014 年 8 月版

15.《中国新诗韵律节奏论》

　　　　北京师范大学出版社 2016 年 1 月版

16.《中国新诗自由体音律论》

　　　　复旦大学出版社 2016 年 3 月版

17.《中国十四行诗史稿》

　　　　北京大学出版社 2017 年 7 月版

18.《十四行体中国化论稿》

　　　　中国社会科学出版社 2017 年 12 月版

19.《中国现代诗学核心观念演进论》

　　　　江苏教育出版社 2018 年 12 月版

20.《汉语新诗韵论》（与张玉来合作）

　　　　中国社会科学出版社 2019 年 10 月版

二、论文类

1. 论闻一多对新格律诗形式的探索

　　　　《淮阴师专学报》1985 年第 2 期

2. 新格律诗音组面面观

　　　　《淮阴师专学报》1986 年第 2 期

3. 中国新格律诗的初步检阅（与鲁德俊合作）

　　　　《淮阴师专学报》1986 年第 2 期

4. 鲁迅《野草》说梦诗的构梦特色

　　　　《九江师专学报》1986 年第 2 期

5. 新文学头十年的"新韵律运动"

　　　　《徐州师专学报》1986 年第 2 期

6. 十四行体在中国（与鲁德俊合作）

　　《中国现代文学研究丛刊》1986 年第 3 期

7. 新诗形式活动中一个活跃的人：朱湘（与鲁德俊合作）

　　《玉林师专学报》1986 年第 4 期

8. 两本新格律诗选（与鲁德俊合作）

　　《读书》1986 年第 10 期

9. 新格律诗的美学特征（与鲁德俊合作）

　　《镇江师专学报》1987 年第 1 期

10. 音节的匀整与流动

　　《玉林师专学报》1987 年第 2 期

11. 新格律诗创作的发展趋势

　　《语文导报》1987 年第 6 期

12. 谈谈新诗的标点符号

　　《阅读与写作》1987 年第 6 期

13. 声韵优美 情态毕现

　　《文学知识》1987 年第 10 期

14. 纪宇朗诵诗的艺术魅力

　　《海鸥》1987 年第 12 期

15. 新诗同音堆集说略

　　《江西师大学报》1988 年第 3 期

16. 文学批评方法的运用三题

　　《大学文科园地》1988 年第 8 期

17. 新诗中的对称

　　《文学知识》1988 年第 10 期

18. 试论中国古典美学范畴"大"

　　《蒲峪学刊》1989 年第 1 期

19. 李季探索新诗形式的道路及其意义

　　《南都学坛》1989 年第 1 期

20. 初期白话诗人对新诗形式发展的贡献

　　《思茅师专学报》1989 年第 1 期

21. 虚静 迷狂 无意识

　　《江西师大学报》1989 年第 2 期

22. 闻一多、胡适诗论的艺术思维比较

　　《南京师大学报》1989 年第 3 期

23. 胡乔木躬身实践新诗格律

　　《淮阴师专学报》1989 年第 3 期

24. 新诗诗行排列的审美意义

　　《镇江师专学报》1989 年第 4 期

25. 闻一多脚镣说新论

　　《南通师专学报》1989 年第 4 期

26. 朱自清的解诗理论及其现代意义

　　《大学文科园地》1989 年第 10 – 11 期

27. 新诗格律探索七十年

　　《黄淮学刊》1990 年第 1 期

28. 朱湘佚诗及其他（与鲁德俊合作）

　　《中国现代文学研究丛刊》1990 年第 1 期

29. 十四行体的借鉴与改造

　　《江海学刊》1990 年第 2 期

30. 再论十四行体在中国（与鲁德俊合作）

　　《文教资料简报》1990 年第 2 期

31. 新诗的主旋律美

　　《阅读与欣赏》1990 年第 2 期

32. 新诗"新韵律运动"始末

　　《上海师大学报》1990 年第 2 期

33. 试论卞之琳的"两种调式"理论

　　《玉林师专学报》1990 年第 2 期

34. 新诗标点拉杂谈

　　《阅读与欣赏》1990 年第 3 期

35. 叶圣陶短篇小说的现实主义风格

　　《高师函授学刊》1990 年第 7 期

36. 试论新诗的两种节奏体系（与鲁德俊合作）

　　《社科信息》1990 年第 11 期

37. 形 神 音—闻——多新诗建筑美的格式塔分析

　　《江苏社会科学》1991 年第 3 期

38. 闻一多新诗建筑美试探

《洛阳师专学报》1991 年第 4 期

39. 唐湜十四行诗抒情艺术

《温州师院学报》1991 年第 4 期

40. 近代海派文化与吴文化之关系

《社科信息》1991 年第 7 期

41. 吴文化与海派文化散论

《上海社会科学》1991 年第 9 期

42. 新格律诗节奏体系的若干思考

《玉林师专学报》1991 年第 4 期

43. 自由诗与新格律诗的美学特征比较

《写作》1992 年第 2 期

44. 中国戏剧化新诗特征论

《江西师大学报》1992 年第 2 期

45. 何不把诗的定义放宽些

《星星》1992 年第 3 期

46. 再论十四行体在中国（与鲁德俊合作）

《中国现代文学研究丛刊》1992 年第 2 期

47. 郭沫若五四新诗中的宇宙意识

《乐山师专学报》1992 年第 3 期

48. 十四行体在中国的几个问题（与鲁德俊合作）

《中外诗歌交流与研究》1992 年第 3 期

49. 把视野转向更广阔的天地——新时期十四行诗的发展

《重庆日报》1992 年 8 月 4 日

50. 试论林子的十四行诗集《给他》

《南通师专学报》1992 年第 4 期

51. 二十年代十四行体在中国的输入（与鲁德俊合作）

《吴中学刊》1993 年第 1 期

52. 论十四行体音步移植八式

《洛阳师专学报》1993 年第 2 期

53. 十四行体移植的途径研究

《渝州大学学报》1993 年第 3 期

54. 播种五谷者的功绩——论朱湘的十四行诗创作

　　《上海师大学报》1993 年第 3 期

55. 论三四十年代中国十四行诗的进化

　　《吴中学刊》1993 年第 3 期

56. 新型的中国式十四行体——论陈明远十四行诗的形式追求

　　《盐城师专学报》1993 年第 4 期

57. 十四行体在中国

　　《社科信息》1993 年第 5 期

58. 多种声部的抒唱

　　《江苏社会科学》1993 年第 5 期

59. 严谨 规范 精美 纯熟（与鲁德俊合作）

　　《理论与创作》1993 年第 6 期

60. 意识流 性格史 变格体

　　《中外诗歌研究》1994 年第 1 期

61. 郭沫若与十四行体

　　《洛阳师专学报》1994 年第 1 期

62. 寻思、寻形、寻言

　　《玉林师专学报》1994 年第 1 期

63. 试论艾青的新格律诗创作

　　《思茅师专学报》1994 年第 2 期

64. 论新诗理论创造中的精神品质

　　《淮阴师专学报》1994 年第 2 期

65. 读万龙生的《戴镣之舞》

　　《中外诗歌研究》1994 年第 2 期

66. 十四行体与中国传统诗体

　　《中国韵文学刊》1994 年第 2 期

67. 十四行体移植中国的启示

　　《洛阳师专学报》1994 年第 3 期

68. 论中国诗人对十四行体音乐段落的移植（与鲁德俊合作）

　　《中外诗歌研究》1994 年第 4 期

69. 论二三十年代我国的"纯诗"观念

　　《中国现代文学研究丛刊》1994 年第 3 期

70. 新文学第 1 个十年新诗理论特征论
　　《晋阳学刊》1994 年第 6 期

71. 中国十四行诗的题材拓展
　　《社科信息》1995 年第 1 期

72. 抒情诗主体论三题
　　《吴中学刊》1995 年第 2 期

73. 中国新诗流派与外国诗歌观念两题
　　《中外诗歌研究》1995 年 2－3 期

74. 刘半农：新诗理论建设的先驱者
　　《无锡教育学院学报》1995 年第 3 期

75. 试论抒情诗的两种进展方式
　　《南通师专学报》1995 年第 3 期

76. 宗白华早期诗论的诗史地位
　　《洛阳师专学报》1995 年第 3 期

77. 十四行体在中国大事记（1914－1994）（与鲁德俊合作）
　　《文教资料》1995 年 4－5 期

78. 试论抒情诗的视角与人称
　　《吴中学刊》1995 年第 4 期

79. 说说十四行体的中文译名
　　《写作》1995 年第 5 期

80. 戏剧独白体新诗
　　《阅读与写作》1995 年第 6 期

81. 戏剧旁白体新诗
　　《阅读与写作》1995 年第 7 期

82. 新诗中的跨行
　　《写作》1995 年第 9 期

83. 如何看待新诗形式的欧化因素
　　《社科信息》1996 年第 1 期

84. 我国新诗诗组结构类型
　　《当代文坛》1996 年第 1 期

85. 抒情诗的意象结构和意象组合
　　《镇江师专学报》1996 年第 1 期

86. 新诗在开放中走句现代化

《诗探索》1996 年第 1 期

87. 新诗的荒诞美

《写作》1996 年第 2 期

88. 诗与美的遐思——读唐湜的《蓝色的十四行》

《当代文坛》1996 年第 3 期

89. 散论闻一多新诗中"丑的字句"

《洛阳师专学报》1996 年第 3 期

90. 胡适"诗体解放"论的文学史意义

《文艺理论研究》1996 年第 3 期

91. 从新月派的节制情绪到新生代的冷抒情

《江苏社会科学》1996 年第 5 期

92. 马安信：情意绵绵的独白

《当代文坛》1996 年第 6 期

93. "欣赏在透彻的了解里"

《名作欣赏》1996 年第 6 期

94. 中国现代新诗诗组结构类型

《社科信息》1996 年第 10 期

95. 文学研究会诗学追求论

《求是学刊》1997 年第 1 期

96. "十四行体在中国"钩沉（与鲁德俊合作）

《新文学史料》1997 年第 2 期

97. 试论新诗的直接抒情方式

《吴中学刊》1997 年第 3 期

98. 说说"梦诗"

《写作》1997 年第 4 期

99. 中国戏剧化独白体新诗的范例

《文艺理论研究》1997 年第 4 期

100. 三四十年代新诗形式演变轨迹论

《洛阳师专学报》1997 年第 4 期

101. 对"以物观物"论的评析

《当代文坛》1998 年第 1 期

102. 诗学札记

    香港《诗双月刊》总第 37 期（1997 年 12 月）

103. 论闻一多新诗的建筑美

    《文艺理论研究》1998 年第 1 期

104. 新诗音组说的创立者：孙大雨

    《济南日报》1998 年 2 月 22 日

105. 十四行体移植中国的文化分析

    《诗探索》1998 年第 4 期

106. 新诗艺术发展与西方诗艺

    《文艺理论研究》1998 年第 6 期

107. 李健吾诗学批评的现代意义

    《常熟高专学报》1999 年第 1 期

108. 中国新诗流派与西方现代诗学

    《文艺研究》1999 年第 1 期

109. 胡适新诗创作论的文学史意义

    《常熟高专学报》1999 年第 5 期

110. 新诗在开放中走向现代化

    《学习与探索》1999 年第 6 期

111. 面向新世纪的中国现代文学研究

    《常熟高专学报》2000 年第 1 期

112. 唐湜在探索新诗格律方面的贡献

    《洛阳师院学报》2000 年第 4 期

113. 试论朱自清的解诗理论与实践

    《文学评论丛刊》第三卷第 2 辑

114. 梁宗岱：纯诗理论的探求者

    《常熟高专学报》2001 年第 1 期

115. 马安信：真诚的爱的独白

    《当代文坛》2001 年第 5 期

116. 吴文化札记（五则）

    《常熟高专学报》2002 年第 1 期

117. 新诗的现代品格

    《江苏社会科学》2002 年第 2 期

134. 闻一多诗论"脚镣说"新论

《洛阳师院学报》2005 年第 1 期

135. 论《红烛》到《死水》的抒情基调演变

《盐城师院学报》2005 年第 1 期

136. 先锋诗人实验诗体走向论

《当代文坛》2005 年第 3 期

137. 20 世纪中国现代诗学观念演进论

《西南师范大学学报》2005 年第 5 期

138. 中国新诗发生与现代媒体

《江海学刊》2006 年第 1 期

139. 20 世纪中国现代诗体流变论

《文学评论》2006 年第 1 期

140. 闻一多、徐志摩诗律论比较

《江苏社会科学》2006 年第 1 期

141. 新诗发生的传统诗歌资源

《中国现代文学研究丛刊》2006 年第 1 期

142. 百年中国现代诗学史的叙述

《文艺理论研究》2006 年第 3 期

143. 关于中国新诗发生若干问题的反思

《常熟理工学院学报》2006 年第 3 期

144. 马安信十四行情诗独白特征论

《常熟理工学院学报》2007 年第 1 期

145. 关于新诗格律的几个问题

《江苏大学学报》2007 年第 3 期

146. 闻一多新诗体式革新论

《文学评论丛刊》第九卷第 2 期（2007 年 8 月）

147. 新诗发生与百年诗体建设

《西南大学学报》2007 年第 5 期

148. 中国新诗语言节奏论

《常熟理工学院学报》2008 年第 1 期

149. 论百年诗体格局的偏颇及成因

《江海学刊》2008 年第 4 期

197. 音质律：新诗音律研究的重要课题

　　《常熟理工学院学报》2020 年第 1 期

198. 民国文人许瘦蝶

　　《东吴学术》2020 年第 3 期

199. 被遗忘的民国文人许瘦蝶

　　《苏州日报》2020 年 7 月 11 日

200. 论艾青格律诗的形式及审美特征

　　中国新诗研究所《诗学》第 12 辑（2020 年）